よい

ネレ・ノイハウス

ドイツ，2005年8月。警察署に復帰した刑事ピアを待ち受けていたのは，上級検事の自殺だった。時を同じくして，飛び降り自殺に偽装された女性の遺体が発見される。実際は動物の安楽死に使用される薬物による毒殺で，夫の獣医や彼の働く馬専門動物病院の共同経営者たちが疑われる。だが刑事オリヴァーが指揮を執る捜査班が探るうち，被害者へのとてつもない憎悪が明らかになり、さらに背後に隠されたいくつもの事件が繋がりはじめる。謎また謎の果てに捜査班がたどりつく真相とは。〈ドイツミステリの女王〉の人気に火をつけたシリーズ第1弾。

登場人物

オリヴァー・
フォン・ボーデンシュタイン……ホーフハイム刑事警察署首席警部
ピア・キルヒホフ……同、警部
ハインリヒ・ニーアホフ……同、署長、警視長
フランク・ベーンケ……同、上級警部
カイ・オスターマン……同、警部
アンドレアス・ハッセ……同、警部
カトリーン・ファヒンガー……同、刑事助手
コージマ・フォン・ボーデンシュタイン……オリヴァーの妻
ヘニング・キルヒホフ……法医学者、ピアの夫
ヨアヒム・ハルデンバッハ……上級検事
インカ・ハンゼン……獣医。馬専門動物病院の経営者
ミヒャエル・ケルストナー……獣医。インカの共同経営者
イザベル・ケルストナー……ミヒャエルの妻
ゲオルク・リッテンドルフ……獣医。インカの共同経営者

ファレンティン・ヘルフリヒ……………薬剤師。イザベルの兄
ローベルト・カンプマン………………乗馬クラブの管理人兼乗馬講師
ズザンネ・カンプマン…………………ローベルトの妻
カロル……………………………………乗馬クラブの厩舎スタッフ
ハンス・ペーター・ヤゴーダ…………ヤーゴ製薬社長。乗馬クラブオーナー
マリアンネ・ヤゴーダ…………………ハンスの妻
フリートヘルム・デーリング…………デーリング運送会社社長
アナ・レーナ・デーリング……………フリートヘルムの妻
フィリップ・デーリング………………フリートヘルムと前妻の息子
フローリアン・クラージング…………弁護士、アナの兄
トルディス………………………………乗馬クラブのメンバー

悪女は自殺しない

ネレ・ノイハウス
酒 寄 進 一 訳

創元推理文庫

EINE UNBELIEBTE FRAU

by

Nele Neuhaus

Published in 2009 by List Taschenbuch Verlag
This book is published in Japan by TOKYO SOGENSHA Co., Ltd.
Published by arrangement through Meike Marx Literary Agency, Japan

悪女は自殺しない

両親ベルンヴァルト&カローラ・レーヴェンベルクに捧ぐ
すべてに感謝

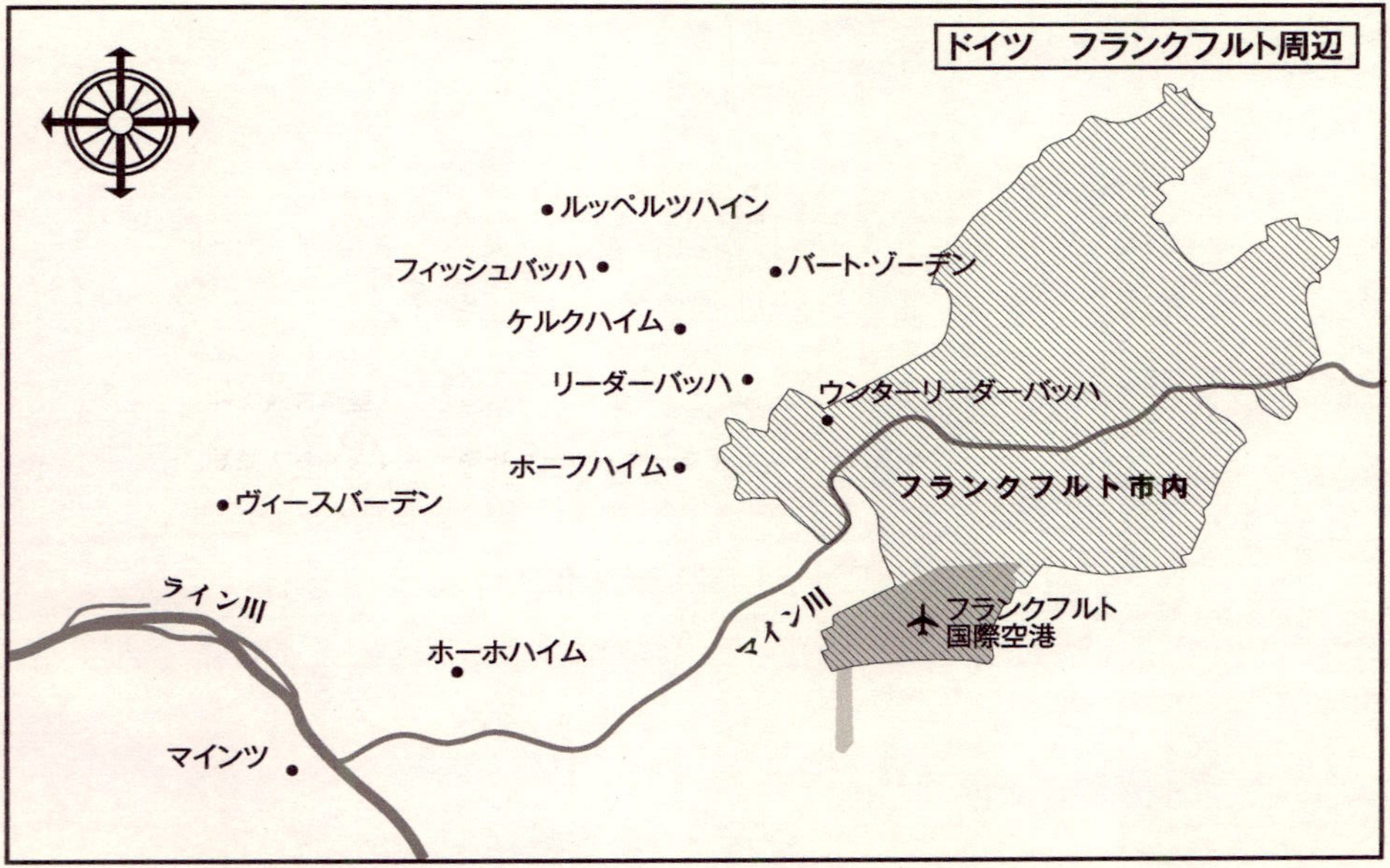
ドイツ　フランクフルト周辺
ルッペルツハイン
フィッシュバッハ
バート・ゾーデン
ケルクハイム
リーダーバッハ
ウンターリーダーバッハ
ホーフハイム
ヴィースバーデン
フランクフルト市内
ライン川
マイン川
フランクフルト
国際空港
ホーホハイム
マインツ

二〇〇五年八月二十八日（日曜日）

ピア・キルヒホフは牧草地の囲いに寄りかかっていた。囲いの一番上の横木に腕をのせ、朝露に濡れた草地を歩く二頭の馬を見て、悦に入っていた。二頭は口いっぱいに草をはみ、青々とした草を求めて動いている。

日が昇り、朝露と馬の毛がキラキラ輝いた。こうべを垂れながら大きな木の生えている牧草地を並んで歩く二頭の馬を眺めながら、ピアは微笑み、満足そうに息を吐いた。ヘニングと別居して、やはり正解だった。フランクフルトのヴェストエント、そのあとザクセンハウゼンでゴージャスな都会暮らしを十六年、ヘニング・キルヒホフの妻を演じた十六年。三十八歳にして彼女は自分を取りもどした。

幸いにも、ヴィースバーデン方面に向かう高速道路六六号線のすぐそばに小ぶりの農場を見つけ、二頭の馬と暮らせるようになった。ＢＭＷカブリオレを手放し、今は四駆に乗っている。そして暇さえあれば、小さな農場の片付けにいそしんでいる。馬房から糞をかきだし、乾し草の束を積み上げ、家を修復する。一ヶ月前から古巣の刑事警察に復帰した。ウンターリーダーバッハの白樺農場《ビルケンホーフ》が買えたのは幸運だった。二年前に新設されたばかりのホーフハイム刑事警察署捜査十一課に配属されたのもついていた。

今週末の当直は同僚のフランク・ベーンケ警部だが、交替してくれないかと頼まれ、ピアはそれを聞き入れた。今は七時十五分。三十分前、署から知らせがあり、ホーホハイムのワイン醸造業者からぶどう畑の丘で男性の遺体を発見したという連絡があったという。ピアは馬房から糞をかきだすのを後回しにし、古いジーンズをきれいなものにはきかえると、白樺農場《ビルケンホーフ》の砂利道を車で走った。草も水も木陰も充分にある。二頭の馬に一瞥《いちべつ》をくれると、新しい職場での最初の事件に意識を集中させた。

妻のコージマが飛行機で出発する前に大事なものを事務所に忘れるのは、これがはじめてではなかった。だから朝七時半に彼女が撮影機材の送り状を事務所の金庫に置き忘れたと騒ぎだしても、オリヴァー・フォン・ボーデンシュタインは別段驚きはしなかった。できあがっていたお別れの朝食を投げだし、娘と愛犬には玄関でおざなりに別れを告げた。

「兄さんはどこ？」コージマは十七歳の娘にたずねた。娘は日曜日の朝だというのに、熟睡しているところを叩き起こされ、階段の一番下のステップにすわって欠伸《あくび》をしていた。髪はぼさぼさで、顔もぼんやりしていた。母が突然、外国に旅立って、何週間も帰ってこないことに、娘は小さい頃から慣れっこになっていた。

「どこかで昏睡しているんじゃないかしら」ロザリーは肩をすくめた。「またしても彼女に絶交されちゃってひどく落ち込んでたから」

兄が恋人と長続きしないのにも慣れっこだ。ぱっと燃え上がり、四ヶ月から六ヶ月で終わる恋。ボーデンシュタイン家ではもはや話題にもならなかった。

「行かないと、コージマ」オリヴァーが玄関にあらわれた。「このうえ事件でも起きようものなら、飛行機はきみを乗せずに南アメリカへ飛び立ってしまう」

「元気でね、おちびさん」コージマは娘の髪をやさしくかきまわした。「わたしがいなくても、ちゃんと学校に行くのよ」

「わかってる」ロザリーは目を大きく見開いて、母と別れの抱擁をするために立ち上がった。

「母さんこそ元気でね。わたしは大丈夫よ」

母と娘は顔を見合わせ、笑ってみせた。ふたりはいやになるほど似た者同士だ。

乾燥して、黄金色に輝く晩夏の朝。雲ひとつない青空がタウヌスの山並みをおおい、太陽にはうっすらと朝霞《あさがすみ》がかかっている。暖かい一日になりそうだ。

「ローレンツがあんなに恋に溺れるなんて、信じられないわ」コージマは愉快そうでありながらも、同情もしていた。

オリヴァーは妻に視線を向けた。コージマはすっきりした顔立ちのすてきな女性だ。魅力的な碧眼、赤褐色の髪。情熱的で、頭脳明晰、心が広く、それでいて皮肉屋でもある。結婚して二十年にもなるのに、妻を見ると、オリヴァーは心底幸せな気分になる。コージマの仕事の関係で、長期間別々に暮らすことが多いせいだ。ふたりの性格が正反対だからともいえそうだ。子どもがいて、厳しい仕事についていても恋の炎が萎《しぼ》むことはなかった。普通なら、毎日の単調な暮らしの中でそんな気分などあっという間に消し飛んでしまうものなのに。

「一番新しいガールフレンドには会っているかな?」オリヴァーは妻にたずねた。

「会っているはずよ」コージマは微笑んだ。「モナ。ほら、とっても物静かな子。ロザリーなんか、あの子は口がきけないとまでいっていたわ。わたしも、話しているところを一度も見たことがなかった」

「つきあいをやめるために口をひらいたはずだ」

「メールで済ませたかもね」コージマはにやりとした。「今はそういうものよ」

オリヴァーは心ここにあらずの状態だった。コージマが秘境探検のドキュメンタリーを撮影しに出かけるたび、彼女を離したくないという気持ちに襲われる。いつ帰るともしれない船乗りの夫を港まで見送る妻の心境だ。ふたりはフィッシュバッハからルッペルツハイン方面へ走った。コージマは数年前、彼女が経営する映画制作会社の事務所をこの村に移した。フランクフルトにあった事務所の家賃が三倍になり、経費がかさむようになったせいだ。文化財として保護されている立派な旧肺結核療養所を数年前、商売上手な共同事業体が買いとり、徐々に荒廃が進んでいたこの巨大な建物を〝魔の山《ツァウバーベルク》〟という人気スポットに生まれ変わらせた。集合住宅、アトリエ、クリニック、事務所、レストランが入った複合施設で、家賃も妥当だったので、コージマはそこに事務所を移したのだ。そうした事情もあって、オリヴァーはちょうど二年前に新設された捜査十一課の課長としてフランクフルトからマイン＝タウヌス郡へ異動する決心をした。ヘッセン州警察の機構改革で、ホーフハイム刑事警察署に独自の凶悪犯罪捜査課が立ち上げられたのだ。オリヴァーは二十年以上勤めた忙《せわ》しない大都会から田舎に移ったことに後悔はなかった。ホーフハイム刑事警察の首席警部になって仕事が減ったわけではないが、はるかに条件がいい。オリヴァーは魔《ツァウバーベルク》の山の空っぽの駐車場に入った。

「空港でいっしょに朝食をとろうか」BMWを止めると、オリヴァーはいった。「チェックインまでまだだいぶ時間があるだろう」

「いいわね」コージマは微笑んで車を降りた。「すぐもどるわ」

オリヴァーも車を降りて、フェンダーに寄りかかり、マイン＝タウヌス地方の見事な眺めを堪能した。そのとき携帯電話が鳴った。

「おはようございます、ボス」新しい同僚ピア・キルヒホフの声だ。「すみません、こんな朝早く」

「大丈夫だ」オリヴァーは答えた。「もう起きているから」

「それはよかったです。じつは仕事が入りまして。ホーホハイムのワイン醸造業者が今朝、ぶどう畑の丘で男性の遺体を発見しました。わたしはすでに現場にいます。自殺と思われます」

「わたしも行く必要があるのか？」オリヴァーはたずねた。

「死んだのはボスもご存じの人ですので」ピアは声をひそめた。「ヨアヒム・ハルデンバッハ上級検事です」

「なんだって？」オリヴァーは体を起こした。全身に鳥肌が立った。「確かなのか？」

ハルデンバッハ上級検事といえばフランクフルト検察局の中でも有名な犯罪者ハンターだ。泣く子も黙る鬼検事として恐れられ、政界進出を狙っていた。九月の連邦議会選挙でキリスト教民主同盟が勝利したら、今のヘッセン州法務大臣がベルリンの中央政府にポストを得て、上級検事がその後釜にすわるというのは公然の秘密だ。オリヴァーは唖然とした。ハルデンバッハとは二十年以上のつきあいだ。フランクフルト時代にはよくいっしょに組んで仕事をした。

「ええ、間違いありません」ピアはいった。「猟銃を口にくわえて撃ったのです」

オリヴァーは、駐車場を小走りにやってくるコージマを見た。残念ながら空港での朝食はご破算だ。

「三十分でそっちへ向かう」オリヴァーはピアにいった。「場所は？」

「どうしたの？」通話が終わると、コージマが興味をそそられてたずねた。「なにかあったの？」

「まあね」オリヴァーは助手席のドアを開けた。「ハルデンバッハ上級検事が銃で自殺した。いっしょに朝食をとることはできなくなった」

ホーホハイムへ向かう途中、オリヴァーは口数がすくなかった。すでに数え切れないほど犯罪の現場に立ち、死体のあらゆる惨状、腐敗のあらゆる段階を目にしてきたが、それでもいまだにいやな気分になる。遺体発見現場に呼ばれても、一切動じず、淡々と捜査ができる日など一生来そうにないと思っていた。

ピア・キルヒホフはちょうど鑑識課長と話していた。無表情な顔つきでぶどう畑を縫う道を下りてくるボスが見えた。いつものように頭のてっぺんから足のつま先までぴしっと決めている。縦縞のシャツ、ネクタイ、明るいリネンのスーツ。いっしょに事件を捜査するのはどんな感じだろうと、ずっとわくわくしてきた。これまでろくに会話もしたことがない。

「おはようございます」ピアはいった。「すみません。せっかくの日曜日なのに。でも捜査の指揮をとっていただいた方がいいと思いまして」

「おはよう」オリヴァーは答えた。「かまわないさ。本当にハルデンバッハなのか?」

ピアの身長は一メートル七十八でかなり背が高いが、それでもボスを見上げなければならなかった。

「はい」ピアはうなずいた。「間違いありません。顔はほとんど原形をとどめていませんが、財布を所持していました」

オリヴァーは散弾で無残な姿になった上級検事の遺体に近づいた。すでに布がかぶせてあり、鑑識は遺体発見現場をくまなく調べ、撮影しているところだ。

「あなたがキルヒホフさん?」ピアは背後から声をかけられて振り返った。目の前に赤毛のやせた女が興味津々な目つきでピアを見ていた。

ピアはうなずいた。

「コージマ・フォン・ボーデンシュタインです」コージマは微笑んで手を差しだした。ピアはあわててその手をにぎった。

「お会いできてうれしいです」そういいながら、こんな時間にボーデンシュタイン夫人がどうして遺体発見現場にいるのだろう、とピアは不思議に思った。

「わたしこそ」コージマは答えた。「でも、わたしはすぐに行かなくちゃならないの。あなたから電話をもらったとき、わたしたち、空港へ向かうところだったのよ。死体をちらっと見させてもらってもいいかしら?」

ピアは少女のように口をあんぐり開けて夫人を見つめてしまった。夫人は噂と違い、ただの上品な女性ではなさそうだ。コージマはピアが戸惑っていることに気づいてにこっとした。

「死体は山ほど見てきたわ。以前はテレビ局で働いていたの。高速道路上や道路の側溝に散乱した血だらけの死体が、わたしの生活の糧だったのよ。フェルトベルクのオートバイ事故で、死体の首を自分で見つけたこともあるわ」

ピアは絶句した。

「夫と知り合ったのもその頃」コージマがいった。「ちなみに、場所は事務所で首を吊った自殺者の足のそば。わたしはカメラクルーといっしょに現場に駆けつけたの。夫は刑事になりたてだった。はじめて死体を見て、彼ったら、吐いちゃって。わたし、ティッシュをあげたの」

ピアはニヤニヤしそうになるのを堪えた。ボスがもどってきたからだ。

「それで?」コージマはたずねた。「本当にハルデンバッハさんなの?」

「ああ、残念ながら」オリヴァーはそう答えて顔をしかめた。「空港へはタクシーで行けるかい？　これは大事件になる」

ピアは、ボスが妻と別れのあいさつができるよう、そっとその場を離れた。これまで近寄りがたく、完全無欠に思えたフォン・ボーデンシュタイン首席警部も、死体をはじめて見たときに吐いた普通の人間なのだ。そういう弱点があることを知って、ピアは親近感を覚えた。


夫の自殺を知ったハルデンバッハ夫人は、話ができる状態ではなかった。それにオリヴァーとピアには、夫人が最初のショックから立ち直るのを待つ暇がなかった。素晴らしい八月の日曜日だというのに、またもや遺体発見の一報が入ったのだ。オリヴァーは、夫人とむせび泣く遺児たちを隣人と知り合いの医師に任せて、ピアとともにタウヌス山地へ向かった。ルッペルツハインとエッペンハインのあいだに立つアッツェルベルクタワーの下で、若いカップルが女の遺体を発見したのだ。移動中、オリヴァーは直接の上司であるニーアホフ刑事警察署長と電話で話し、ハルデンバッハ事件について要点をかいつまんで伝えると、フランクフルト警察本部で午後一時に行われる記者会見をよろしくお願いします、といった。

「ルッペルツハインへはひとりで行ってもいいですけど」オリヴァーが話し終えるのを待って、ピアはいった。「記者会見の方が大切では……」

「いいんだ」オリヴァーはすぐさまピアの言葉をさえぎった。「ニーアホフとわたしはこういう事件の場合、役割分担することになっている。わたしと違って、彼はフラッシュを浴びるのが好きなんでね。こんな有名な……お客であれば」

「お客？」

オリヴァーの緊張した顔にふっと笑みがこぼれた。

「遺体というよりいいだろう。違うかい？」


三十分後、オリヴァーとピアはエッペンハインの手前で道端に停車しているパトカーを見つけた。そこから森に入ると、タワーのある空き地に出た。タワーの下にパトカーがもう一台と、メルセデス・ベンツ・カブリオレが止まっていた。オリヴァーとピアは車を降りた。

「ああ、首席警部」警官のひとりがあいさつした。ミヒャエル・シューマッハーのような顎をしたニキビ面の大柄な男だ。「わざわざご足労いただくまでもありませんでした。自殺です」

「やあ、シェーニング」オリヴァーは機動捜査官に顔見知りが多かった。彼らは遺体を発見した場合、日頃の経験から自殺や事故だと決めつけ、それ以上詮索しない傾向がある。

高い木立の陰は涼しかった。草はまだ夜露に濡れていた。

「おはよう」オリヴァーは、医師に声をかけた。医師は遺体の横の草地に膝をついたままこっくりうなずいた。女は草むらに仰向けに倒れていた。左腕は体の下にあり、両足が曲がっている。明るい色の髪は扇を広げたように青白い顔から広がっていた。両目は大きく見開かれているが、生気がなかった。オリヴァーは顔を上げて、展望タワーを見上げた。まわりの樹木よりも高く、うっすら青い空にそびえる大きな木造建築だ。ピアは手を腰に当てて、丈の高い草むらに横たわる死体をしげしげと見つめた。

「自殺？」そうは思えず、ピアは女の遺体にかがみ込んでいる医師の方を見た。

「どうでしょうね。上着を着ていないし、ハンドバッグもありません。それでいて靴のヒールは十センチ。森の散歩向きとはいいがたい」

「自殺ですよ」シェーニングがしつこくいった。「火を見るより明らかです」

「そうは思えないわね」ピアはいった。「自殺者は飛び降りるとき、思わず足を蹴りだすものよ。だから落下地点はかなり離れたところになる。でもこの遺体はほとんどタワーの真下に落ちている。飛び降りたのではないわ」

それまでにやついていたシェーニングが片方の眉を吊り上げ、苦虫をかみつぶしたような顔になった。

「どうですか？」オリヴァーは医師にたずねた。

「ひどい」医師は答えた。「死んでいる」

「なんですか、それ」ピアは冷ややかにいった。「いうことはそれだけですか？」

医師は気にくわないという目つきでピアを見ると、腰を上げた。オリヴァーは医師の背丈がピアの顎にも届かないことに気づいた。小男は自分の身体的な弱点を場違いな冗談で補うつもりだったようだ。

「女の遺体、二十代半ば」医師はいった。冗談が通じないと気づいたようだ。「頸椎骨折、おそらく三十メートルの高さから落下したことに起因するさまざまな裂傷。死後硬直は完全に発現。つまりすくなくとも死後十時間が経過している……」

「死斑は？」ピアが口をはさんだ。

「まだ容易に退色する」医師は腹立たしそうだった。「死んでからまだ二十四時間経っていない。死んだのはおそらく昨日の晩八時から夜十一時のあいだだな」

「他殺の可能性は？」オリヴァーが口をはさんだ。

「ないね」医師は首を横に振った。「自殺に見える。はじめてじゃない。ここはよく人が飛び降りるんだ」

シェーニングは、どんなもんだというようにうなずいた。

オリヴァーは死者の顔に視線を向け、生前はどんな顔立ちだったか思い描いた。肌は磁器のようにつるつるだ。頰骨が張り、鼻がかわいらしい。ひどい死に方をしているが、それでも顔は整っていた。オリヴァーは遺体にかがみ込んだ。へそにピアスをし、へその上のほうにイルカの刺青《いれずみ》が彫ってある。ピアはしゃがんで、女がはいている左の靴を見た。

「マノロブラニク。高級志向の女性ですね」

ピアは立ち上がると、遺体のまわりの草地を見てまわった。

「どうした？」オリヴァーはたずねた。

「靴が片方ないんです」

「そろそろいいでしょうか？」シェーニング上級巡査が呼んだ葬儀屋のスタッフがいった。

「だめだ」といって、オリヴァーはじっと遺体を見つめた。「靴はどうした？」

「靴といいますと？」上級巡査はぶっきらぼうにたずねた。

「片方しかはいていないのよ」ピアがいった。「まさか片方しか靴をはかずに歩きまわるわけはないと思うけど。タワーの上でも見つかっていないんでしょう」

「ここへはどうやって来たんだ？」オリヴァーが付け加えた。「十時間前だったら、午後十一時だ。かなり暗いはずだぞ。どこか近くに、彼女が乗ってきたと思われる駐車中の車はないのか？」

「もちろん見つかっています」上級巡査がすかさずいった。その事実が自殺説を補強するといわんばかりに。「ラングラーベン駐車場にポルシェ・ボクスターが止まっています。ロックされていました」

オリヴァーはうなずき、それから待機している巡査たちの方を向いた。「発見現場から全員離れろ。シェーニング、ポルシェのナンバーを調べたまえ。キルヒホフ、鑑識を呼べ」

シェーニング上級巡査は見るからにむっとしていた。ピアは携帯電話をだし、ハルデンバッハの遺体発見現場で作業に当たった鑑識を呼んでから、また遺体を見た。

「死亡証明書には死因不明と書く」医師はオリヴァーにいった。「それでいいかね？」

「そういう見解なら、そう書いてくれ」オリヴァーは皮肉たっぷりに答えた。「それとも、自然死だと思うのかね？」

小男の医師は顔を紅潮させた。「太鼓判を押してもいい！」

「わたしはしろうとと仕事をするのはごめんだ」オリヴァーが鋭い口調でいったので、ピアは思わずニヤニヤした。田舎での最初の仕事はなかなか愉快だ。オリヴァーはポケットからラテックス手袋を二組だし、一組をピアに渡した。ふたりは遺体の横にしゃがんで、慎重にジーンズのポケットの中味を改めた。尻のポケットに、ピアは札束と紙切れを数枚見つけた。ボスに札束を渡すと、ピアは紙切れをそっとひらいた。

「ガソリンスタンドのレシートですね」そういって、ピアは顔を上げた。「昨日の午後四時五十五分にはまだ生きていたことになります。高速道路六六号線ヴィースバーデン方面のガソリンスタンドで給油しています。それにタバコを三箱とアイスとレッドブルを買っていますね」

「それはいい手掛かりになるな」オリヴァーは腰を上げて、紙幣の枚数を数えた。

「五千ユーロ！」オリヴァーはびっくりした。「悪くないな」

「バート・ゾーデンにあるクリーニング店の引換証もあります。日付は八月二十三日」ピアはジーンズの前ポケットに手を入れた。「それから車のキー」

ピアはポルシェのエンブレムが入ったキーをボスに渡した。

「ますます自殺とは思えないな」オリヴァーはいった。「ポケットに五千ユーロも現金を入れて、車を満タンにし、タバコを三箱買い、服をクリーニングにだしている。自殺を考えている人間のすることではない」

「車のナンバーはMTK - IK 182です」シェーニング上級巡査がいった。「イザベル・ケルストナーの所有です。住所はケルクハイム、フェルトベルク通り一二八番地」

「身元がわかったな」オリヴァーはいった。「ジーンズのポケットにポルシェのキーがあった」

「では、やはり」シェーニングがそういいかけたが、オリヴァーはその先をいわせなかった。

「さっそく訪ねてみよう。それからこの地区担当の検事に電話をかける。いずれにせよ遺体の司法解剖が必要だ」

ハルデンバッハ自殺のニュースはラジオ局のトップニュースになった。記者会見でニーアホフ署長は、現在、捜査で判明しているところによると、ハルデンバッハはみずから命を絶ったことしかわかっていない、とそれしかいわなかった。しかしオリヴァーの予想どおり、メディアはとんでもない臆測を加えた。

ケルクハイム市フェルトベルク通り一二八番地の家は一九五〇年代に建てられた味も素っ気もない住宅だった。出窓とサンテラスで若干の個性が見られる程度だ。カーポートにはマウンテンバイクが一台とゴミのコンテナーが二個あるだけ。前庭はクロベの生け垣で、かなり奔放に繁茂していて、手入れをしているようには見えない。芝生ももう長いこと刈っていないし、花壇の雑草は生え放題だ。玄関の前には、子ども用の自転車が一台と靴が数足置いてあった。オリヴァーとピアは車を降りて、白いペンキがはがれた庭木戸の前に立った。チャイムのボタンの横のブロンズの表札に「ドクター・ミヒャエル・ケルストナー」とある。オリヴァーは郵便受けから手紙の束やケルクハイム新聞や広報を引っぱりだした。すくなくとも昨日はだれも郵便受けを開けていないようだ。晴れた日曜日の午前中、なにも知らない家族をたずね、いきなりぞっとする知らせを伝えるという役を務めるのは今日、これで二度目になる。

「では片付けるとするか」オリヴァーはチャイムを鳴らした。家の中からは反応がなかった。二度、三度とボタンを押してもなしのつぶてだった。

「鳴らしてもだめさ」急に声をかけられ、オリヴァーたちは振り返った。「ふたりとも留守よ」几帳面なほど手入れされた前庭との境界線である生け垣に、灰色の髪が薄く、顔がしわだらけの初老の女が興味をひかれ、うさんくさそうに顔を覗かせた。女は生け垣の隙間に体を入れ、雑草で雑然とした庭を見て首を横に振った。

「ケルストナーさんはいないよ」女はおしゃべりだった。「あのね、ドクターは、毎朝早いうちに家を出て、真夜中まで帰ってこないことがあるんだ。うちの旦那カールハインツがいってたよ。ああいう女はそんな生活に耐えられるはずがないってね。実際そうなったのよ、わかる？　奥さんは娘を連れて出ていっちゃって、ドクターはそれっきり帰ってこないのよ。見ればわかるでしょう。あきれてものがいえないわ！」

「ケルストナー夫人はいつ頃出ていったんですか？」ピアが女の相手をした。

「ちゃんとは覚えていないわね」女はかがんで足下の雑草を抜いた。「何日も家を空けることがあったから。子どもの面倒はドクターの方がしているくらいだったわ」

女がどちらに同情しているかは明らかだった。

「奥さんはよくテラスで裸になって日光浴していたわ」女はさげすむようにいった。「かわいそうに、ドクターは朝から晩まであんな女のために働きづめ」

「ドクター・ケルストナーには、どこへ行けば会えますかね？」オリヴァーはていねいにたずねた。

「それは、病院でしょう。そういうもんじゃない。仕事熱心で、やさしいドクターでねえ」女はまた誉めちぎろうとしたが、オリヴァーが言葉をさえぎった。

「病院？」

「そうよ、ルッペルツハインの馬専門動物病院。ドクター・ケルストナーは獣医なの」そのときはじめて日曜日の朝に訪ねてきたこの男女がだれか気になりだした。だがオリヴァーとピアはすでに車へ向かって歩いていた。

「いったいなんの用なの？」女はまた声をかけたが、返事はなかった。


オリヴァーはフィッシュバッハを抜けた。ルッペルツハインへ向かうのはこれで三度目だ。頭の中ではコージマのことを考えていた。置いてきぼりにされたといういつもの感覚が蘇り、彼女がいつかハードな探検に興味を失う日が来ることを願った。だが彼女が自分の仕事を愛し、夢中なのはいやというほどよくわかっている。だからドキュメンタリー映画を撮りにいくのをやめてくれとは口が裂けてもいえなかった。それでも何週間も彼女のいない生活を過ごすのが、この頃とみにつらくなっていた。

「出発する前に動物病院の住所を調べておくべきでしたね」ピアにそういわれて、オリヴァーははっと我に返った。

「場所は知っている」オリヴァーは答えた。

「あら？」ピアはびっくりしてボスを見た。

「わたしはこの近くで育った。ボーデンシュタイン家。知っているんじゃないかな。フィッシュバッハとケルクハイムのあいだにある」

「ええ、もちろん知っています」といいながら、ピアは由緒ある家とボスの名前のつながりを今まで考えてみたこともなかった。

「うちの農場にはいつも馬がいた」オリヴァーはつづけた。「そして、このあたりの獣医といえば、ルッペルツハインのドクター・ハンゼンしかいない。ドクターは数年前に事故死して、今は娘のインカが馬専門動物病院を営んでいる」

「そうなんですか」ピアはボスをじろじろ見た。「若い頃はキツネ狩りをしていたんでしょうね」

「なんだい、それは？」

「いえ、その」ピアは肩をすくめた。「ボスの知り合いって、馬に乗って狩りをするんじゃないかと思って」

「知り合い？」

「どこぞの伯爵夫人が、どこぞの大公さまをキツネ狩りに招待するとか」

「おい、勘弁してくれ、キルヒホフ」オリヴァーは首を横に振った。しかし少し明るい声になっていた。「あきれてものがいえない。時代錯誤もいいところだ」

オリヴァーは車の速度を落とし、ルッペルツハインに入ってすぐ右折した。

「こんなところに馬専門動物病院があるなんて」ピアは驚いた。

「いけないかい？　このあたりには馬がたくさんいる、というより裕福な馬の所有者が多いってことだ。ちなみに森の向こうの馬場はイングヴァール・ルーラントの所有だ」

「イングヴァール・ルーラント？」ピアはびっくりした。「あの有名な乗馬選手の？　驚きだわ！」

日曜日の午前中のせいか、動物病院の駐車場には馬運車が一台しか止まっていなかった。緑色に塗られた大きな門扉は大きく開け放たれているが、病院はひっそりとしていた。門扉を通過したとき、ピアは真鍮《しんちゅう》の看板を見た。

「馬専門動物病院。インカ・ハンゼン、ミヒャエル・ケルストナー、ゲオルク・リッテンドルフ」

ふたりは大きな中庭に立った。大きなマロニエが生えていて、中庭の左右に緑色に塗られたドアのある馬房が並び、ドアの上半分がひらいていた。オリヴァーの気持ちは過去に逆もどりした。ここへ来るのは二十五年ぶりだ。あのときドクター・ハンゼンの動物病院へ運んだ馬のことが突然、脳裏に蘇った。だが昔のままなのは中庭だけで、他のものはすっかり様変わりしていた。古い厩舎は、かつて大きな納屋のあったところに建つ目的にかなったモダンなバンガロー式の建物につながっている。案内板によると、そこに手術室とラボとレントゲン室と診察室があるらしい。そのとき小太りで、そばかすのある、無愛想な赤毛の女が馬房から出てきてふたりの前に立った。

「今日は外来を受けつけていません」女がいった。

「こんにちは」オリヴァーは女の鼻先に刑事章を突きつけた。「ホーフハイム刑事警察署のボーデンシュタインです。こっちは同僚のキルヒホフ。ドクター・ケルストナーと話がしたいのですが」

「刑事警察の方？」女はオリヴァーとピアをじろっと見た。「先生は今、手術中です。急患で。時間がかかりそうです」

「ではドクターに、わたしたちが来たことを伝えてください」オリヴァーはていねいにいった。

「急用なのです」

女はオリヴァーを見つめてから背を向け、新しい建物のドアへ歩いていった。案内板によると、そこが受付と薬剤調合室のある事務棟だ。

「フランケンシュタインの仲間みたいですね」ピアはささやいた。

オリヴァーはにやっとして、ピアを先に高さ四メートルの味気ないエントランスホールに入らせた。壁は白く塗られ、床には明るいタイルが張られていた。部屋の中央に半円形の受付カウンターがあり、二台のモニターにスクリーンセーバーが映っていた。壁には額入りの学位記がかけてあり、その真ん中に六人の陽気な人間が写っている大きな写真があった。オリヴァーは立ち止まってその写真を見つめた。真ん中にインカ・ハンゼンがいるのを見つけて微笑んだ。彼女の左右にいるのがドクター・ケルストナーとドクター・リッテンドルフだろう。

「待合室で待っていてください」赤毛の女がドアのひとつを指差した。「コーヒーはご自由にどうぞ」

「ありがとう」オリヴァーは親しげな笑みを浮かべたが、まったく効果がなかった。待合室には、初老の男と目を泣きはらした若い娘がすわっていて、ドアが開くなり飛び上がった。緊急治療を受けている馬の所有者だ。

「コーヒーを飲みます?」ピアは壁の写真を見ているボスにたずねた。

「ああ。ブラックで」

ブラックコーヒーをいれて、ボスに渡すと、ピアも馬が跳躍したり、走ったりしている写真を見た。熱心な獣医のおかげで怪我から回復した馬を写した写真だ。持ち主からの感謝状が添えられている。そのとき、ドアが開いた。待合室にいた馬の持ち主がさっと立ち上がった。オリヴァーがさっき写真で見たケルストナーがドアのところに立っていた。だが写真を撮った頃とは風貌がかなり変わっていた。ジーンズとスウェットシャツ姿で、その上に血しぶきがかかった緑色の手術衣を着ている。警察に仕事の邪魔をされて、機嫌が悪そうだ。オリヴァーの第一印象では、病気か、働き過ぎのように見えた。やせた顔は不自然なほど青白く、頬がこけていて、赤く充血した目の下に隈ができていた。オリヴァーが名乗ろうとしたとき、泣いていた少女が目の前を横切った。

「キラは?」少女が甲高い声でたずねた。ケルストナーは面食らって少女を見つめた。キラがだれかなかなか思いだせなかったようだ。

「手術はうまくいきましたよ」ケルストナーはいった。「安静室に移しました。また元気になるでしょう」

少女はほっとしてすすり泣きをはじめ、年輩の男性の首に抱きついた。

「ドクター・ケルストナーですか？」オリヴァーはポケットから刑事章をだし、ピアを紹介した。「少しお話がしたいのですが」

ケルストナーは刑事章をちらっと見てから、けげんそうにふたりの刑事の顔を見た。

「ええ、かまいませんが」ケルストナーはうなずいて、ついてくるようにという仕草をした。

三人は受付を横切り、向かい側の控え室らしき部屋に入った。部屋の真ん中にどっしりしたテーブルと簡素な木の椅子が八脚あった。部屋の隅にはベッドとテレビと古いソファが置いてあり、ソファの上のすり切れたクッションのあいだに年取った犬が横たわっていた。犬はちょっと頭を上げたが、興味をそそられなかったのか、また目を閉じた。ケルストナーはテーブルをまわり込んで椅子の背をつかんだ。むやみに敬語を使うのを好まない男なのか、そういう気持ちの余裕もないほど疲れているかのどちらかだ。ピアは部屋を見まわした。棚にはファイルや本が並び、額入りの写真や証書が飾られている。そのあいだに妙に古くさい紋章が描かれた板が立ててある。そういう紋章を昔、学生街の酒場で見たことがある。ギリシア文字がふたつ、からみ合わせたふたつの手に重ねて書かれ、ふたつの手は剣で貫かれている。ずいぶん荒っぽい図柄だ。その下に標語があるが、ピアには読み解くことができなかった。

「ドクター・ケルストナー」オリヴァーが口火を切った。「イザベル・ケルストナーさんのご主人ですね？」

「ええ」ケルストナーはびっくりしてそう答えると、背筋を伸ばした。「なぜそんなことを訊くのですか？　なにかあったのですか？」

「奥さんはシルバーのポルシェ・ボクスターに乗っていますか？」オリヴァーはたずねた。ケルストナーは両手で椅子の背をつかんだ。指関節が白くなるほどだった。

「どうしてそのようなことを知りたいのですか？　事故にあったのですか？」

ケルストナーは身じろぎひとつせず、無表情にオリヴァーを見た。顎の筋肉が張り詰めている。

「奥さんに最後に会ったのはいつですか？」

ケルストナーは質問を無視した。「なにがあったんです？」

「今朝、若い女性の遺体が発見されました」オリヴァーはわざと具体的なことをいわなかった。ケルストナーの態度があやしいと思ったのだ。「女性のズボンのポケットからシルバーのポルシェ・ボクスターのキーが見つかりました。ナンバーはＭＴＫ－ＩＫ　１８２、奥さんの所有です」

オリヴァーの言葉で、獣医の青白い顔がさらに青くなった。ケルストナーは麻酔にでもかかったかのようにオリヴァーを見つめた。茫然としている。まったく反応がなかったので、オリヴァーは理解できなかったかと思ったほどだ。

「奥さんはへその上に刺青をしていますか？」

「イルカでしょう」ケルストナーはささやいた。「なんてことだ」

ケルストナーは手で髪をなでてから、椅子に腰を下ろすと、両手をテーブルに置いた。ちょうど降霊術にでも参加しているかのように。

オリヴァーとピアはさっと視線を交わした。

「フランクフルトまでご足労願って、奥さんの身元確認をしていただきたいのですが」ピアが獣医にいった。またしても、理解するのに数秒かかったようだ。ケルストナーはいきなり腰を上げてドアへ向かった。歩きながら緑色の手術衣を脱ぎ、そのまま床に落とした。厳《いか》つい顔をした赤毛の受付係がその瞬間、ノックもせずにドアを開けた。

「ミヒャエル、わたし……」そういいかけて、獣医のこわばった顔に気づくと、口をつぐんだ。赤毛の女と獣医は親しい仲のようだ。

「行かなくては」ミヒャエル・ケルストナーはいった。「イザベルが死んだ」

「嘘でしょう!」赤毛がいった。オリヴァーは、ケルストナーの妻が死んだことにショックを受けたと思ったが、赤毛の次の言葉で違うとわかった。

「ここを離れるわけにはいかないわ! 馬はまだ麻酔から覚めていないのよ……」

「ゲオルクを電話で呼んでくれ」ケルストナーは赤毛の言葉をさえぎって、ドアの外に出ていった。

ザクセンハウゼンにある法医学研究所へ向かうあいだ、ケルストナーはひと言も話さず、座席にすわっていた。なにも見ず、口を開くこともなく、恐ろしく静かな奈落の底に沈んだかのようだった。研究所は前の世紀転換期に建てられたケネディアレー通りの古い邸に入っていた。中継車や好奇心いっぱいのリポーターがその前にたむろしているのが遠目にもわかった。ハルデンバッハ上級検事の遺体がすでに到着しているようだ。

「来客用の入口から入ってください」ピアがそういうと、オリヴァーは、どういう意味かわかって、驚くとともに愉快そうな目つきをした。「そのあとすぐ左に曲がって、緑の門のところでわたしを降ろしてください」

ピアが慣れた手つきでその門を開けた。オリヴァーは車が三台と遺体搬送車が止まっている裏庭に車を進め、しばらくして三人は人目を忍んで建物に入った。ケルストナーはオリヴァーとピアのあとから地下へ通じる階段を黙って下りた。最初の死体安置室の中央に遺体を乗せたストレッチャーが止めてあった。緑色のカバーがかかっている。司法解剖のスタッフはドアのところにあらわれ、うれしそうな笑みを浮かべた。

「やあ、ピア」スタッフはいった。「久しぶりだね」

オリヴァーはびっくりしてピアを見たが、ピアの方はそのことに気づかなかった。

「ハイ、ロニー」ピアは声を押し殺していった。「タウヌスから運ばれてきた若い女性はそれ？　ご主人が身元確認のために来ているんだけど」

ロニーはオリヴァーとケルストナーに会釈してからかぶりを振った。

「いいや。ここを包囲している報道陣のお目当ての御仁さ。こっちだ」

ロニーは三人の前に立って別の死体安置室へ向かった。そこにもう一台、カバーをしたストレッチャーが控えていた。オリヴァーはケルストナーをちらっと見た。白いタイルで明るく輝くその死体安置室に入っても、獣医は無表情なままで、なんの感情もあらわさなかった。オリヴァーはいやというほど何度も、死者の身内をここに案内した経験がある。連れ合いや友や親戚の死で心を揺さぶられている人たちは、厨房そっくりに見えるこの空間にさらなるショックを受けるものだ。天井まで届く金属の戸棚、容赦ない蛍光灯の光、タイル張りの壁、洗い流すことができる床。そのすべてが、残された者が大事にしたいと思っている死者の尊厳をはぎ取る。ロニーと呼ばれた司法解剖のスタッフが緑色のカバーをめくって、遺体の顔が見えるようにした。ケルストナーは死者を数秒見つめた。やはり表情は変わらない。

「妻です」そういって、ケルストナーはきびすを返した。「イザベルです」

夫の態度に違和感を感じたが、オリヴァーはそのことをおくびにもださなかった。ロニーは布を遺体にかぶせると、ストレッチャーのブレーキを解除して金属の戸棚の方へ押した。戸棚の扉が開くと、冷気がどっと漏れだし、ケルストナーはびくっとした。そしてオリヴァーにつづいて、足早に廊下に出た。

四十五分後、ケルストナーはホーフハイム刑事警察署に着いた。オリヴァーの部屋に入ると、デスクの前にある椅子にすわり、ピアがいれてきたコーヒーのカップをつかんだ。彼は事情聴取の録音を承諾し、本人確認をし、うつむきながら最初の質問を待った。オリヴァーはまず同席する者のこと、そして刑事手続きに入ることを告げた。

「申し訳ないのですが、いくつか質問をしなければなりません」オリヴァーは獣医の方を向いた。「じつは奥さんの死に殺人の疑いがあるのです」

「なにがあったのですか?」ケルストナーの視線がゆっくりオリヴァーの顔に向けられた。

「どういうふうに……死んだのですか?」

「アッツェルベルクタワーの下に横たわっていました」オリヴァーは答えた。「飛び降り自殺に見えましたが、自殺とは矛盾する点もありまして」

「自殺?」ケルストナーは首を横に振った。「イザベルが自殺するはずないです」

「奥さんについて話してくださいますか」ピアがいった。「奥さんはあなたに較べてずいぶん若かったですね」

ケルストナーは少しのあいだ返事をためらい、遠くを見つめた。「結婚したとき、十九歳でした。妻は親友の妹だったのです」ケルストナーはコーヒーをひと口飲んだ。手がひどく震えていた。「わたしは当時の婚約者といっしょにアメリカからもどったところで、そのときにイザベルと久しぶりに再会したのです。一九九八年秋です。三ヶ月後、イザベルが妊娠したため、結婚しました」

ケルストナーは思い出に沈んだ。オリヴァーとピアは、獣医が話をつづけるのを待った。

「うまくいっているように思えたのです。ところが娘が生まれた直後からいろいろ問題が起こりはじめまして」

「問題?」ピアはたずねた。

「イザベルはそれまでと同じ暮らしを望んだのです。大きな邸、バカンス、馬、ショッピング。しかしわたしは、未来のために金を投資したかった。インカ、つまりドクター・ハンゼンが、亡くなったお父さんの跡を継いで馬専門動物病院をつづけることにし、共同経営者を探していたんです。友人のゲオルク・リッテンドルフを通してインカ・ハンゼンと知り合いました。すぐに気が合いました。

ドクター・ハンゼンはわたしと同じようにアメリカで学び、働いた経験があったので。わたしたち三人は意気投合したのです」

オリヴァーとピアは黙ってケルストナーが話すのを待った。しばらくして獣医が口をひらいた。「高価な医療機器を購入し、建物を改修する必要がありました。インカには父親の生命保険金がありましたが、わたしたちの計画を形にするには資金不足でした。むりをしたくなかったので、人件費を節約することにしたのです。インカの母親が経理を担当し、ゲオルクの妻が医療助手になり、イザベルには受付をやってもらおう、と」

ケルストナーはため息をついた。

「しかしそれはむりな相談でした」

「なぜですか?」ピアはたずねた。

「彼女はゲオルクと合わなかったのです」そう答えると、ケルストナーは疲れた目をこすった。「ゲオルクのほうも妻が気に入らなくて。でもなにより妻は裕福な暮らしを期待していたのです。それなのに、動物病院のために貯金を全部注ぎ込んで、しばしば一日十五、六時間働く必要がありました。週末も働きました。妻はそれが気に入らなかったのです」

ケルストナーは苦しそうに顔をしかめた。

「わたしは妻に応えようとしたのです」ケルストナーは前を見つめた。「妻にはどうでもいいことのようでしたが。四六時中喧嘩が絶えませんでした。たいていが金絡みでした。家を出ていっては、もどってきて、また出ていって……地獄でしたよ」

「奥さんが去ったのはいつですか？　それから理由は？」

「たぶんわたしが妻を引き留めなくなったからだと思います」ケルストナーは肩をすくめた。「五月末、荷物をまとめて出ていきました。わたしが帰宅したときにはいなくなっていました。なにもかも持って」

「娘さんも連れていったのですか？」ピアはたずねた。

「はじめは連れていきませんでした」ケルストナーは小声でいった。「十日前、妻が幼稚園にマリーを迎えにいき、わたしはそれっきり会っていません」

オリヴァーは獣医を観察し、目にしたことを分析した。ケルストナーは完膚無きまで心をずたずたにされている。しかし目に涙を浮かべたのは、本当に妻の死を悼んでだろうか。

「別居してから、奥さんはどこに住んでいたのですか？」

「知りません」

「お嬢さんは？　今はどこに？」

ケルストナーは顔を上げたが、すぐに顔をそむけ、石になったような目つきで自分の両手を見つめた。

「し……知りません」

「奥さんと最後に会ったのはいつですか？」ピアはたずねた。

「昨日です」ケルストナーは消え入るような声でいった。「いきなりうちの病院にあらわれまして」

ピアはボスにちらっと目をやった。

「何時ですか？」オリヴァーはたずねた。

「五時四十五分頃です」ケルストナーは顔を上げずに答えた。「ちょうど手術が終わったところで、妻はいきなりわたしのところへ来て、話すことがあるといったのです」

「どういう話だったのですか？」

獣医は黙ってかぶりを振った。

「ドクター・ケルストナー」ピアは穏やかだが、強い口調でいった。「奥さんが午後四時五十五分、車に給油したことがわかっています。そのあと、動物病院にあなたを訪ね、その二、三時間後、死んだことになります。生前、奥さんと最後に会ったのはあなたの可能性があるんです。質問に答えてください」

ケルストナーは黙って前を見つめていた。話を聞いていないかのようだった。

「口論したのですか？　だとしたら原因は？　なにか具体的な話題があったはずですが」

沈黙。

「昨日の晩はどこにいましたか？」オリヴァーはたずねた。突然、状況が一変した。妻の死にショックを受けていた男が殺人の容疑者になったのだ。動機がある。しかもいくつも。はねつけられた愛、失望、嫉妬。

「あなたに不利益なことなら話さなくてもけっこうです。弁護士を呼びますか？」

ケルストナーは目を上げて、信じられないという表情をした。「まさか、わたしがイザベルを殺したというのですか？」

「あなたは奥さんが死ぬ二、三時間前に会っている」オリヴァーは答えた。「奥さんはあなたのところから去り、あなたは、奥さんがどこで暮らしているか知らなかった。あなたは腹を立て、嫉妬していたのかもしれない」

「それはないです！　絶対にないです！」ケルストナーは激しく打ち消した。「わたしは彼女のことを怒ってもいないし、嫉妬も覚えていない」

「なぜですか？」

「なぜなら」といいかけて、ケルストナーは黙った。

「奥さんが昨日なんの用で訪ねてきたのか教えてください」

ケルストナーは唇をかみしめ、うなだれて泣きだした。絶望の淵にいる人間の嗚咽《おえつ》。顔を伝い落ちる涙をぬぐおうともしなかった。

二〇〇五年八月二十九日（月曜日）

朝七時、その週は捜査十一課全員による捜査会議ではじまった。この数週間は比較的穏やかだったのに、いきなりふたつの事件を抱えることになった。もっともハルデンバッハ上級検事の自殺は州刑事局が引き受けることになったが。政治問題になりかねないハルデンバッハ事件の捜査を州刑事局に預けることになり、オリヴァーは内心ほっとしていた。そしてイザベル事件でひとまず判明したことから部下がいろいろ推理するのを聞いていた。短期間に事件のパズルが解けるといいのだが。

フランク・ベーンケは階級でいうと、オリヴァーの次に位置する上級警部で、二年前オリヴァーとともにフランクフルトからホーフハイムへ異動した。フランクフルトで生まれ育ち、その外にあるものはひとしなみに、田舎くさいと評する傲慢なところがある。

カイ・オスターマン警部は三十代終わりだ。十年前、特別出動コマンド《SEK》（人質立てこもりなど凶悪犯罪に対処する警察特殊部隊）の作戦行動中に片足を失い、それ以来、内勤にまわっている。オリヴァーがホーフハイムに異動する際、抜擢した。鋭い勘とコンピュータ顔負けの記憶力で、今や捜査十一課になくてはならない存在だ。

最年長のアンドレアス・ハッセも警部だ。それも万年警部。五十代半ばで、髪は鼠色で、きっちり分けたところは鬘《かつら》のようだ。そして褐色のスーツと褐色のゴム底靴を好んで身につけている。二年前の警察の構造改革の際、アンドレアスは新設される刑事警察署で課長になれるという夢を描いた。しかし夢は叶えられなかった。今は定年を待ちわびてばかりで、腰が重い。オリヴァーはそのことが気にくわなかった。

捜査十一課の最年少はカトリーン・ファヒンガー刑事助手だ。やせた色白の女性で、二十代半ば。この冬からオリヴァーのチームに加わり、いい仕事をしている。

昨日の午後、カイ・オスターマンはさっそく警察のネットワークとインターネットを検索して、死んだ女が過去に警察の世話になっていることを突き止めた。酒気帯び運転で免許停止、麻薬法違反、無免許運転、万引き、公序良俗に反する行為。イザベル・ケルストナーはすねに傷を持っていた。オリヴァーは、司法解剖が至急必要であることを担当検察官に納得させた。ピアは検察官に提出するための暫定的な報告書をすでに作成していた。オリヴァーはピアの人事記録から、チームは違うが、彼女がかつて同じフランクフルト刑事警察署捜査十一課に勤務していたことを知っていた。そして七年間の休職ののち現場復帰し、フランクフルトではなく、ホーフハイムに配属された。彼女の私生活について、オリヴァーはなにも知らなかった。それでも、ピアがチームの支えになっていることがうれしかった。

「イザベル・ケルストナーの司法解剖は今日の午前十時です」カイが報告した。「行かれますか、ボス？」

「いいや」オリヴァーは首を横に振った。「もう一度、動物病院を訪ねて、ケルストナーの同僚たちと話してみる。フランク、司法解剖は任せる」

「俺ですか？　この一年でもう三回もやってますよ」フランク・ベーンケが口答えした。

「よければ、わたしが行きますが」ピアがいった。オリヴァーは眉を上げた。フランクを喜ばせて、ご機嫌取りをするつもりか？　だれだって司法解剖につきあいたくはない。だがどんなにいやでも、刑事と検察官が立ち会うのは規則なのだ。

「カイ、被害者の過去を洗ってくれ」オリヴァーは指示をだした。「両親、幼稚園、学校、なにか専門教育を受けているかどうかなど。基本的にすべてだ。ファヒンガー、きみとアンドレアスはケルクハイムへ行って聞き込みだ。みんな、わかったか？」

「結局、解剖にはだれが立ち会うんですか？」フランクはたずねた。

「キルヒホフだ」オリヴァーは目を上げずに答えた。「きみは科学捜査研究所へ行って、車の鑑定がどうなっているか聞いてきてくれ。ではみんな、仕事にかかりたまえ。四時ちょうどに次の捜査会議を行う。それまでにいろいろ判明していることを期待しているぞ」

全員がうなずき、腰を上げた。

「ちょっと待った、キルヒホフ」オリヴァーはいった。ピアは立ち止まった。オリヴァーは椅子の背に寄りかかって彼女をじっと見つめ、他の部下が部屋から出ていくのを待っていった。

「きみもわかっていると思うが、わたしは頭ごなしに命令を押しつけるタイプではない。しかしどんなチームにも、ルールを決める者が必要だ。われわれのチームでは、わたしだ。わたしの指示に従うことを期待している」

ピアは彼の目を見た。オリヴァーのいわんとしていることを察した。

「ボスの指示をないがしろにするつもりはありません。ベーンケは解剖が苦手だと思ったものですから。わたしは司法解剖を何度も体験して、なんともないんです。だから代わろうといったまでで」

オリヴァーはうなずいた。

「そうだな」オリヴァーは椅子を後ろに引いて立ち上がると、彼女に微笑みかけた。「あそこはきみの縄張りらしい。きみが自由に振る舞っていることに、昨日気づいた」

「そのとおりです」ピアはうなずいた。「ドクター・ヘニング・キルヒホフとの結婚は十六年つづきました。わたしたちは研究所からほど近いところに住んでいて、夫がワーカホリックだったものですから、会いたくなったときはあそこを訪ねていたんです。ですから法医学の分野ではかなりの経験を積んでいます」

「結婚していたのか？」オリヴァーは新しい同僚のことを知るいい機会だと思った。

「今も結婚はつづいています」ピアはいった。「でも、別居して一年ちょっとになります。わたしのことを怒っています？」

「まさか」オリヴァーはそう答えて、にやりとした。「今回の司法解剖にはフランクを立ち会わせたかっただけだ。あいつはいつも、なんだかんだいって逃げているからな」

「ピア！　また会えてうれしいぞ！」法医学研究所所長のトーマス・クローンラーゲ教授は五

十代半ばだが、贅肉がなく引きしまった体つきで三十代のように見える。白髪は短く刈り、敏《びん》捷《しょう》な明るい目をしている。その教授が、イザベル・ケルストナーの司法解剖が行われる解剖室に入ってきたピアを見て、顔を輝かせた。

「こんにちは」ピアは微笑み、教授の抱擁を受けた。「わたしも会えてうれしいです」

夫よりもクローンラーゲ教授との方が、気心が知れているのは、時のなせる業だ。教授は、ピアがヘニング・キルヒホフとの結婚をなんとかうまくやろうともがくのを間近で見てきた。別居中の夫は、ただの法医学者ではなかった。ドイツの法医人類学の数少ない専門家のひとりで、人の死を扱う医者たちの中の希望の星なのだ。夫の同僚はひそかに彼のことを〝死神〟と呼んでいる。そしてピアの結婚を破綻《はたん》に導いたのもまた死だった。なぜなら、死は門前払いすることができなかったからだ。ヘニングは学者として評判が高く、ピアもそんな夫に感心し、尊敬した。しかし家具や壁に飾る絵の話になると、天才との結婚はきわめてやっかいなものだと気づかされた。去年の三月、オーストリアで起きたロープウェイのゴンドラ墜落事故で、夫が断りもなく現場に行ってしまったとき、ピアはケネディアレー通りにある古いアパートから出ていった。夫がそのことに気づいたのは二週間後のことだった。

「元気かね？」クローンラーゲ教授は腕の長さ分、ピアを離して、顔を見つめた。「元気そうだな。殺人課にまわされたと聞いたが」

「ええ、一ヶ月前からホーフハイム刑事警察署の捜査十一課にいます」ピアは微笑んだ。

そのとき開いているドアをノックして、若い男が入ってきた。

「おはよう」男がつっけんどんにあいさつした。

「おお、これは検事！」教授はうれしそうに叫んだ。「では、はじめようか」

ピアは身分を名乗って、若い検察官に手を差しだした。

「フランクフルト検察局のイェルク・ハイデンフェルトです」

「解剖の立ち会いははじめてかね？」そうたずねると、教授はハーフフレームのメガネ越しに検察官を見た。ハイデンフェルトはうなずいた。

「なるほど」教授は、遺体から布を取るように助手に合図した。「あなたの最初の死体はかわいらしくてよかった。新鮮な死体だ」

「新鮮な死体？」ハイデンフェルトはけげんそうにたずねた。

「密室に四週間置き去りにされた死体に会ったら、今日の死体の方がずっとましだと思うだろう」クローンラーゲは愉快そうに答えた。

「わかりました」そうささやいて、検察官は青い顔をした。

教授が外貌のチェックをし、首にかけたマイクにしゃべりかけるのを、検察官とピアは黙って聞いていた。

「フリック君、死亡時刻がいつかいえるかね？」教授は助手に問いかけた。

「死斑は押しても消えません」若い助手は手袋をはめた指で死体の背中と肩胛骨のあたりを押した。「死んでからすくなくとも二十四時間が経過しています。死後硬直は完全に進行していますが、まだ腐敗は認められません」

助手は鼻をくんくんさせた。

「……しかしまだ四十時間は経過していません。土曜日の晩に死亡したといえます」

「よろしい」クローンラーゲ教授はメスを取り、右肩からY字切開をはじめた。慣れた手つきで死体の胸骨まで素早くメスを入れる。「わたしの見解も同じだ」

教授に誉められて、若い助手は緊張した顔を赤らめ、それから熱心な表情で死体にかがみ込んだ。

「こんなに可愛い娘なのに」クローンラーゲは首を横に振った。「健康そのものだが、死んでいる」

ハイデンフェルト検察官は、教授のブラックジョークを黙って聞いていた。だが、解剖台のそばに立っていないのだから、まだましといえる。肋骨が頑丈な肋骨剪刀《ばさみ》でぼきっと切り取られると、解剖立ち会いを前にして控え目にしておいた朝食が食道へと上がってきた。検察官が途方に暮れたような視線を向けても、ピアはまったく動じず、励ますように微笑みかけた。

「これから心臓を摘出し、計量する」教授はおしゃべりしながら作業をつづけた。「それから肺だ……気をつけてくれよ、フリック君、このあいだのように落とさないように」

そこで限界に達した。すいませんとつぶやいて、ハイデンフェルトは検察官とは思えない惨《みじ》めな姿で廊下に駆けだした。

オリヴァーは動物病院前の駐車場に車をすべり込ませた。彼のBMWは、唯一自分に許した贅沢だった。フランクフルトにある警察本部の駐車場にかつて止めたときは羨望のまなざしを集めたが、少しも気にしなかった。警察での彼の出世街道を傍目《はため》で見ながら、同僚たちは、働く必要もないのに道楽でやっているだけだと陰口を叩いた。しかしオリヴァーは何年もかけて、自分のやる気と成果についての悪意ある過小評価が根も葉もないことを明らかにした。貴族の称号を持つ者は経済的にゆとりがあると、平均的な市民に思われているのがなにより悪い。オリヴァーは車を降りて、動物病院を見つめた。インカ・ハンゼンたち三人の獣医は、たしかにこの古い動物病院の改装に大金を注ぎ込んだようだ。オリヴァーは中庭に足を踏み入れた。

「オリヴァー?」

オリヴァーは振りむいて、インカ・ハンゼンに気づいた。彼女は四輪駆動車に乗ろうとしているところだったが、降りてドアを閉めた。二十年以上経つのに、オリヴァーは彼女に憧れていたことをすぐに思いだした。インカは彼より三ヶ月若い。だが、四十歳を超すうえ、きつい仕事を何年もつづけているのに、少しも美しさが衰えていなかった。ナチュラルブロンドの髪、すっきりした顔立ち、張った頬骨、明るく輝く瞳。タイトなジーンズと薔薇色のポロシャツが軽くボーイッシュな感じを醸《かも》しだしている。

「やあ、インカ」オリヴァーはいった。「会えてうれしいよ!」

彼女の顔に笑みが浮かんだが、どこか冷めた感じでよそよそしかった。仲良しだったのは昔のこと、抱擁するのがはばかられたので、ふたりは握手した。

「わたしもうれしいわ」インカの声は昔と同じでハスキーだった。「再会を祝うには悲しい状況ね」

ふたりは顔を見合わせた。探るように、だが好意をもって。

「元気そうだね」オリヴァーはいった。

「ありがとう」インカは微笑んで彼の頭のてっぺんから足のつま先まで見つめた。「あなたも変わらないわね。それにしても何年ぶりかしら」

「ジモーネとローマンの結婚式以来かな。二十年は経っている。そのあとすぐ、きみはアメリカに渡った」

「二十二年ね。一九八三年七月」

「たしかに。信じられない。きみはちっとも変わっていない」

インカは車のフェンダーに寄りかかった。助手席にジャックラッセルテリアが二匹すわっていて、主の動きをじっと見つめている。

「オリヴァー・フォン・ボーデンシュタイン」インカはいった。少しだけ皮肉っぽかった。「あいかわらずいかしているわね。ここへなんの用？　ミヒャエルは今日、来ていないけど」

「きみともうひとりの獣医から話を聞きたいと思ってね。まだ捜査ははじまったばかりで、イザベル・ケルストナーについていろいろ聞きたいんだ。話を聞かせてくれないかな？」

インカは腕時計に視線を向けた。

「イザベルはめったに顔を見せなかったから、よくは知らないの。ミヒャエルはだいぶつらい思いをしていたわ。ゲオルクと話したほうがいいわね。ミヒャエルとは長いつきあいだから」

「わかった」オリヴァーはうなずいた。「ありがとう」

しかしこんなに長いあいだインカのことを考えなかったとは。目の前にしてみると、質問が無数に浮かぶ。本当は答えなどいらないのに、不思議と興味がわいた。

「あいにく用事があるの」インカは車のドアを開けた。「会えてうれしかったわ、オリヴァー。今度、近くに寄ることがあったらコーヒーを飲みにきて」


動物病院の受付カウンターには、このあいだの赤毛の女がいた。今日は緑色の手術衣を着ていた。左胸の名札にはジルヴィア・ヴァーグナーとあった。

「ドクター・ケルストナーはいませんよ」ジルヴィアはあいさつもせず、オリヴァーにいった。

「今日はドクター・リッテンドルフに会いたいんですがね」オリヴァーは答えた。

「仕事中です」

電話が鳴った。

「わたしもそうですよ」オリヴァーはつとめて愛想よくした。「先生に話してくれませんか?」

「ちょっと待ってください」ジルヴィアは馬の飼い主からの電話を受けた。そのあとまた電話がかかってきた。即座にメモ用紙に日付を書き込み、予約を入れた。よく働く。

「イザベル・ケルストナーさんとは知り合いでしたか?」オリヴァーは、通話を終えたジルヴィアにたずねた。

「もちろんです」ジルヴィアは意外なほど強い口調で答えた。「好きにはなれませんでした。

死んだ人を悪くいうのはいけないことかもしれませんが、かまいません。イザベルは傲慢で頭が空っぽの女でした。ミヒャエルのような人を夫にする資格なんてなかったんです」

「どうしてですか？」

「ミヒャエル……つまりドクター・ケルストナーは……この動物病院を軌道に乗せるため、朝から晩まで身を粉にして働いているんです。本当に腕のいい獣医です」

電話がまた鳴った。ジルヴィアは無視した。

「イザベルには、なにもかもどうでもよかったんです」ジルヴィアは顔を曇らせた。「あの女は楽しむことしか頭になかった。クラブ、パーティ、おふざけ、乗馬。この病院のためには指一本貸しませんでした」

丸いべっこう縁のメガネをかけた黒髪の男が受付にやってきた。

「あら、ゲオルク」ジルヴィアはその男に向かっていった。「こちらの刑事さんが話をしたいそうですよ」

オリヴァーは獣医に一礼した。

「こんにちは」そういうと、ゲオルク・リッテンドルフはオリヴァーを見つめた。「かまいませんよ」

獣医はドクター・ケルストナーとほぼ同じ年齢だ。四十代はじめか、半ばだろう。細面でやさしげな顔立ち。身長はオリヴァーと同じくらい。ふさふさの黒髪に少し白髪がまじっている。分厚いメガネの奥の碧い目は警戒し、様子をうかがっている。健全な精神を持っているようだ。

刑事警察と縁のない人はたいていそわそわするものだが、リッテンドルフにはそういうところがまったく見られなかった。

「控え室に行きましょう」リッテンドルフがいった。「コーヒーはいかがです?」

「いただきます」オリヴァーは獣医に従って、ケルストナーが昨日、妻が死んだ知らせを受けたテーブルについた。リッテンドルフはコーヒーメーカーのスイッチを入れた。

「ケルストナー夫人が不幸に見舞われたことはご存じですね?」

「ええ」リッテンドルフはうなずいた。「ひどい話です。しかしあいにく悲しいとはいえません。イザベルとわたしが犬猿の仲なのは公然の秘密です」

「彼女を殺しそうな人をだれか知っていますか?」オリヴァーはたずねた。

「もちろんです」リッテンドルフは吐きすてるようにいった。「たとえばわたしです」

「そうなんですか。それはまたどうして?」オリヴァーは獣医を観察した。頭が切れるのは間違いない。

「あの女は友人の人生を地獄に変えた。だから嫌いでした。あっちもこちらを嫌っていましたが」

オリヴァーは部屋を見まわして、額入りの証書と写真のあいだの壁にかけてある紋章に視線をとめた。折り重なったふたつの文字が交差された剣に貫かれている。

「学生友愛組合?」そうたずねて、オリヴァーは紋章に書かれたラテン語の標語を読み解こうとした。

「ああ」リッテンドルフはきびすを返した。「紋章ですか。ええ、ミヒャエルとわたしは大学で同じ学生組合に入っていたんです。先輩団として今でも、われわれがいた学生組合を支援しています」

「Fortes fortuna adiuvat《フォルテス・フォルトウナ・アディウヴァト》」オリヴァーはギムナジウムでラテン語を学び、今でも忘れていなかった。「幸運は勇者を助ける」

「そのとおりです」リッテンドルフはにやっとして、オリヴァーにコーヒーを差しだした。「ミルクは？　砂糖は？」

「いいや、けっこうです」オリヴァーは首を横に振って、コーヒーをひと口飲んだ。「動物病院の話をしてください」

リッテンドルフもテーブルについてタバコに火をつけた。煙が目に入って、目をしばたたいた。

「本当に興味があるんですか？　ミヒャエルのことで質問したいんじゃないですか？」

「そうです」オリヴァーは素直に微笑んだ。「回り道はよしましょう。ドクター・ケルストナーとのつきあいはどのくらいになるんですか？」

「大学に入学したときから」リッテンドルフは答えた。「もう二十四年のつきあいになります」

「ただの同僚ではないんですね」

「ええ。友だちです。親友」リッテンドルフはゴロワーズをくゆらせた。目元がゆるんだ。

「学生組合の盟友ですから」

「いつから動物病院へ出資しているんですか？」

「五年前からです」

「動物病院の改装にずいぶん金を注ぎ込んだそうですね」

「そのとおりです」リッテンドルフは微笑んだ。だが目は笑っていない。あいかわらず警戒している。「ちょっとした金額です。でもそれだけの甲斐はあります」

「そして金の余裕がなくなって、ドクター・ケルストナーの結婚は破綻したということですか」

オリヴァーはいった。獣医の澄んだ碧い目に底知れない感情が浮かんだ。獣医は口をへの字に曲げた。

「破綻する以前に」獣医は皮肉たっぷりにいった。「イザベルははじめからミヒャエルを騙していたんです。わたしに見抜かれていると、わかっていました」

「どういうことでしょうか？」

「いいですか」リッテンドルフは身を乗りだした。「本人に訊くといいでしょう」

「あなたに質問しているのですが」オリヴァーは微笑んだ。

「イザベルは、自分のいいなりになる軽はずみな人間の人生を台無しにしたんですよ。あの女は計算高くて、自分の得になることしかしなかった。ミヒャエルを引っかける前の夏、あいつはわたしたちの親友とつきあっていました。親友の妻は妊娠中でしたが、歯牙にもかけませんでした。そして飽きると、臆面もなくそういって、その結果、親友は家族のために建築中だった骨組みだけの家で首を吊ったんです」

リッテンドルフは黙ってかぶりを振った。

「イザベルさんが本当に嫌いだったんですね」オリヴァーはいった。

「そんなものじゃすまないです」リッテンドルフは冷笑した。「憎んでいました」

そのときドアが開いて、ミヒャエル・ケルストナーが姿をあらわした。

リッテンドルフは飛び上がった。「今日は働かなくていい、ミヒャエル。本当にいいんだ。インカとわたしでやれる」

オリヴァーは、リッテンドルフが友のことを心から気遣っているとわかった。

「いや、働かなくては」ケルストナーは答えた。「頭がおかしくなる」

「おお、もどってきたかね」解剖室に入ってきた青い顔のハイデンフェルト検察官を見て、クローンラーゲ教授がいった。「少しずつわかってきたところだ。かわいらしいこの子が徐々に謎を解き明かしてくれる」

「そうですか」ハイデンフェルトの声には元気がなかった。

「ごく最近、中絶をしている」クローンラーゲはいった。「三、四週間前のようだ。だが、墜落死ではないという事実と較べたら、それほど重要ではないだろう」

「本当ですか？」ハイデンフェルトは驚いてたずねた。

「その前に死んでいた」クローンラーゲはそういってから、顔を上げて死体の右手を持ち上げた。

「ここを見たまえ」クローンラーゲがそういうと、ハイデンフェルトは腕に視線を集中させて、解剖された体全体を見ないようにした。「手首と腕と肩に皮下出血が認められる。かなり乱暴につかまれたようだな。だが興味深いのは、右腕の静脈に比較的新しい注射の痕があることだ」

クローンラーゲはふたたび腕を下げた。

「この痕は死因と関係があるようだ。何者かが無理矢理注射をしたと見える」

「被害者は何度も麻薬法違反を犯していますが」ピアが注意を喚起した。「自分で注射したのかもしれません」

「いいや、解剖学的にありえない」教授が否定した。「被害者は右利きだ。右利きの人間が自分に注射を打つとき、左手で右腕に打つことはまずない。それにこの位置では、自分で打つのはむりだ」

「なにを注射されたのでしょう?」ハイデンフェルトはたずねた。「特定できますか?」

「毒性学的スクリーニングを行う」教授は答えた。「この即席テストでは、およそ三千種類の毒物を特定できる。わたしの勘が正しければ、この被害者が毒物で死んだことがすぐに判明する」

「なるほど」ハイデンフェルトはうなずいた。「わかりました」

クローンラーゲ教授はひっきりなしに医学用語をマイクに向かってつぶやきながら、メスで死体の右上腕の内側を切開した。

「なんとまあへたくそな注射だ。これでは内出血する。もっとも生きている人間の場合だけだがな。この死体の場合は、皮下出血がほんのわずか見られるだけだ。理由は簡単。注射を打たれた直後に死んだのだ」

ピアは満足してうなずいた。これで自分の推理が正しいという動かぬ証拠が見つかった。自殺でも、事故でもなく、他殺なのだ。


オリヴァーはケルストナーを見つめた。受付の壁にかかっている写真とは打って変わって抜け殻のようだ。

「二、三質問してもいいですか？」

「ええ。もちろん」ケルストナーは、さっきまでリッテンドルフがすわっていた椅子に腰かけた。心ここにあらずといった様子だ。オリヴァーは、精神安定薬を服用したのではないかと一瞬勘ぐった。

「奥さんはどうやってポルシェを手に入れたのでしょう？」オリヴァーはたずねた。窓の外で蹄鉄の音が響いた。オリヴァーは窓の外をちらりと見た。若い女がふたり、馬運搬用トレーラーから白馬を降ろしていた。年輩の男が鹿毛の馬を引きまわしている。鹿毛は神経質に足踏みして、けたたましくいなないた。ケルストナーはなにも気づいていないようだ。彼にとっては、日常の物音なのだろう。彼はリッテンドルフが置いていったタバコの箱から一本抜くと、ぼんやりと指でまわし、口にくわえた。その両手で複雑な手術を行っている、とオリヴァーは頭の中で考えた。妻を殺したのも、その両手だろうか？

「わたしはその車を土曜日にはじめて見ました」ケルストナーは苦々しげにいった。「たぶん愛人から……金をもらったのでしょう。イザベルはずっとわたしを騙していた。わたしはそれを認めたくなかったのです」

「奥さんのことや結婚生活のことをもう少し話してもらえますか」

ケルストナーが口を開くのにほぼ一分を要した。

「話すことなんて」ケルストナーは肩をすくめた。「イザベルはわたしを愛してくれたことなど一度もありませんでした。屈辱的なことですが、目的を果たすための道具にされたと認めるほかありません。妻のことは、友人ファレンティンの妹として小さい頃から知っていました。アメリカからもどったあと再会したとき、イザベルは妊娠していて、問題を急いで解決する必要に迫られていたのです。わたしはちょうど打ってつけだったというわけです」

ケルストナーは灰皿でタバコをもみ消し、すぐにもう一本火をつけた。

「妻は計算ずくでわたしと結婚しました。わたしは空気のような存在だったんです。それがつらかった」

外が騒がしくなった。甲高いいななき、荒々しい蹄鉄の音、大きな声、門扉を閉める音。しかしケルストナーは眉ひとつ動かさなかった。頭を上げることもなく、心はどこか別のところへ行っているようだ。ケルストナーは左手の親指と人差し指で目をこすった。

「数週間前、喧嘩がエスカレートしまして、わたしは娘の父ではない、と妻が言い放ったんです」ケルストナーの声は震えていた。気持ちを抑えるのに数秒かかった。「あれで一巻の終わり。それから妻には会っていません。このあいだの土曜日まで」

オリヴァーは目の前の男に同情を禁じえなかった。これほどの屈辱をどうやったら乗り越えられるだろう。仕事柄、地獄に落ちた人間を何度も見てきた。絶望して、極端な行動に走った犯人の気持ちが理解できることもあった。オリヴァーには、ケルストナーが妻を殺害したとしか思えなくなった。もしそうだとしたら、おそらく思い余っての犯行だ。積年のうらみが爆発して、悲劇を生んだのだ。

「奥さんは土曜日、あなたになんの用があったのですか？」オリヴァーはたずねた。

ケルストナーは一瞬目を閉じてから、また目を開けて肩をすくめた。静寂に包まれたそのとき、携帯電話が邪魔をした。オリヴァーは腹立たしげに携帯電話をつかんだ。

「取り込み中だ」オリヴァーは携帯電話に向かっていった。

「一大事です！」ピアは電話の向こうで叫んだ。「死因がわかりました。クローンラーゲが右手の肘関節の内側に注射を打たれた痕を発見したんです。血液と尿の即席テストでバルビツール酸系の薬が致死量分注射されていたことが判明しました。薬名は正確にはペントバルビタールナトリウムです」

オリヴァーはケルストナーをちらっと見たが、気づかれなかった。

「確かか？」

「はい」ピアはいった。「トリアージテストは信頼性が高いので。ケルストナーはペントバルビタールナトリウムを手に入れられる立場にいます。獣医学で動物の安楽死に使われる薬物でもあります」

「死亡時刻は?」オリヴァーはたずねた。

「はっきりしました。クローンラーゲは土曜日の晩、七時半から八時半のあいだといっています。それからもうひとつ。イザベル・ケルストナーは最近、人工中絶していました」

「わかった」オリヴァーはいった。「またあとで」

オリヴァーは、目の前のテーブルをじっと見つめているケルストナーに視線を向けた。こんなに簡単な事件なのか? この男が、長年嘘をついて自分を騙し、侮辱してきた女を土曜日の晩に再会したときに致死量分の薬物で殺したということか? それを裏付ける情報がいくつかある。だがそう思えないところもある。たとえば、どうして自分が不利になる話をしたのだろう? ケルストナーは殺人の動機をわざわざ銀の盆にのせてオリヴァーに差しだしたようなものじゃないか。一見わかりやすいからこそ、オリヴァーは疑念を抱いた。

「ドクター・ケルストナー」オリヴァーはいった。「奥さんの死因はタワーからの墜落ではないことが判明しました」

「なんですって?」ケルストナーがさっと顔を上げた。その目に浮かんだ戸惑いは本物だった。

オリヴァーにもすぐにわかった。

「致死量分の薬物を静脈注射されて死亡したといったら、驚きますか?」

「致死量分の薬物注射」ケルストナーは首を横に振ったが、なにを意味するか理解したようだ。

「わたしが犯人だというんですか?」

「そうはいいません」オリヴァーは私情をはさまず答えた。「しかし奥さんがなんの用であなたをたずね、あなたが土曜日の夜七時半から八時半のあいだなにをしていたか、答えていただく時が来ました。司法解剖によると、奥さんが死亡した時間です。そのときなにをしていましたか？」

ケルストナーはすぐには答えなかった。

「妻とは少し話しただけです。そのとき電話がかかってきました。午後六時十分過ぎです。わたしは自分の車に乗っていて、時計を見たので、はっきり覚えています。わたしはすぐに出かけなければなりませんでした。同僚が裏付けてくれるはずです」

「奥さんが立ち去る前に出かけたということですか？」

「はい」

「わかりました」オリヴァーはうなずいた。「では電話をかけてきた人がだれで、あなたがどこへ向かったのか教えていただきましょう。車での移動時間はどれくらいでしたか？　その夜どこに滞在していたか証明できる人がいますか？」

「今はいえません」ケルストナーは答えた。「すみません」

「それはあいにくです」オリヴァーは腰を上げた。「ではご同行いただけますか」

「逮捕……ですか？」

「ええ。念のため。妻を殺した容疑で逮捕します」

ケルストナーも立ち上がった。顔面蒼白だったが、気はしっかり持っていた。

「電話をしてもいいでしょうか?」

オリヴァーは肩をすくめた。「まあいいでしょう」本当は認められない。オリヴァーはいった。「しかし手短に」

ケルストナーは携帯電話を取って、番号を入力した。

「わたしだ」彼は声をひそめもせずにいった。「警察に逮捕される。わたしがイザベルを殺したというんだ……いいや、大丈夫だ。ああ、それじゃ、お兄さんに電話をして……それから……すきを見て両親のところへ行くんだ。きみが安全なら、安心できる……ああ……いや、そんなに長引かないだろう。警察は、犯人がだれか突き止めるはずだ。それじゃ」

「だれですか?」オリヴァーはたずねた。

「知り合いです」ケルストナーは携帯電話を切ってオリヴァーに渡した。

「電話の相手が殺人の嫌疑を晴らしてくれるのではないですか?」

「かもしれません」

「なんてことです」オリヴァーはなにごとにも動じない質《たち》だが、今度ばかりは腹にすえかねた。「これはお遊びじゃないんですよ! 土曜日の晩のアリバイを証明できる人がいるなら、証明できるようにすべきです!」

ケルストナーは首を横に振った。

「できません。どうしてかは、いずれおわかりになるでしょう」

「そう願いたいですね」そういって、オリヴァーはため息をついた。

ケルストナーはホーフハイム刑事警察署で取り調べを受けたが、黙秘権を行使した。三十分後、オリヴァーはフランクフルトの裁判所に彼を搬送させ、捜査判事の裁定が下りるまで勾留する措置をとった。フランク・ベーンケはポルシェの最初の鑑識結果を持ってきた。車で採取された指紋はほぼすべてイザベル・ケルストナーのものだったが、運転席にいくつも未知の指紋があり、ヘッドレストにダークブロンドの短い髪が見つかった。この髪もだれのものか判定できなかった。カイはインターネットを通して、イザベルが過去に、ケルクハイムにある乗馬クラブ〈グート・ヴァルトホーフ〉の所属選手として馬術競技会に出場していたことを突き止めた。

「子どもの居場所はわかったのか？」オリヴァーはたずねた。

「いいえ」カトリーン・ファヒンガーが口をひらいた。「幼稚園にやってきたのは八月十八日が最後です。担任教諭はそれ以後、顔を見ていないとのことです。その日の夕方、イザベル・ケルストナーが迎えにきました」

「行方不明で捜査をしなければいけないな」オリヴァーはいった。「任せたぞ、ファヒンガー。子どもの新しい写真を入手してくれ」

「動物病院の捜査令状を申請したほうがいいでしょう」フランクが口をだした。オリヴァーはフランクを見て、インカ・ハンゼンを脳裏に浮かべた。不必要に問題を大きくしたくなかった。

「ペントバルビタールナトリウムの人間に対する致死量はどのくらいだ？」オリヴァーはいっ

た。「それほど多くないはずだ。薬物の在庫と納品書からなにかわかるとは思えない」

フランクは肩をすくめた。

「キルヒホフ」オリヴァーはいった。「乗馬クラブを任せる。イザベルはそこで多くの時間を過ごしていたと思われる。聞き込みをしてくれ」


〈グート・ヴァルトホーフ〉はケルクハイムとリーダーバッハのあいだのビジネスパークの裏手にあった。ピアはきれいに石を敷きつめた駐車場に車を止めて、降り立った。車が何台も止まっている。駐車場の反対側には馬運搬用トレーラーが整列していた。ピアは興味津々に見まわした。何年も前に、ここに馬を預けていた女友だちを訪ねたことがある。見た感じがずいぶん変わってしまった。以前のような丈が一メートルはある雑草も、泥道も、馬糞の山も見あたらない。相当の金と手間をかけて、荒廃した馬場は本当に美しい乗馬クラブに生まれ変わっていた。手入れの行き届いた芝生に花壇とシャクナゲ。大きな障害馬術用の馬場と馬場馬術用の馬場もある。細長い厩舎には窓があり、馬が好奇心に駆られて首をだしている。ピアは駐車場を横切り、日焼けしたスキンヘッドの若い男に出会った。男は乾し草を積んだ一輪車を押していた。タイトなジーンズをはき、緑色のポロシャツには金字で〈グート・ヴァルトホーフ〉と書かれている。見るからに鍛え抜かれた筋肉質な体だ。乗馬クラブの状態が改善されたことが、作業員の外見にも影響を与えているようだ。

「こんにちは」ピアはその若い男に話しかけた。「ここの責任者はだれかしら。どこに行ったら会える？」

若い男は一輪車から手を離すことなく、ピアの頭のてっぺんから足のつま先までじろじろ見た。

「ボスはカンプマンだ。家にいる」若い男は外国人らしい訛《なま》りがあった。「わかったかい？」

「わかったわ」ピアは微笑んだ。「ありがとう」

カンプマンの家は味も素っ気もない平屋だった。もちろん平凡な家屋を活気づかせるためにそれなりの努力はしている。広場に向かって広々したサンテラスがあり、鉢植えのヤシやレモンの木のあいだに革の椅子と頑丈なテーブルが配置されている。家は、他の施設と同様に黄色いペンキで塗りなおされていた。その真向かいには新しい厩舎があり、手綱用のポールのそばに、汗で毛が濡れて輝く馬が二頭立っている。四十歳くらいの女性騎手がふたり、扉を全開にしたサンテラスにすわって、紙コップで発泡ワインを飲みながら、八月の熱い日差しで馬の毛が乾くのを待っていた。

ピアはふたりに目礼して、家に近づいた。家の前にはシルバーのポルシェ・カイエンが止まっていた。チャイムを鳴らそうとしたとき、玄関のドアが開いた。ジーンズをはき、青く輝く半袖シャツを着たダークブロンドの男が出てきた。そのあとから日焼けサロンで肌を褐色にした金髪の女と、だぶだぶのパンツとスニーカーをはいた、ぶすっとした表情のティーンエイジャーがふたりついてきて、そろってポルシェ・カイエンの方へ歩いていった。四十代半ばか終わりくらいの赤ら顔の男はかつて相当ハンサムだったようだが、暴飲暴食が祟ったのか、老け込み、ぶくぶく太っていた。女はすくなくとも十歳は若い。そしてかなり若づくりをしていた。髪を上げていて、金髪は本物とは思えない。タイトなパンツはベージュで、胸元が深くカットされたターコイズブルーのセーターを着ていて、しかも装飾品で飾りたてている。

「こんにちは」ピアはいった。「カンプマンさん？」

「ああ、そうだが」無愛想に答えると、男は足を止めた。ピアは、男の右の眉に絆創膏が貼ってあることに気づいた。そして目の下に、できたばかりらしい内出血の痕がある。

「キルヒホフといいます」ピアは身分証を呈示した。「ホーフハイム刑事警察の者です。いくつかうかがいたいことがありまして」

「今、出かけるところなんだが」カンプマンは腕時計をわざとちらっと見た。「時間もないし、必要以上に引き留められるのはごめんだと思っているようだ。「今日は非番なんだ」

「長くはかかりません」ピアはいった。

「もちろん少しくらい質問に答える時間はあるわ」金髪の女が割って入った。夫の不作法をとりなそうとしているのか、親しげな笑みを浮かべた。夫の方は、それが気に入らなかったようだが、渋い顔をしながら肩をすくめ、きびすを返して玄関までもどった。モダンな作りの事務室にピアを案内すると、男は部屋の真ん中で立ち止まった。夫人は隣に立った。

「さて」カンプマンには親しげな態度を取るつもりなどこれっぽっちもなかった。「なんの話かね？」

「日曜日の朝、イザベル・ケルストナーさんが遺体で発見されました」ピアはいった。「彼女をご存じと思いますが」

「えっ！」カンプマン夫妻は顔に驚愕の表情を浮かべ、同時に声を上げた。

「今わかっているところでは、他殺のようです」ピアはさらにいった。

「他殺？」夫人は愕然として目を瞠《みは》った。「なんてこと」

夫もショックを受けているようだが、夫人が手をにぎろうとすると、両手をジーンズのポケットに突っ込んだ。

「ケルストナーさんはこちらに馬を預けていたようですね」ピアはいった。「おふたりとも、被害者のことをよく知っていたと思うのですが」

「ええ、もちろんよく知っています」夫人はささやいた。「すてきな方でした。仲がよかったんです。そうよね、ローベルト？」

ピアは乗馬講師カンプマンに視線を向けた。

「ああ、そうだ」カンプマンは視線をそらした。ピアはほんの一瞬、彼の目に絶望の色が浮かんだような気がした。だがその表情はすぐに消えた。ピアの思い過ごしかもしれない。

「被害者はつい最近、夫と別居しました」ピアはいった。「司法解剖では三週間ほど前に人工中絶していたことが判明しています。ご存じでしたか？」

夫妻は驚いて顔を見合わせた。

「いいや」カンプマンは答えた。「なにも知らなかった」

「わたしも」夫人は少し目を凝らして、ピアを見つめた。ピアは、夫人が嘘をついていると直感した。夫がなにを考えているかわからなかったが、胸元で腕を組んだその様子から、内心穏やかでないことは見て取れた。

「この乗馬クラブに馬を預けている会員名簿を提供していただけますか？」ピアはたずねた。

「それからケルストナー夫人と親しかった人や、とくにつきあいの深かった人を教えてもらえますか」

カンプマン夫人はデスクにつくと、コンピュータを起動し、キーボードを叩きながら、イザベル・ケルストナーは優秀な馬場馬術の騎手だったといった。敵はひとりもいなかった。嫉妬している人はいたが、それはよくあることだし、とくに問題が起きたことはないという。ピアはカンプマン夫人が手首につけている高級腕時計に目をとめた。サイクロプスレンズ付きのブライトリング。それから重そうな金のブレスレット。ブルガリだ。乗馬講師の妻にしては悪くない。玄関の前に止めてある高級な四輪駆動車同様、目を瞠るものがある。会員名簿をもらうと、ピアは情報提供に感謝し、出かける気が失せたらしいカンプマン夫妻と別れた。ピアがオリヴァーに電話をかけるため車の方へ歩いていくと、カンプマン夫人がふたりの子どもを呼びもどした。乗馬クラブは閑散としていた。さっきサンテラスにいたふたりの女性が馬の話をしていた。ピアは途中で若い女ふたりに会い、イザベルが素晴らしい馬術競技用の馬を持っていて、試合では好成績をあげていたという話を聞いた。それに〈グート・ヴァルトホーフ〉が所有している売却予定の馬を調教し、馬場馬術を披露していたという話も聞き込んだ。ピアが車にすべり込み、刑事警察署にもどろうとしたとき、派手な黄色のイタリア製スポーツカーが駐車場に入ってきて、ピアが乗っているほこりをかぶったニッサンの四輪駆動車の横に止まった。色白のやせた男が車を降りて、ピアの方へやってきた。

「やあ、刑事警察の人って、あんた？」

「ええ」ピアはうなずいた。「ホーフハイム刑事警察署捜査十一課の者です」

「ハンス・ペーター・ヤゴーダだ」男はにこりともせずに手を差しだした。「この乗馬クラブの所有者さ。管理人のカンプマンから電話があってね、事情は聞いた。ショックだよ」

ピアはその男のことをなんとなく知っているような気がした。半白の髪は薄く、白いリネンのジャケットの下にラルフローレンのピンクのシャツを着ている。

「イザベルは殺されたそうだが」ヤゴーダは、よく知らない人が殺されたと聞いたときのような、形だけの反応をした。

「今のところそう考えています」ピアはヤゴーダという名をどこで聞いたのだろうと考えていて、はっとひらめいた。ハンス・ペーター・ヤゴーダ。ヤーゴ製薬。数年前、新興市場の大スターとして話題になっていた。

「すてきな乗馬クラブをお持ちですね」ピアは微笑んだ。「馬は何頭いるんですか？」

話題を変えられて、ヤゴーダは一瞬面食らった。

「約六十頭だが。なにか飲まないかね？」

「いいですね」ピアはうなずくと、ヤゴーダと並んでサンテラスに上がった。そこにはかすかに音をたてる自動販売機があって、喉の渇いた騎手に冷たい飲み物を提供していた。

「妻とわたしは、七年前にここを買いとったんだ」ヤゴーダは自動販売機の側面を開けた。「当時は荒れ果てた馬場だった。大金を注ぎ込んで、今ではこの地方で一、二を争う美しい乗馬クラブになった。なにを飲むかね？」

「コーラ・ライトを。あなたも乗馬をするんですか？」

「以前はよく乗った。しかし今は仕事が忙しくてね。このクラブはどちらかというと妻の道楽なんだ」

ピアはサンテラスの入口にかかっている黒板に視線を向けた。放牧スケジュール、乗馬用具のチラシ、毛布のクリーニングは次の木曜日であるという案内。

「イザベル・ケルストナーさんについてなにかご存じですか？」ピアはたずねた。

ヤゴーダは一瞬考えた。

「イザベルはわたしが出会った女性の中でもとびきりの美人だった」ヤゴーダはいった。「モデルか女優になれる素質があったな。どうして獣医と結婚したのか不思議でならなかった」

ヤゴーダはさげすむでも、揶揄《やゆ》するでもなくそういった。

「イザベルはとてもいい馬を持っていて、優れた騎手だった。ただうちのクラブに入ったとき、かなり波風が立った。じつはクラブ会員のすくなからざる男たちが、彼女の美貌に参ってしまったんだ」

「あなたもですか？」ピアは相手を観察した。

「とんでもない。わたしは幸せな結婚生活を営んでいるんでね」ヤゴーダはピアの言葉が冗談でもあるかのように笑った。

「幸せな結婚をしている方でも、美女に浮気心をくすぐられることはありますよ」

ヤゴーダはかぶりを振った。

「わたしは妻を深く愛しているんだ。束の間のアヴァンチュールのために結婚を台無しにする気はない。イザベルとはそれ以上のものになるはずがないのでね」

「それはどういう意味でしょうか？」

ヤゴーダはピアをじっと見つめてから、ミネラルウォーターを飲み干し、空き瓶を自動販売機の横の箱に入れた。

「イザベル・ケルストナーは尻軽女だった」ヤゴーダはいった。「それだけだ」


ケルストナーの弁護士にオリヴァーたち捜査官は驚かされた。フローリアン・クラージングはドイツ全土とはいわないでも、フランクフルトの刑事弁護人の中でもひときわ優秀で有名な弁護士だったからだ。まったく勝ち目のない派手な裁判でも勝利したことがあり、捜査当局からもっとも恐れられている弁護士だ。四十代半ばで、才気煥発、攻撃的で、型にはまらず、被告人に勝てるチャンスのなさそうな状況証拠だけの裁判が専門だった。ケルストナーがわずか数時間でこの多忙な男をホーフハイム刑事警察署に呼びだしただけでも驚きだが、クラージングが普段と違っておとなしいことが意外でならなかった。

大口を叩かず、報道機関を巻き込むと脅しをかけることもなかった。捜査判事が保釈金を拒否しても、眉ひとつ動かさず受け入れた。

「なにか臭いですね」オリヴァーからそのことを聞いて、ピアはいった。

「同感だ」オリヴァーは答えた。「ケルストナーはだれかをかばっている。理由はわからないが。イザベル・ケルストナーの周辺をできるだけ早く調べる必要がある。夫についてもな」

「ケルストナーは妻よりも前に動物病院を出たという話だが、どこかで待ち伏せしたか、電話で待ち合わせしたのかもしれませんよ」フランク・ベーンケが発言した。「獣医なら、人に注射を打つのなんて造作ないことだ」

「そのとおりです」カイ・オスターマンがその説を支持した。「彼の同僚は見たままに、彼が被害者より先に病院を出たと証言するから、アリバイが成立しているだけです」

「そうは思えないな」オリヴァーはいった。

「ケルストナーがどこへ向かったか突き止める必要がありますね」ピアはいった。「イザベル・ケルストナーが別居後、どこに住んでいたかも調べる必要があります。それに彼女の知り合いには、他にもまだ動機を持った者がいると確信しています」

「なぜだ?」オリヴァーはまだ薄っぺらな捜査記録から目を上げた。

「カンプマン夫妻によると、イザベル・ケルストナーは乗馬クラブで人気があったようなんです。しかしクラブの所有者はまったく違う評価をしていました。かなり否定的でした」

「ふうむ」オリヴァーは捜査記録を閉じた。「土曜日の夕方ケルストナーに電話をかけてきたのがだれか知りたい。彼が昨日電話をかけたのは十中八九、同一人物だ」

「ところで、ボス」ピアはいった。「ハンス・ペーター・ヤゴーダという名に聞き覚えはありますか？　乗馬クラブのオーナーです」

「ヤゴーダ？」オリヴァーは一瞬考えてから、驚いた表情になった。「あのハンス・ペーター・ヤゴーダか？」

「そうです」

「だれなんですか？」カイが口をはさんだ。

「ハンス・ペーター・ヤゴーダは新興市場でもてはやされた男よ」ピアが説明した。「彼と彼の会社は急成長して、株価は五百ユーロに達しているわ。ヤーゴ製薬はものすごい価値があるのよ」

「いや、価値があったというべきだな」オリヴァーがいった。「今はとっくに忘れ去られている。会社がまだあるかどうかもあやしい」

「でも金回りはいいみたいです」ピアはいった。「フェラーリに乗っていました。乗馬クラブには、金に糸目をつけていない感じでしたし。乗馬講師までポルシェ・カイエンに乗っています」

「最優先に調べるのは、ケルストナーが土曜日の夕方に電話で話した相手だ」オリヴァーは腰を上げた。「ではみんな、仕事にかかってくれ」

椅子の脚がリノリウムの床をこする音がした。捜査官は小声で話しながら、仕事に取りかかった。オリヴァーがピアを呼び止めた。

「イザベル・ケルストナーの兄はバート・ゾーデンで薬局を営んでいる。どう思う?」

「薬局? おもしろいですね」

「わたしもそう思う」

「薬局なら、危険な薬物も手に入りますね」

「そうなんだ」オリヴァーはうなずいた。「だからこれから聞き込みにいこうと思う」


〈ライオン薬局〉はバート・ゾーデン駅の向かいのケーニヒシュタイン通りにあった。ピアはドラッグストアの前に駐車スペースを見つけた。オリヴァーとピアは薬局の売り場に足を踏み入れた。もうすぐ午後六時半。ふたりは薬局の女店員に店主と話がしたいと告げた。

「事前に予約されていますか?」年輩の女店員はじろっとふたりを見つめた。「製薬会社の販売代理人が来るにはずいぶん遅い時間ですけど」

オリヴァーは身分証をだして微笑んだ。

「刑事警察の者です」と親しげにいった。「個人的なことで話があるのです。そう店主にお伝えいただけませんか」

ボスの微笑みひとつで女店員が見事に軟化するのを、ピアは興味津々に見ていた。

「あら……ええと」女店員は頬を赤らめていった。「ちょっと待ってください」

女店員はあわてて振り返って、隣室へ急いで行こうとして、別の女店員にぶつかった。

オリヴァーはそのあいだショーウィンドウに映っている自分を見ていた。

「製薬会社の販売代理人に見えるかな？」オリヴァーはささやいた。ピアはボスを頭のてっぺんから足のつま先まで見つめた。

「ブリオーニのスーツを着た販売代理人には会ったことがありません」ピアは淡泊に答えた。

オリヴァーは眉を吊り上げたが、そのとき店主のファレンティン・ヘルフリヒがあらわれたので、返事はお預けになった。死んだ若い女は非の打ち所がない美貌の持ち主だ。それに引き換え、兄の冴えない風貌には驚かされる。ずんぐりしていて、色白ののっぺりした平凡な顔、アッシュブロンドの髪、古風なべっこう縁メガネをかけている。オリヴァーが自分とピアの身分を名乗ると、ヘルフリヒがいった。

「イザベルのことですね」

「ええ、そのとおりです」オリヴァーはうなずいた。

「こちらへどうぞ」ヘルフリヒはカウンターの横のスイングドアを開けて、薬局の奥に案内した。三人は空のケースが積まれた廊下を進み、天井まで届く棚のある古くさい事務所に入った。ラテン語文字が書かれた黒いガラス瓶、革装の分厚い本、サイドボードには複雑だが、古そうな機械がのっていた。前世紀初頭の化学実験室を連想させる。今が二〇〇五年八月であることを思いださせるのは、液晶モニターとファックスくらいのものだった。

「すわってください」ヘルフリヒは二脚ある椅子をすすめてから、デスクに向かってすわり、ふたりが着座するのを待ってからいった。

「イザベルが死んだことはゲオルク・リッテンドルフから聞きました。まだショックから立ち直れません」

「あなたと妹さんは仲がよかったんですか？」ピアはたずねた。

「いいえ、そうともいえません。イザベルから見たら、わたしは退屈な人間でしたから。わたしも妹の生き方がわかりませんでした。年齢も違いましたし。イザベルは、母が四度も流産したあとの待ちに待った子どもでした。わたしの両親は妹を甘やかし放題に育てました」

「だから嫉妬していたんですか？」ピアがたずねた。

「いいえ。不満はありませんでした。両親は太っ腹でしたから」

ヘルフリヒは椅子の背に寄りかかった。考え込んでいるようだ。

「妹さんのなにが気に入らなかったんですか？」オリヴァーが質問した。

「あいつはどうしようもないほど自分勝手でした。あいつの、他人とのつきあい方が好きになれませんでした」

「どういうつきあい方だったんですか？」ピアはたずねた。

「無関心」ヘルフリヒは肩をすくめた。「あいつは人間を損得でしか判断しなかったんです。人を傷つけても平気でした。そしてミヒャエルは、あいつのせいでひどく苦しんだはずです」

「どうしてふたりは結婚したのでしょう？」

ヘルフリヒはすぐには答えなかった。

「わかりません。イザベルは気分屋でした。おもしろいと思ったんでしょう。ミヒャエルはあいつにぞっこん惚れ込んだんです」

「ドクター・ケルストナーはイザベルさんのせいで婚約者と別れたんですよ」オリヴァーはいった。

「そうです」ヘルフリヒはうなずいた。「モニと彼は大学のときから好き合っていました。ふたりとも獣医になり、いっしょにアメリカに渡ったんです。わたしの父の六十五歳の誕生会に、ミヒャエルはイザベルと出会いました。そして夢中になって……」

「それで？」ピアがそうたずねると、ヘルフリヒはため息をついた。

「誕生会から二ヶ月後、イザベルが妊娠して、モニがミヒャエルの許を去りました。それでなにがあったかわかるでしょう」

「それから？」

「それからですか？」ヘルフリヒは口をへの字に曲げた。「結婚。出産。両親は喜んで安堵したけど、長くもたなかったんです。イザベルはマリーが生まれたあと、また男漁りをはじめまして」

「子どもは今どこですか？」ピアはたずねた。

「なにも知りません」

「別居したあと、妹さんはどこに住んでいたんですか？」

ヘルフリヒは体を起こした。

「さあ、わかりません。さっきもいいましたように、気持ちは離れていたんです。めったに会うこともありませんでした」

「あなたの妹さんが死ぬ前に人工中絶していたことをご存じですか?」オリヴァーはこのことを最後までとっておいた。

「人工中絶?」ヘルフリヒは唖然として聞き返した。「いいえ、知りませんでした。しかしはじめてのことじゃないです」

「妹さんが亡くなって悲しいですか?」ピアはたずねた。

ヘルフリヒの顔が一瞬こわばった。

「いいえ」という彼の答えに、ピアはびっくりした。「悲しいのは、妹が人生を恥ずかしげもなく浪費したことです」

二〇〇五年八月三十日(火曜日)

ピアはいったん出勤するとふたたび〈グート・ヴァルトホーフ〉へ向かい、オリヴァーは署にとどまった。オリヴァーはめったに事件に感情移入しないが、今回は違った。終わったと思っていた過去と思いがけず向き合うはめに陥《おちい》ったからだろうか。オリヴァーは昨夜、インカ・ハンゼンのことばかり思って、眠れぬ夜を過ごした。ケルストナーの逮捕によって、彼女に迷惑をかけることになった。それにしても、どうしてケルストナーはあんな奇妙な態度を取るのだろう。イザベルの交友関係については、いまだにわからないことが多すぎる。どこから手を付けたらいいか見当がつかない。だがもうすぐ事態が変わると確信していた。刑事という仕事は、テレビで描かれるようなドキドキするものではない。その逆で、たいていは根気強さが求められ、不愉快な目にあうことが多い。しかし情報をつなぎ合わせ、検討を加えた結果、像がひとつに結ばれ、運よく犯人の顔立ちがわかったときは、たとえようもなく興奮する。オリヴァーのかつての上司がいっていた。〝有能な警官であるためには、犯罪者の気持ちになれなければいけない〟と。たしかに間違っていない。それまで会ったこともない人間の心情を推し量る能力は大切だ。オリヴァーはまたインカ・ハンゼンのことを脳裏に思い浮かべた。

〝わたしに会いたかったら、どこを探せばいいか知っているわよね……〟もう一度、動物病院へ行き、コーヒーでも飲みながら、ケルストナーの私生活に関する情報をもう少しインカから仕入れたほうがいいかもしれない。いや、だめだ。インカに会いたい気持ちは、今回の事件とはなんの関係もない。ドアをノックする音がした。オリヴァーははっと我に返った。

「はい!」オリヴァーが答えると、ドアが開いた。女性が入ってきた。オリヴァーは思わず女性を見つめた。相手が美しいか、醜《みにく》いか判断がつかなかった。顔が腫れ上がり、いたるところに血腫ができていたからだ。左の頬骨には最近縫った痕があり、傷口のまわりの皮膚が紫色になっていた。

「ボーデンシュタイン首席警部?」女性は小声でたずねた。

「そうです」オリヴァーはデスクをまわり込んで前に出た。女性が突然、ふらついて膝をついたので、オリヴァーははっとして女性を抱きかかえ、椅子にすわらせた。

ピアは駐車場を横切った。前日よりも車が多い。ついさっき刑事警察署で、なぜ前日にフランクの代わりに司法解剖に立ち会ったのか、その理由を彼に説明した。ボスに気に入られようとしている点取り屋と思われるのは心外だ。他の同僚が親しげにあいさつするのに、フランクは無愛想で、敵意までにじませる。これで少しはましになるかもしれない。すくなくともフランクはピアに感謝した。ピアは馬場へ向かった。カンプマン夫人はこの朝、タイトな白いジーンズをはき、上半身には豹柄のストレッチ素材の服を着ている。金の装飾品は前日と同じで、髪はお洒落にアップにしている。たいていポニーテールにしていて、化粧といえばアイラインを引くくらいしかしないピアは、カンプマン夫人が毎朝、化粧にどのくらい時間をかけているんだろうと思った。夫人は屋内馬場の裏の芝生で、ふたりの女性とパラソルの下でテーブルを囲んでいた。三人の前にはコーヒーカップ、コーヒーポット、焼きたてのクロワッサンの載った皿があった。

「あら！」そういうと、夫人は跳ね上がり、上品なガーデンパーティの主催者という風情でガーデンチェアの方へ来るよう両手で手招きした。「コーヒーを飲みません？　他の飲み物もありますけど。どうぞこちらにすわって」

「ごていねいに、どうもありがとうございます」ピアは答えた。「でもご主人とちょっと話がしたいだけなんです」

「あら、主人は忙しいの」カンプマン夫人は困ったというように顔をしかめた。この人はいつもこういうふうに大げさに振る舞うのだろうか。ピアが身分を名乗ると、ふたりの女性は好奇心をあらわにした。顔を見ればわかる。イザベル・ケルストナーが死んだというニュースは、光の速さで乗馬クラブに知れ渡ったに違いない。ザビーネ・ノイマイヤーとレナーテ・グロースは五十代はじめで、ふたりとも十代の娘を持ち、娘が乗る馬を所有していた。ピアは、カンプマン夫人が昨日プリントしてくれた顧客名簿にふたりの名前を見つけた。「イザベル・ケルストナーさんのことで話をうかがえますか？」そうたずねると、ピアは、ふたりがちらっと視線を交わしたことに気づいた。その瞬間、カンプマンが馬の手綱を取って厩舎から出てきた。チェック柄の乗馬ズボンをはいた三十代半ばの女を伴っている。女が手綱をしっかりつかむと、カンプマンは植物が植えてある木製の桶の縁に足をかけて鞍にまたがった。ピアは彼に会釈した。カンプマンは無表情にあいさつを返し、手綱を取って馬場へ向かった。

「イザベルとはあまり関わりがなかったんです」ノイマイヤー夫人の声はかすれていた。「わたしが知っていることは、あの人は乗馬がうまかったということくらいです」

チェック柄の乗馬ズボンをはいた小太りの女は、カンプマン夫人といっしょに馬場を囲む柵に立ち、自分の馬にカンプマンが乗っているところを眺めながら、気になるのかしきりに振り返った。

「ええ、それはもう聞きました」ピアは椅子の背にもたれかかった。「しかしあなたのお嬢さんも乗馬が得意なのでしょう。馬術競技用の馬をお嬢さんのために買うということは……」

「よくご存じですね」ノイマイヤー夫人はいった。「そのとおり。カンプマンさんから買いとったんです」

「そうですか」ピアはうなずいた。「イザベルさんと同じくらいいい成績を残しているんですか？」

ノイマイヤー夫人はためらった。見知らぬ人に不愉快な真実を明かすのは気がすすまないようだ。

「娘と馬の関係はこれからなんです……その……お互いに気心がわからないことには」ノイマイヤー夫人は言葉を濁した。

「つまりまだイザベル・ケルストナーさんにはかなわないということですね？」ピアは容赦なく痛いところをついた。

「ええ、まあ」ノイマイヤー夫人は毒々しい目つきでピアをにらみ、灰皿でタバコをもみ消した。「いいわ、いってしまいます。イザベルはひどい人です。いつもものわかりがよさそうに振る舞って、真剣な目をして耳を貸してくれるけど、じつはなにもかもカンプマンさんに伝えていたんです。あの人は、他の人から本音を聞きだすプロでした。わたしたちは、競技会でイザベルが乗って好成績をあげた馬をカンプマンさんから買ったんです。でも、娘は同じように馬を操ることができなかったんですよ。パトリツィアは馬とうまくいきませんでした。娘と相性がいい馬をカンプマンが売らなかったと不平をいったら、イザベルはすぐにカンプマンさんに告げ口したんです。カンプマンさんはそれから、わたしたちのことをよくいわないんです。イザベルは口が悪くて、わからず屋でした。このクラブでは、みんな、イザベルのことをいけすかないと思っています」

「あの人は、自分の得になることしか考えていませんでしたからね」グロース夫人が口をはさんだ。彼女も、娘のために高価な馬術競技用の馬をカンプマンから買って、虚栄心を満たし、成就することのない夢を描いた口だった。しかしノイマイヤー夫人の場合と同じように、グロース家の娘もイザベルのようにうまく馬を乗りこなせなかった。

「どういうことですか？」ピアはたずねた。

「だれとつきあうのがいいか、ちゃんとわかっていましたし」グロース夫人はさげすむように答えた。「なにか欲しいものがあると、猫なで声になったものです」

「欲しいものというと？」ピアは不思議に思った。「被害者はすべて持っていたじゃありませんか。馬、美しい車、夫」

グロース夫人は鼻で笑った。

「夫がいるということは、あの人がここへ来るようになって半年も経ってから知ったんです。ばつが悪そうにしてね。恥ずかしいったらありゃしない」

「そうなんですか？」

「それに、ここが乗馬クラブかファッションショーの会場かわからなくなることもありましたね。ビキニで乗馬することまではしませんでしたけど」グロース夫人はふっと笑った。「あの人は色情狂でした。悪い男に引っかかったんでしょうね。あの人がいなくなってさみしいとは、とてもではないけどいえません」

カンプマン夫人はいつのまにか姿を消していた。夫の方は大きな馬場の反対側で馬を駆っていた。それでもピアたちの方を気にしている。カンプマンはピアを避けて通るために、馬に馬場の柵を飛び越えさせるのではないか、とピアは思った。小太りの女がノイマイヤー夫人とグロース夫人の横にすわった。パイデン夫人はこのクラブに馬を三頭預けていた。馬はすべてカンプマンから買ったもので、三頭とも彼に調教された。パイデン夫人もイザベル・ケルストナーをいけすかないと思っていた。ピアには、理由がわかった。美しくスタイルのいいイザベルが、この女たちをどんな気持ちにさせていたかは想像に難くない。

「ここのクラブにイザベルさんと仲がよかった人はいませんか？」ピアはたずねた。「カンプマン夫人は、好かれていたといっていましたが」

「好かれているというのは正しい言い方じゃありませんね」ノイマイヤー夫人はいった。「恐れられているといったほうがいいです。あの人に面と向かって喧嘩を売る人はひとりもいませんでしたよ。あの人はカンプマンさんやヤゴーダ夫妻と太いパイプでつながっていました。だれもカンプマンさんやヤゴーダさんと気まずい関係になりたくありませんからね」

「太いパイプってどういう意味ですか？」ピアはたずねた。

「いえね」ノイマイヤー夫人は肩をすくめた。「イザベルはカンプマンさんが〈グート・ヴァルトホーフ〉が転売目的で調達した馬に乗っていました。カンプマンさんはイザベルを訓練して、馬術競技会に同行しました」

「イザベルだけ依怙《えこ》贔屓《ひいき》したんですよ」カンプマンに聞こえないと確かめてから、パイデン夫人は棘のある言い方をした。「うちは馬を三頭、彼から買いました。でも、うちの娘の競技会には同行してくれなかったんです」

ピアは、ねたんでいるなと思った。どうやらこの上品な乗馬クラブも、他のクラブと違わないようだ。乗馬クラブでは多数派になる女性会員が、たったひとりの乗馬講師の関心をひこうとし、互いにやっかみ、悪口をいい、自分だけ目立って得をしようと躍起になるものだ。

「カンプマンさんがイザベル・ケルストナーさんを贔屓したのは、どうしたわけでしょう？」ピアは興味津々にたずねた。「ふたりのあいだになにかあったということですか？」

「もちろんですよ」グロース夫人がそういっても、他のふたりは反論しなかった。「カンプマンさんとイザベルは似た者同士でしたから。ふたりとも、金に目がなく、自分だけ得をすることしか考えていませんでした」

どうやらカンプマンは、叩けばほこりが出そうだ。

オリヴァーは若い女性を椅子にすわらせた。

「すみません」女性ははっきり話すことができなかった。

「なにか飲み物を持ってきましょうか？」オリヴァーは心配になってたずねた。女性は首を横に振った。オリヴァーは普段なら魅力的な顔についた傷や痣を見つめた。

「なにがあったのですか？　事故ですか？」

「たいしたことはありません」女性は顔をしかめ、それから肩に力を入れた。「わたしはアナ・レーナ・デーリングという者です。土曜日の夜六時三十五分から朝四時までドクター・ケルストナーといっしょにいたことを証言しにきました」

オリヴァーは体を起こした。捜していた人、ケルストナーが守ろうとした人物なのだ！　窓の外で、サイレンが鳴り響き、しだいに遠ざかっていった。デーリング夫人は椅子に浅く腰かけて、背筋を伸ばし、両手を膝にのせている。大きな碧い目だが、不安と心配で翳《かげ》りがある。

「ミヒャエルが奥さんを殺したはずがありません」唇が腫れていたせいで、発音がはっきりしない。「問題の時間、ずっといっしょでした」

「ドクター・ケルストナーとはどういう関係なのですか？」

「昔からの知り合いで、友人です。あの人はわたしの兄の友だちなのです。それにうちの馬はすべて、彼の動物病院の世話になっていますし」

「ご自分の厩舎をお持ちなのですか？」

「いいえ。馬を四頭、乗馬クラブの〈グート・ヴァルトホーフ〉に預けています」

「先週の土曜日のことを話してください」オリヴァーはデーリング夫人にいった。夫人が緊張し、目に不安の色を浮かべた。顔をどうしたのか、オリヴァーは気になった。

「主人とわたしは午後、馬術競技会にいました」そう話しだしてから、夫人は一瞬、遠くを見るような目つきをした。出来事を時間順に整理しようとしているようだった。「主人は障害馬術競技に出場しました。うちで一番いい馬カロルスが水濠を避けて、もっとも重要な飛越《ひえつ》を逃してしまったんです。そのせいで主人は腹を立てて、クラブにもどると、まだ鞍をつけたままのカロルスをトレーラーから降ろして、障害馬術用の馬場で水濠飛越の訓練をしたんです。あれはもう折檻でした。ひどいものでした。カロルスは跳びましたが、転んで怪我をしたんです……」

夫人は言葉を途切れさせてすすり泣いた。少ししてようやく気持ちを落ち着けた。

「……カロルスは脚を骨折したんです。自分のしでかしたことに気づくと、主人はかっとして、トレーラーからまだ降ろしていなかった別の馬、アラゴンを殴って蹴ったのです。わたしがやめるように叫ぶと、主人はわたしに怒りをぶつけてきました」

「ご主人があなたを殴ったんですか？」オリヴァーは信じられなかった。「ありえない！　ご主人を訴えるべきです！」

「訴える？」デーリング夫人は顔をしかめた。「そんなことをしたら殺されます」

オリヴァーはぞっとした。人間の闇は底なしだ。

「主人は自分の車に乗って走り去りました」デーリング夫人はつづけた。「わたしはミヒャエル……ドクター・ケルストナーの携帯に電話をかけました。午後六時十五分頃のことです。すぐ乗馬クラブへ来てくれるように頼みました。わたしの気が動転していることに気づいて、ドクター・ケルストナーはすぐに行くといってくれました。二十分で来てくれました」

デーリング夫人は言葉を途切れさせ、身震いした。

「カロルスはその場で安楽死させることになりました。右前脚の前膝のすぐ下を開放骨折していて、あたりは血だらけでした。むごいありさまで……」そのときの光景を思いだしたのか、夫人は唇を震わせ、目に涙をためた。オリヴァーは耳を疑った。しかし夫人はそのことに気づいていないようだった。〝カロルスはその場で安楽死させることに……〟つまり、ケルストナーは殺人に使える薬物を携行していたのだ。オリヴァーは、自分がなにを考えているかおくびにもださなかった。その代わりに問題の夜、乗馬クラブには他にもだれかいたか、夫人にたずねた。

「馬場で見ていた人が何人かいたと思います」夫人は困惑気味に目を上げた。「カンプマンさんがいたかどうかは覚えていません」

夫人は凍えているかのように体に腕を巻きつけた。

「ドクター・ケルストナーはすぐにわたしを病院へ連れていこうとしたんですが、先にアラゴンを診察してくれるように頼みました。馬運搬用トレーラーを彼の車につなげて動物病院へ向かいました。七時十五分頃到着しました。そしてアラゴンの治療をしてから、わたしたちは病院に行きました」

「それは何時でしたか？」

「午後十時か、十時半だったと思います。ミヒャエルはわたしの治療が済むまで待ち、わたしの病室にもいっしょについてきてくれました」夫人は手で髪をなでた。

「デーリング夫人、こういう質問をするのはなんですが」オリヴァーは咳払いした。「ドクター・ケルストナーとは親密な関係なのですか？」

「いいえ」夫人はかぶりを振った。「ただの友だちです。さっきもいったように昔から知り合いでして。わたしたち、どちらも幸せな結婚ができませんでした。いつの頃からかそのことを話し合うようになって、わかったんです。わたしたちは同じ……ええと……悩みを抱えていると。この一年半ほど、定期的に電話をかけあって、とくにひどいことがあったときに互いに力になっていたんです」

夫人は笑いともすすり泣きともとれるような声をだした。

「惨《みじ》めなものですよね。いじめられた二匹の犬が慰め合うなんて」

オリヴァーはじっと夫人を見つめた。考えたくないが、絶望し、失望したふたりには動機だけでなく、犯行を行う時間とチャンスがあった。動物病院からアッツェルベルクタワーまではあっという間の距離だ。

「動物病院ではだれかに会いましたか?」オリヴァーはたずねた。夫人は顔を上げて、オリヴァーの目を見た。「アリバイですか?」

「まあ、そんなところです」オリヴァーは苦笑いした。

「わたしたちしかいませんでした。わたしたちがトレーラーからアラゴンを降ろすところを近所の人が見たかもしれません。ずいぶん手こずりましたから」

本当かどうかは突き止められるだろう。

「ドクター・ケルストナーを釈放してくださいますか」夫人はたずねた。

「あなたの証言をまず確認します」オリヴァーは控え目に答えた。「いずれにせよ、ドクター・ケルストナーの疑いを晴らすために来てくださったことに感謝します。あなたの名をどうしても明かそうとしなかったのです」

デーリング夫人が途方に暮れた表情になった。

「それにもわけがあるんです」夫人は力なくいった。「主人は今のところ、わたしの居場所を知らないのです。主人のところへもどる気はありません」

夫人を廊下に伴ったとき、オリヴァーは夫を訪ねてみることにした。殺風景な廊下のプラスチック製の椅子に、ケルストナーと弁護士がすわっていた。デーリング夫人の姿に気づくと、フローリアン・クラージング弁護士が飛び上がった。

「アナ！　ここでなにをしているんだ？」

オリヴァーはびっくりしてデーリング夫人と弁護士を見比べた。

「久しぶり、フローリアン」夫人はいった。

「知り合いなのですか？」オリヴァーはたずねた。

「もちろん」クラージングは答えた。「わたしの妹です」クラージングがすかさずあらわれた理由がこれでわかった。彼とケルストナーは友だちなのだ。アナ・レーナは兄を通り越して、同じく腰を上げたケルストナーを見た。ふたりは見つめ合った。

「手錠をはずしていい」オリヴァーは、ケルストナーを拘置所から刑事警察署に連れてきた係官にいった。手錠がはずされても、ケルストナーはデーリング夫人の顔から目を離さなかった。夫人は笑いかけようとしたが、突然堰《せき》を切ったように泣きだした。ケルストナーは夫人に腕をまわし、しっかり抱きしめ、顔を夫人の髪に沈めた。そのあいだずっと、夫人はすすり泣いていた。

乗馬講師カンプマンはまだ仕事に追われていた。熱気のこもった屋内馬場で馬を乗りまわしていた。

ピアは広い馬場をそぞろ歩きながら、カンプマンが仕事を終えるまで待った。カンプマン夫人は広場でシルバーの四輪駆動車のエンジンを響かせ、ピアに向かって旧知の仲でもあるかのように元気よく手を振った。彼女は、なにがあっても動じないように見える。奥の広場に若い女がふたりいた。ひとりはベンチにすわってひなたぼっこをし、もうひとりはホースを持って、馬の脚に水をかけている。その瞬間、ピアの携帯電話が鳴った。義理の弟ラルフからショートメッセージが来た。昨日の晩、ピアはEメールを送っていた。ラルフは兄のヘニングに負けないくらい成功していた。もっとも業種はまったく違ったが。ベンチャーキャピタルという新語で呼ばれることの多い一種の投資会社を経営していて、過去にいわゆる新興企業の顧問と融資で大もうけしていた。ピアはヤーゴ製薬株式会社とそのオーナーで代表取締役社長のヤゴーダについて情報が欲しいといってあったのだ。

〝やあ、義姉さん〟ラルフのメッセージを見て、ピアはにやりとした。〝今、ニューヨークにいる。少ししたら返信する。先にひと言。あそこは倒産して、大騒ぎを起こすという噂がある。絶対に株を買わないこと！　じゃあ、またあとで、ラルフ〟

有益な情報だ。オリヴァーがいっていたとおりだ。かつてのスター、ヤゴーダは数年前とは打って変わって火の車のようだ。ピアはふたりの若い女性のところへ行って、身分を明かした。ひとりは二十代はじめで、金髪をショートカットにし、すっきりした中性的な顔立ちだった。名はトルディス。珍しい名だ。働く必要もなく、火曜日の午前中になんの心配もなく馬に乗れる良家の娘なのか、自信過剰で横柄な感じがする。もうひとりのアンケ・シャウアーは小柄で、黒髪。かわいらしいが、顔にそばかすが目立つ。彼女も〝娘〟を仕事にしているらしい。馬房ひとつに月あたり四百ユーロかかる高級乗馬クラブに馬を二頭も預けているという。もちろん支払うのはお金持ちのパパだ。ふたりの若い女性は、イザベルを知っていて、夜いっしょに出かけることがあったという。

「どうしてそんなことを知りたいんですか？」アンケはタバコの吸い殻を投げ捨てた。

「イザベルさんを殺害した犯人を捜査しています」ピアは答えた。「ですから彼女の環境や友人知人について調べているんです。今のところ、ここのクラブではあまり好かれていなかったようですね。どうしてなんでしょう？」

「イザベルは乗馬がすごくうまかったわ。それにスタイルがよかったし」トルディスは馬のリードロープをほどいた。「あなたが話したおばさまたちがよくいわないのは当然だと思う。イザベルが馬場馬術競技で勝ったときの馬をカンプマンから大金をだして買いとったというのに、娘たちがいまだに頭角をあらわさないんだから」

トルディスはおもしろがっている。他人の不幸を喜んでいるようだ。

「それに旦那さんのことが心配だったのよ」アンケはクスクス笑った。

「心配する理由があったんですか？」ピアはたずねた。

「実際にはなかったわ」トルディスはピアにさげすむような視線を向けた。「でも、イザベルがそばを通っただけでよだれを流す旦那たちを見たら、心穏やかじゃないでしょう」

「イザベルさんとカンプマン夫人の仲はどうでした？」ピアはたずねた。「カンプマンさんはよくイザベルの馬術競技会に同行して、乗馬を教えていたそうですけど」

「ズザンネがそんなことで心配していたとは思えないわね」アンケはいった。「わたしたち、よくバーにすわっておしゃべりしたし、夏にはバーベキューをしたり、スパークリングワインを飲んだりしたわ。ズザンネがイザベルのことを好きでなかったら、そんなによくいっしょにいたはずがないもの」

「むしろ心配だったからともいえませんか」ピアがそういうと、アンケ・シャウアーからじろっとにらまれた。トルディスはにやっとして、片方の眉を吊り上げた。

「まさか」アンケはかぶりを振った。「カンプマンとイザベル。ありえないわよ！」

ピアはそうとも言い切れないと思った。

「別居したあと、イザベルさんがどこに住んでいたか知っていますか？」

「ええ、もちろん」アンケはうなずいた。「知り合いからすごいペントハウスを借りていたわ。ルッペルツハインの」

「魔の山《ツァウバーベルク》」トルディスが補った。「一度遊びにいったことがあるわ。超高級マンション。リビングルームに直接通じる専用エレベーターがあるのよ」

「そうなんですか」ピアは急いで情報を組み合わせた。魔《ツァウバーベルク》の山のマンション、ルッペルツハインの動物病院、そこからそれほど離れていない遺体発見現場。「所有者はだれですか？」

もちろんふたりはそのことを知らなかった。トルディスは腕時計に視線を向けた。

「一時に仕事にもどらないといけないの」トルディスがそういったので、ピアは驚いた。仕事についていないと思っていたのだ。「その前に馬を牧草地に放さないと」

「わかりました」ピアは微笑んだ。「情報をありがとうございます」

「どういたしまして」トルディスはうなずいた。ピアは携帯でオリヴァーに電話をかけ、入手した情報を伝えると、逆にボスから、ケルストナーがフローリアン・クラージングの妹デーリング夫人の証言で、ほぼ容疑が晴れたことを知らされた。

「デーリングさんは乗馬クラブに馬を四頭預けている」オリヴァーはいった。「しかし会員名簿に名前があった記憶がないんだ。夫妻についてなにか突き止めてくれ」

「デーリング夫人はケルストナーとどういう関係なんですか？」ピアはたずねた。

「純粋にプラトニックな友人だそうだ。長年のつきあいだという」

「信じるんですか？」

「今のところ信じない理由が見あたらない」オリヴァーは答えた。ピアは通話を終え、会員名簿をポケットからだした。たしかにデーリングの名はなかった。馬を四頭も預けている会員を忘れるとはどういうことだろう。カンプマン夫人に訊いてみることにした。ちょうどピアが厩舎に入ると、乗馬講師カンプマンが鼻息の荒い馬の手綱を取って屋内馬場から出てきた。厩舎の中央通路にフロントローダーが止めてあり、屈強な厩舎スタッフが馬房にたまった馬糞を片付けていた。今日は〈グート・ヴァルトホーフ〉のロゴが入ったピンクのポロシャツを着ている。ピアは、急いで馬房に馬を連れて入ろうとしているカンプマンにまっすぐ向かっていった。

「こんにちは、カンプマンさん。ちょっとお邪魔します。いくつか質問があるんです」

「今は忙しいんだ」乗馬講師は顔を上げもせず答えた。顔のあざがナスのような色になっていた。

「ひどい怪我ですね」ピアはいった。「どうしたんですか?」

カンプマンはピアをちらっと見ると、すぐにまた目を伏せた。

「馬に関わっていると、こういうこともある」カンプマンはぽつりといった。

「少し休みにして、なにか飲みませんか」ピアが親しげに提案した。「そんなに長くお手間は取らせません」

カンプマンはピアをちらっと見てから渋面を作った。微笑んだつもりらしい。

「カロル!」カンプマンが呼ぶと、厩舎スタッフは馬房の馬糞を片付け、フロントローダーにフォークを立てかけてからゆっくり歩いてきた。

「なんだい?」厩舎スタッフは敬意の欠片も見せなかった。大男だ。身長は一メートル九十センチあり、筋骨隆々としている。名前と訛《なま》りから考えると、東欧出身のようだ。

「この馬をもう少し乗りまわしてから、脚に水をかけてやってくれないか、頼む」カンプマンが厩舎スタッフにいった。馬場では普通ぞんざいなしゃべり方をするものだ。ピアは、乗馬講師が目下の者に〝頼む〟などといったのが奇異に思えてならなかった。

「ここではていねいな口をきくんですね」カロルが馬の手綱を取って姿を消してから、ピアはいった。カンプマンは落ち着きのない目つきでピアを見た。

「あいつがいてくれて助かっているんだ。今どき、いい仕事をする人間はなかなか見つからないんでね。それにカロルは、ひとりでふたり分の働きをする」

コーヒーを飲んだり、おしゃべりをしたりするために設《しつら》えられたサンテラスは上品な作りだった。

ずっしりしたオーク材のテーブルを囲んで、座面が革の椅子が十二脚並んでいる。キッチンも完備されていて、コーヒーをいれるだけでなく、料理もできるようになっていた。大きな木製の桶にレモンの木が茂っている。カンプマンは鍵束をだして、自動販売機を開けた。

「あなたも一本どうだ?」そうたずねて、カンプマンはコーラの瓶を手に取った。ピアは遠慮し、壁にかけてある写真を順に見た。その中に、全員がカメラに向かって笑っている集合写真があった。

「この写真を手に取って見てもいいですか?」ピアはたずねた。

「どうぞ」カンプマンは言葉すくなに答え、手の甲で額《ひたい》の汗をふいた。今日のように活動的なことはめったにないようだ。腹が出ていて、腰のまわりのクッションが沈んでいる。怠惰な証だ。ピアは壁から額を取って、写真に写っている顔を仔細に見た。〝木曜日グループ。二〇〇四年七月十八日〟と写真に書かれている。

「ケルストナー夫人も写真に写っていますか？」

「ああ」そういって、カンプマンは指で栗毛の地味な女の肩に腕をまわしている金髪女を叩いた。たしかにすごい美人だ。色っぽく傾げた首、少しめくれた唇。カメラを見つめるその仕草は少し軽薄な感じがした。

「隣の女性は？」ピアは栗毛の女の顔を指した。

「家内だ」

「奥さん？」ピアはびっくりした。まさにおばさんといえる、どこにでもいそうな女だ。日焼けサロンに通い、髪がブロンドで、宝石で飾りたてている今の夫人とはとても思えない。劇的な変身といえる。ピアはテーブルに向かってすわったが、カンプマンは階段のステップで立ち止まった。

「すわったらどうですか」ピアが誘うと、カンプマンは少しためらってからいわれたとおりにした。「乗馬のレッスン以外に、ここではなにをしているんですか」

「管理人をしている」

「何年くらいここで働いているんですか？」

「ヤゴーダ夫妻が買ったときだから、一九九八年からだ」

「会員の方とはうまくいっていますか？　この写真を見たところ、上品な女性ばかりのようですけど」

「実際そうさ。乗馬クラブはどこも、男よりも女の方が多い」カンプマンが答えた。コーラの瓶を手につかんだまま目が泳いでいる。落ち着きがなく、緊張している。だが刑事に質問されて、そうなる人は珍しくない。

「いい仕事ですね」ピアはうっとりしながらいった。「テニスやスキーのインストラクターと同じで、女たちの中に男ひとり」

「勘違いしているね」カンプマンはすげなくいった。「妻と俺は会員には親切にするが、距離を置くことを大事にしている。たいていの人と何年もの長いつきあいをしている。俺がその前に働いていた乗馬クラブからいっしょに移ってきた人もいるんだ」

ピアはうなずいた。

「ところで、顔の怪我はどうしたんですか？　落馬したんですか？」

「厩舎の扉で……」と、カンプマンは言葉を濁した。

「ずいぶんひどい怪我ですね」ピアは気の毒に思っているふりをした。「それで働けるんですか？」

「仕事だからね」

「まあ、そうですね」ピアはそこで、なんのために来たのか思いだしたかのようにいった。「イザベル・ケルストナーさんは馬を調教する手伝いをしていたんですってね」

その名が話題になった瞬間、カンプマンは両手に視線を落とした。

「ああ、手伝ってもらっていた」

「会員の方から聞いたんですが、イザベルさんはあまり好かれていなかったようですね。そうだったんですか？」

「さあ、知らないな」カンプマンは顔をこわばらせて答えた。「しかし彼女は群を抜いて乗馬がうまかった。それでねたまれていたみたいだ」

「あら」ピアはカンプマンを見つめた。彼はずっと視線を避けている。「ヤゴーダさんが昨日いっていました。ケルストナーさんに、クラブの男性たちが参っていたそうですね。あの人は美貌の持ち主でしたから」

「そういったのか？」カンプマンはちらっとピアを見た。「俺にはわからない」

「あなたにはとても魅力的な女性がいらっしゃいますものね」ピアはテーブルに置いた写真を見つめた。「でも、写真を見てわかりませんでした。この写真を撮ったあと、ずいぶん変わったんですね。なにかわけがあったんでしょうか？」

「どういう理由があったというんだ？」カンプマンは困惑気味に視線を上げた。

「ずいぶんやせましたよね。髪の色も今はブロンドですし」

「家内は気に入ってそうしている」カンプマンは肩をすくめた。「それがどうだというんだ？」

「おっしゃるとおりです。大事なことではありません」ピアは写真を手から離した。「ただ、奥さんにライバルがあらわれたんじゃないかなと思ったんです。それであなたに気に入られるようにイメージチェンジしたのかと……」

ピアはさりげなくそういった。だがカンプマンの反応を見て、勘は的外れではないとわかった。カンプマンは頬を赤らめたのだ。それから血の気が引き、自制心を取りもどそうと必死になった。

「家内が嫉妬を覚える理由なんてないよ」カンプマンは声を押し殺していった。ピアはじっと観察した。カンプマンは舌で神経質に唇をなめ、手でコーラの空き瓶をにぎりしめた。

「それで、ケルストナーさんは定期的に〈グート・ヴァルトホーフ〉の馬に乗ったんですね」ピアはいった。「そしてあなたはケルストナーさんを訓練して、馬術競技会に同行しましたね。そうなんですね？」

「ああ」カンプマンは認めた。

「しかしあなたは普通、会員の競技会に同行しないのですよね？」

ピアは、カンプマンが不愉快な顔をしたことに気づいた。

「金をもらえば同行する」カンプマンは答えた。「競技会への同行は、たいていの会員には高すぎる」

シルバーのポルシェ・カイエンが広場を走ってきて、サンテラスから数メートルのところに止まった。カンプマン夫人とふたりの子どもが車を降りた。子どもたちは気にして父親の方をうかがったが、夫人は家に入るようにせっついた。

「それは、多くの人がケルストナーさんを好きでなかった説明になりますね」ピアはいった。

「あなたがケルストナーさんを贔屓していると思ったんじゃないでしょうか」

「ナンセンスだ」カンプマンは首を横に振った。「イザベルは、俺が責任を負っていた馬に乗っていただけだ。金になる貴重な馬だ。だから俺が世話をしなければならなかった」

ピアはふたたび写真に視線を向けた。

「本当に魅力的でしたね。仕事以上の関係。会員の方がいっていました。ケルストナーさんとあなたはとても深い関係だったと。仕事以上の関係があったんでしょうか？」

「どういう意味だ？」カンプマンはきょとんとした。カンプマン夫人は家から出てくると、夫とピアににこやかに手を振りながら広場を横切っていった。

「ケルストナーさんと情を通じたのではありませんか？」ピアにはもう時間の無駄としか思えなかった。

「情を通じた？」カンプマンは、その言葉を生まれてはじめて聞いたかのように聞き返した。

「寝たかと訊いているんです」ピアはいった。

露骨なその言葉に、カンプマンは顔を紅潮させた。玉の汗がひと筋、こめかみを伝い落ちた。

「いいや」カンプマンはピアの目をはじめてまっすぐ見つめた。ピアは、カンプマンが嘘をついていると直感した。昨日、夫婦で嘘をついたときと同じだ。「イザベルは〈グート・ヴァルトホーフ〉の馬に乗っていた。それだけだ」

「人工中絶のことは知らなかったのですか？」ピアはメモを取って、ふたたび目を上げた。

「イザベルさんはしばらくのあいだ乗馬ができなかったはずですが。気づいたのではありませんか？」

「そのことは昨日訊かれたけどね」カンプマンはいった。

「それはうっかりしていました」そういうと、ピアはこの話題にはしばらく触れないことにした。そしてカンプマンがイザベルと最後に会ったのはいつかたずねた。

「彼女は数週間前に馬を売り払った」カンプマンは答えた。「それからはめったにやってこなくなった。しかし土曜日の午後、ちらっと顔を見せた」

「そうなんですか？　土曜日のいつですか？」

「夕方だ。でもちょっとのあいだだった。夫と話があるといっていたが、先生の方は時間がないといっていたな」

「ドクター・ケルストナーが土曜日の夕方ここに？」

「デーリングさんの馬が怪我をしたんだ。それで、ここに来ていた」

「それはいつですか？」

「なんだよ」カンプマンは怒りだした。「知るはずがないだろう！　そんなに四六時中、時計を見ていないよ！　六時か六時半だったんじゃないかな」

ピアはすかさず頭の中で再構成した。イザベルは動物病院にあらわれたあと、まだ生きていた。ガソリンスタンド、動物病院、〈グート・ヴァルトホーフ〉。殺されたのはその直後だ。

「土曜日に被害者と話をしましたか？」

「あ、ああ」カンプマンはかすかにためらった。「でもたいして話さなかった。デーリングさんがいるか訊かれた。でも、一時間前に帰っていた。それだけだ」

カンプマンは腕時計に視線を向け、椅子を後ろに引いた。「すまない、このくらいにしてくれ。もうすぐ乗馬レッスンの時間だ」

「ところで」ピアはオリヴァーの言葉を思いだしてたずねた。「そのデーリングさんという方もここの会員ですか？　奥さんがくれた名簿には載っていなかったですね」

「あわてていたので忘れたんだろう」

「そうですよね」ピアは彼に微笑みかけた。「そういうこともあります。協力してくださってありがとうございました」

　カンプマンは立ち上がって会釈すると、逃げるようにサンテラスから立ち去った。ピアはその後ろ姿を見送ってから、カンプマンが残していったコーラの瓶を指先でつまんだ。

「ありがとう、カンプマンさん」満足そうにつぶやくと、ピアはコーラの瓶をビニール袋に入れた。


　三十分後、ピアはルッペルツハインの魔の山《ツァウバーベルク》に到着した。オリヴァーと鑑識チームはすでにこの巨大な建物のロビーでピアを待っていた。

「被害者が本当にここに住んでいたのなら」ピアはボスにいった。「夫は知っていたはずですね。夫の仕事場から直線距離にして一キロのところじゃないですか」

　オリヴァーが返事をする前に、背後で咳払いが聞こえたので、みんな、いっせいに振り返った。共同事業体の支配人ブルクハルト・エッシャーは日焼けした太った男だった。年齢は五十代終わりで、髪は真っ黒、明らかに染めている。エッシャーはピアと鑑識官たちをちらっと見てから、旧友と再会したときのような陽気さでオリヴァーにあいさつした。

「電話でのお話は謎めいていてよくわかりませんでした。なにがあったのですか？」

「日曜日、アッツェルベルクタワーで若い女性の遺体が発見されました」オリヴァーは説明した。「そしてその女性がこちらのペントハウスに住んでいたという情報があるのです」

「本当ですか？」エッシャーは驚いているようだった。「あそこをだれかが使っているなんてちっとも知りませんでした」

入り組んだ通路や階段室を進みながら、エッシャーは、最上階のその住まいが〝ドーム〟と呼ばれ、何年も空き家だ、と手短に話した。はじめは現況で、次に骨組みだけの状態で住居用に販売したが、何年も買い手がつかなかったという。延べ床は二百五十平方メートルで、天井高は暖房効率を考えたらありえない十メートル。見学者は関心を示さなかったか、いかれた住まいにするには中途半端だとみなした。

「六、七年前に本気で興味を持った方があらわれましたが、それが最後でした」エッシャーはエレベーターの前で足を止めた。「建築家の夫婦でして。かなり夢中になって、間取りのプランまで作られました、しかし文化財保護局がその改装を認めなかったのです。それからずっと空き家です」

エッシャーは鍵を使ってエレベーターを呼んだ。

「このエレベーターは地下駐車場とこの一階とドームをつないでいて、ドームの居住者専用なんです」エッシャーはちらちらとピアの胸に視線を走らせた。

「特権階級用ね」ピアは皮肉混じりにささやいた。

「でしょう」エッシャーは四人乗りエレベーターの狭さを利用して、ピアにくっついてきた。「ドームは実際、特権階級用の物件として計画されました。こういう住まいが購入できる方は一般的に、うるさい子どもや犬や他の人との接触を好まないものです」

ピアは嫌みをいいたくなったが、喉元まで出かかった言葉を飲み込んだ。

「ドームへ行くにはこの方法しかないのですか?」ピアは代わりにそうたずねた。床が花崗岩《かこうがん》で、四面の壁が鏡板張りのエレベーターはウィーンと音をたてながら上昇した。

「そんなことはありません」エッシャーはピアの広く胸の開いたデコルテに向かっていった。よほどそこが気に入ったようだ。「でも一番快適ですので。他に貨物用エレベーターがありますけど、たいていスイッチが切ってあります。あとは左右の棟の階段室と非常階段」

エレベーターから出ると、そこはもう住居の中だった。ピアは大きな空間に息をのんだ。ピカピカ輝く寄せ木張りの床、古めかしい梁《はり》、ていねいに修復された尖頭アーチの窓。まるで教会のようだ。だからドームと名付けられたのだろう。エッシャーが照明のスイッチを入れた。高さ十メートルの天井に配されたたくさんの小さなハロゲンランプが星空を連想させる。

「すごい」ピアは部屋の中央に立つといった。「夢のようね!」

「なんなら今すぐ、賃貸契約をしてもかまいませんが」そういって、エッシャーはなめるようにピアを見た。エッシャーがどういうつもりか明らかだ。ピアはボスに視線を向けて助けを求めた。

「冬場の暖房は悪夢となるな」オリヴァーはそっけなくいうと、支配人の行く手をふさいだ。

「人が住んでいる様子はないが、家具は備えつけられている。キッチン、作りつけの棚、ベッド、ソファ、テレビ」

「たしかに」エッシャーはうなずいて、ベッドを見つめた。「ここに家具が入っているなんて知りませんでした」

「鍵はだれが持っているのですか?」オリヴァーはたずねた。

「さあ。この建物のスペアキーはすべてうちの管理室にあります。原則的に従業員はだれでも持ちだすことができます」

「あなたが最後にここを訪れたのはいつですか?」

「この二年来ていません」エッシャーは考え込みながら頭をかいた。「腰の手術を受ける前です。あれは二〇〇二年でした。ここへ上がってくる理由がありませんでしたし。この建物には住まいやアトリエ、事務所など、うちで管理している物件が二百以上あるんです」

ピアは住居をひとまわりした、鏡板張りのクローゼットの引き戸を開け、キッチンにあった冷蔵庫やオーブンの中を確かめた。オリヴァーはそのあいだに、この住居の鍵と、鍵にアクセスできる従業員全員の名簿を提出するよう支配人に要請した。

「行っちゃいました?」ピアはたずねた。

「あいつならうまく引っかけられるぞ」オリヴァーはにやりとした。「なにか見つけたか?」

「だめです。住居は病院のようにきれいです。クローゼットにはほこりひとつないですし、流し台にはカルキの跡もありません。人が使った形跡はゼロですね」

オリヴァーは考え込みながらその広い空間を見まわした。なにかがおかしい。掃除係が作業に入ったとは考えづらい。この住居をきれいに片付けたのがだれか、突き止める必要がある。そして片付けた理由も。


「イザベル・ケルストナーは鶏の群れに飛び込んだ大鷹みたいなものですね」ピアはいった。「乗馬クラブで彼女を悼《いた》む人はだれもいないでしょう。例外はたぶんカンプマンです。これからは馬をすべて自分で乗りまわさないといけなくなりましたからね。あいつはあやしいです」

「どうしてだ?」オリヴァーはエッシュボルン・ビジネスパークにあるデーリング運送会社の開け放った門を車で通り抜けたところだ。案内板に従って本社ビルへハンドルをまわした。

広い構内は活気に満ちていた。冷蔵車を中心とする大型トラックが待機場に並び、大きな平屋の倉庫の側面に設置された二十個あるドッキングステーションに空きがでるのを待っている。反対側の倉庫では幌付きのトラックに貨物が積まれている。フォークリフトが蜂の羽音のような音をたててあちこち走りまわり、パレットに載せた貨物を運んでいる。大きな敷地の交通にはしっかりした決まりがあった。一方通行路、一時停止の標識、信号、停車ゾーン。オリヴァーは感銘を受けた。もちろん〝デーリング－新鮮冷凍〟とか〝デーリング－時間厳守〟という空色の地に白抜きのロゴが書かれたトラックを町中でよく見かけるが、これまで訪ねる機会がなかったので、とくに気にしていなかった。アナ・レーナ・デーリングは、夫の会社で働いているということだったが、〝会社〟という言葉の下にどんな帝国が隠れているか考えてもいなかったのだ。

「彼はこっちの目を見ようとしませんでした」ピアはいった。「イザベルとは単に仕事のつきあいだといっていましたが、信じられません。あの乗馬クラブをもう少しほじくったら、イザベルを始末したいと思っていた人間が二十人は見つかるでしょうね」

「動機は見つかるかもしれない」オリヴァーは搬入搬出用ゲートを抜けてきたことに気づいた。表玄関は裏側だ。そしてそこは訪問客や取引相手に感銘を与える作りになっていた。「だが実際に犯行に及ぶかどうか。しかも毒物入り注射器が用意できて、闇夜に遺体をタワーに担ぎ上げ、突き落とすことまでやってのけなければならない」

オリヴァーは、中央に噴水のある円形の芝生を囲む来訪者用駐車場に車をすべり込ませた。オリヴァーとピアは車を降りて、全面ガラスと鉄骨でデザインされたモダンな五階建てビルに向かった。玄関の上には金文字で社名が入っていて、その横に他の会社のプレートがたくさんかけてあった。デーリングは十社に及ぶ子会社を所有し、そのすべてがこのビルに入っていた。黒御影石の派手なエントランスホールには長さが数メートルある受付カウンターがあり、若い受付嬢がにこやかな笑みを浮かべてすわっていた。オリヴァーは受付嬢に身分を名乗り、デーリングに面会を求めた。受付嬢はオリヴァーから目を離すことなく、長さが八センチはあるようなつけ爪で電話の短縮ボタンを押した。

「もしもし、シュナイダーさん。刑事警察の方が社長に面会を求めています」

しばらく受話器に耳を当てていた受付嬢は申し訳なさそうに微笑んで、受話器を置いた。

「社長は商談中です」受付嬢は中央ヨーロッパに破局が訪れたとでもいうような表情を作った。

「数分お待ちいただけますか」

「ありがとう」オリヴァーは受付嬢の派手な演技に笑いが漏れそうだった。「時間はあります」

「コーヒーをどうぞ」受付嬢はふたたび幸せそうな顔をした。「あちらにエスプレッソマシーンがあります。使い方をお教えいたしましょうか？」

「いえ、けっこう。わかると思います」オリヴァーは答えた。

「あきれた」ピアは目をくるくるさせながらつぶやいた。「カンプマン夫人の双子の姉妹といっても通りそうですね。はっきりいってやりすぎ！　ところでカンプマン夫人がこの二年でどれだけ変身したか見てほしいです」

ふたりは並外れて大きなエスプレッソマシーンのそばに立った。

「変身？」

「以前のカンプマン夫人は普通にかわいらしい、目立たない女性でした。今はボトックス治療を十回は受けたバービー人形。ホワイトブロンドの髪、厚化粧、拒食症のようなやせ方、つけ爪、聖霊降臨祭の牛みたいに飾りたてています」

「どうしたわけでそんな変身を遂げたんだ？」

「イザベル・ケルストナーみたいになりたかったんですよ」ピアは肩をすくめた。「夫がイザベルに首ったけだと気づいたからでしょう」

アナ・レーナ・デーリングから聞いていた印象で、オリヴァーは相手が上着など着ない荒くれ男で、顔つきはごつく、拳骨はゴリラ並みだと思っていた。しかし意外にも、フリートヘルム・デーリングは五十代はじめの男で、やせていて、白髪頭だった。顔の彫りが深く、年の割に老けている。縦縞柄のシャツと仕立てのいいスーツに身を包み、一見すると銀行員のようだ。彼は、来客を圧倒させることを狙ったような大きな社長室のドアのところでふたりを出迎えた。オリヴァーは、社長に呼ばれたただのトラック運転手が、そのドアからどっしりしたデスクまで歩くあいだにどんな気持ちを味わうか、充分想像がついた。社長室はビルの横幅いっぱいの間取りで、部屋の三方にある大きな窓からは敷地のほぼ全体が見渡せた。デスクの背後のガラスケースにはたくさんのトロフィーが飾ってある。デーリングが障害馬術競技で獲得したものだろう。ただ一枚の壁面には、ヨーロッパの道路地図と会社のポスター、障害馬術をしているデーリングの写真がかけてあった。

オリヴァーが身分を告げると、デーリングがたずねた。

「ようこそ。どのような用件かね?」

デーリングに誘われるようにして、ふたりは黒い革のソファに腰を下ろした。デーリングはよく響く、心地よい声をしていて、きれいなドイツ語を話した。

「ある殺人事件を捜査中です」想像していたデーリングが実物とあまりに食い違っていたので、オリヴァーはいまだに面食らっていた。「日曜日の朝、ルッペルツハインでイザベル・ケルストナーさんの遺体が発見されました」

「それは耳にしている」デーリングは上着のボタンをはずし、足を組んだ。「〈グート・ヴァルトホーフ〉の乗馬講師から電話があった。ケルストナーは殺害されたそうだね」

デーリングは衝撃を受けているようには見えなかった。

「それを前提にしています」

「わたしになにか協力できることでも？」デーリングはマニキュアをぬった指を膝に重ねた。神経を高ぶらせている様子も、おどおどしているところもない。目をそらさないし、まぶたも一切震えていない。デーリングはふたりを注意深く見ていた。

「聞くところによると」オリヴァーはつづけた。「ケルストナーさんは土曜日の午後遅く〈グート・ヴァルトホーフ〉にあらわれて、あなたを捜したそうです。彼女があなたになんの用があったのか、ぜひうかがいたいと思いまして」

「はて、なんだろうね」デーリングは答えた。「彼女とは話をしていないので」

「電話をかければ済むのに、ケルストナーさんはどうしてそうしなかったのでしょう？」

「それはむりだ」デーリングは軽く微笑んだ。リラックスしているが、身構えているようにも見受けられる。「その日の午後、ちょっとした事故を起こして、携帯電話が壊れてしまったんだよ」

その場は一瞬、静まりかえった。オリヴァーが咳払いした。

「そういえば、あなたがお持ちの馬が一頭、脚を折ったそうですね。どうしてそんなことになったのですか?」

「障害を跳んだときに転倒してしまったんだ」デーリングはよどみなく答えた。「障害馬術に慣れている馬でも、そういうことは起こる。ひどい怪我をすることはめったにないが、そのときはあいにく」

「それはお辛いことでしたね」ピアがいった。「その馬はさぞかし高価だったでしょう。どんなお気持ちでしたか?」

デーリングは無表情にピアを見てから、眉を上げた。

「殺人事件の捜査中ということだが、じつは保険会社のために働いているのかな?」

「すべての道はローマへ通ず、といいます」ピアはそう言い返して微笑んだ。「で?」

「ショックだった」デーリングは足を組み替えた。「カロルスはわたしの所有する馬の中では一番だったから。すぐには同等の馬を見つけられないだろうな」

「安楽死させられたとき、そばにいたのですか?」オリヴァーはたずねた。

「いいや」デーリングは両足を床につけて、体を起こした。「それがなにか?」

オリヴァーはその質問を無視した。「馬を亡くして、奥さんはさぞかし気落ちなさったでしょうね?」

「もちろんだ」デーリングの灰色の目がきらっと光った。「いやなことを忘れるように、数日旅をしてはどうかとすすめた。家内はそのとおりにした。今は、パリに住む友人のところに行っている」

オリヴァーはうなずいた。一筋縄ではいきそうにない。眉ひとつ動かさず嘘をつくとは。

「イザベル・ケルストナーさんの話にもどしましょう。おふたりはどうやって知り合ったのですか？」

「乗馬クラブでだ」デーリングはいった。「しかしそのことは知っているはずだ」

「どういうおつきあいをされていましたか？」

デーリングは口をゆがめて微笑んだ。

「ときどき彼女と寝た」

「ほう。奥さんはご存じなのですか？」

「ああ。しかし反対はしない。浮気は、ほどほどにするので」

デスクの固定電話が鳴ったが、デーリングは立とうとしなかった。

「ルッペルツハインの魔の山《ツァウバーベルク》はご存じですか？」オリヴァーは当てずっぽうにいった。

「ああ、もちろん。数年前、他のふたりの投資家といっしょにあの建物を購入したからね」

オリヴァーとピアは驚いたそぶりを見せなかった。しかしこれで、この男は自分からなにもいわないということがはっきりした。

「はあ」オリヴァーはいった。「では、あなたは共同事業体の一員なのですね」

「原則として共同事業体はわたしそのものだ」デーリングはかすかに微笑んだ。「エッシャーとグレゴリーに、それほどの資金力はない。その代わり、必要なノウハウを持っている。わたしは金儲けをしつつ、税金対策をしたかったんだ。だが、物件の管理までしている時間はないからね。あの手の物件を他にもいくつか持っている」

「ドームはどうなのですか?」ピアはたずねた。デーリングがはじめて本気で微笑んだ。その笑みが、信じられないほど彼の表情を変えた。じつに感じがいい。アナ・レーナが恋に落ちたのもうなずける。

「ドームは必要に応じてときどき使っていた」そう答えて、オリヴァーとピアがきょとんとしているのを見ると、デーリングは愉快そうにした。

「愛の巣ということですか?」ピアがたずねた。

「そう呼びたければ、どうぞ」

「ケルストナーさんもあなたとそこで過ごしたんですか?」

「もちろん。ご主人の獣医と別居してからは、あそこに住まわせていた」

「住まわせていた」オリヴァーは聞き返した。「妙な言い方ですね。住居を貸していたのですか?」

「いいや。好きに使わせていたのさ」

「なんのために?」

「そこに泊まって、テレビを観るとか、そういうことのため」

デーリングはおもしろがっているようだ。

「なるほど」オリヴァーは微笑んだ。「ポルシェを彼女に買い与えたのもあなたですか?」

デーリングは手を横に振ってから笑った。

「イザベルが生活費をどうやって工面していたかは知らない。彼女の旦那は収入が限られているのにじつに寛大だった。それにわたし以外にも、彼女に貢いでいる友人がいたからね」

デーリングは手首につけたロレックスを見て、立ち上がった。

「あいにく仕事の約束がある」いかにも残念でならないという言い方だ。「また質問があったら、いつでも来てくれ」

オリヴァーとピアも腰を上げた。

「そういえば、イザベルさんの死因をたずねませんでしたね」オリヴァーがいった。「それとも、すでにご存じなのですか？」

デーリングの顔から笑みが消えた。

「今のは聞かなかったことにしよう」デーリングは冷ややかにいった。「興味がないから質問しなかっただけだ」

オリヴァーはコーヒーをひと口飲んで、これまでにわかったことを反芻《はんすう》した。アナ・レーナ・デーリングの証言の裏付けが取れたので、獣医のケルストナーは午後、勾留を解かれた。デーリング夫人がそれまでにもしばしば顔を殴られることがあり、乗馬クラブではデーリングが酒に酔うと暴力に走りやすいことが知られていた。アナ・レーナの兄クラージングは暗い面持ちでその話を聞いていた。ケルストナーは証人として、七時十五分頃、愛犬を診せにきたルッペルツハインの隣人をあげた。隣人は、ケルストナーとデーリング夫人が傷ついた馬を駐車場で降ろしているところを見たと証言した。こうしてケルストナーの空白の時間は午後七時十五分から、デーリング夫人を連れてバート・ゾーデンの病院に出発する九時四十五分までのあいだだけとなった。そのあいだに馬を治療して、妻を注射で殺し、死体を展望タワーに担ぎ上げたとは考えにくかった。イザベルが数ヶ月前からデーリングが持っている住居を愛の巣として利用していたと伝えても、ケルストナーはほとんど反応しなかった。乗馬講師カンプマンやフリートヘルム・デーリングと寝ていた可能性が高い、とピアがいっても、ケルストナーは目を上げようともしなかった。ケルストナーの無関心さにはびっくりする。しかし他にあやしいところはなかった。フリートヘルム・デーリングの方がはるかにあやしいくらいだ。あの男は明らかに嘘をついている。それに魔の山《ツァウバーベルク》にある病院のようにきれいな住居。鑑識チームは髪の毛一本、指紋ひとつ見つけられなかった。しかし携帯電話という手掛かりが見つかった。魔の山《ツァウバーベルク》の住人が日曜日、地下駐車場で見つけて、管理室に届けたもので、科学捜査研究所の技術者が、イザベル・ケルストナーのものだと突き止めたのだ。留守番電話にはいくつか興味深い音声メッセージが残っていた。午後八時二十分に、男のいらついた声で、折り返し電話をよこすようにというメッセージがあり、その後、若い女が〈チェックイン〉というクラブにいるというメッセージを残していた。八時四十五分と十一時半にさっきの男がまた電話をかけていた。

「『もうすぐ十二時だ。いいかげんにしろよ。約束はどうした。大事な用件だ。わかっているだろう！　どうして携帯電話に出ないんだ？　折り返し電話をくれ。すぐにだ！』」

フランク・ベーンケはプロバイダーに連絡を取り、携帯電話の移動履歴を提供してもらっていた。またイザベルは銀行口座に九万ユーロ近くの預金をしていて、過去数ヶ月、定期的に高額の現金を預けていた。たいていは数千ユーロだが、十万ユーロ以上の場合もあった。イザベルが死ぬ前に乗馬クラブで会ったという乗馬講師のカンプマンは得体が知れない。他にも重要な問題がある。イザベルの娘がどこにいるかだ。すべての地方新聞に公示し、テレビでもニュースにしたが、今のところ成果は出ていない。五歳の少女は影も形もなかった。

「ボス?」カイ・オスターマンがドアから首だけ突っ込んでいった。「解剖報告書が届きました」

「それはありがたい」オリヴァーはカイの手から薄いファイルを受けとって、すぐに読みはじめた。

イザベルの死因はたしかにペントバルビタールナトリウムの過剰摂取だった。獣医学で動物の安楽死に使用されるペントバルビタールナトリウムが血中から高濃度で検出されたのだ。注射の直後、イザベルは死に至ったとみられる。彼女の爪には、人の皮膚や衣類の断片がまったくついていなかった。抵抗した形跡はないということだ。イザベルは死ぬ数時間前にチーズバーガーとチキンナゲットを食べていた。鼻中隔の状態からコカインの常習者であることがわかった。死の数時間前にすくなくともひとりの男性と避妊具なしで性交しており、他人のDNAが採取された。カンプマンのDNAと比較したが、一致はしなかった。イザベルが身につけていた衣服からは、繊維の一部と馬の毛の他に微少なポリエチレン片が発見された。クローンラーゲによると、死体はゴミ袋に入れられていた可能性があるという。ポルシェのトランクルームになにひとつ痕跡が見つからなかったのもむりはない！　犯人の顕示欲から思わぬ手掛かりが見つからないかぎり、イザベル殺害事件の解明は長引きそうだった。

「カイ」そういって、オリヴァーは顔を上げた。「狩りをはじめるぞ。イザベルが死んだ日になにをしたか正確に知りたい。いつどこでだれと会ったか、そしてその理由も調べろ。獣医のケルストナーにばかりこだわってはいられない。仕事にかかってくれ！」

カイは丸メガネをかけなおし、姿勢を正した。

「かしこまりました」カイはニヤニヤしながら敬礼すると、姿を消した。オリヴァーは軽く微笑んだ。幸い、部下はまだ仕事に幻滅していないし、すれてもいない。本当にいいチームだ。

オリヴァーは日が暮れる前に署を出て、もう一度フリートヘルム・デーリングと話してみることにした。イザベル殺害の時刻になにをしていたか知りたかったのだ。本社ビルに着いてみると、デーリングはすでに退社したあとだった。私邸は鍛鉄製の門に守られた宮殿並みの豪邸で、コージマの母の大邸宅が管理人の家に思えるほどだった。門には監視カメラが設置され、不用意に立ち入れば、飢えたロットワイラーに食いちぎられるぞと脅しをかける警告板があった。オリヴァーはベルを押し、デーリングが乗馬に出かけたことを知らされた。妻が不在なので、自分で乗りまわすほかないのだ。オリヴァーは、〈グート・ヴァルトホーフ〉を自分の目で見てみるのも悪くないと思い、ＢＭＷで国道五一九号線をホーフハイム方面へ向けて走った。

かなり暗くなった頃、駐車場に入った。高級車がずらっと並んでいた。黄色いジープのオープンカーのそばに、乗馬服を着た若い女性がふたり、タバコをふかしながら立っていた。ふたりはオリヴァーに気づくと、おしゃべりをやめ、興味津々に見つめた。

「こんばんは」オリヴァーは親しげにあいさつした。「デーリングさんがどこにいるかご存じですか？」

「こんばんは」足の長い金髪女が答えた。「屋内馬場にいるわよ」

「あなた、フリートヘルムのお友だち？」黒髪の女がたずねた。

「いいえ」ふたりの若い女性に見つめられて、オリヴァーは微笑んだ。「わたしはボーデンシュタイン首席警部です」

好奇心いっぱいだったのが、見下す表情に急変した。

「あら」金髪女は眉を上げた。「ご両親はずいぶん変わった名前をつけたのね。それとも、シュセキケーブってまさか職業名じゃないわよね？」

「あいにくそうです」オリヴァーは愉快そうにいった。彼の中の男が、タイトな白いTシャツから浮き上がって見える張りのある胸と長くてすらっとした足を食い入るように見た。だが彼の中の警官は、ふたりがちらっと視線を交わしたことを見逃さなかった。

「幸い後者です。本名はオリヴァー・フォン・ボーデンシュタイン」

見下す表情が一瞬にして関心の高さに変わった。ただの警官ならこんな乱高下は体験しないだろう。だが〝フォン〟という貴族の称号が名前の前につくと、とたんに奇跡が起きる。

「変わった名前なら、あたしも負けないわ」金髪女はいった。「あたしはトルディス。ボーデンシュタイン城の方たちと縁があるの？」

「ええ」オリヴァーは驚いてうなずいた。「それはわたしの父と弟です」

「あそこで一度も会ったことがないわね。以前はあそこで馬に乗っていたんだけど」

「どうしてやめたんですか？」

「屋外で乗りまわすのがいやになったの。ちゃんとした屋内馬場がないでしょ。だからここへ移ったのよ」

オリヴァーの父と弟は何年も前から建築課などの役所と闘っている。ちっぽけな屋内馬場は文化財保護の対象になっているため、解体して、時代に合った大きな屋内馬場に作り替えるには許可が必要なのだ。だがオリヴァーは話題を変えた。知りたいのは別のことだ。

「イザベル・ケルストナーさんは知っていましたか？」

「なんだ、イザベルのこと」トルディスはがっかりしたようだ。「フリートヘルムがなにかやらかしたのかと思った。イザベルとはたいしてつきあいがなかったわ。この乗馬クラブに来てまだ日が浅いから」

「あたしは感じのいい人だと思ってたわ」アンケ・シャウアーと名乗る黒髪の女がいった。

「でもいつもすましていて、まわりにどう思われようが気にもしていなかった」

「このクラブでは好かれていなかったようですね」オリヴァーはいった。「しかし殺人まで犯す人がいると思いますか？」

「あら、イザベルを絞め殺したいと思っていた人なら、このクラブに三十人はいるわよ」トルディスがいった。「見栄っ張りのおばさま方に、ふられたおじさま方」

「カンプマンさんは？」オリヴァーはたずねた。

ふたりの女は顔を見合わせて首を横に振った。

「あの人は別」トルディスはいった。「イザベルはあの人にとって大事だったもの。あの人、イザベルと組んで馬の売買をし、大もうけしてたから。カンプマンは馬を買った人にはめちゃくちゃ親切なのよ」

「ずいぶん棘のある言い方ですね」

トルディスは肩をすくめた。

「カンプマン夫妻はあたしの好みじゃないの。露骨に贔屓《ひいき》するから」

「そうかしら」アンケはふたりを弁護した。「カンプマンさんと奥さんのズザンネさんはとてもやさしいじゃない」

「やさしい」トルディスは吐きすてるようにいった。「あなたも取り込まれちゃってるのね。もちろんあなたにはやさしいわ。あなたのお父さんが高価な馬を二頭も買ったから」

アンケはカンプマン夫妻を批判されておもしろくないようだ。オリヴァーは、トルディスがずっと自分を見ていることに気づいた。彼女の探るようなまなざしに当惑したが、いやな感じはしなかった。過去の亡霊が脳裏に浮かぶせいだろうか。トルディスにインカ・ハンゼンの面影があるからだろうか。

オリヴァーがくだらないおしゃべりしか聞けそうにないと思ったとき、トルディスがいった。

「イザベルを見たのは土曜日の午後が最後よ。クラブを出たあと、あたしはシュヴァルバッハのマクドナルドに寄ったの。そこで偶然イザベルに会ったわ。駐車場で男の人と話をしていた。というか……」

トルディスは人差し指を鼻頭に当てて少し考えた。

「……口論している感じだったわね。男の人はイザベルの上腕をつかんでいた。あたしが車から降りたときには、男の人はいなくなっていたわ」

「男の人？」オリヴァーは、〈グート・ヴァルトホーフ〉に足を延ばしてよかったと思った。イザベル・ケルストナーの人生最後の数時間について、少し空白が埋められた。

「だれなのかはわからない。ちゃんと見なかったから。でも珍しい車だった。古いメルセデス・カブリオレ、別名〝パゴダ〟、一九七〇年製２８０ＳＬ、金色。ナンバーはＧではじまる」

トルディスは微笑んで、さらにこう付け加えた。「あたし、古い車に目がないの」

「何時でしたか？」オリヴァーはたずねた。

「三時半頃」トルディスはオリヴァーの目をまっすぐ見つめた。「イザベルはすっかり頭に血が上っていたわ。あたしを見かけると首にかじりついてきて、〝遊びにきて。ショートメッセージを送る〟っていった」

「遊びにきて？」オリヴァーはたずねた。「どこにですか？」

「さあ」トルディスは肩をすくめた。「イザベルはよくそういうことをいうの。だから本気にしなかったわ」

オリヴァーは、自分がトルディスを見つめていることに気づいた。気持ちを切りかえて、ふたりにイザベルの交友関係についてたずねた。イザベルには知り合いがたくさんいた、とアンケはいった。イザベルは男と簡単に友だちになる。別れるほうが大変なくらいだったらしい。彼女にポルシェを買い与えた人物については、アンケもトルディスも知らなかった。

「もうすぐガマガエルどもの世話にならずに済むって、イザベルはいっていたわ。いいことがあって、これからは左団扇で暮らせるとか」アンケはいった。「いくら訊いても、教えてくれなかったけど」

「そうですか」オリヴァーは注意深くたずねた。「いつのことですか？」

「一ヶ月くらい前」アンケは考えて眉間にしわを寄せた。「七月末ね。あの頃はいつもフィリップといっしょだった」

「フィリップ？」オリヴァーはたずねた。

「キザな奴」トルディスはいった。「三十代はじめか半ば。南欧系の顔立ち、黒いジェルヘア、スーツ、ミラーサングラス」

「そして派手な車」アンケがいった。「イザベルは、映画プロデューサーだといってたわね。見せびらかすために、何度かここにも連れてきたわ」

オリヴァーは礼をいって、ふたりに名刺を渡した。

「なにか捜査に役に立ちそうなことを思いついたら電話をください」

アンケはうなずいて名刺をしまったが、トルディスは名刺をじっと見つめた。

「他のときはだめ？」そういって、トルディスは顔を上げた。

「えっ？」

「イザベルについてなにか思いついたときだけ？　ただなんとなく電話をするのはだめ？」トルディスは妙に挑発するような、からかう仕草でオリヴァーを見つめた。オリヴァーは見つめかえした。髪がショートだった若い頃のインカ・ハンゼンだ。信じられないほど似ている。

「わたしの関心は事件を解決することだけです」そういって、オリヴァーはわざと感情を入れずに微笑んだ。「ではごきげんよう」


　オリヴァーは広場を横切った。トルディスの視線が背中に刺さった。厩舎の正面に辿《たど》り着くと、中央通路は騒がしかった。馬は馬房の柵につながれ、体を洗ってもらったり、鞍をつけられたり、下ろされたりしている。直径六十メートルの明るい屋内馬場も人と馬でいっぱいだった。フリートヘルム・デーリングは元気な鹿毛に乗っていた。馬に通じている者の目で、オリヴァーはデーリングが優れた乗り手だと判断した。馬の扱いも迷いがない。

「すみません」オリヴァーの背後で声がした。「なにか？」

　声をかけてきた男は白い乗馬ズボンに作業用の靴をはき、額に絆創膏をつけていて、オリヴァーを頭のてっぺんから足のつま先までじろじろ見た。部外者は歓迎されないようだ。

「デーリングさんにお会いしたいと思いましてね」オリヴァーは答えた。「よろしく」

その瞬間、デーリングがギャロップでドアのそばを駆け抜け、オリヴァーに気づいた。驚いた表情をして、馬の速度をゆるめた。

「こんばんは、首席警部！」デーリングが叫ぶと、屋内馬場にいるみんなが、オリヴァーの方を向いた。白い乗馬ズボンをはいた男は目に不快な色を浮かべた。オリヴァーは、乗馬講師のカンプマンだなと思った。

「こんばんは、デーリングさん」オリヴァーは答えた。

「わたしに用かい？」デーリングは、驚いて足踏みしている馬の手綱を引いた。

「ええ。でも急ぎませんから」

オリヴァーは屋内馬場で走る人馬の動きを眺めたが、気持ちはトルディスと名乗った女に向かい、さらなる過去へと飛んでいた。イングヴァール・ルーラントが障害馬術選手として名を上げて、一年早くルッペルツハインから消えていたら、インカとつきあうことができただろうか。インカは、オリヴァーが彼女に夢中なことに気づいていただろうか。たぶん気づいていなかっただろう。彼は強い気持ちを押し隠すのが小さい頃から得意だった。インカにとって、オリヴァーはクヴェンティンの兄でしかなかった。オリヴァーは首を横に振って馬場に意識を向けた。乗馬講師カンプマンは馬場の真ん中に立って、女の騎手を指導していたが、ちらちらとオリヴァーの方をうかがっている。またしても近くに刑事があらわれたので、気になるようだ。しかしデーリングはまったく意に介していないようだ。馬の臀部に毛布をかけると、手綱を長く持って馬を歩かせ、ちょうど馬に乗ったばかりの女とごく自然に話をはじめた。厚顔無恥か、役所を相手にして鍛え抜いているかのどちらかだ。ようやく鞍から降りて、馬を厩舎に引いていったので、オリヴァーはそのあとについていった。

「美しい馬ですね」オリヴァーはデーリングに声をかけた。「競技馬ですか？」

「ああ、いい馬さ」デーリングは誇らしげに微笑みながら答えて、汗で濡れた馬の毛を片手でなでた。彼はいかにも男っぽかった。乗馬ズボンはバレエタイツのようにタイトで、灰色の布地から腰の物が盛り上がっていた。見た感じは洗練されているが、黒いまぶたの下の明るいまなざしには隠れた荒々しさがうかがえる。しかしそれをチャーミングな微笑みと感じのいい仕草というオブラートで包んでいる。もてる男の典型だ。アナ・レーナ・デーリングが惚れたのもむりはない。

「二歳のときにオークションで手に入れたんだ」デーリングは自慢そうにいった。「馬のことがわかるのか？」

「少しは」オリヴァーは認めた。「以前は乗っていましたから。しかし今はその時間がなくて」

「騎馬警察？」デーリングが目配せした。

「いいえ、刑事になる前です」相手が飛ばした冗談を軽口で受け流すことなく、まっとうに答えた。デーリングは品定めするようにオリヴァーを見てから、汗を取るための毛布を馬からはがし、馬房に引いていった。

「毎晩、騎乗するんですか？」オリヴァーはたずねた。

「いいや」デーリングは馬房の扉を閉め、馬房の手前のフックにかけておいた上着をつかんだ。

「本当は家内の役目だ。しかし今は旅行中なので」

デーリングはゆったりかまえていた。今朝、アナ・レーナ・デーリングの腫れ上がった顔を見ていなかったら、ころりと騙されていただろう。

「イザベル・ケルストナーさんのご主人はあなたの馬を診ていますね？」

「ああ」デーリングは上着に腕を通した。「腕のいい獣医だ。だけどイザベルの旦那を演じるのは、彼には荷が重かった」

「どういう意味でしょう？」

デーリングはいきなりにやりとした。浅黒い顔に真っ白な歯がきらりと光った。

「ビールでも飲もう。イザベルについて、あなたが知りたいことを包み隠さず話すよ」

ミヒャエル・ケルストナーは葦毛セン馬の横に立って、胸の手術痕を見た。先週の土曜日、六十針縫った個所だ。

「それで？」デーリング夫人は心配そうにたずねた。

「いい感じだ」ケルストナーは答えた。「化膿していない。運がよければ、元どおり動けるようになるかもしれない」

デーリング夫人は、すべてをあるがままに受け入れている馬をなでた。その瞬間、ドアが開いた。ケルストナーとデーリング夫人が振り返った。

「ミヒャエル！」ゲオルク・リッテンドルフの緊張した顔が和んだ。「よかった。解放されたのか！　それにしても、気の毒なことをした」

　リッテンドルフはケルストナーをさっと強く抱きしめた。

「生き延びたよ」ケルストナーはしわがれた声でいった。デーリング夫人は咳払いした。リッテンドルフははじめてふたりだけでないことに気づいた。

「アナ！」リッテンドルフは愕然としていった。「その顔はどうしたんだ？」

「フリートヘルムにやられたの」デーリング夫人は顔をしかめた。「土曜日に」

「あいつ！」リッテンドルフは首を横に振った。「訴えるべきだ」

「そんなことをしてもだめよ」デーリング夫人は馬の鼻をなでた。

「しかしこのままでは！　フローリアンはなんといってる？」

「何年も前からフリートヘルムと別れろといっているわ」デーリング夫人はため息をついた。

「今度こそ別れる。フリートヘルムはわたしの居場所を知らないわ」

「警察はなにかつかんでいるのか？」リッテンドルフは友だちの方を向いた。

「なにも知らない」ケルストナーは肩をすくめた。「もうどうでもいい。あいつが死んだと聞いてもまったくショックを覚えなかった」

「わかるよ」リッテンドルフはタバコの煙を勢いよく吐きだした。「きみや他の人にあれだけひどいことをしたんだから自業自得さ」

　突然、彼は両手の拳を固めた。

「あいつのことは好きになれなかった。ファレンティンの妹なんだけどな」

「わかっている」ケルストナーは肩を落としてうなずいた。「あれは悪夢だった。だけどまだ終わってはいない」

「どういう意味だ？　イザベルが死んで、きみは自由じゃないか」

「マリーがどうなったのかわかっていない！」ケルストナーが振り向いた。目に涙がたまっていた。「イザベルは土曜日にここへ来た。早く離婚に同意しろと迫ったんだ。条件は、マリーの養育権の放棄。マリーはすでに国外にいる、とあいつはいっていた。その条件で署名しないと、マリーに二度と会えないといった」

ゲオルク・リッテンドルフは信じられないというように友を見つめた。

「マリーをこっちに寄こせといったら、あいつはゲラゲラ笑って、子どもが欲しければ、自分で作れといった」ケルストナーは懸命に気持ちを抑えながらいった。「だけどあいつは死んだ。マリーがどこでどうしているのか知る術《すべ》がない！」

デーリング夫人はケルストナーの手をにぎった。「イザベルがマリーをどうしたか、きっと突き止められるわよ。どこかにいるはず。イザベルを手助けした人間がいるのは間違いないわ。だれかが……」

デーリング夫人が急に身をこわばらせた。

「どうしたんだい？」ケルストナーはかすれた声でたずねた。

「夫のところへもどらなくちゃ」デーリング夫人はいった。

「正気か？」ケルストナーは彼女の腕をつかんだ。「殴り殺されるところだったんだぞ！」

「マリーを国外にやったのは夫よ！」そういって、夫人はケルストナーを見た。「あの人なら、そういうことに慣れているわ」

「だめだ」ケルストナーは首を横に振った。「どうかしている。わたしを助けるために、あいつのところにもどるなんて、とんでもない。わたしは警察に相談する」

「警察に？」デーリング夫人は吐きすてるようにいった。「警察になにができるというの？　人身売買がなにかわかっているの？　夫がトラックとコンテナーに積んでいるのがアルゼンチンの牛肉とコンピュータだけだと思っているの？　あの人は、わたしがなにも知らないと思っているけど、いろいろと知っているのよ。五歳の子をどこかに連れ去るくらい、ああいう連中にかかったら朝飯前よ」

「きみの身が心配だ」ケルストナーは彼女の肩に腕をまわした。「危険なことはさせられない。きみのために安全な隠れ家を見つける。あの悪党が離婚を受け入れるまで、きみはそこに身を隠すんだ」

フリートヘルム・デーリングはよくしゃべる人物だった。乗馬クラブのバーのカウンターで二時間、ビールを五杯にウォッカをダブルで三杯飲んだ。オリヴァーはそのうち、デーリング夫人が嘘をついているかもしれないと思うようになった。デーリングにはごく普通の、気さくな人間という印象を受けた。ベッドの中でなんでもするイザベルに心底参ってしまった、と彼は自分から打ち明けた。そしてイザベルに他の愛人がいても、まったく気にならなかったともいった。

「奥さんは？」オリヴァーはそうたずねて、デーリングの目に警戒の色が浮かんだことに気づいた。「あなたとイザベルの関係を知っているんですよね？」

「家内はイザベルをドームに住まわせていたことを知ってる。しかし話題にしたことはない。わたしは家内を愛しているんだ。しかし趣味が合わなくて」

デーリングのグラスが空なのを見て、カウンターの女は注文されてもいないのに注いだばかりのビールを運んできた。オリヴァーは、デーリングが酔うまで居すわることにした。これまでに何度も酔っぱらいを相手にする機会があり、酒で人間が変わるのを見て驚かされた経験があったからだ。抜け目ない起業家フリートヘルム・デーリングもそういうタイプかもしれない。

「イザベルさんのご主人は？　ケルストナー氏はあなたたちの関係を知っていたんですか？」オリヴァーはたずねた。

「それはないだろう。イザベルが子どもといっしょにそばにいるだけで満足しているような奴だからね。表向きはすくなくともそういう顔をしている。ふたりは水と油さ。イザベルは夫のことを歯牙にもかけていなかった」

「ケルストナー氏が奥さんを殺した可能性があるというんですね？」オリヴァーはやさしい声でそうたずね、相手の表情をじっとうかがった。

「だれだって、いざとなったらなにをするかわからない」デーリングは少しためらってから答えた。突然、眉間に深いしわが寄った。「イザベルは結局、あいつを冷酷に扱った。男には我慢できないことだ」

オリヴァーは返事に窮《きゅう》しているようなふりをした。デーリングの最後の言葉はむしろ自分の気持ちをいっているように聞こえる。その瞬間、外をスポーツカーが爆音をあげて通り過ぎた。しばらくして黒いレザージャケットを着た色白のやせた男がバーに入ってきた。男はみんなからあいさつされた。

「だれですか？」ヤゴーダだとすぐにわかったが、オリヴァーはたずねた。

「乗馬クラブのオーナーさ」デーリングはやどり木に腰かけたまま振り返った。ヤゴーダは微笑みながらみんなに目礼してから、まっすぐデーリングのところへやってきた。

「フリートヘルム」ヤゴーダはデーリングの肩に手を置いた。「ちょっと話がある」

緊張している。デーリングが知らない男といっしょなのが気に入らないようだ。

「紹介しよう」デーリングがあわててヤゴーダの言葉をさえぎった。「ホーフハイム刑事警察署のボーデンシュタイン首席警部だ。首席警部、こちらはハンス・ペーター・ヤゴーダ、この美しい乗馬クラブのオーナーだ」

ヤゴーダは作り笑いをした。日焼けした元気いっぱいのデーリングと並ぶと、色白に見える。

「いっしょに飲むかい？」デーリングは誘った。ヤゴーダとは対照的に落ち着いている。ヤゴーダがなにかいうよりも先に、ウェイトレスを手招きして、ビールを注文した。ヤゴーダはいらついていて、心ここにあらずといった様子で、すわる気など毛頭ないようだ。目がそわそわしている。携帯電話が鳴ると、そのまま背を向けて、なにもいわず外に出ていった。デーリングには、気にする様子はなかった。数分後、ヤゴーダがまた姿を見せて、ドアのところからデーリングを手招きした。

「すぐにもどる」デーリングはオリヴァーにいって立ち上がった。ふたりの男は曇りガラスのドアの前に立った。ヤゴーダが興奮して話しかけている。両腕を振りまわし、激しい身振りをしていたが、急に向きを変えて、ずんずん歩き去った。注文したビールは手つかずのまま残された。デーリングがもどってきて、ビールグラスをつかんでぐいっとあおった。そのときコーナーテーブルに若者たちとすわっていた女がふたり、金を払って立ち上がった。

「帰るのか？」デーリングはそばを通りかかったふたりに声をかけ、腕を伸ばした。

「ずっと放っておかれたんじゃね」四十歳くらいのぽっちゃりした栗毛の女がデーリングに抱かれ、オリヴァーに挑戦的なまなざしを向けた。「あなたたち、なにをひそひそやってるの？」

「ボーデンシュタイン首席警部はイザベルを殺した犯人を捜しているんだ」デーリングはいった。

「あら！」女はクスクス笑った。「あなたに容疑がかかっているの？」

デーリングは冗談がうまいというようにゲラゲラ笑い声をあげたが、目は笑っていなかった。

「ねえ、フリートヘルム」半白の髪をショートカットにしたもうひとりの女がいった。「週末にトレーラーがいるんだけど、アナ・レーナにいっておいてくれないかしら？　土曜日に貸したままになっているのよ」

一瞬、デーリングの顔から愛想笑いが消えた。明るい目に怒りの火がともったように、オリヴァーには見えた。

「わかった」デーリングはのんびりいった。「家内は明日もどるから、トレーラーを元にもどすようにいっておく」

ふたりの女は別れを告げて立ち去った。

「奥さんは旅行中でしたよね？」そうたずねて、オリヴァーはデーリングの目を見つめた。

「イザベル・ケルストナーさんが死んだことは知っているのですか？」

デーリングは眉ひとつ動かさなかった。

「パリの友だちを訪ねている」彼は平然と嘘をついた。「馬が怪我したことで落ち込んでしまってね。さあ、家内がそのことを知っているかどうかわからないな」

堂々と真っ赤な嘘をつかれたのに、オリヴァーはデーリングの演技力にすっかり感心してしまった。

「奥さんのお兄さんは有名な刑事弁護人ですね。仲はいいのですか？」

「ああ」デーリングの手元にまた新しいビールがだされた。「家内の家族とはいい関係を保っている」

空々しい！　デーリングの言葉はビールが七杯とウォッカが五杯の段階でしだいに聞きとりづらくなった。それまで意識して発音していた標準ドイツ語に、ヘッセン訛りが少しまじるようになった。デーリングの顔は赤く染まり、目が輝いていた。オリヴァーは自分の時計を見た。

「もう十一時ですか！　デーリングさん、楽しい晩でした。最後にもうひとつ質問があるんですが」

「いいたまえ！」デーリングは八杯目のビールに口をつけ、身構えた。

「こちらのクラブの人で、あなたが先週の土曜日、奥さんを入院するほど殴ったといっている人がいるんですが、本当ですか？」

デーリングはカウンターにグラスを置いた。眉間に深いしわを寄せて体を起こした。

「そんなくだらないことをいったのはだれだ？」

「何人もいます」オリヴァーはあいまいに答えた。

「ふざけるな！」デーリングは不愉快そうにかぶりを振った。

「土曜日の件については、別の話も耳にしています。あなたは最初にあなたの馬を虐待し、それから奥さんを殴ったというのですが」

デーリングは顔を紅潮させた。オリヴァーは、アナ・レーナ・デーリングの話は嘘ではないと確信した。デーリングの豹変ぶりは恐ろしいほどで、別人が乗り移ったのではないかと思いたくなるほどだった。

「そういうことか」デーリングは眉をひそめ、怖い目つきでオリヴァーをにらみつけた。「ここにすわって、罪のない顔をしているかと思ったら。まあ、あんたらのことはわかってる。サツはみんな同じだ。だけどな、俺が家内になにをしようが、勝手だろう！」

「では本当に暴力をふるったのですね？」

「一発かましてやったさ。馬鹿みたいに騒いでヒステリーを起こすほうが悪い」デーリングがいきなり怒鳴ったので、オリヴァーは思わずびくっとした。「あいつは、俺の一番いい馬をだめにしたうえ、俺に向かって大声で文句をいった。あの馬鹿が！」

バーの中はしんと静まりかえった。その場にいたわずかな人々がオリヴァーをこっそりうかがった。

「おい！」デーリングは飛び上がって、やどり木の背もたれをつかんだ。「このサツ野郎に俺のことをちくったのはどこのどいつだ？　白状しろ、この臆病者ども！」

さっきまでおっとり構え、世故に長けているように振る舞っていたのが嘘のようだ。洗練され、人なつこい話し相手が、下品で非情な人間に豹変していた。上品な人間という化けの皮がはがれ、粗暴な人間の本性をあらわしたのだ。

「落ち着いてください、デーリングさん」オリヴァーはいった。「馬の件があったあと、どうしましたか？」

デーリングは振り向いた……手を腰に当てて顎を突きだし、今にも飛びかかろうとしているブルドッグさながらだ。だがオリヴァーも負けてはいなかった。

「覚えていますか？」

「ああ、覚えているさ。まっすぐ家に帰った。その夜は招待されていたからな。八時少し過ぎにはそっちに顔をだした。証人もいる」

「このクラブを出てから招待された場所に姿を見せるまでの時間にも証人はいますか？」オリヴァーは愛想よくたずねた。傲慢で自信満々だったデーリングの顔に綻《ほころ》びができた。

「デーリングさん」オリヴァーはもうひと押しした。「ケルストナーさんに最後に会うか、話すかしたのはいつですか？」

「黙秘する」デーリングは冷淡に返事した。

「いいでしょう」オリヴァーは腰を上げて、十ユーロ紙幣をカウンターに置いた。「明日の朝九時、刑事警察署にお越しください」

「どうしてだ？」質問というより喧嘩を売っているようだった。

「じつはですね」オリヴァーはよそよそしい笑みを浮かべた。「イザベル・ケルストナーさんが殺害された日の流れを再現しているところでして。ケルストナーさんは死んだ日にすくなくともひとりの男性と性的交渉をしていました。朝早く、DNA鑑定を要請します」

デーリングがオリヴァーに視線を向けた。今にもかみつきそうだ。

「その必要はない。殺してはいないが、セックスはした。金曜日の夜だ。土曜日は会っていない。これでいいか？」

「まあ、とりあえずは」オリヴァーは立ち上がった。「今夜は自分で車を運転しないように。ではごきげんよう」

デーリングは充血した目で黙ってオリヴァーを見送った。そのとき乗馬クラブの他の客たちがあわてて上着をつかんだ。どうやらこういう騒ぎに慣れていて、逃げだすタイミングだと思ったらしい。

二〇〇五年八月三十一日（水曜日）

お堅い日刊紙にとって、イザベル・ケルストナー殺害事件は欄外の注くらいの価値しかなかった。注目度は圧倒的にハルデンバッハ上級検事自殺のほうが高かった。それでも地方紙はケルストナーの事件について詳しい記事を載せ、大衆紙のビルト紙などは、オリヴァーが流したわずかな情報を頼りに大きな見出しをこしらえた。『警察は打つ手無し――麗しのイザベルを殺した犯人はだれだ？』その下には金髪の女のピンボケ写真。

「やってくれるな」オリヴァーは朝の捜査会議で新聞をペラペラめくりながらつぶやいた。扇情的な見出しのせいで、ニーアホフ署長にすぐ報告をする必要に迫られた。渋い顔で、見出しの下の五行にさっと目を通した。そして七面をひらいた。マスコミは勝手な推測で、好きなことを書く。警察はなにもわかっていないと書き立てたいのだ。

「登録されているメルセデス・ベンツW　113　280SL、別名〝パゴダ〟をコンピュータで検索してみました」カイ・オスターマンはかなり寝不足のようだ。オリヴァーは顔を上げた。

「条件を絞るために、ナンバーはGではじまるものだけにしました」カイは話をつづけた。

「Gではじまる都市コードは四十五あります」

「それで？」フランク・ベーンケはたずねた。

「幸い、捜している車のカラーはレッドやシルバーじゃありません」カイは動じなかった。「四十五の都市コードの中で金色の280SL〝パゴダ〟は全部で三十二台。その一台はギーセンで登録されていて、持ち主はギュンター・ヘルフリヒです。ナンバーはGI－KH 336」

「ほう」オリヴァーはうなずいた。「それで？」

「当該の車は」カイは話をつづけた。「八月二十七日土曜日午後十時十九分に時速百四キロで写真撮影されています。どこでかわかります？」

「クイズは嫌いだ」オリヴァーは大衆紙の見出しに腹立たしい思いをしながらいった。

「国道五一九号線、ケーニヒシュタインとケルクハイムのあいだです」

「なんだって？」オリヴァーは顔を上げた。

「本当です」カイはにやりとした。「写真を取り寄せています」

「ヘルフリヒはイザベルの旧姓ですよ」ピアが口をはさんだ。

「そのとおり」カイはうなずいた。「ギュンター・ヘルフリヒは父親だ」

「トルディスは車を三時半にマクドナルドの駐車場で見たといっていた」オリヴァーは声にだして考えた。「イザベルはそこで父親と会っていたということか」

「それはありません」カイはかぶりを振った。

「どうしてだ？」オリヴァーは指先でテーブルを叩いた。

「死んでいるからです。心筋梗塞です。二〇〇一年十月に。イザベルの母である未亡人は、バート・ゾーデンの老人ホームにいます。アルツハイマーです」

「じゃあ、どうしてその車はギーセンで登録されているんだ？」

「さあ」一瞬、みんなが沈黙した。

「よし」オリヴァーがいった。「カイ、もう一度コンピュータを駆使して、デーリングとヤゴーダについて調べてくれ。資産の状況、生活環境、前科があるかどうか、職業上の経歴など、なにもかも調べるんだ」

カイ・オスターマンはうなずいた。

「ケルストナーの隣人に聞き込みをした結果は？」

「みんな、同じ話しかしませんでした」カトリーン・ファヒンガーはいった。「ケルストナー夫妻はほとんど留守にしていて、夫の方はしばしば帰りが遅く、妻は家にいれば、テラスで日光浴をして、大きな音で音楽を聴いてばかりいたそうです」

「よし」オリヴァーはうなずいた。「ベーンケ、ルッペルツハインに行って魔の山《ツァウバーベルク》の住人に聞き込みをしてくれ。だれかがなにか見たか聞いたかしているかもしれない」

フランク・ベーンケ、ピア・キルヒホフ、カイ・オスターマンの三人が出ていくと、オリヴァーはニーアホフ署長に電話をかけた。だが話し中だった。オリヴァーは、あとで連絡すると伝えてくれるよう署長の秘書に頼んだ。そのあと馬専門動物病院を訪ね、もう一度ケルストナーと話してみることにした。動物病院のある幅の広い袋小路に曲がると、駐車場に止まっているたくさんの馬運搬用トレーラーが目に入った。動物病院は大忙しのようだ。中庭に足を踏み入れると、リッテンドルフとケルストナーがちょうど馬の診断をしているところだった。その馬はやっと立っている状態で、こうべを垂れ、うつろな目をしている。哀れな姿だ。

「仕事の邪魔はしたくありません」オリヴァーは申し訳なさそうにいうと、少し不機嫌そうなリッテンドルフの顔を見た。「ひとつだけ質問があってきました」

「今度はなんですか？」

「医者や薬局の人間でない場合、ペントバルビタールナトリウムを入手するにはどうすればいいでしょうか？」

「医者や薬局の人間でも、ドイツではそう簡単に手に入れられませんよ」リッテンドルフは人差し指でメガネを押し上げた。「スイスは違います。あちらで免許状を持っている医師なら薬局で買うことができます」

「あなた方はどうやって手に入れているのですか？」

「うちでは必要な薬でして」リッテンドルフはいった。「出入りの製薬会社に直接注文して、使用記録はすべてつけています」

オリヴァーはケルストナーの方を見た。ケルストナーは馬の手綱を持ち、哀しい面持ちの女と話をしている。オリヴァーは、獣医が診察しているところをはじめて見る。ケルストナーは落ち着いて集中している。自分の話すべきこと、なすべきことがちゃんとわかっているようだ。ケルストナーが有能な獣医だというさまざまな人の証言がオリヴァーの脳裏に蘇った。

「お気の毒です、ヴィルヘルムさん」ケルストナーがその瞬間いった。「しかしレントゲン写真を見るまでもありません。ご覧のように、かわいそうなこの馬は立っているのもやっとです。ひどい痛みに苦しみ、注射も効かないでしょう。このまま連れ帰っても、苦しませるだけです」

女はけなげにうなずき、目頭をふくと、馬の首を軽く叩いた。

「どうしたんですか?」オリヴァーは小声でたずねた。

「重度の蹄葉炎《ていようえん》の末期です」リッテンドルフは答えた。「両方の前脚の蹄骨が下方に変位してしまうもので、治療はできないんです」

リッテンドルフの目がからかうように光った。

「なんならペントバルビタールの効き目を見ていきませんか」リッテンドルフはいった。「あの馬は安楽死させるほかないので」

オリヴァーはまだ馬の安楽死に立ち会ったことがなかった。昔、祖父や父は年老いた馬や病気になった馬を馬肉業者に引き渡したものだ。緊急の場合、馬肉業者に農場まで来てもらい、家畜銃で馬を苦痛から解放することもあった。ケルストナーと医療助手のジルヴィアはかわいそうな馬の手綱を引いて、動物病院の裏の草地に向かった。馬は鎮痛薬を注射したおかげで、なんとか足を動かすことができた。泣きはらした持ち主が馬をなでているあいだに、ケルストナーは馬の首の頸静脈にカニューレ(薬液の注入などの際に用いる医療器具)を刺し、強い鎮静薬を投与し、つづいて毒物を注射器に吸入して、同じカニューレから投与した。オリヴァーとリッテンドルフは厩舎の扉のそばで見守った。

「すぐに倒れる」リッテンドルフは声を押し殺していった。「血を見ないですむ、きれいなやり方だ。所有者にとってもいい」

オリヴァーはじっと馬を見つめた。ところが馬は頭をさげたまま、一向に倒れる気配がなかった。

数分後、ケルストナーもそのことに気づいた。ケルストナーは困惑してリッテンドルフを見た。それから赤毛の医療助手になにかいった。医療助手はすぐに走った。

「どうしたんです?」オリヴァーはたずねた。数分後、医療助手がもどってきて、ケルストナーに別のアンプルを渡した。

「さあ」リッテンドルフは肩をすくめた。「ずいぶんかかりますね」

ケルストナーはふたたび注射器に吸入し、薬を投与した。ものの三十秒で狙いどおりの反応が出た。馬の大きな体がぐらっと揺れ、それから前脚、後ろ脚の順に折り曲げ、ため息とともに体を横に倒し、事切れた。

「ペントバルビタールナトリウム」リッテンドルフはタバコの吸い殻を馬糞の山に投げた。「美しく死ねます」

オリヴァーはケルストナーを観察した。ケルストナーは使用済みのカニューレと中味が空になったアンプルを医療ケースにそっとしまい、むせび泣く所有者に少しだけ声をかけた。

所有者は最後にもう一度、馬にかがみ込んでなでると、医療助手に伴われて事務棟に入った。オリヴァーはふたりの獣医のあとに従って中庭にもどった。ケルストナーが突然、立ち止まって身をこわばらせた。フリートヘルム・デーリングが開けっ放しの門を通って向かってきたのだ。その顔に親しげな表情は微塵もなかった。

「やあ、警部」そういって、デーリングは冷たい笑みを浮かべた。「また会えるとはうれしいねえ」

「こんにちは、デーリングさん」オリヴァーは感じよく答えた。「こちらこそうれしいです」

デーリングの顔が曇った。

「わたしの馬は？」デーリングはケルストナーに向かっていった。

「六十針縫ったんですよ」ケルストナーがそっけなく答えた。「連れていくのはまだむりです」

「そのつもりはないさ。ちょっと時間はあるか？　話がある」

ケルストナーは肩をすくめ、デーリングについて厩舎に入った。リッテンドルフは腹立たしげにふたりを見送ってから、またタバコに火をつけた。

「ケルストナーさんとデーリング夫人は、お互いのパートナーが関係を持っていることを知っているんですか？」オリヴァーはたずねた。

「もちろんです」リッテンドルフは語気強くいった。「イザベルは隠そうともしませんでしたからね。彼女はミヒャエルのことを馬鹿にしきっていました」

リッテンドルフはいらいらしながらタバコを吸った。

「去年、病院のパーティをしました。イザベルはそのとき、午後のあいだずっとデーリングといちゃついていたんです。ふたりして見つめ合って、スパークリングワインを酌み交わし、ばかみたいにクスクス笑っていました。手をにぎりたいのを我慢しているのがありありでしたよ」

リッテンドルフの声に棘があったので、オリヴァーは驚いた。

「ミヒャエルは黙っていました」リッテンドルフはそういって、タバコを荒々しく投げ捨てた。「でもあいつは変わってしまいました。わたしがイザベルのことを話題にすると、殻に閉じこもるようになったんです。結婚するなと忠告したみんなのいうとおりになったことが、あの女が浮気を重ねていたという事実よりも、あいつの心を蝕《むしば》んだのでしょうね」

「あなたとイザベル・ケルストナーさんの関係はどうだったんですか？」

「おお」リッテンドルフはにやりとしたが、目つきは冷たかった。「一度、派手な口喧嘩をして、それからはお互い避けるようにしていました。ミヒャエルはいつもイザベルの肩を持っていました。わたしはそんな些細なことで友情を壊したくなかったんです」

リッテンドルフは鼻で笑った。

「イザベルの本性はずっと前からわかっていました。あのふたりが電撃結婚する前からです。自分の都合でミヒャエルを利用するな、とあの女に意見したこともあります。あの女はわたしの目をかきむしりたそうにしていましたよ。あの女はわたしを憎んでいましたが、扱いに困ってもいたんです。いつだかいっていたことがあります。わたしがじつは彼女を欲しがっていて、一向になびかないものだからへそを曲げているのだ、と」

「それで？」オリヴァーはたずねた。「本当のことですか？」

リッテンドルフは考え深げなまなざしをオリヴァーに向けた。

「イザベルになど手をだすものですか。あいつがこの世でたったひとりの女だったとしてもごめんです」リッテンドルフはからかうような表情になった。「わたしにとって、きれいな顔などは二の次なのです。あの女の虜《とりこ》にはなりませんね。だからわたしを心底憎んでいたんですよ。自分になびかない男がいるというだけで、あの女は死んでも死にきれないくらい我慢ならなかったのです」

オリヴァーは納得したようにうなずいた。厩舎の開けっ放しの扉から、目を吊り上げたフリートヘルム・デーリングが出てきた。ケルストナーも表情のない顔であとから出てきた。デーリングは出口に向かってずんずん歩きだしてから、なにか気づいたのか足を止めた。

「あんたが馬を運ぶのに使ったトレーラーはどこだ?」

「駐車場です」ケルストナーはいった。デーリングはきびすを返すと、あいさつもなしに姿を消した。オリヴァーとふたりの獣医は、デーリングが車を馬運搬用トレーラーの前にバックし、あっという間につないで、タイヤをきしませながら走り去るのを見ていた。

「なんの用だったんですか?」オリヴァーはたずねた。

「奥さんがどこにいるのか訊かれました」ケルストナーは陰鬱な感じで答えた。

「それで?　知っているんですか?」

「もちろんよ」背後で声がした。三人の男が振り返った。アナ・レーナ・デーリングが、手術室に通じるドアのところに姿をあらわしていた。顔の腫れは少しひいている。内出血もどす黒い紫色から青みがかった黄色に変わっていた。黒髪を編んで垂らして、ジーンズと灰色のフード付きトレーナーを身につけていた。

「こんにちは、デーリング夫人」オリヴァーは驚いた。「お加減はいかがですか？」

「大丈夫です」と答えたが、むりをしている。デーリング夫人はケルストナーに近寄って、彼の腕に触れた。ふたりは顔を見合わせた。ふたりが信頼し合っているのがよくわかる。

「ミヒャエル、わたし、行かなくちゃ」デーリング夫人は小声でいった。「さもないと、さらに不幸がつづくことになる」

「だめだ、アナ、それはいけない！　他にも解決策があるはずだ」ケルストナーは切々と訴えた。そのとき、刑事がまだそばにいて、話を聞いていることに気づいた。「あとで話し合おう。いいね」

オリヴァーはふたりの獣医とデーリング夫人のあとから事務棟に入った。

「ドクター・ハンゼンは？」オリヴァーはたずねた。

「今はいません。外勤です」リッテンドルフはだれもいない受付カウンターに身を乗りだして、さっきから鳴っていた電話の受話器を取った。

「ふたりだけで話せませんか？」オリヴァーはケルストナーの方を向いていった。ケルストナーはうなずいた。ふたりは控え室に入った。ケルストナーは背後でドアを閉めた。オリヴァーの目が額入りの写真にとまった。海辺でビール瓶を手にした五人の若者が腕組みしてカメラに向かって笑っている。リッテンドルフ、ケルストナー、ファレンティン・ヘルフリヒ、フローリアン・クラージングまではわかったが、五人目は知らなかった。その写真ははじめてここを訪ねたときには気づかなかった。

「クラージングさんと知り合ったのは、デーリング夫人を通してではないんですね？」そうたずねて、オリヴァーは振り返った。

「ええ」ケルストナーは首を横に振った。「大学で同じ学生組合に入っていたのです。クラージングとシュレーターは法学、ヘルフリヒは薬学、ゲオルクとわたしは獣医学」

「ははあ」オリヴァーはケルストナーを見た。ケルストナーはテーブルに向かってすわり、タバコに火をつけていた。今週のはじめに会ったときのように心を閉ざしてはいなかった。はるかにひらいている。だがそれでも心の均衡が取れているとは言いがたい感じだ。

「先週の土曜日、あなたの義理のお父さんの車がケーニヒシュタインとケルクハイムのあいだで自動速度違反取締装置に写真を撮られました」オリヴァーはいった。「金色のメルセデス・カブリオレです。同じ車が午後、シュヴァルバッハにあるマクドナルドの駐車場で目撃されています。車の運転手があなたの奥さんと話していたそうです。だれだかわかりますか？」

「わかりません」ケルストナーは驚いてかぶりを振った。

「義理の父は四年前になくなっています。父の車のはずがないでしょう」

「今でも登録者名がそのままなのです」

ケルストナーはぼんやりと空のカップを指でいじった。「車のことはなにも知りません。まだあるということも知りませんでした」

オリヴァーは椅子の背をつかんで、身を乗りだした。

「土曜日の午後、奥さんがあなたになんの用があったのか、そろそろ教えてくれませんか？」

まるで鎧戸《よろいど》が閉められたかのように、ケルストナーの表情が硬くなり、取りつくしまもなかった。

「金の無心ですか？」

反応なし。

「娘さんのことですか？」

コーヒーカップがケルストナーの手の中でふたつに割れた。指が切れて、血があふれ、テーブルの上に滴《したた》った。しかしケルストナーは、怪我をしたことに気づいていないようだった。またしても苦しそうに顔をゆがませ、うつろな目つきになっている。オリヴァーは、勘が的中したとわかった。イザベルは死ぬ数時間前に夫を訪ね、子どものことでなにかいったのだ。おそらくなにか恐ろしいことを。そうでなくても、気が動転するようなことをいったに違いない。

「怪我をしていますよ」オリヴァーはいった。そのときはじめて、ケルストナーは怪我に気づいた。手を口に持っていき、傷口を唇に当てた。ドアをノックする音がして、医療助手のジルヴィア・ヴァーグナーが入ってきた。ジルヴィアは刑事を一瞥《いちべつ》すらしなかった。

「ミヒャエル、リッター夫人から電話です。話が……」

「かけ直すといってくれ」ケルストナーはそういうと、血が手首を伝い落ち、テーブルに血だまりができるのをうつろな目で見ていた。

「どうしたんですか？」ジルヴィアはケルストナーの様子に気づくと、オリヴァーの方を向いていった。

「あとでかけ直すそうです！」電話口の相手にそういうと、ジルヴィアは駆けだし、一分もしないでリッテンドルフとアナ・レーナ・デーリングを連れてもどってきた。オリヴァーは、これ以上質問しても無駄だと観念した。

「縫わないとだめだ」ケルストナーの手を取って、傷口を見ているリッテンドルフに向かって、オリヴァーはいった。

「わかっている」リッテンドルフはつっけんどんにいうと、ケルストナーの方を向いた。「おい、ミヒャエル、いったいどうしたっていうんだ。さあ、立て。病院に連れていく」

ケルストナーはリッテンドルフを見ていなかった。ぼんやりと立ち上がって歩きだした。リッテンドルフとアナ・レーナは一歩さがった。ケルストナーはオリヴァーの前で足を止めた。必死に涙を堪えていた。

「イザベルがここへ来たのは、わたしの署名が欲しかったからです」ケルストナーは押し殺しつつも決然とした声でいった。「離婚を望んでいて、規定の別居期間を無視して即刻決着をつけたがったのです。前もって弁護士に確認を取るまで署名はできないと答えました。それからマリーのことを訊いたのです」

ケルストナーは間を置いて、怪我をしている片手で、血がつくことも考えず、苦痛にゆがんだ顔をぬぐった。

「わたしは、子どもに会えるまで署名はしないといったのです。すると、イザベルは腹を立てて、マリーはわたしの子じゃない、つべこべいわずにその場で署名しろといったんですよ。さもないと、マリーをどこへ連れていったかいわない、すでに国外にいる、二度と会わせないとまでいいだしたのです」

ケルストナーはため息をついた。

「アナ・レーナから電話がかかってきたのは、まさにそのときでした。わたしはイザベルを放ったらかしにしました。あとでもう一度、〈グート・ヴァルトホーフ〉で会いましたが、議論している暇はありませんでした」

オリヴァーは同情を禁じえなかった。デーリング夫人はすすり泣き、リッテンドルフはため息をついた。

「おわかりでしょう」ケルストナーは急に激しい口調になった。「あいつが死んでも、わたしにはなんの感情も湧かない。子どもがどこにいて、どうやったら取り返せるのか、それを訊けなかったことだけが心残りなのです」

オリヴァーがルッペルツハインからケーニヒシュタイン方面へ車を走らせていたとき、フランク・ベーンケから電話がかかってきた。魔の山《ツァウバーベルク》の二階に住むテアホルスト夫妻が先週の土曜日、興味深いことを目撃していたとわかったのだ。意外にもフリートヘルム・デーリングは嘘をついていなかった。たしかにイザベルのところで夜を過ごしていた。夫のコンスタンティン・テアホルストが、土曜日の朝七時十五分にエレベーターから降りてきたデーリングに会っていたのだ。そして四時間後の十一時半頃、イザベル・ケルストナーはまた男の訪問を受けた。男がシルバーの四輪駆動車に乗ってきたことを、妻のモニカ・テアホルストが覚えていた。その車に邪魔されて、彼女は駐車場から車がだせなかったのだ。以前にもイザベルを伴って出てくるところを見かけていたので、その男がイザベルを訪ねているに違いないと思ったという。午後三時少し前にイザベルは家から出てきた。テアホルスト夫妻がバルコニーから見ていると、黒いBMWツーリングに乗ってきた女が駐車場でイザベルをつかまえ、十五分たっぷり口論したという。

「四駆の男はカンプマンです。間違いない」報告を終えると、フランクはいった。「土曜日の夜、厩舎でちょっと見かけただけだなんて、真っ赤な嘘ですね」

「そうかもしれない」オリヴァーは答えた。「もう一度〈グート・ヴァルトホーフ〉を訪ねてみよう」

そのあと、オリヴァーはフランクに、ケルストナーから聞いた子どもの話をした。子どもを預かっている連中がすすんで警察に連絡してくるとは思えない。運を天に任せるほかないということだ。

いずれにせよ、マリー・ケルストナーの捜索を大至急はじめなければならない。消えた子どもが今回の事件の鍵である可能性もある。

ローベルト・カンプマンは、イザベル・ケルストナーのところにいたことは否定した。オリヴァーは嘘をついていると見破った。カンプマンは嘘がへただ。指が震え、しゃべり方も神経質だった。

「いいですか、カンプマンさん」オリヴァーは強く出た。「そろそろちゃんと捜査に協力してくれませんかね。さもないと、検察局にあなたの逮捕状を請求することになります。ケルストナーさんの隣人に面通しをしてもらいます。そのうえで先週の土曜日、ケルストナーさんのところに滞在していたのがあなただと判明すれば、あなたは警察の捜査妨害をしたことになります。こちらは殺人事件を捜査しているのです。重大犯罪です。ただでは済まなくなりますよ」

カンプマンは両手をもみ、顔面蒼白になった。

「では訊きます」オリヴァーは身を乗りだした。「八月二十七日土曜日、なにをしましたか？午前十一時半から午後三時ごろのあいだと、その日の夜、あなたはどこにいましたか？」

ふたりはカンプマンの家のダイニングルームにすわっていた。イケアのカタログ写真にありそうな整理整頓された特徴のない部屋だった。カンプマン夫人はニコニコしながら、良妻らしくせっせと部屋を掃除してまわっている。化粧も髪型も完璧で、モスグリーンのカシミアのセーターとスリムなジーンズを身につけ、平日なのにごてごてと装飾品で飾りたてていた。

「コーヒーはいかがですか？」夫人ににこやかにいわれて、オリヴァーは丁重に断った。夫人が夫の肩に手を置くと、夫は顔を引きつらせた。

「ふたりだけにしてくれないか？」カンプマンは不機嫌そうにいった。

「いいわよ」夫人は手を引いた。オリヴァーは夫人の目を見て、にこやかにしているのは表面だけだと気づいた。夫人は心を傷つけられたか、怒っているかどちらかだ。あるいはその両方かもしれない。とにかくふたりのあいだになにかあったことは確かだ。カンプマンは、夫人がドアを閉め、広場を歩いていく姿が窓から見えるまで待った。

「土曜日の昼はイザベルのところにいた」カンプマンはいった。表情からはなにを考えているのかまったく読み取れない。

「なにをしに訪ねたのですか？」

「仕事さ」

「もっと正確にいってくれませんか？」

「最近イザベルに手伝ってもらって馬を一頭売った。朝、あいつから電話があって、約束の分け前が欲しいといわれたんだそれもできるだけ早く」

「どうしてここに来なかったんですか？」

「わからない。あいつは急いでいた」

「よく金を渡していたんですか？」

「ああ。もうけの十パーセント」カンプマンはうしろめたそうな様子をして、身を乗りだした。「妻は知らないことだ。だれも知らない。イザベルと俺だけの秘密さ。あいつがいなかったら、こんなにたくさん馬を売ることはできなかった」

「いくら払ったんです？」

「五千ユーロ」

彼女のズボンのポケットに入っていた金だ。カンプマンは一応本当のことをいっているようだ。「そのために昼いっぱいもかかったんですか？」

「コーヒーを飲んで、おしゃべりをした」カンプマンは肩をすくめた。「……馬のことを」

「そしてついでに寝たのですか？」オリヴァーはたずねた。

カンプマンは椅子の背にもたれかかった。

「どうしてイザベルとなにかあったと考えるんだ？」

「イザベルさんは魅力的な女性でしたから。あなたは多くの時間をいっしょに過ごしていますね。そういうふうに考えるのは不謹慎ですか？」

「イザベルとは純粋に仕事の関係だった」カンプマンはぎこちなくいうと、きれいに活けたテーブルの花を指でつんだ。「他になんの関わりもない」

「信じられないですね」

一瞬、沈黙に包まれた。半開きの窓から遠くの笑い声やコンクリートを叩く蹄鉄の音が聞こえた。

「どうして本当のことをいわないのですか？」オリヴァーは、カンプマンが汗だくなことに気づいた。まぶたが神経質に震えている。

「なんなんだ。俺だってただの人間だ」カンプマンがいきなりいった。「そうなることもあるさ」

「一度だけ？」

カンプマンはオリヴァーに怯えるようなまなざしを向け、それから力なく手を振った。「だけど、あいつの虚栄心と嫉妬と要求に毎日耐えるのは、本当にしんどいんだ。あんたにはわからないだろう。家内はこのクラブの会員と張り合おうとする。俺にはとてもついていけない」

「家内は俺のためになんでもしてくれる」カンプマンは声を押し殺していった。

「つまりイザベルさんとの情事に逃避していたということですね」

「いいや。あれは浮気じゃなかった。ときどき寝たが……浮気じゃない。ただちょっと……気分転換みたいなもので」

「イザベルさんが娘さんをどこへやったか知っていますか？」

「いいや、知らない」

「イザベルさんのアパートを出たあと、あなたはどうしましたか？」オリヴァーはたずねた。

カンプマンは少し考えた。

「ここにもどった。乗馬のレッスンがあったから」

オリヴァーはそのとき、午後にイザベルのところにあらわれた女がいたことを思いだした。

「奥さんが乗っている車はなんですか？」

「ゴルフ・カブリオレかポルシェ・カイエンだが」カンプマンはびっくりして答えた。「なぜだ？」

「ただなんとなく。そのあとは？　あなたはどうして怪我をしたんですか？」

「それは……その……厩舎の扉に頭をぶつけてね。かなり血を流した。頭痛がしたので、午後は横になっていた」

オリヴァーはカンプマンを見つめた。急に意気消沈し、不安でいっぱいの顔になった。

「家内はそのあと車で両親を訪ねた」カンプマンはしばらくしていった。「家内の父の誕生日だったんだ。でも、俺はいっしょに行かなかった。夜、だれかがクラブにいる必要があったから」

「子どもたちはどこへ？」

「修学旅行だ。日曜日にもどってきた」

「つまりあなたは、その夜、ひとりで家にいたのですね？」

「ああ」

「イザベル・ケルストナーさんはその日の夕方、ここに来ていますね。デーリングさんがいるか訊かれた、とあなたはわたしの同僚に話しています」

「ああ、彼女はそういった」カンプマンはそう認めて、テーブルの花をさらにつんだ。

「奥さんはその夜、もどってきましたか？」

「いいや」カンプマンはふっと笑みを浮かべた。「アリバイがないということか。厩舎で働いているポーランド人はその夜、暇をとっていた。だから、俺は午後九時にはクラブを閉めることにして、そこで死んだ馬を見たんだ」

「なにがあったのかたずねなかったのですか？」オリヴァーはたずねた。

「ああ、訊かなかった」カンプマンは元気なくいった。「どうでもいいことだったので」

オリヴァーとピアはレストラン〈メルリン〉でピアの義理の弟ラルフ・キルヒホフと待ち合わせた。ラルフはその朝、空港からピアに電話をかけてきた。ピアが、義理の弟からヤゴーダについて話が聞けるというと、ボスは三人で夕食をとろうといった。娘のロザリーは自動車教習所で夜間教習があるし、ローレンツもこの数日腑抜けのようになっていて、オリヴァーは家に帰ってもつまらないと思っていたのだ。ラルフはいつものとおり十分遅刻してきた。ピアがオリヴァーとラルフを引き合わせたあと、三人はメニューを見て、注文した。

「ヤーゴ製薬の話をして」ワインが出てくると、ピアはラルフにいった。

「せっかくの貯金をあそこに投資していないだろうね」ラルフはにやりとした。

「あなたがすすめるところにしか投資しないわ」そういうと、ピアもにやりとした。「いいから早く」

「ヤーゴ製薬は市況が新興市場景気に沸いていたときの典型的な例だ」ラルフはいった。「六年前は、新興市場の輝ける星だった。業績予想は最高、いい話ばかりで、経営陣に著名人が名を連ねていた。株は六ヶ月で発行価格十九ユーロから四百ユーロ超えまで急騰した。当時投資した者は大もうけした。ヤーゴ製薬のＩＲ情報担当者や上場コンサルティング会社がわたしにも接触してきたけど、幸運にも別の投資会社に行ってくれた」

「幸運にも？」オリヴァーはたずねた。「はじめはうまくいっていたんでしょう？」

「いやあ、なにもかもきなくさかったからな」ラルフはいった。「紙は文句をいわない。なにもかもすごく聞こえた。当時は猫も杓子もバイオテクノロジーに飛びついたからね。圧倒的な収益率、成長戦略、顧客獲得、拡張計画について定期的に現況報告がなされ、なにより大手投資ファンドが後ろ盾になっていた。しばらくはそれでなんとかなっていたけど、そのうち期待外れなことがわかってきた。ヤゴーダが高給で著名人を連れてきたが、彼らは自分の権限ばかり欲しがり、業務運営にタッチしなかったので、役員会は早々に分裂してしまった。一年後、業績予想の粉飾が判明した。四半期決算は破滅的で、業績を下方修正せざるをえなかった。そのうえ、株価全体がヤーゴ製薬を先頭に急落した。今のところ、あそこの値動きは一ユーロで推移していて、機関投資家はとっくに株を売却してしまった」

オリヴァーとピアは興味津々に聞いていた。

「ヤゴーダは自分の会社のコア事業になんの見識もなかったんだ」ラルフはつづけた。「ヤーゴ製薬はもともと錠剤メーカーだった。塩水から胃薬かなにかを作っていたらしいんだが、よく知らない。ヤゴーダは従業員六十人の手堅く、小規模なその会社を相続しただけで、急成長に必要な資金はおもに奥さんから手に入れたらしい。そしてなにかのツテで、数年前から抗がん剤の研究をしている本当のバイオテクノロジー会社に接近した。こうして研究者と研究所を手に入れて、信憑性を高めた。ヤゴーダは間違いなく勇気があり、タイミングもよかった」

「ヤーゴ製薬の従業員数は今どのくらいかな？」オリヴァーはたずねた。

「むずかしいな」ラルフ・キルヒホフは肩をすくめた。「あそこは二桁の企業を傘下に置く持株会社だから、かなり複雑だ。調子のいいときに十社以上の小さな会社を買い、共同企業体や戦略的パートナーシップを展開している。ヤゴーダの好きな言葉はシナジー効果だ。だけど、全体が見えている人はもはや、だれもいないんじゃないかな。三年前の年次報告では、従業員約四千人と謳《うた》っていたけど、去年の時点で、ヤーゴ製薬本体の従業員はわずか二十七人だった」

「どうしてそんなことに？」ピアはたずねた。

「他の従業員を他社に異動させ、事業の一部を売却した。一方的に解雇された者もいる。いずれにせよ倒産寸前さ」

オリヴァーはうなずいた。ヤゴーダが昨日の晩、切羽詰まっているようだったのも、これでうなずける。

「ハンス・ペーター・ヤゴーダは」ラルフはいった。「典型的な自力成功型の人間さ。鼻が利き、厚顔無恥だ」

「彼自身にはまだ金があると思う？」ピアはたずねた。

「業界では、代表取締役社長としては許されない無記名証券の売却を、表向きだけの名義人を複数使って行ったと噂されている。だけど、ヤーゴ製薬はもはや支払い能力がなく、検察局が注視しているという噂もある。証拠はないけどね。一方、抗がん剤が認可目前だという話も耳にしている。それがうまくいけば、ヤゴーダは危機を乗り越えて、会社の足場を固められるかもしれない」

「検察局はなぜヤゴーダに目をつけたんだ？」オリヴァーはたずねた。

「インサイダー取引」ラルフは肩をすくめた。「秘密の利益処分、取引所法違反、粉飾決算、破産手続き開始の遅延……ありとあらゆることをやっている」

「かなりどつぼにはまっているのね」ピアはいった。

「だけど、甘く見るわけにはいかない。あの男はクリーニング済みだ。ヤーゴ製薬問題で新聞沙汰にはなるだろうが、文無しになる心配はない。あいつの奥さんは、ヘッセン州最大のビール醸造会社をひとりで相続している。」ドレッシャー・ビール会社、聞いたことがあるだろう」

オリヴァーとピアはさっと視線を交わした。カイはどうしてそのことを見落としたんだろう？

「マリアンネ・ヤゴーダは数年前、両親が自宅の火事で亡くなったとき、すべてを相続したんだ」

食事のあいだに、話題がそれた。しかしオリヴァーはいましがた聞いた話が頭から離れなかった。部下たちに、ヤゴーダのことを調べさせても損はなさそうだ。なぜかわからないが、今回の事件は殺人だけでは済まないような気がしていた。

二〇〇五年九月一日（木曜日）

オリヴァーが刑事警察署に着くと、部下はみな、すでに朝の捜査会議をするために集まっていた。

「新しい情報がなにかあるか？」オリヴァーはそうたずね、会議机の上座にすわった。

「これを見てください」カイ・オスターマンが八月二十七日に自動速度違反取締装置が写した写真を差しだした。オリヴァーはしばらく見てから、ピアに渡した。

「女性」ピアはいった。「助手席に乗っている人間は判別できませんね。残念」

「子どもの方は？」オリヴァーはたずねた。

「手掛かりは五百件ほどあります」特別捜索隊を指揮しているカトリーン・ファヒンガーがため息をついた。「すべて確かめていますが、今のところ成果はあがっていません。娘がケルクハイムの幼稚園に通っていたことはわかっています。けれども八月十八日を最後に来ていません。ベビーシッターの女性によると、イザベルが幼稚園に迎えにいったその日から、娘を見ていないそうです」

オリヴァーはうなずいてからいった。

「ところで、夫のケルストナーは容疑者からはずす」

オリヴァーは昨日、動物病院でわかったことを部下たちに伝えた。

「デーリングについて、いくつかおもしろいことがわかりました」カイが発言して、目の前にあった書類の束をめくった。「一月十六日、イタリアを出発したデーリングのところのトラックがスイスのバーゼルで税関の検査にあったんです。税関への申告書によると、積み荷はオレンジとかそういうものでしたが、そのオレンジのあいだからヘロイン十一キロとアヘン溶液三リットルが発見されたんです。積み荷はすべて押収され、運転手は逮捕されました。デーリング運送会社の主張は明快です。運転手が勝手に麻薬の密輸を試みたというんです。運転手のイタリア系ドイツ人は八月に二年の禁錮刑を言い渡されました。おそらく刑期の三分の二を刑務所で過ごしたあと執行猶予になるでしょう」

全員がカイの報告に耳を澄ました。

「つづいて五月にイギリスでコンテナーの中から十七歳のインド人が遺体で発見されました。窒息死でした。コンテナーの積み荷は食料となっていて、これまたデーリング運送会社が扱っていたものでした。それに、つい最近ベルギーで、偽装表示された牛肉をイギリスから輸送していた冷蔵車両が止められました。依頼主はまたしてもデーリング運送会社。やってくれますね」

「犯罪だ」オリヴァーは考えながらいった。「デーリング自身の罪は問えないのか？」

「むりです。いつも下請けや運転手に罪を着せています。あいつにまでは手が伸びません。証拠がありませんから。毎度、捜査官は沈黙の壁にはばまれています。みんな、グルなんですよ。運転手はおそらく口止め料をもらい、そのあと刑務所の世話になって、復職するという寸法です」

カイはボールペンで後頭部をかいた。

「それにデーリングは一九九八年、脱税で税金の追加徴収の判決を受けました。払った額は相当なものになりましたが、刑務所行きは免れました。他にもいくつか前科があります。飲酒運転、無免許運転。それに傷害事件で人を死なせて……」

「待った！」オリヴァーがいうと、カイが顔を上げた。「それは気になる。もうちょっと詳しく話せるか？」

「もちろんです」カイはうなずいて、書類をめくった。「ここにあります。一九八二年十月十二日、当時の妻カルメン・ファアーナ・デーリングを殴打し、死なせた廉《かど》で、一日二百五十マルクで二百四十日分の罰金と奉仕活動を言い渡されています。カルメンは重度の脳内出血を起こし、意識不明になって数日後に死にました。検察局は当初、故殺を主張しましたが、弁護士がそれをうまく回避したんです。デーリングは、犯行時間にアルコールの血中濃度が二・八パーミルでした。弁護士のおかげで、責任能力がなかったことになり、禁錮刑を言い渡されずに済みました」

「うまいわね」ピアが皮肉を込めていった。「そうなると、ケルストナーがアナ・レーナ・デーリングを守ろうとしたのも道理ですね。ふたりともデーリングの過去を知っているはずですから」

オリヴァーは親指と人差し指で鼻の付け根をもみながら考えた。

「ヤゴーダについてもなにかわかったか？」

「はい」カイは書類をかきまわした。「ヤーゴ製薬株式会社は破産したも同然ですね」

「すでに破産申請はだされているのか？」オリヴァーはたずねた。

「いいえ」カイはかぶりを振った。「奇妙なんですよね。四ヶ月前、ふたりの株主が詐欺で訴え、主要取引銀行も破産申請をしつこく迫りました。ところがふたりの株主は訴えを取り下げ、七月には主要取引銀行が新たに莫大な額の融資をしたんです」

「それは本当に妙ね」ピアは、昨日、義理の弟から聞いた話を思いだしていた。噂がいろいろ飛び交っていたのに、なにも起こらなかった。六、七年前、ヤーゴ製薬と同じように株が急騰した他の会社はとっくに姿を消している。経営者は公衆の面前で狂乱のオリンポスから引きずり下ろされ、法廷に連れだされる憂き目にあっている。ヤゴーダは落ちぶれた会社の余命をどうやって今日まで引き延ばしてきたのだろう？　なぜ株主は訴えを取り下げたのだろう？

「あいつが高級車に乗っているかぎり、それほど深刻ではないんじゃないですか」フランクがいった。「資産はとっくにどこかへ移したんじゃないかな」

「ドレッシャー・ビール会社の方は？」オリヴァーがカイにたずねた。

「経営責任者は複数います。マリアンネ・ヤゴーダの他に三人。でもハンス・ペーター・ヤゴーダはまったく関わっていません」

「よし」オリヴァーはうなずいた。「そっちを攻めてくれ。それからヤゴーダ個人の資産状況についてもっと詳しく調べてくれ。フランクフルトの経済犯罪／詐欺捜査課に問い合わせてみろ。なにかつかんでいるかもしれない」

オリヴァーははっとした。急に思いつくことがあったのだ。イザベル・ケルストナーの携帯電話に音声メッセージを残した声の主をこれまで調べていなかった！　あれはフリートヘルム・デーリングの声ではない。ハンス・ペーター・ヤゴーダの声だろうか？　イザベル・ケルストナーとの関係を明らかにするため、そろそろヤゴーダ本人とも話をする時かもしれない。

デーリングは会社ではなく、自宅にいた。

家政婦はドアを開けて、オリヴァーとピアを家の中に通した。宮殿のような邸の巨大なエントランスホールにピアは圧倒された。高さ五メートル、幅三メートルはある、暗い色調のモダンな絵が壁にかけてある。鏡のようにピカピカの大理石の床が足音を反響させた。そのときデーリングが、アタッシュケースと車のキーを手にしてあらわれた。

デーリングは上機嫌だった。

「やあ！」とあいそよくいった。「刑事さんか。なんの用だね？」

オリヴァーは吹き抜けの二階の手すりで気配を感じて、見上げた。アナ・レーナ・デーリングに気づいて、目を疑った。デーリング夫人はオリヴァーとピアを見て、ためらった。

「おまえ」デーリングは叫んだ。「こちらはボーデンシュタイン首席警部とその部下だ。ちょっと下りてきなさい」

アナ・レーナはいわれたとおりにした。顔の内出血はほとんどわからないくらいに消え、化粧で隠していた。黒い髪はポニーテールにし、黒いパンツと白いブラウスにブレザーという出で立ちだ。

「家内を紹介しよう」フリートヘルム・デーリングは微笑んで夫人のそばに立った。夫の腕が腰にまわると、アナ・レーナは一瞬いやそうな顔をした。それでも落ち着き払って笑みまで浮かべた。オリヴァーは、デーリング夫人が刑事警察署の廊下でケルストナーと出会って、その腕の中に飛び込んだときのことを思い起こした。どうして夫の許にもどったりしたのだろう？

「パリに行っていたそうですね」オリヴァーはそういって手を差しだした。

「ええ、数日ほど」夫人は、オリヴァーが本当のことをいわなかったので、ほっとしているようだった。

「イザベル・ケルストナーさんの件はご存じですか？」

「はい、恐ろしいことです」夫人はうなずいた。「主人から聞きました」

「少しお話を聞かせてください」ピアはいった。「ケルストナー夫人のことはご存じですね」

「もちろん存じています。しかしとくに仲がよかったわけではありません」

「乗馬講師のカンプマンさんの話では、ケルストナー夫人は土曜日の夜〈グート・ヴァルトホーフ〉にやってきたそうです。そのとき、会いましたか？」

デーリング夫人は少し考えてからかぶりを振った。

「すみません。見かけてもいません。わたしは気が動転していまして……うちの馬が……怪我をしまして。獣医に来てもらっていたんです」

フリートヘルム・デーリングは自分の時計を見た。

「そろそろ出かけなくては。他にできることはあるかね？」

「はい、たぶん」オリヴァーはポケットからボイスレコーダーをだした。「この声に聞き覚えはありませんか」

オリヴァーはスタートボタンを押した。

「『もうすぐ十二時だ。いいかげんにしろよ。約束はどうした。大事な用件だ。わかっているだろう！　どうして携帯電話に出ないんだ？　折り返し電話をくれ。すぐにだ！』」

デーリングは首を横に振った。しかし妻の腰にまわしていた腕に力が入るのを、オリヴァーは見逃さなかった。

「いいや」デーリングはいった。「知らない声だ。おまえはどうだ、アナ？」

夫人は迷ってから、首を横に振った。

「わたしたちにわかると思ったのか？」デーリングは夫人を放した。「そのテープはどこで？」

「イザベル・ケルストナーさんの携帯電話に残されていた音声メッセージです」オリヴァーは答えてボイスレコーダーをしまった。「ところで、魔の山《ツァウバーベルク》の住居の鍵は、他にも持っている人がいるのですか？」

「ひとつはわたしが持っている。スペアキーは管理室にあるはずだ」

「あの住宅を鑑識が調べた際、すでに何者かが来ていたようなのです。ホテルの部屋のようになにもかも片付いていました。ケルストナーさんの私物はおろか、指紋も検出できませんでした。かなり奇妙だと思いまして」

「なるほど」デーリングは、床に置いていたアタッシュケースをつかんだ。「たしかに妙だ。しかしここで失礼する。大事な約束があるんだ」

「もうひとつだけ質問させてください」ピアはいった。「金曜日の夜、イザベル・ケルストナーさんの住まいにいましたね。立ち去ったのは何時ですか？」

妻の前でそういう話題を振られても、デーリングはまったく気にしていないようだった。

「もう覚えていないね。午前二時だったかな」

「本当ですか？」ピアは微笑んだ。「七時十五分頃にあなたが建物から出ていくところを目撃した人がいるのですが」

「では七時十五分頃だったんだろう」嘘がばれたのに、デーリングは平然と肩をすくめた。

「重要なことか？」

「あなたの証言の信憑性が疑われます」ピアは静かに答えた。「二時だったのですか、それとも七時だったのですか？　あなたは鍵を持っていたのですか、持っていなかったのですか？

あの住宅を片付けさせたのはあなたですか、それともそうじゃないのですか？」

「時計は見ていなかったから」デーリングは無表情だった。

「デーリング夫人、土曜日の朝、ご主人は何時に帰宅しましたか？」ピアはアナ・レーナ・デーリングの方を向いた。

「もういい、キルヒホフ」オリヴァーが口をはさんだ。「デーリングさんをこれ以上引き留めるのはよくない。最後の最後にもうひとつ。土曜日の夜、あなたはもう一度イザベルさんと話をしましたか？　イザベルさんはあなたを捜していたそうです。なにか用事があったのでしょう？」

「そのことはもういったはずだよ」デーリングは答えた。「彼女には会っていない。わたしは乗馬クラブからまっすぐ帰宅した。招待を受けていたので、シャワーを浴びて、着替えた」

「あなたの馬が安楽死させられたのに、パーティへ行ったのですか?」ピアはたずねた。フリートヘルム・デーリングの自制心がゆらぎはじめた。

「ああ。もういいだろう。来るんだ、アナ。ではごきげんよう」

オリヴァーとピアは顔を見合わせた。

「そうだ、デーリング夫人」ピアはいった。「ご主人が前の奥さんを酒に酔った勢いでひどく殴り、その結果、死なせたことはご存じですか?」

デーリングは振り返った。顔がこわばり、目は怒りに燃えていた。

「どういう了見だ」

「われわれはあなたを調べているということです、デーリングさん」オリヴァーは静かな声でいった。「そしてあなたの嘘につきあう気はありません」

「勝手にすればいいだろう」デーリングは冷たく言い放った。「俺はこの件と関係ない。さあ、この家から出ていってくれ。さもないと家宅侵入罪で訴えるぞ!」

「話のつづきは刑事警察署でしてもいいのですよ」オリヴァーは相手の強硬な態度にも動じなかった。「あなたがお望みなら。うちの麻薬捜査課も、あなたの会社のトラックから見つかったヘロインのことでいろいろ質問したがっています。ロンドンで見つかったインド人の遺体はいうまでもありません」

その瞬間、フリートヘルム・デーリングも、ふたりの刑事が一筋縄ではいかないと気づいたようだ。腕組みをして、無表情なまま立っている妻を見た。

「イザベルとはあれっきり話していない」デーリングは不機嫌そうにいった。「これは本当だ。土曜日の朝、彼女の住宅で見たのが最後だ」

「イザベルさんは子どものことをあなたに話しましたか？　イザベルさんがどこかに子どもを隠したことはわかっているのですが、どこにいるのかだれも知らないのです」

「さあ、知らないね。俺には関係ないことだ」

デーリング夫人は信じられないというように夫を見つめた。

「なんだ、その目は」デーリングはいきなり夫人に向かって怒鳴った。夫人はうなだれて、なにもいわなかった。夫が怒りを爆発させるのは、いつものことらしい。

「そう怒鳴らないでください」オリヴァーはいった。「それより、土曜日の夜、だれに招待されていたのか教えていただきましょう。いわなければ、今日の約束はキャンセルしていただきます。このままわたしたちに同行してもらいますので」

「ふざけるな！」デーリングはかっとなって叫んだ。

そのとき夫人が口をひらいた。

「わたしたち、ハンス・ペーター・ヤゴーダさんに招待されていたんです」

「ほう」オリヴァーはうなずいた。「到着したのは何時ですか。そしてどのくらいそこにいましたか？」

「わたしはいっしょに行きませんでした」デーリング夫人は答えた。「馬の件があって、楽しむ気になれなかったんです」

「俺は午後八時に着いて、午前二時までいた」デーリングはいった。

「あとで確認を取ります」

「勝手にしろ」デーリングは夫人の腕を取ると、玄関ドアへ向かった。夫人は夫に引っぱられながら、オリヴァーをちらっと見た。


ヤーゴ製薬株式会社の本社は正面が熱線反射ガラス張りの豪華なU字形ビルで、ズルツバッハ・ビジネスパークにあった。私生活で高級車を乗りまわし、週末にはアンティーブで全長三十メートルのヨットに乗って過ごし、ヘリコプターや飛行機を個人所有して、バスや鉄道の感覚で使っている人間だ。会社の見栄えを気にするのは当然だろう。屋上には光輝く〝ヤーゴ製薬〟のロゴ。もはや存在しない新興市場の花形企業の心と頭脳がこの建物に宿っているといわんばかりだ。しかしそれは真実から遠くかけ離れている。玄関には案内板があり、ヤーゴ製薬株式会社の他にも、弁護士や税理士、そして洒落た名前を持つ企業が事務所をかまえていることがわかる。ガラス張りのエントランスホールでは、ちょうど清掃係が灰色の花崗岩《かこうがん》の床をピカピカに磨いていた。ピアは案内板を見た。

〝ヤーゴ製薬株式会社―管理部。七階〟

オリヴァーとピアはエレベーターで最上階へ向かった。ここでもヤゴーダは金に糸目をつけていなかった。他の階は絨毯《じゆうたん》敷きだが、ヤーゴ製薬の床は寄せ木張りだ。受付カウンターは花崗岩製で、壁には何枚も大きなポップアートの絵がかけてあり、コンピュータ制御の監視装置の液晶モニターは最新のハイテク仕様だ。ところが、二十歳の金髪の受付嬢は東ドイツ訛《なま》りで、鼻と眉にピアスをしている。オリヴァーとピアは身分を告げて、ハンス・ペーター・ヤゴーダとの面会を求めた。金髪の受付嬢は電話機の操作に手こずり、派遣会社から今日はじめてここにまわされたばかりだと言い訳した。刑事があらわれたので、受付嬢はますます焦ったようだ。そのうちにだれかと電話がつながり、ほっとして、ふたりを廊下の奥の会議室に案内した。

オリヴァーはあたりを見まわした。会議室には楕円形のテーブルが鎮座していた。そしてクロームの背もたれがついた椅子が十二脚。黒いサイドボードの上にはグラスと小さな水差しを載せた盆が置いてある。その横に雑誌が積んであり、オリヴァーはそれを覗いた。『マネージャーマガジン』誌の他に『ゴーイング・パブリック』誌、『キャピタル』誌といったビジネス雑誌だ。淡黄色の布を張った壁には、ヤーゴ製薬株式会社の額入りポスターがかけてある。羽振りがよかった時代のものだ。オリヴァーが敷地の裏側に面した窓辺に寄ると、寄せ木張りの床がミシミシいった。その瞬間、ビルの玄関扉が開いて、男がひとり出てきた。オリヴァーはローベルト・カンプマンだと気づかないところだった。いつもの乗馬ズボンとブーツという姿から打って変わってスーツとネクタイという身なりだった。

「キルヒホフ」オリヴァーは小声でいった。「見てみろ」

ピアはボスの横に立った。

「あれはカンプマンじゃありませんか。ここでなにをしているんでしょう？」

「さあな」オリヴァーは答えた。

カンプマンはマイバッハとフェラーリのあいだに止めてあったポルシェ・カイエンに乗り込んだ。

「豪華な駐車場」ピアはいった。「倒産寸前の会社とは思えませんね」

「どうしてうちが倒産するんだね」背後で大きな声がした。ハンス・ペーター・ヤゴーダが入ってきていた。暗灰色のダブルスーツに控え目な柄のネクタイ、ピカピカに磨いたオーダーの靴。顔が蠟のように色白で病的だ。ピアは黙っているわけにいかず、ヤゴーダにボスを紹介した。

「すわってください」ヤゴーダは手を伸ばして、テーブルに誘った。「なにか飲み物はいかがかな？」

オリヴァーとピアは丁重に断り、椅子に腰を下ろした。オリヴァーは、静かな声で話す上品な男を観察した。一見、害はなさそうに見える。女性的でさえある。しかしヤゴーダのような経歴は、謙虚で寛大な人間になしえるものではない。礼儀正しい登場の仕方とは裏腹に、彼の明るい目は目敏く鋭かった。オリヴァーはラルフ・キルヒホフから聞いた話を思い返した。外見に騙されないようにしなければ。ヤゴーダは悠然とすわっているが、足先をしきりに動かしているところを見ると、内心は緊張しているようだ。

「わたしたちはイザベル・ケルストナー殺害事件を捜査しています」オリヴァーはボイスレコーダーを取りだした。「このテープの声ですが、あなたのものかどうか確認したいのです」留守番電話の音声メッセージを再生した。ヤゴーダが一瞬、足先を動かすのをやめた。

「わたしの声だ」ヤゴーダは静かにいった。「イザベルが約束をすっぽかしたんで、かなり腹が立っていた。あの夜、集まりがあって、彼女も来るはずだった」

「なぜイザベルさんを招待したんですか?」ピアはたずねた。「月曜日に話をうかがったとき、あなたは彼女のことをあまりよくいいませんでしたね」

ヤゴーダは唇にかすかに笑みを浮かべた。

「そんなことはない。しかし個人的な意見は関係ない。イザベルはうちに勤めていて、その働きは社に有益だった」

「ここに勤めていたんですか?」

「ああ。いつも金がいるといっていたからね。うちで働かないかと声をかけた」

「どういう部署にいたんですか?」オリヴァーはたずねた。

「接待要員さ」ヤゴーダがまた微笑んだ。「うちの顧客は、彼女の接待をとても喜んでいた」

オリヴァーはなるほどと思った。「接待というのは、どの程度までのことをいうんですか?」

「ちゃんとした基準はない」ヤゴーダはさっと手を動かした。「しかしうちの顧客は彼女を気に入っていた」

「なるほど」オリヴァーは咳払いした。「土曜日の夜の集まりはどういうものだったのですか?」

「パーティさ。大事な顧客が数人来ていた。イザベルにはその世話をするよう頼んであった」

「フリートヘルム・デーリングさんもパーティに来ていましたか?」

「ああ、いたよ。八時頃に来たかな」

「あの人もヤーゴ製薬の顧客ですか？」

「取引をしている」ヤゴーダのまなざしは落ち着いていて、迷いがなかったが、テーブルの下の足はしきりに動いていた。

「ケルストナーさんが乗馬クラブ管理人のカンプマンさんだけでなく、フリートヘルム・デーリングさんとも肉体関係があったことを、あなたはご存じでしたか？」

「本当かね？」ヤゴーダはあいかわらず本性を見せない。「知らなかった」

「ところで、あなたのところでは、給料を現金支給するんですか？　ケルストナーさんはホーフハイムのポルシェ販売店でポルシェ・ボクスターをキャッシュで買っています」オリヴァーはヤゴーダをじっと見つめた。しかしヤゴーダは尻尾をださなかった。

「ケルストナーが現金で欲しいといったんでね」と平然と答えた。「たぶん旦那に知られたくなかったんだろう」

　突然、オリヴァーの頭の中で、あることがひらめいた。ちらっと脳裏をかすめただけだが、疑いの気持ちは心の中に残った。オリヴァーたちがさらに二、三質問すると、ヤゴーダはあいにく時間がないと丁重に別れのあいさつをした。ビルから出たところで、さっきひらめいたことがオリヴァーの脳裏に蘇った。

　オリヴァーはピアにそのことを話した。

「脅迫ですか？」ピアは驚いてたずねた。

「ああ」オリヴァーはうなずいた。「ヤゴーダはイザベル・ケルストナーに接待させて、顧客を脅していたんじゃないかと思う。土曜日の夜、彼女は会社にとってやっかいな顧客と寝る手はずになっていたんじゃないかな。ところがイザベルが一向にあらわれなかったので、ヤゴーダは業を煮やした。あいつは生きるか死ぬかの瀬戸際だ。合法的な方法で顧客をつなぎ止められないなら、別の方法を取りもしただろう」

ピアは少し考えてからうなずいた。

「急に訴えを取り下げた株主。突然、融資を決めた銀行。ヤゴーダが裏で手をまわした可能性はありますね」

「もう一度、イザベル・ケルストナーの住宅を家宅捜索しなければ。なにか見落としているはずだ」

魔の山《ツァウバーベルク》のドーム、イザベル・ケルストナーが住んでいた住宅に着いてみて、オリヴァーとピアは啞然とした。何者かが立入禁止のテープを破って、中に入っていたのだ。住まいは片付いた状態を越えて、内装まではがしてがらんどうになっていた。家具は影も形もなく、造りつけの棚まではぎ取られていた。間髪を容れず、残された痕跡を破壊する行動に出たのは、フリートヘルム・デーリングだろうか？

「あいつめ、ばかにしやがって」オリヴァーはデーリングのことが本当に腹立たしくなった。あの男は今回の事件であやしい動きをしている。一見すると、イザベル・ケルストナーを殺す動機などないが、もっとなにか知っているようだ。だがあの男の法螺《ほら》につきあわされるのは二度とごめんだ。いつ片付けが入ったか、ピアが階下の住人に聞き込みをしているあいだ、オリヴァーはズボンのポケットに両手を突っ込み、渋い顔で住まいを歩きまわった。足音がむきだしの壁に反響する。イザベルの痕跡はすでにこれといってなにもなかったのだから、デーリングには、それ以上片付ける理由がない。それに最初の片付けのあと残されたものはすべて鑑識が記録してある。ならば、なんのために法を破ったんだ？　オリヴァーはベッドのあった場所で足を止めた。窓から差し込む光の筋の中で、ほこりが舞っている。寄せ木張りの床の一角が妙に反射している。そこだけ不規則だ。膝をついて、指先で床をなでた。間違いない。その一角だけ、床がゆるんでいる！　よく見ると、寄せ木の縁に傷痕がある。そのとき、ピアが住まいに足を踏み入れた。

「キルヒホフ！」オリヴァーは肩ごしに叫んだ。「ここを見ろ！」

ピアがドアのところにあらわれた。

「下の人は不在か、居留守をしていました。なにをしているんですか？」

「ここだ」オリヴァーはゆるんだ一角を指差した。「ポケットナイフかなにか持っていないか？」

ピアはそばに来て、しゃがんだ。バッグから爪やすりをだした。その先端を継ぎ目に差し込んで、その個所の寄せ木を持ち上げた。

「ここを片付けた連中が探していたのは、きっとこれですね」にやりとして、ピアはその穴の中に手を入れた。

「わたしもそう思う」オリヴァーもいった。

ピアが中を探った。最初に新書版サイズのすり切れた手帳をオリヴァーに渡した。勝ち誇った笑みを顔に浮かべながら、オリヴァーは指先でその手帳をめくった。ピアは他にもいろいろ見つけた。まずは施錠されていない平らな手提げ金庫。中には真新しい五百ユーロ札が束ねてあり、輪ゴムでまとめた写真の束、金のネックレス二個、指輪数個、留守番電話用のミニカセット五本が入っていた。そのあとDVDがごっそり出てきた。

「よし」オリヴァーは体を起こし、ズボンのほこりを払った。「愛するイザベルがなにを隠していたか調べるのが楽しみだ」


モニターにイザベル・ケルストナーの顔があらわれた。じつに美しい顔立ち。頬骨が張り、緑色の目は大きい。そして唇が厚く官能的な口、真っ白な歯。大きなベッドの上で裸に近い恰好でしどけなく手足を伸ばし、顔をカメラのレンズに近づけていた。

「二〇〇五年八月六日土曜日」イザベルはいった。「午後七時十三分ちょうど。大事なお客さんを待っているところ」

イザベルはばか笑いすると、みだらな笑みを浮かべ、カメラの前でポーズを取って、舌の先をとがらせた。へその上のイルカのタトゥーが鮮明に見える。

「これでボスをびっくりさせられる」

背後でベルが鳴った。

「あら」イザベルはいった。「来たわ。秒単位で時間ぴったり」

イザベルは足取りも軽く、画面から消えた。背後で声がした。イザベルがふたたび画面に姿を見せるまで十一分かかった。彼女の背後にハンス・ペーター・ヤゴーダがあらわれた。まっすぐタンスに向かっていき、うさんくさそうに中を覗いた。イザベルが二台のカメラで撮影していると気づいていないようだ。ヤゴーダを写しているビデオカメラは、ベッド全体とバスルームのドアが写り込むアングルにうまく調整してある。

「俺までフィルムアーカイブに残されるのはごめんだからな」ヤゴーダはいった。

イザベルは笑って、彼のネクタイをほどいた。

「よせ」ヤゴーダは自分の時計を見た。「遊んでいる時間はない」

「あら、いいじゃない」イザベルは誘惑するように微笑みかけた。

「やめろ」ヤゴーダはイザベルを押しのけた。「それより、あの男をしっかりその気にさせろよ。カメラの前であいつにコカインを吸わせたら、特別ボーナスをだす」

「いいわよ」イザベルはクスクス笑った。「あいつ、好き者だから、わたしがいえばなんでもするわ。奥さんとは暗いところでしかさせてもらえないんじゃないの。きっとあなたの奥さんみたいなカバなのよ。ねえ、本当に行かなくちゃいけないの?」

イザベルはベッドに体を沈め、手足を伸ばした。ヤゴーダの決心がぐらついたようだ。イザベルを見つめ、それから時計に視線を向けた。

「まあいい」ヤゴーダは上着のボタンをはずした。「待たせりゃいいか。ボスは俺だからな」

そのあとの七分で興味深かったのは、もちろん会話の内容だ。知らない名前がいくつも飛びだした。ヤゴーダがイザベル・ケルストナーになにをさせているかは一目瞭然だった。くそまじめな堅物を演じているヤゴーダはその裏で、怒った株主や銀行の融資課長や頭取を脅迫し、いうことを聞かせていたのだ。公表されれば信用失墜間違いなしのこのささやかな映像は、たしかに説得力満点だ。

「あいつ、眉ひとつ動かさずに騙したのね」映像を見終わると、ピアはかんかんになって怒った。

「あの住宅を片付けさせたのがデーリングでないのは確かだな」オリヴァーはいった。「ヤゴーダはこのDVDを探していたんだ。イザベルはその存在をヤゴーダに話したんだ。トルディスはイザベルに金づるがいるようなことをいっていたが、それがヤゴーダだったのかもしれない」

「イザベルはヤゴーダを脅迫したというんですか?」アンドレアス・ハッセはたずねた。

「そのようだな」オリヴァーはうなずいた。「ただしヤゴーダはイザベルを殺していない。奴の目当てはこのDVDだけだった。こういう映像が他人に渡る危険を見過ごしにできなかったんだ」

病的な虚栄心と嫉妬が動機と見られていた事件は、ここへきてはるかに複雑な様相を呈してきた。もはや若い女がひとり殺されたという話では収まらない。だがオリヴァーは、これがどれだけの大事件に発展するか、まだわかっていなかった。イザベル・ケルストナーは本当に暴走した道具でしかなかったのだろうか。それとも別のだれかの意向で動いていたのだろうか。オリヴァーは偶然にも、とんでもない陰謀にぶつかったと直感したが、それが実際にはどういうものかは、まだ理解できずにいた。

フランクは五本あるカセットのうち一本を、テーブルの真ん中に置いた再生機に挿入した。イザベル・ケルストナーは留守番電話機能で通話を録音していた。そこからなにがわかるか、まだ判然としないが、興味深い内容だった。ヤゴーダといっしょに、罠にかかった相手のことを笑い物にしていた。イザベルが、客の多くが鼻持ちならない連中だとぼやくと、ヤゴーダはたっぷり報酬を払っているんだから我慢しろといった。そのうち会話の空気が変わった。イザベルは言葉巧みに依頼主をベッドに誘ったのだ。ヤゴーダはイザベルが通話を録音するとは思っていなかったようだ。別の通話で、ヤゴーダはイザベルのことをどう思っているか、かなりはっきりと口にしていた。しかも自分の妻をひどく貶《けな》す言葉まで吐いた。

「愛情なんてこんなものよね」ピアは皮肉たっぷりにいった。ミニカセットテープに記録されていたもうひとりの声は、オリヴァーとピアの知っているものだった。カンプマンだ。しかし内容は皆目見当がつかなかった。馬と金、そして馬を売った相手のことが話題にのぼった。マルクヴァートという名が何度も挙がり、ハルト、ノイマイヤー、パイデンという名も聞こえた。オリヴァーとピアが知っている別の乗馬クラブ会員の名も出た。イザベルのしゃべり方はごく普通だった。欲情をそそる声はヤゴーダのためにとってあるようだ。

「……笑いすぎて死んじゃいそう」イザベルは愉快そうにいった。「あのばかなパイデンにあんなろくでもない駄馬を売りつけるなんて。身ごもっていて、息も絶え絶えで、しかも実際の年齢は六歳も上じゃない。ばれたらどうするつもり？」

「どうもしないさ」カンプマンはおごった口調でいった。「すべてがばれる頃には、子どもたちはあの駄馬にすっかりなついて、手放したがらないに決まってる。ところで、明日の夜、また一頭手に入る。コンラーディにどうかと思ってる。すごい悍馬《かんば》だが、見た目はめっぽういい。しばらく乗りまわしてくれ。そのロバにおまえが乗っているところを見たら、コンラーディはひと目惚れするだろう」

「どこがまずいの？」

「賞味期限切れ」カンプマンはいった。「競技用の馬場ではもう使えない。しかし普通の馬場では最高の馬だ。旦那が財布のひもをゆるめたら、馬術競技に出ないですむようにうまくごまかす。いつものとおり……」

捜査十一課の面々は、イザベル・ケルストナーがどうしてこの会話を録音したのかしばらくわからなかった。床下の隠し場所から見つけた別のものの方が重要に思えた。

「別のＤＶＤを再生してみてくれ」オリヴァーはいった。ＤＶＤの映像はイザベル・ケルストナーのベッドルームを別の角度から撮影していた。ビデオカメラは明らかにタンスに隠してあった。ヤゴーダが念のために確かめた場所だ。二枚目のDVDには、若い女の寝仕事が記録されていた。相手役はオリヴァーたちが知らないさまざまな男たち。二枚目のDVDの四人目が登場した時点で事態は一変した。大きな会議室は沈黙に支配された。

「嘘っ」最初に口をひらいたのはピアだった。「ありえない」

「まいったな」オリヴァーはいった。ふたりは顔を見合わせた。すべてが変わった。事件は新たな、もっと大きな次元へと姿を変えた。

「なんだって?」ハインリヒ・ニーアホフ署長は読書メガネを取って、啞然としながらオリヴァーを見つめた。

「ハルデンバッハの自殺とイザベル・ケルストナー殺害事件は関係しているんです」オリヴァーはいった。「ハルデンバッハがセックスの隠し撮りで脅迫されていたのです」

「やめたまえ!」署長はデスクチェアから腰を上げ、激しくかぶりを振った。「きみの方がハルデンバッハをよく知っていたじゃないか、ボーデンシュタイン! 彼は清廉潔白の鑑《かがみ》のような男だった。女遊びで、自分の経歴と政治的な志をドブに捨てるとはどうしても思えない」

オリヴァーは、いらついて執務室を歩きまわる署長を見つめた。署長がハルデンバッハのオフィスと私邸の家宅捜索を拒絶するのは先刻承知だった。署長は世間体を気にする。ハルデンバッハは自殺のあと、報道機関から聖人に祭り上げられていた。不都合な真実は問題を生むだけだと判断するだろう。

「署長」オリヴァーはもうひと押しした。「ハルデンバッハはあやしい事件に巻き込まれたのです。経済犯罪／詐欺捜査課がハンス・ペーター・ヤゴーダという人物と彼の株式会社に捜査の手を伸ばしていたことがわかっています。その捜査が数週間前、証拠不十分で中止されました。その捜査を担当していた検察官はハルデンバッハです。欲しいのは、ハルデンバッハが恣意的に捜査を中止した証拠……」

「推測の域を出ないではないか！」署長が鋭い口調で言葉を中断させた。「ハルデンバッハの名を死んだあとで地に堕とし、そのあとできみの推理が間違いだと判明したらどんなことになるか考えてみたまえ。ハルデンバッハはもはや弁明することもできないんだ」

「彼は散弾銃を口にくわえて、引き金を引く方を選んだからです」オリヴァーはゆっくり答えた。「捜査妨害したことが明るみに出ればおしまいだとわかっていたから、自殺したんでしょう。公務における処罰妨害罪、司法妨害罪、公務員の汚職……」

署長は深いため息をついた。

「彼の家族のことを考えたまえ。夫であり、父であった者の名誉が傷つけられるんだぞ」

「はい」オリヴァーは認めた。「しかも深刻なレベルで。残念なことですが、しかたがありません。ハルデンバッハが脅迫された証拠が必要です。ヤゴーダが脅迫していたことを証明したいのです。ハルデンバッハと寝た女は殺されました。わたしの任務はこの殺人事件を解明することです」

署長は不愉快そうに身を翻《ひるがえ》し、デスクに向かってすわると、オリヴァーがデスクに置いたDVDをうさんくさそうに見た。まるで今にもゴキブリに変身するとでもいうように。

「ハルデンバッハは党友であるうえに、州政府首相や州内務大臣の長年の仲間だった。彼らはプライベートでも親しかった」そういってから、署長は自分が被る恐ろしい事態を思い描いて顔を曇らせた。「ボーデンシュタイン、きみの推理がはずれたら、わたしは報道陣の餌食になる。目立とうとしてハルデンバッハの名を汚したといって、州内務大臣はわたしを叱責するだろう。当てずっぽうに弾を撃つのをきみに許したら、わたしはおしまいだ」

やはりそうきたか。

臆病者め、とオリヴァーは思ったが、表情は変えなかった。署長にとっては出世が第一で、党内政治に色目を使っているから、話してもむりなのはわかっていた。署長は行政区長官の地位でも狙っているのだろうか？

「別のやり方で証拠をつかんでくれ」署長はきっぱりかぶりを振った。「公然と家宅捜索するのは認められん。話は終わりだ」

「わたしが勝手に司法を動かしたといえばよろしいでしょう」オリヴァーは提案した。

ニーアホフの顔にかすかに希望の光がともったが、すぐにまた暗雲におおわれた。

「署内で行われていることをわたしが知らなかったといえというのかね？　忘れたまえ！」

オリヴァーは自分の時計を見た。

「これ以上は待てません。手掛かりが消えてしまいます。ハルデンバッハ未亡人に話してみます。夫人がなにか知っていれば、家宅捜索の手間が省けます」

署長はそわそわした。

「ハルデンバッハ自殺の捜査は州刑事局の扱いになっている」そういって、署長は両手を上げた。「きみがハルデンバッハ未亡人と話したら、州刑事局から大目玉をくらう恐れがあるぞ。わたしはこの件についてなにも知らなかったことにする」

これ以上の言質《げんち》は取れそうにないと判断したオリヴァーは、面談の時間を取ってくれたことに感謝して腰を上げ、署長室を辞した。


喪服姿のカーリン・ハルデンバッハは無愛想な顔で、レンガ造りの平屋の玄関ドアを開けた。未亡人はオリヴァーとピアのことを覚えていなかった。夫が自殺したという知らせにショックを受けて記憶が欠如していたのだ。だから、昼下がりに聖書の話をしようとよく訪ねてくるエホバの証人が訪ねてきたと思ったのだ。オリヴァーの身分証を見て、未亡人は疑いを解き、ふたりを家に招き入れた。家の奥から、ティーンエイジャーくらいの青白い顔の少女がふたり、姿を見せた。ハルデンバッハが自殺したことによって、健全な家族の長閑《のどか》な暮らしは永遠に葬られたのだ、とオリヴァーは実感した。未亡人の顔には深いしわが刻まれていた。几帳面な夫に長年尽くしてきた未亡人は、嵐で船長を失った船で舵を取る未経験な船乗りのように、うちひしがれ、途方に暮れていた。オリヴァーは、未亡人のがたがたになった人生をさらにどん底まで突き落とすことが心苦しかった。

オリヴァーは突然の訪問を詫び、二言三言社交辞令を交わしたあと、リビングルームに通された。最近まで住んでいた主の謹厳実直さがよく反映されている。田舎風のオーク材の家具、古風なテレビ収納家具、どっしりしたサイドボード、ゴムの木。

「お元気ですか？」オリヴァーは気持ちを込めてたずねた。

「まあまあです」未亡人はけなげに微笑み、気丈さを見せた。「どうぞすわってください」

オリヴァーとピアはソファにすわった。いつもは休日にしか使わないに違いない。未亡人は安楽椅子に腰を下ろした。ぎこちなく座面の手前にすわっている。

「なんの用でしょうか？　捜査は州刑事局が引き継いだはずですが」

「そのとおりです」オリヴァーはうなずいた。「わたしたちは別の殺人事件を捜査しています。じつはご主人の自殺が、そちらの事件と関連がありそうなのです」

「そうなんですか？」未亡人は眉を寄せた。

「ハルデンバッハ夫人」オリヴァーは身を乗りだした。「この数週間、ご主人に変わったところはありませんでしたか？　なにか気に病んでいた様子は？」

「そのことは州刑事局の方にも訊かれました」未亡人は肩をすくめた。「気づいたことはなにもありません。主人はいつもと同じでした。……まさかいきなり……」

未亡人は口をつぐんで、よくわからない手の動きを見せた。

「遺書は遺されましたか？」ピアがたずねた。

未亡人はためらってからうつむいた。オリヴァーとピアはちらっと視線を交わした。

「なぜ自ら命を絶ったのか、理由はおわかりになったのですか？」オリヴァーが小声でたずねた。

未亡人は顔を上げて彼を見つめ、それから、話が聞こえるところに娘たちがいるかどうかあたりをうかがった。

「この家を売って、ここから出ていくつもりです」そうはいったが、まだ自分で決断することに慣れていないようだった。「なにもかもまやかしでした」

未亡人は立ち上がって窓辺に立った。胸元で腕を組み、オリヴァーたちに背を向けた。

「わたしは厳格なカトリック教徒の家の出です」未亡人は声を押し殺していった。「生まれてこのかた、一定の価値観と道徳観を固く信じてきました。主人は教会参事や学校の父母会委員を務め、体育協会の役員にもなっていました。自分にも、わたしや子どもたちにも厳しい人でした。でも公明正大でした。家族の役割分担はきっちり決められていて、わたしはそれでいいと思っていました。わたしは夫を信頼し、信じ切っていました。それなのに、わたしを置き去りにしたのです」

未亡人は振り返った。声には苦々しげな響きがあった。

「主人は遺書を遺しませんでした。ゼロ。なんの説明もなし。主人は朝食をとったり、教会へ行ったりする前にきまって散歩をしました。あの日もそうやって散歩にいって、そして……銃で自分を撃ったんです」

未亡人は肩をこわばらせた。

「ここにはいられません。人々の視線に耐えられないんです。恥ずかしくて」

「わたしたちは、ご主人が脅迫されていたとにらんでいます」オリヴァーはいった。

「脅迫？」未亡人はむりして微笑んだ。「まさか。あなたたちは、主人のことを知っていたはずです。いつも厳格で、まっすぐな性格でした。いったいどうやって脅迫されたというんですか？」

「はめられたんです」オリヴァーは言葉を選んでいった。「わたしたちはとんでもない映像を入手しました。ご主人と若い女性が映っています」

「なにをいいだすんですか？」未亡人には信じられないようだった。ふたたび安楽椅子に腰かけた。

「ご主人はその映像のせいで」ピアが代わりにいった。「詐欺事件の重要な書類を隠匿し、捜査を頓挫させるよう脅迫された、とわたしたちはにらんでいます。ご主人はおそらく、そのことが明るみに出ることを恐れ、その不安を抱えて生きていくことができなかったのです。それが自殺の原因ではないかと考えています」

ピアが話し終えると、沈黙があたりを包んだ。未亡人は自制心を失うまいと必死だった。

「自殺をしただけでも、主人はわたしを深く傷つけたのですよ」未亡人はささやいた。「夫が脅迫に屈したなど絶対にありえません。他の女と結託してわたしを騙しただなんてひどい邪推です」

「ご主人の名誉を貶《おとし》めるつもりはないのです」オリヴァーはいった。「肝心なのは、ご主人を脅迫したと思しき人物が関わっている殺人事件の解明なのです。わたしたちは、ご主人が隠匿したかもしれない書類を探しているのです。ご自宅に保管しているのではないかと思いまして」

警察と法のために協力したいのは山々でも、存命のときに作り上げた夫のイメージを壊したくない思いもある。未亡人の心はそのあいだで引き裂かれそうだった。

「ご主人の書斎を見せていただけないでしょうか？」ピアがそういうと、未亡人は言下にはねつけた。

「夫のデスクをいじることは許しません。絶対にだめです。それに、あなた方がいっていることとは信じられません。お帰りください」

オリヴァーはうなずいて、腰を上げた。

「話につきあってくださりありがとうございました」そういうと、オリヴァーは上着の内ポケットからＤＶＤをだし、リビングルームのテーブルに置いた。「お辛いことは承知ですが、わたしたちが本当のことをいっている証拠のコピーです。ご主人が実際に脅迫されていても、そのことをことさら騒ぎ立てるつもりはありません」

未亡人はオリヴァーを見ようとしなかった。

「玄関はわかるでしょう」未亡人はささやいた。「お引き取りねがいます。もう放っておいてください」

ふたりが車にすべり込むと同時に、オリヴァーの携帯電話が鳴った。息子のローレンツからだった。デーリング夫人が家を訪ねてきて、オリヴァーの帰りを待っているという。

「デーリング夫人が？」ピアは興味をひかれた。

「うちでわたしを待っているそうだ」オリヴァーはエンジンをかけた。「いっしょに来るかい？　なんの用か気になるな」

「でもその前に馬を厩舎に入れて、飼い葉をやらないと」時計に視線を向けてから、ピアが答えた。「時間はかかりません。それにわたしの車は署に駐車したままですし」

「飼い葉をやるのを手伝おう。そのあとホーフハイムまできみの車を取りにいくというのはどうだ？」

「ボスさえかまわなければ」ピアはびっくりして微笑んだ。

「かまわないさ」オリヴァーはにやりとした。「馬に飼い葉をやるのは久しぶりだ」

ピアはボスに道を教えた。高速道路六六号線を降り、高速道路の高架下をくぐって白樺農場《ビルケンホーフ》へ通じる舗装農道を進む。オリヴァーは、ピアが車を降りて門を開けるのを待った。砂利を敷いた進入路を走った。高い白樺が何本も生えている。右側には小さな馬場があり、左にしっかり柵を張り巡らした牧草地が見えた。その牧草地の門で、馬が二頭、耳を立てて待っていた。オリヴァーは家の前の大きな胡桃《くるみ》の木の下に車を止めると、車を降りてあたりを見まわした。敷地は広い。ツタがからまる檻の中では、数匹のモルモットが走りまわっていた。広い牧草地の向こうでは、アヒルとガチョウが放し飼いになっている。オリヴァーは、二頭の馬を連れて進入路をやってくるピアの方へゆっくり歩いていった。

「とんでもなく広いな」オリヴァーはピアから片方の馬の手綱を受けとった。「いつからここに住んでいるんだい？」

「十ヶ月前からです」ピアはふたつの馬房を開けた。馬は自分から中に入った。「運がよかったんです。前の持ち主は高齢になり、子どもたちは外国で暮らしていたんです。わたしには農家と敷地を買えるだけの貯金がありましたし。かなり荒れ果てていました。これから数年は、修復と維持に全財産を注ぎ込むことになるでしょうね」

二頭の馬は上半分を開けた馬房のドアから首をだし、飼い葉置き場に入ったピアの様子をじっと見ている。しばらくしてピアはバケツを二個提げてもどってきた。

「これは栗毛に」ピアは説明した。「もうひとつは鹿毛に」

オリヴァーはバケツをつかんで、いわれたとおりに飼い葉を与えた。ピアは四分の一バレンの乾し草をそれぞれの水飲み場の下に入れた。これで世話は済んだ。

「いい馬だ」オリヴァーはいった。

「鹿毛は子馬のときに夫といっしょに買ったんです」ピアは微笑んだ。「もう一頭は七歳馬です。でも繋靭帯《けいじんたい》の怪我で競技に使えないんです。ただすごくいい血統なので買いました。二頭とも妊娠しています」

「では来年は子馬が二頭か」オリヴァーは微笑んだ。

「うまくいけば」ピアは愛情を込めて二頭を見つめた。二頭とも飼い葉桶の餌を夢中で食べていた。

「ご主人は？」オリヴァーはたずねた。

ピアは顔を上げて彼を見た。微笑みは消えていた。

「主人？　主人がなんだっていうんですか？」

「馬に会えなくて寂しがっているかなと」

「それはありません」そういって、ピアは時計に視線を向けた。「用は済みました。出発できます」

オリヴァーは、ピアがその話題に触れたくないのだと理解した。「いずれにせよ、暇を持て余すことはないね」

ふたりして車にもどると、オリヴァーはいった。

「暇なんてぜんぜんありませんよ」ピアはまた微笑んだ。「でも好きだからいいんです。オシャレで陳腐できれいさっぱりした市内の住宅に住んで十六年。ようやく馬糞をシャベルですくって、両手で土をいじれる身になりました。他の生活はもうしたくありません」


オリヴァーの家はケルクハイムの中でも環境のいい住宅地にあった。一見、どこにでもありそうな住宅だが、エントランスホールは広い吹き抜けで、二階部分の回廊が見えた。家自体、かなり大きい。数段下がったところに広いリビングルームがあり、大きな窓を通して庭越しにケルクハイムとフィッシュバッハの素晴らしいパノラマが楽しめる。薄汚れたTシャツを着て、黒髪をショートカットにした若者がエントランスホールに姿をあらわし、背が膝高の雑種犬がついてきて、オリヴァーは、その犬が世界旅行から帰ってきたかのようにうれしそうになでた。

「やあ、ローレンツ」オリヴァーは息子にいった。「電話をありがとう。こちらはピア・キルヒホフ、わたしの新しい同僚だ。キルヒホフ、うちの長男のローレンツだ」

若者は微笑んでピアに手を差しだした。二十歳くらいで、チャーミングだが、少し皮肉っぽい顔をしている。あと二、三年したら父親とそっくりになるだろう。

「ひどい恰好でごめん」ローレンツは謝った。「イギリス製のポンコツを買ったんだけど、あっちこっち整備が必要で」

「デーリング夫人をガレージに引っぱっていったりしなければいい」オリヴァーはいった。

「しないよ」ローレンツはにやりとした。「キッチンにいる。おしゃべりしていた」

「わかった。ありがとう」オリヴァーはうなずいた。ピアはオリヴァーのあとからキッチンに入った。これだけ広ければ、料理も楽しいだろう。デーリング夫人は水をいれたグラスを前にして食卓に向かっていた。

「すみません。お宅にまで押しかけてしまって」そういって、夫人は立とうとした。

「かまいません」オリヴァーは微笑んだ。「そのまま、そのまま」

ピアとオリヴァーも席についた。

「夫のコンピュータを物色して、Eメールを見つけたんです」夫人は話しはじめた。「ドクター・ケルストナーの娘さんの行方不明と関係があるのは間違いありません。モーリス・ブロールトはベルギーの取引先です。あやしげな取引をよくやっています。表示を偽装したイギリス産牛肉をドイツに密輸しようとしたトラックの所有者です」

「ほう」オリヴァーの目つきが変わった。モーリスという名を今日どこかで聞いたような気がした。

「これです」夫人は紙を一枚オリヴァーに差しだした。椅子に浅くすわり、身を硬くして、緊張しているのか、両手で膝をつかんでいた。化粧が崩れていて、目が赤く腫れている。泣いていたのだ。オリヴァーは夫人から視線を離し、紙を見つめた。Eメールをプリントアウトしたものだった。

やあ、フレド。お人形さんは無事届いた。ボルドー経由の旅は計画どおりに進んでいる。行き先は決まりか？　アメリカ合衆国の客が強い関心を寄せている！　返事をよろしく。ルートの変更はまだ可能だ。

モーリス

オリヴァーはピアに紙を渡した。Eメールは八月二十六日付けで送られている。イザベルが死ぬ前の金曜日。翌日の午後には、娘は国外にいる、とイザベルは夫にいった。

「どうしてこのEメールがいなくなった子と関係があると思うのですか？」オリヴァーはたずねた。

デーリング夫人は彼をしばらく見つめた。

「夫の仕事についてはたくさんのことを知っています」夫人は小声でいった。「夫の運送会社は公に知られているもの以外にもいろいろ世界じゅうに送り届けているんです。〝人形〟は女性のことです。少女の場合は〝お人形さん〟。イザベルは夫の手を借りて娘を国外に連れだしたんです。しかもアメリカ合衆国で養子縁組を望んでいる人に売り飛ばそうとしているのではないかと思いまして」

オリヴァーとピアは一瞬、言葉を失った。

「デーリング夫人」ピアは身を乗りだした。「ご主人が犯罪に手を染めていて、あなたがそのことを知っているのなら、おっしゃるべきです。さもないと、それを知っていたとして裁かれる恐れがあります」

夫人の顔に悲しげな笑みが浮かんだ。

「夫をご存じでしょう」夫人は答えた。「わたしが夫の裏の顔を密告しようものなら、ただでは済まないでしょう。夫にとって、人間の命なんて虫けら同然なのです」

「しかし……」

「夫が恐いんです。でも、ミヒャエルが娘さんを失うのを見て見ぬふりはできません。わたしは証拠を手に入れたくて、家にもどったんです。夫がわたしになにかしようとしたら、知っていることを洗いざらいしゃべります」

「あなたが危険にさらされるようなことはしませんよ」オリヴァーは念を押した。

「いいえ」デーリング夫人は悲しげにうなずいてからうつむいた。「そんな約束は信じられません。イザベルの事件が解決すれば、新しい事件に向かうでしょう。そうすれば、わたしがどうなろうともう関係ないはずです」

　夫人は黙って下唇をかんだ。目が涙でうるんでいた。

「行かなくては」そういって、夫人は立ち上がった。「時間を取ってくださってありがとうございます」

　オリヴァーは夫人を玄関まで送り、しばらくしてもどってきた。

「モーリス」ピアはボスにいった。「イザベルが遺したミニカセットテープで、ヤゴーダが口にしていましたね」

「そうだ」オリヴァーは考えながらうなずいた。「パズルのピースがまたひとつ増えたな。全体がどうなっているのかまるで見通しがきかない。捜査は正しい方向へ進んでいるんだろうか？」

「そうですねえ」ピアは頬杖をついた。「イザベル・ケルストナーを殺した犯人を捜しているわけですが、なんだか全部がからんでいるみたいですね。問題は容疑者が刻々と増えていくことです。ヤゴーダ、カンプマン、さらにハルデンバッハ」

「ハルデンバッハ？」オリヴァーは驚いてたずねた。

「ええ。ハルデンバッハにだって動機がありますよ。そう思いませんか？　イザベルと寝たという事実だけとっても、容疑者に名を連ねるでしょう。職を失う恐れがありますから。イザベルを殺して、自殺したとか」

「頼むぞ、キルヒホフ！」

「そういうことは過去にもあったんですよ。ハルデンバッハは野望を抱いていました。まず州司法大臣になって、ゆくゆくは連邦検察庁のトップをめざしていたと思います。そして家族があり、非の打ち所のない経歴も。失うものはあまりに多い。そういうものを失いたくないがばかりに人殺しになった人は過去にもいます」

「映像のことは知らなかったかもしれない」

「絶対に知っていたはずです。あの映像はすでに目的を果たしましたから。わたしの義理の弟が、認可寸前の薬剤のことをいっていましたよね。ヤゴーダにとっては生きるか死ぬかの瀬戸際です。その薬剤が市場にでまわり、会社が救えるまで、波風を立てたくないはずです」

オリヴァーは、感心したというまなざしをピアに向けた。

「なかなか鋭いな」

「とにかくイザベルが住んでいた住宅を空っぽにしたのはヤゴーダですよ。デーリングじゃありません。わたしとしては、ヤゴーダが一番強い殺人の動機を持っていると思いますね」

「しかしアリバイがある。彼がひと晩じゅう、家にいた、と客が証言するだろう」

「それはわかっています。彼が自分の手を汚すはずはないですから。でも脅迫行為を働いたことは、DVDとミニカセットテープの会話記録で証明できるでしょう。逮捕状は取れるはずです」

「だめだ」オリヴァーはため息をついた。「それだけじゃ、まだ充分とはいえない。まだはっきりしないことが残っている。あの住宅で探していたのは本当にDVDだったんだろうか。なにか別のものだったかもしれないだろう」

ふたりは呆然と顔を見合わせた。ローレンツがキッチンに入ってきた。犬もついてきた。ローレンツはシャワーを浴びたらしく、髪が濡れていて、さっきよりもずっときれいなシャツと洗い立てのジーンズを身につけていた。

「ロザリーはどこだ？」オリヴァーは息子にたずねた。

「父さん、しっかりしてよ」ローレンツは首を横に振った。「ときどき本気で心配になる。今朝、あいつを学校に送っていったのは父さんじゃないか。それで、あいつが旅行カバンを持っていたのを覚えていないわけ？」

「ああ、そうだった」オリヴァーは顔をしかめた。「修学旅行か？」

ローレンツはにやりとした。

「ピザをテイクアウトしようと思うんだけど。父さんたちの分も買ってこようか？」

「今日はちゃんと食事したかい？」オリヴァーはピアにたずねた。

ピアは突然、空腹に気づいた。朝はサンドイッチ、昼はツイックスのチョコレートバーだけ。あまりにすくない。

「あまり食べていません。でも、お邪魔でしょう」

「かまわないですよ」ローレンツがいった。「じゃあ、いいですね？」

「わたしにはサラダとツナのピザ」オリヴァーはいった。「きみはどうする、キルヒホフ？

招待するよ」

「では、お言葉に甘えて」ピアはにやりとした。「サラダに、アンチョビとニンニクのピザ。せっかくですから」


オリヴァーは冷蔵庫からミネラルウォーターの瓶をだすと、地下室にワインを取りにいった。ピアはキッチンの中を見まわした。乾燥したハーブが壁にかけてあり、犬の餌皿が床に置いてあった。料理本は窓台に積んであり、コルクボードには葉書や映画のチケットやメモが層をなしてピン止めしてあった。食卓のそばの壁には、プロヴァンスの風景を描いたすてきな水彩画がかけてある。ここには幸せな家族が暮らしているのだ。ピアはふと、フランクフルトの家にあった、つねに完璧に片付いている、冷たいハイテクキッチンを思いだした。夫のヘニングは子どもやペットはおろか、派手な色彩や無秩序を好まなかった。だから家には必要最低限のものしかなく、住んでいる人の顔が見えなかった。ヘニングと別居するのを逡巡しすぎたことに、ピアは今あらためて気づかされた。欲しかったのはこういうキッチンだ。このくらいごちゃごちゃしているほうが、居心地がよくて、生き生きしている。食卓には黒ずんだバナナを入れた果物籠があり、部屋の角には犬の毛がたまり、ガレージに通じるドアの前には靴が積んである。

「タバコを吸ってもかまわないよ」いつのまにかオリヴァーがピアの背後に立っていた。ピアはびっくりした。

「いいえ、大丈夫です」ピアはあわてていった。「禁煙家のところではちゃんと我慢できます」

「家内はヘビースモーカーなんだ」オリヴァーはにやりとした。「どこかに灰皿があるはずだ」

　オリヴァーはなかなかコルク抜きが見つけられず、いくつか引き出しを開けた。猫が入ってきて、ちらっとあたりをうかがい、ひと飛びでピアの膝にのった。

「バギーラだよ」そういって、オリヴァーは吊り戸棚からワイングラスと水用のグラスを三客ずつだした。「ここのボスさ。家内は旅行のたびに養護対象者を連れてくる。バギーラは確かモンゴル出身だ」

「へえ」ピアは微笑んで、膝の上で丸くなって喉を鳴らしている猫をなでた。

「猫は好きかい？」オリヴァーはネクタイを取り、ワインをグラスに注ぐと、ひと口試飲した。

「動物ならなんでも好きです」ピアは答えた。「犬を飼いたいと思っています。でも、日中ずっと留守にしますから、そうもいかないんですよね。猫は自立していますが、犬には時間を作ってあげないといけませんからね」

「ああ、時間を作ってあげないといけない」オリヴァーはピアにグラスを差しだした。「うちも、子どもたちがいるからなんとかなっている。コージマも日中はたいてい会社にいるからね」

「会社？」

「十年前に自分のプロダクションを立ち上げたんだ。撮影チームを組んでドキュメンタリー映画を制作している。そんなところがあるのかどうかもわからないような場所でね。乾杯！」

　オリヴァーとピアはグラスを打ち合わせた。

「ニューギニア、モンゴル、タジキスタン、スマトラ」オリヴァーはため息をついて苦笑した。

「信じられないよ」

「おもしろそうじゃありませんか」

「わたしはごめんだ。わたしは偏屈で、なにごとも型どおりの方がいい。コージマにとっては死ぬほど退屈なことだ。ローレンツは母親似でね、今はテレビ局でアルバイトをしている。母親の探検にも何回か同行している。ロザリーはどちらかというとわたしに似た。来年、大学入学資格試験を受けて、法学を専攻するといっている」

「わたしは、自分がわかりません。昔はあちこち見てまわりたいと思っていました。それから何学期か法学を専攻して、自分には向かないと実感しました。警察の採用試験を受けたのは二十二のときです。素晴らしい仕事だと思ったんです」

「それなのに七年間も休職していたなんて、どうしてだい？」オリヴァーはたずねた。立ち入ったことを訊いてしまったと気づいたが、興味があった。

「夫が望まなかったからです」ピアはバギーラの耳をかいた。「家と竈《かまど》を守るだけの良妻を望んでいたんです」

「きみには似合わないな」オリヴァーはピアをしげしげと見つめた。

「そのことに気づくまでちょっと時間がかかってしまいました」ピアはあっさりいった。「でも今はすっきりしています」

「明日、オスターマンにモーリスのことを調べてもらわなくてはな。何者で、どこにいるか知りたい。それに問題の金曜日にボルドーを発った飛行機も調べてもらわなくては。もしかしたらケルストナーの娘と思しき子どもが搭乗者名簿にのっているかもしれない」

「デーリングはかなりあくどいことをしていますね。奥さんはそのことを知っています」ピアはタバコに火をつけた。「でも夫を恐れて、なにもいわないでしょうね」

「それでいいさ。デーリングはあぶない奴だからな」オリヴァーは椅子の背に寄りかかった。「非合法で、犯罪と呼べそうなことをしていることがいろいろわかってきたが、肝心の殺人事件については一歩も解決に近づいていない」

二〇〇五年九月二日（金曜日）

この日の朝、オリヴァーは真っ先に担当検察官を訪ねた。映像や会話記録でハンス・ペーター・ヤゴーダと対決する前に、逮捕状を取りたかったのだ。担当検察官ははじめのうちためらったが、ある検察上層部の者がヤゴーダの罠にかけられ、事件は新たな局面を迎えているとオリヴァーは訴えた。

「わたしたちがなにをつかんだか知ったら、ヤゴーダはじっと待ってはいないでしょう。真相が全部わかったわけではありませんが、ヤゴーダがセックス映像を隠し撮りして脅迫の材料に使ったことは確実です。彼の会社に捜査の手が伸びたとき、突然訴えが取り下げられているんです」

説得するのは大変だったが、ヤゴーダを野放しにしておいては捜査の障害になる、と検察官はついに納得した。

イザベル・ケルストナーは手帳を日記代わりに使っていた。決まった人物に記号をつけている。手帳は繰り返しあらわれるシンボルと記号とイニシャルでいっぱいだった。電話帳の部分は、姓や名が省略されていることもあるが、それほど暗号化されているわけでもなかった。ハルデンバッハ上級検事は〝ハルディ〟となっていた。上級検事の執務室の固定電話と携帯電話の番号がメモされていた。そしてこの半年で九回も密会していた。しかし日記部分の記入は、あいにくイザベルが死ぬ四日前で終わっていた。だから土曜日の夜、ヤゴーダに招かれたのが、前もって決まっていたことか、急に予定が入ったのかはわからずじまいだった。携帯電話会社からは、イザベルの携帯電話料金の口座引き落としの情報をすべて手に入れたが、移動履歴についてはもう少し待たなければならなかった。イザベルが正確にメモしていた収入の記録は簡単に解読できた。八月十九日金曜日、カンプマンから三千ユーロを受けとっている。七月には〝$〟から合計二万四千ユーロ支払われていた。〝$〟がハンス・ペーター・ヤゴーダであることはすぐに判明した。四月から定期的に、もっとも頻繁に高額の支払いがあったからだ。

「三月から八月半ばまででヤゴーダから合計七万八千ユーロも稼いでいますね」アンドレアス・ハッセは金額を計算して報告した。

「それでもまだ足りなかったと見える」フランク・ベーンケがいった。「まったく欲深な女だ！」

「それにすぐポルシェを買っている」アンドレアスはいった。「これだけ稼いでいれば、はした金ですね」

オリヴァーは報告を聞きながら、イザベルが隠していた写真をペラペラめくった。子ども時代のものらしい比較的古い写真を見つめた。べっこうメガネをかけた五十歳代の男と、見栄えのする女と、太った金髪の若者と、小さな少女が写っている。裏側には子どもっぽい字で〝パパ、ママ、ファレンティン、そしてわたし――一九八一年〟と書いてあった。それから馬の写真、イザベルが乗っているものも、乗っていないものもある。それから笑っている人の写真、新しいものも古いものもある。馬にまたがる乗馬講師のカンプマン、乗馬クラブのバーで酒を飲む人たち。金髪の子どもを腕に抱いて自慢そうに笑っているドクター・ケルストナーの写真も数枚あった。そしてピンボケで、粒子の粗いモノクロ写真。そこには太った女とスーツとネクタイ姿の男が写っている。写真の下のほうに一九九七年四月十九日と日付が写し込まれている。オリヴァーは突然、感電したかのようにぎくっとした。

「ルーペはあるか？」と興奮してたずねた。

「どこかにあると思いますけど」カトリーンが飛び上がって、一分ほどしてルーペを持ってもどってきた。

「なんですか？」ピアが興味をひかれて訊いた。オリヴァーは答えず、テーブルに広げた数枚のモノクロ写真にかがみ込んで、ルーペで仔細に見た。それから体を起こした。

「この男がわかるか？」オリヴァーは部下にそうたずねて、写真をテーブルの中央に押しだした。ピア、カイ、フランク、アンドレアス、カトリーンの五人が写真を見つめた。

「ハルデンバッハだ」フランクがすぐにいった。オリヴァーはゆっくりうなずいた。「でも、この女の方は？　どうしてこの写真がイザベルのところにあったんだろう？」

「問題はその写真でなにをするつもりだったかだな？」フランクがたずねた。

「それはまだわからない」オリヴァーは答えた。そのとき、裁判所から逮捕状が送達されてきた。

「来たまえ、キルヒホフ」オリヴァーはいった。「我らが友人ハンス・ペーター・ヤゴーダを訪ねる」

ヤゴーダは会社にいなかったが、このあいだよりも有能な受付嬢から、午前中はクローンベルクにある自宅にいるはずだと教えられた。ヤゴーダの邸はごく普通の寄せ棟造りの家で、窓には鍛鉄製の格子がついていた。といっても、敷地は驚くほど広く、ゴルフ場くらいありそうだ。しかも手入れが行き届いていた。玄関のドアを開けた女はおよそ三十代半ばで、背丈はオリヴァーと同じくらいあり、太っているうえに、脂ぎっていた。以前は魅力的だったと思われるが、今は顔がたるんでいる。女はチェック柄の乗馬ズボンをはき、〈グート・ヴァルトホーフ〉とプリントされたサイズの大きい深緑色のポロシャツを着ていた。キラキラ輝いている黒髪は編んで垂らしていた。オリヴァーはイザベル・ケルストナーの留守番電話に記録されていたひどい物言いを思いだした。〝脂肪太りのメンドリ〟とヤゴーダは自分の妻を呼んでいた。イザベルは〝カバ〟とまでいっていた。

「ヤゴーダ夫人?」オリヴァーは丁重にたずねた。女がうなずくと、オリヴァーは自分とピア・キルヒホフの身分を告げた。ヤゴーダ夫人はピアの頭のてっぺんから足のつま先までじろじろ見たが、オリヴァーにはちらっと流し目を送っただけだった。

「ご主人と話したいのですが、いらっしゃいますか?」

「なんの用ですか?」

「ご主人と話したいのです」オリヴァーは本当の用向きを明かすつもりはなかった。

「ここで待っていてください」夫人はようやく一歩さがった。「呼んできます」

夫人は玄関のドアを開けたままにして、きびすを返すと、奥へ歩いていった。

「すごい女だ」オリヴァーは圧倒されていた。

「グロテスクです」ピアは、華奢《きゃしゃ》な夫と肉の塊《かたまり》のような妻の組み合わせを脳裏に浮かべながらささやいた。オリヴァーは家の内部をうかがった。石を乱張りした壁と太い木の梁《はり》は田舎家の雰囲気を醸《かも》しだしているが、明るい花崗岩《かこうがん》の床と低電圧ハロゲンランプの細いケーブルが場違いな感じだ。そこに置かれた野暮ったい家具をオリヴァーの母が見たら、実際は安くないだろうが、〝ゲルゼンキルヒェン・バロック（一九五〇年代に低所得者向けに作られた家具のこと）〟と貶《けな》すだろう。数分してヤゴーダが姿をあらわした。上品な身なりはしていなかった。汗を吸った灰色のTシャツと白いジョギングパンツという恰好だ。

「おはよう」ヤゴーダはいった。「なんの用かね？」

夫人が肉と布の山のように彼の背後にそびえている。夫よりも頭ひとつ背が高かった。

「わたしたち三人だけでお話がしたいのですが」オリヴァーはいった。

「いいとも」ヤゴーダはうなずいた。「わたしの書斎に行こう」

三人は、どこうとしないヤゴーダ夫人の脇をなんとかすり抜けなければならなかった。夫人は自分だけのけ者にされるのが気に入らないようだ。書斎は家の裏手にあり、大きなガラス窓越しにタウヌス山地が眺望できた。

「それで」ヤゴーダは二脚の安楽椅子を指し、自分は古風なオーク材のデスクに向かってすわった。「なんの用だね？」

「モーリス・ブロールトという人物をご存じですか？」オリヴァーはそうたずねて、足を組んだ。

「わたしの知っている人物かね？」

「おそらく。イザベル・ケルストナーさんに向かって、その名を口にしていますので」

ヤゴーダは表情を変えなかった。ポーカーをさせたらうまいだろう。

「ああ、そうか。モーリスね。姓の方は知らなかった。彼がどうかしたのかね？」

「どういう人物で、あなたとどういう関係なのかうかがいたいのです」

「モーリスはフランス人かベルギー人で、デーリングの取引先だ」

「あなたとはどういう関係なんですか？」ピアはたずねた。

「モーリスは以前ヤーゴ製薬の大株主だった」

「以前ですか」ピアはたずねた。「いつから大株主ではなくなったのですか？」

「それがなにか？」

「昨日あなたの会社を訪ねたとき」オリヴァーは質問には答えずにいった。「あなたの乗馬クラブの管理人カンプマンさんがビルから出ていくのを見ました。なにをしに来ていたのですか？」

「うちの財務部が乗馬クラブの経理もやっているんだ」ヤゴーダは平然と答えた。「それで会社に顔をだしていたのさ」

「スーツとネクタイ姿で？　乗馬クラブの仕事の他にもなにかしているのでしょうか？」

ヤゴーダはなんのことかわからないという顔をしたが、目は鋭かった。

「どういう意味だね？」

「偶然にも、あなたの持ち株の売却を過去に何度も非合法に肩代わりしてはいないですかね？」

「イザベル・ケルストナー殺害事件を捜査しているのではなかったのか？」ヤゴーダは急に緊張したように見えた。「妙な質問をするじゃないか」

オリヴァーは、執務机の後ろの壁一面をおおう戸棚にテレビがあるのを見つけた。

「どうしてそういう質問をするのか考えてみてください。ところで、こちらにＤＶＤプレイヤーはありますか？　ちょっと見ていただきたい映像があるんです」

「どうぞ」ヤゴーダは肩をすくめると立ち上がって、テレビとDVDプレイヤーのスイッチを入れた。ピアはDVDを挿入して、プレイボタンを押した。ヤゴーダはなにげなくその映像を見たが、不愉快なのが姿勢からはっきり見て取れた。

「ここに映っている男性たちをご存じですか？」オリヴァーはたずねた。「ケルストナーさんのことはよくご存じと思いますが」

「この映像はどこで？」ヤゴーダは質問には答えず、かすれた声でたずねた。

「そんなことは問題ではありません」ピアはDVDを替えた。イザベルの顔がモニターに映った。

「『二〇〇五年八月六日土曜日』」イザベルの声だ。『午後七時十三分ちょうど……』」

ヤゴーダは顔面蒼白になり、吸いつけられるようにテレビを見つめた。ピアが少し早送りした。ヤゴーダがごくりと生唾をのみ下した。額《ひたい》にうっすら汗をにじませ、ボールペンを指でしきりにいじっていた。映像がしばらくなんのコメントもなく流れた。

「この映像の存在をご存じなかったのですか？」オリヴァーは穏やかにたずねたが、返事を得られなかった。

「あなたはこの恥ずかしい映像で顧客と取引先を……まあ、なんというか……意のままに動かしたのではありませんか？」

沈黙。

「これらのDVDを回収するために、あなたはケルストナーさんの住まいを家捜しし、そのあと検察局によって立入禁止になっていたにもかかわらず、調度品を片付けましたね？」

「消してくれ」ヤゴーダは声を殺してささやいて、映像から目をそむけた。びっしょり汗をかき、灰色のTシャツの脇の下のあたりが黒ずんでいた。

「あなたは、イザベル・ケルストナーさんと寝ていないといいましたが、あれは嘘ですね」ピアはいった。「どうして本当のことをいわなかったのですか？」

オリヴァーはボイスレコーダーをテーブルの上に置いて、スイッチを入れた。

「『……今晩もう一度会いたい』」ヤゴーダの声が響いた。「『一日中、おまえのことが頭から離れないんだ』」

「『今日はだめなの』」イザベルは答えた。「『ちょっと用事があって』」

「『いいじゃないか。おまえが欲しいんだ！　うちの脂肪太りのメンドリばかり見ていると、吐き気がしてくる。おまえが欲しくておかしくなりそうだ』」

オリヴァーはレコーダーのスイッチを切った。ヤゴーダは深く息を吸うと、唇をかんで目を閉じた。

「ケルストナーさんには不作法な習慣があって、電話での会話を留守番電話機能で録音していたんです」ピアはいった。「他のテープもお聞かせしましょうか。金と問題のモーリスのことが話題になっています。モーリスという人物も、あなたがヤーゴ製薬代表取締役社長の立場ではできない株の売却を肩代わりしたようですね。イザベルはこのミニカセットテープを手帳といっしょに住宅のゆるんだ床板の下に隠していたんです。なぜそんなことをしたのでしょう？

あなたに圧力をかけるつもりだったんじゃありませんか？　あなたがセックス映像で取引先を脅迫するのを見て、同じことを思いついたのではないですか？」

「黙秘する」ヤゴーダはふたたび目を開けた。「弁護士と話したい」

「それはあなたの権利です」オリヴァーはうなずいた。「しかしあとにしていただきます。これから署に同行してもらいますので」

「どうしてだ？」ヤゴーダはびっくりしたようだ。

「ケルストナーさんは六日前、殺害されました」オリヴァーはそういって、上着の内ポケットから逮捕状をだした。「これらの映像と音声記録から察するに、あなたがイザベルさんの死に関係していることが考えられます」

オリヴァーはヤゴーダに逮捕状を呈示した。

「逮捕だと？」ヤゴーダは死んだように青くなった。「わたしの仕事に大変な影響が出るのはわかっているのか？」

「気分転換に本当のことを明かしたらいかがです」オリヴァーはいった。「そしてわたしたちの質問に答えていただきたい。たとえば、ハルデンバッハ上級検事になにをしたかとか」

ヤゴーダは少し考えてから、かぶりを振った。

「黙秘する」

「いいでしょう」オリヴァーは腰を上げた。「身のまわりのものを持ってください。国費による宿泊がしばらくつづくことになりますから」

オリヴァーは午後早いうちに帰宅した。あれほど野心があり、知性も兼ね備えていたハルデンバッハが、セックススキャンダルのような低俗なことで足をすくわれるなんて、彼には理解できなかった。それからヤゴーダのことを考えた。彼はその日の午後、顧問弁護士と相談して、黙秘をつづけると宣言した。ハルデンバッハ上級検事とイザベル・ケルストナーとの関係についても、イザベルの脅迫についても、一切答えなかった。弁護人が激しく抗議したが、ヤゴーダの身柄は拘置所へ移されることになった。明日の早朝まで牢屋に入れられれば、警察に協力したほうが得策だと考え直すかもしれない。フランク・ベーンケとカイ・オスターマンはヤーゴ製薬とヤゴーダの私邸の捜索をした。オリヴァーは、ヤゴーダが自分の手でイザベル・ケルストナーを殺害したとは思っていなかった。しかしイザベルが思いどおりにならないと知ったとき、ヤゴーダは殺人をだれかに指示したかもしれない。イザベルが彼を脅迫したのは間違いない。だがなにが狙いだったのだろう。もっと金が欲しかったのか？　いずれにせよ、ヤゴーダを追い詰めすぎたのだ。だが犯人は、どこでどうやってイザベルを待ち伏せしていたのだろう。動物病院に夫を訪ね、それから乗馬クラブに顔をだしたあと、イザベルは部屋にもどったのだろうか。夜、ヤゴーダのところに呼ばれていたのに、姿をあらわさなかった。携帯電話の通話料金を見ると、最後にかけた先は動物病院で午後五時十六分のことだった。通話時間はわずか数秒。おそらく夫がいるかどうか確かめたのだろう。マクドナルドの駐車場でイザベルと口論していたという謎の男はだれだろう。イザベルの死んだ父親の車に乗っていたことがわかっているが、その車を盗んでから、イザベルのところへ向かったというのは偶然にしてはできすぎだ。オリヴァーは突然はっとし、どうしてもっと早くそのことを思いつかなかったのだろうとなさけなくなった。

駐車場に止まっている車の数から見て、金曜日の遅い午後だというのに、〈グート・ヴァルトホーフ〉はまだ人で賑わっているようだ。オリヴァーは、このあいだトルディスという若い女が寄りかかっていたカナリア色のジープを見かけた。オリヴァーはひとつだけ残っていた駐車スペースにBMWを止めると、厩舎の方へ歩いていった。だがそこは、屋内馬場と同じで人気がなかった。オリヴァーは屋内馬場をまわり込んで、においをかいだ。グリルした肉と木炭のにおいがする。屋内馬場と馬場のあいだの芝生に、吊り下げ式の大型バーベキューグリルがあった。大きな樹の下のベンチとガーデンチェアに馬の持ち主たちが集まって笑ったり、おしゃべりしたりして、暖かい夕べを楽しんでいた。ヤゴーダ逮捕のことはなにも伝わっていないようだ。ローベルト・カンプマンはグリルのそばに立っていた。オリヴァーに気づくと、一瞬にして笑みが消えた。ステーキをひっくり返すのに使っている大きなフォークを武器のように振り上げて、襲いかかろうとする仕草をした。

「こんにちは、カンプマンさん」オリヴァーは微笑みながらいった。「つづけてください。トルディスさんを捜しているんです」

カンプマンはおずおずと彼を見てから、体の向きを変えた。

「トルディス！」と叫んで、フォークを持ったまま手招きした。

オリヴァーは、焼けたステーキやソーセージのおいしそうなにおいに、胃がきゅっと縮むのを感じた。今日はコーヒーを十五杯は飲んでいるが、食べ物は一切口にしていなかった。

トルディスが皿を手にしてあらわれた。オリヴァーに目をとめると、驚いたような笑みをふっと浮かべた。ふたたびインカ・ハンゼンがオリヴァーの脳裏に浮かんだ。

「こんにちは」トルディスはいった。「ここでなにをしているの？」

「あなたに質問があってきました」オリヴァーは答えた。「少しいいですか？」

「もちろんよ。少しじゃなくても」

人々のおしゃべりがやんだ、みんな、ふたりの方を気にしている。

「厩舎の方へ行きましょうか」オリヴァーが提案した。

「いいわよ」トルディスはうなずいて、グリルの横にあるテーブルの上に皿を置いた。

「あたしのステーキを焦がさないでね、カンプマンさん」トルディスは冗談をいったが、カンプマンはユーモアを解するセンスがあったとしても、今はその気分ではないようだ。微笑むことすらしなかった。

「それで、なに？」屋内馬場の前の広場に立つと、トルディスはたずねた。オリヴァーはトルディスの顔を見つめた。

はじめて会ったのは日の落ちかけた駐車場だったが、それでも可愛いと思った記憶がある。だが初秋の午後のまだ明るい光の中では、瞳が明るく輝き、睫毛が濃く、頬骨が張っていて、かわいらしい鼻にそばかすがあるのが見えた。真っ赤な袖無しTシャツはへそのあたりまでしかなく、ブリーチしたスリムなジーンズをはいている。オリヴァーは一瞬、訪ねてきた理由を忘れそうになった。

「このあいだメルセデス・カブリオレに乗っていた男の話をしてくれましたよね。覚えていますか？　マクドナルドの駐車場でイザベルさんと話していたといいましたね」

トルディスがうなずくと、オリヴァーはくしゃくしゃになった写真を差しだした。イザベルの手帳にはさまっていた写真の一枚だ。トルディスは写真をじっと見つめて、顔をしかめた。

「ちらっと見かけただけだから」しばらくしてそういうと、トルディスは目を上げた。「でもこの人だったかも。イザベルのお兄さんでしょう？」

「そのようです」オリヴァーはうなずいた。「写真は数年前のものですが」

「ミヒャエル・ケルストナーさんがもっと最近の写真を持っているかもしれないわね」

「いいアイデアですね」オリヴァーは微笑んだ。「彼に訊いてみます」

トルディスはジーンズの尻ポケットに両手を入れて、首を傾げた。

「なにか食べるか、飲むかしない？」

「ありがとう。しかしわたしがいると、パーティの雰囲気を壊すでしょう」オリヴァーは断ったが、ハーブバターを添えたジューシーなステーキを思い描いただけで、よだれが出てきた。

その瞬間、黒いBMWツーリングがふたりの方へ走ってきた。ふたりは少しさがった。

運転していたのは、四十代はじめのやせた黒髪の女性だった。芝生の手前で車を止めて降り立った。乗馬ズボンとブーツという身なりだ。

「ハイ、トルディス！」女は叫んだ。

「ハイ、バルバラ」トルディスは答えた。「みんな、お待ちかねよ」

「なかなか見つからなくて、スーパーを三軒もまわっちゃったわ」女はトランクルームを開けてプラムを四箱だすと、バーベキューコーナーへ運んでいった。みんなが歓声をあげた。オリヴァーは車を見ているうちにふとあることを思いだした。

「どなたですか？」オリヴァーはたずねた。

「バルバラ・コンラーディ」トルディスは答えた。「どうして？」

「やはりここに馬を預けているのですか？」

「二頭ね」

「ひょっとして最近カンプマンさんから馬を買いませんでしたか？」

「ええ」トルディスが興味を示した。「かなりついていなかったわ。自分のものにしたら、馬が動けなくなっちゃって」

オリヴァーは考えた。先週の土曜日、午後の早い時間にイザベル・ケルストナーのところにやってきて、駐車場で話をしていたという女と符合する。なんの用だったのだろう。〝また一頭手に入る。コンラーディにどうかと思ってる。すごい悍馬《かんば》だが、見た目はめっぽういい。しばらく乗りまわしてくれ。そのロバにおまえが乗っているところを見たら、コンラーディはひと目惚れするだろう。……馬術競技に出ないですむようにうまくごまかす〟カンプマンとイザベル・ケルストナーがなにをしていたか、オリヴァーにもだんだん読めてきた。カンプマンは価値のない馬を信用しきっている客に売りつけているのだ。優れた乗り手のイザベルはその馬に乗っているところを見せて、その気にさせる役回りだ。売買成立の暁には、イザベルはカンプマンから分け前をもらう。カンプマンは、高値で買った馬に欠陥があることをすぐには気づかれないように工作し、馬房の賃貸料、乗りまわしやレッスンでさらに稼ぐ。うまくできている。そしてじつに悪辣だ。

「カンプマンさんは乗馬クラブの会員によく馬を売るんですか？」オリヴァーはトルディスにたずねた。

「ええ。クラブ会員のほとんど全員が彼から馬を買っていますね。あたしはそんなことしませんけど」

「ほう。どうしたわけで？」

「騙されるのはごめんだもの」トルディスはこともなげにいった。「もちろん大きな声ではいえないわ。名誉毀損になってしまうから。でも彼の扱う馬はみな、なにか問題を抱えていて、彼はそれをうまくごまかしてる。間違いないわ」

「問題を抱えている？」

「ええ」トルディスはうなずいた。「病気か、賞味期限切れか」

カンプマンがイザベル・ケルストナーとの会話でそういう言葉を使っていた。

「賞味期限切れ。つまり、競技をできない馬ということですね」

「そういうこと」

屋内馬場の向こうからトルディスを呼ぶ声がした。

「ステーキが焼けたみたい。いっしょに来ない？　ワイロはだめだろうけど、ステーキくらいいいでしょう」

「今度にします」オリヴァーは誘惑に負けず微笑んだ。「情報をありがとうございました」


オリヴァーのナイトテーブルで携帯電話の呼び出し音が鳴った。オリヴァーはうつらうつらしながら照明のスイッチを手探りし、電話機と時計に視線を向けた。コージマに違いない。

「もしもし？」オリヴァーはささやいた。ところがコージマではなく、ピア・キルヒホフだった。

「起こしてしまいました？」ピアはたずねた。

「ああ」オリヴァーはまた目をつむり、ベッドに沈み込んだ。「二時半だぞ」

「あら、本当」ピアはすっかり目を覚ましているような声だった。そしてかなり興奮している。

「いいですか、ボス、ハルデンバッハと写っていた女がだれかわかったんです。マリアンネ・ヤゴーダ」

オリヴァーは目を開け、照明の光に目をしばたたいた。「朝二時半にそういうことを思いつくかね」

「マリアンネ・ヤゴーダは一九九七年四月十九日にハルデンバッハ上級検事と会っています」

ピアは話をつづけた。「その十五日前の四月四日に、彼女の両親がフランクフルトにあった自邸の火事で焼け死んだんです。州刑事局の専門家チームの捜査で放火だったことが判明しています。ですからフランクフルト検察局の扱いになりました」

オリヴァーも目が覚めた。

「当時の担当検察官がだれだったか当ててみてください。三回試していいです」

「ハルデンバッハか？」オリヴァーは勘を働かせた。

「そのとおりです」ピアは満足そうにいった。「それっきり捜査手続きは行われませんでした。捜査中止。一年後、ハルデンバッハ上級検事はホーホハイムにすてきな家を購入しました」

「なにがいいたい？」

「マリアンネ・ヤゴーダがハルデンバッハに賄賂を渡したということです」

「どうしてそうといえる？」

「マリアンネ・ヤゴーダが結婚したとき、家でひと騒動持ち上がったんです。父親が花婿を気に入らなかったんですよ。何年ものあいだ、マリアンネと両親は音信不通になっていました。一九九七年のはじめ、株式公開に向けたハンス・ペーター・ヤゴーダの計画が軌道に乗ったとき、欠けていたのは初期投資に必要な資金でした。そうしたら、都合のいいことにマリアンネの両親が死んだんです。マリアンネは一夜にして億万長者になりました」

オリヴァーは、情報を整理するのに数秒かかった。

「どうしてわかったんだ？」

「夜中の情報収集の成果です」ピアは控え目に答えた。「フランクフルトの上流階級をよく知る女性と仲がいいんです。ドレッシャー家は大きなパーティをひらくのが好きで、美術の支援家でもありました。財産は美術財団に寄付される予定でしたが、それを実行に移す前に、ドレッシャーは天に召されたわけです」

オリヴァーは今聞いたことを頭の中で反芻《はんすう》した。

「証明はできないな」オリヴァーは疑念を呈した。「偶然かもしれない」

「わたし以外にもこのことに疑問を抱いた人がいました。写真の裏側に、今は存在しないシュタイン探偵事務所のスタンプが押されています。シュタインは一九九七年五月、不慮の交通事故死を遂げています。もちろんこれも偶然なんでしょうね」

「今どこにいる？」

「署にいますが」

「二十分で行く」

二〇〇五年九月三日（土曜日）

デスクに向かっているピアを見て、オリヴァーはすくなからずびっくりした。室内は書類、プリントした紙、ファイルに囲まれたすさまじい状態で、無数のタバコの煙で息が詰まりそうだった。

「夜は眠るものだぞ。どうして寝ない？」そうたずねて、オリヴァーは椅子を引き寄せた。

「あとで眠ります」ピアはプリントした新聞記事の束をボスに差しだした。「火事とその現場検証の記事、そして私立探偵ヘルベルト・シュタインの死亡広告。まだ二十八になったばかりでした。ジョギング中、車にはねられたんです。事故を起こした運転手は捜査されませんでした。奇妙でしょう？」

オリヴァーは新聞の切り抜きにさっと目を通した。ひとり遺され、悲しみに暮れるマリアンネ・ヤゴーダについての記事だ。

「五千万マルクも相続したのか」オリヴァーは驚いた。

「そのうえ、ビール会社、不動産、有価証券、美術コレクション、競走馬などなど」ピアはうなずいていった。「セイウチが金魚になったんですね」

オリヴァーは記事を読みつづけた。次の記事によると、社長亡きあとのドレッシャー・ビール会社経営陣で主導権争いが起こり、それを制したのがマリアンネ・ヤゴーダだったという。私立探偵の死亡広告は短かった。それから彗星のごとく華々しく登場したヤゴーダについての経済雑誌の記事が数点。オリヴァーはもう一度モノクロ写真をつかんだ。間違いない。ハルデンバッハの隣にいるのはマリアンネだ。

「ハルデンバッハとヤゴーダ夫妻は顔見知りでした」ピアはいった。「ハルデンバッハは前にもふたりを助けていたんです。しかし古いつながりだけでは、もう一度、助けてもらうには充分ではなかったのでしょう。それで新たに圧力をかけたんですよ。イザベル・ケルストナーという」

「この写真はどこで手に入れたんだ？」

「イザベルはかなり抜け目がなかったようですね。たぶんハルデンバッハが寝物語にイザベルに話したんでしょう」

「しかしこういう写真を持って歩く者はいない」オリヴァーは首を横に振った。

「そのへんに転がっていたはずもありません」ピアは、ボスがよく見えるように椅子を回転させた。「わたしの推理を聞きたいですか？」

「いいたまえ」捜査ではどんなにありえそうにない仮説でも、軽々に排除してはならない。

「ではいいます」ピアはタバコに火をつけた。「ハルデンバッハはヤゴーダの賄賂を受けとろうとしなかったんですね。それでヤゴーダはイザベルを使ってはめたってことです。イザベルはハルデンバッハと寝て、脅迫の材料を手に入れたんです。もしかしたらハルデンバッハのことが本当に好きだったのかもしれません。あるいは彼からなにか約束を取りつけていたのでしょう。ハルデンバッハはマリアンネ・ヤゴーダとその両親の死について話したのだと思います。そしてイザベルは、ヤゴーダ家に圧力がかけられるものを手にできるこの機会を逃すまいと、写真を自分に預けるようにハルデンバッハを説得したんでしょう……」

「待った！」オリヴァーは滔々としゃべるピアの言葉をさえぎった。「ハルデンバッハがそんな写真を取っておくはずがない」

「そうともいえないと思います」

「ふむ、イザベルは、手に入れた情報でマリアンネ・ヤゴーダを脅迫したということか……」

「……これでもうひとり、強い殺人の動機を持つ者が浮かび上がりましたね」

ふたりは顔を見合わせた。

「かなりむりがあるな」オリヴァーはいった。

「そうかもしれませんけど」ピアはそう簡単に引き下がらなかった。「でもハルデンバッハは百パーセント、ヤゴーダ夫妻に脅迫されていました。これでニーアホフ署長も、家宅捜索の必要性を認めざるをえないでしょう」

「マリアンネ・ヤゴーダと話してみなければ」

「わたしなら、少し様子を見ますけど」ピアはかぶりを振った。「マリアンネに対してはちょっと別の方法を考えています」

土曜日の朝、捜査十一課にはオリヴァー以外だれもいなかった。ピアは朝八時、自主的な夜勤を終えて、いつでも携帯電話に出るといって帰宅した。他のメンバーも今日は、自宅待機の日だ。オリヴァーには、たまった書類の山をかきわけることしかすることがなかった。ローレンツはどこかに出かけてしまい、ロザリーは修学旅行でまだローマにいる。コージマは二日前から音沙汰がないが、知らせがないのはいい知らせだと思うようにしていた。失礼にならない時間になるのを待って、友人でもあるフランクフルトの経済犯罪／詐欺捜査課課長の個人電話にかけた。すでに二日前、オリヴァーは公式にヤーゴ製薬絡みの情報提供を求めたが、新しく判明したこともあったので来週まで待てなかったのだ。課長から聞かされた情報はきわめて有益だった。経済犯罪／詐欺捜査課はかなり以前からヤーゴ製薬と代表取締役社長ハンス・ペーター・ヤゴーダをインサイダー取引の容疑で監視しているというのだ。しかし八方手を尽くしても決定的な証拠が出てこないため、告発には至らず、六月に検察局の命令で捜査は打ち切られていた。ヤゴーダは立ち回り方がうまい、とオリヴァーは認めざるをえなかった。ハルデンバッハ上級検事を脅迫してヤゴーダはひと息つき、そのうちに新薬の助けを借りて、倒産寸前の会社の起死回生を狙っているのだ。

午後の早い時間に電話が鳴った。魔の山《ツァウバーベルク》の管理人が建物の裏庭で婦人靴を片方見つけたというのだ。管理人はアメリカのドラマ「CSI科学捜査班」の大ファンで、こうした些細なものが事件解明に重要な意味を持ちうることを知っていた。そして新聞をなめるように読むので、警察が死んだ女性の片方の靴を捜していることを新聞で知っていた。それで、いつものように上司に確認することをせず、いきなり刑事警察に通報したのだ。オリヴァーはとくに急ぎの用事がなかったので、さっそくルッペルツハインへ向かい、その靴を検分することにした。一時間後、管理人は誇らしげに、そして興奮して靴を見せた。あいにくイザベル・ケルストナーが左足にはいていたマノロブラニクとは、ポルシェとシュコダほどの差があった。オリヴァーはそれでも礼をいって、協力的な管理人をがっかりさせないためにその靴をビニール袋に入れ、ふたたび車に乗り込んだ。そのときインカ・ハンゼンからコーヒーに誘われていたことを思いだした。近くに寄ることがあったらコーヒーを飲みにきて、といわれた……今まさに近くにいる。このあとはとくに用事もない。

古い農家は動物病院改修の影響をほとんど受けていなかった。前庭にはまだ夏の花が咲き、よく剪定されたバラが満開で、芝生もきれいに刈られていた。オリヴァーは少したためらってから門を開けて、玄関へ向かった。古い呼び鈴のひもを見て、彼は笑みをこぼし、そのひもを引っぱった。家の奥で美しい旋律のチャイムが鳴り、少しして玄関のドアに近づく足音が聞こえた。彼女を目の前にして、オリヴァーは心臓が高鳴った。

「来るのが見えたわ」インカはいった。「もっと早くあらわれると思っていたのに」

「ここはほとんど変わっていないな」オリヴァーはいった。「すてきだ」

「すてき？」インカはからかうように眉を上げた。「もう少しモダンにしたいんだけど、動物病院の改修で手持ちの資金を使い果たしちゃったのよ」

ふたりは顔を見合わせた。

「来るタイミングが悪かったかな？」オリヴァーはたずねた。「邪魔はしたくない」

「邪魔なはずがないでしょう。今日は静かなものよ。子どもは独立したし、馬の世話は済んだし、帳簿つけにはまだ時間があるわ」

ふたりはテラスに出て、紫色の花がからまるパーゴラの下のラタンの椅子に腰かけた。黄金色に輝く初秋の昼下がり。暖かい空気はテラスの横の大きな茂みに咲くブッドレアとラベンダーの香りがした。

「あなたのことを話して」インカがいった。彼女はオリヴァーの向かいにあるラタンのソファにすわって、両足を折り曲げ、興味津々にオリヴァーを見つめた。オリヴァーは妻のこと、子どもたちのこと、仕事のことをかいつまんで話した。インカと無邪気に話すのはむずかしかった。ここへ来たのはよくなかったような気がしてきた。インカをどんなに気に入っていたか、ずっと忘れていた。永らく忘れていたさまざまな感情が奔流となってあふれだしたので、自分でも驚いていた。

「それで、きみは?」オリヴァーはたずねた。「あれからどうしていたんだい?」

彼女の顔にさっと影が差した。

「二学期留学するつもりが十学期になってしまったわ」インカはしばらくしていった。「父があんなことにならなければ、そのままアメリカにいたでしょうね。もどってくるよう、母に頼まれたの」

インカは額から前髪を払った。

「悩んだわ。アメリカでは、ケンタッキー州の有名な動物病院でいい仕事についていたから。そのとき、うちの娘が決心を固めたの。〝おばあちゃんをひとりにしておけない〟って。それは確かなことでしょう。それで、ルッペルツハインにもどったのよ」

インカはオリヴァーを見た。

「昔は馬術競技に出たり、乾し草の刈り入れをしたり、あなたのおじいさんのところで乗馬のレッスンを受けたりしたわね。思いだすことはある？」

「ほとんど思いださないな。きみに再会してから、なにもかも脳裏に蘇ったけど」

「わたしもそう。この七年間はクリニックのことしか頭になかったわ」

「評判は上々じゃないか」

「ええ。この調子でいけば、もうすぐ赤字を脱することができるわ」

インカは少しためらった。

「その調子でいけるんじゃないかい？」オリヴァーは、インカがなにを考えているかわかった。だから「ケルストナーが妻の死に関係しているとは思っていない」といった。

「わたしだって」インカは少しほっとしたようだ。

オリヴァーは、インカと事件の話をする気はなかった。聞き込みをするためだけに来たとは思われたくなかった。

「どうしてここへ？」インカはたずねた。

そうだ。なぜだろう。二十五年ぶりだからか。記憶の奥底に置き忘れ、すっかり消費してしまったはずの子どもじみた憧れのせいか。インカに出会う三日前まで考えてみたこともなかった。インカ、クヴェンティン、イングヴァール、ジモーネ、そしてオリヴァー。若い頃はいつもいっしょだった。あんなに濃い友情がどうして壊れたんだろう。オリヴァーは一九七九年の夏を思い返した。ボーデンシュタイン家の友人ハーグシュテットが二頭の馬を連れてボーデンシュタイン城にやってきた。ラトゥス・レックス号とフィオレラ号。ハーグシュテットはその二頭の世話をオリヴァーに任せた。馬術競技でその二頭に騎乗していいことになったのだ。だから冬のあいだずっと、小さな屋内馬場でその二頭と過ごし、調教した。しかし事情が変わった。屋外の馬場でひどい落馬をしてしまい、オリヴァーの将来の計画は台無しになってしまったのだ。イングヴァールがこの才能ある二頭を引き受けて、語り草になるような好成績をあげた。ラトゥス・レックス号で一つ星大障害（ドイツの障害馬術競技名。十段階中七段階目のグレード）を成功させ、フィオレラ号でヨーロッパ・ジュニアチャンピオンになったのだ。オリヴァーはため息をついた。当時は自分の宿命にとことん落ち込んだ。あの事故さえなければ、自分が有名な馬術選手になっていたかもしれない。イングヴァールはあの二頭の馬を手に入れた。そしてインカのことも。三年後、ジモーネとローマン・ライヒェンバッハが結婚式を挙げたときにも、イングヴァールとインカはカップルに見えた。しかしそのあとなにかがあったらしく、インカは逃げるようにしてアメリカへ渡った。インカがここに舞いもどることになったのは、運命のいたずらというほかない。イングヴァール・ルーラントとインカとオリヴァーが今なおこの土地で暮らしているというのも運命のいたずらだ。オリヴァーは、インカに見られていることに気づいた。

「ラトゥス・レックス号とフィオレラ号」オリヴァーは声にだしていった。

「やだ」インカは信じられないというように笑った。「もう昔のことじゃない」

「だけど真剣だった。子どものときは、いずれボーデンシュタイン家を背負って立ち、乗馬で食べていくつもりだった」

インカは真顔になり、じっとオリヴァーを見た。

「あの事故のあと、わたしたちとつきあうのをやめて、引きこもるようになったわね」インカはいった。「わたしたちが悪いみたいに」

「馬はイングヴァールのものになった」オリヴァーは、思いだすと今でも心が痛むことに気づいて驚いた。「わたしは歩くことができず、彼に裏切られ、騙された気がしていたんだ。毎日、きみたちの様子を見させられていた。きみとイングヴァール。耐えられなかった」

「わたしだって耐えられなかったわ。ずっと仲良しだったじゃない。でも急にわたしを無視した」

「それは逆だと思っていたが」オリヴァーはふっと微笑んだ。「イングヴァールはわたしに悪いと思っていて、きみは彼の側についた、と」

「そんなことはないわ」インカは首を横に振った。「でも、あなたはひがんでばかりで気づかなかったのよね。わたしに、話す機会すら与えてくれなかった。自分の殻に閉じこもって、口を閉ざし、そして突然あなたは……」

オリヴァーは、危険水域に達したことに気づいた。だがやめられなかった。インカが当時、自分のことをどう思っていたか知りたかったのだ。

「わたしがどうしたっていうんだ?」オリヴァーはたずねた。インカはどこか居心地の悪そうな表情をした。

「やめましょう」インカは腕組みしてそっぽを向いた。「昔の話だわ」

「ああ、そうだな。終わったことだ。みんな、それぞれの道を進んだ。なにがよかったかなんてわからない」

言葉が途切れた。インカの気まずい気持ちがオリヴァーにも伝染した。オリヴァーは、なにもいわなければよかったと思った。彼女はいきなり顔を上げて、妙な目つきでじっとオリヴァーを見た。そしてふたたび口をひらいたとき、ことさら軽い感じでいった。

「イングヴァールとわたしがつきあったのはずっとあとになってからよ。わたしが好きだったのはたったひとりだったわ、それはあなたよ。わたしはずっとあなたに夢中だった。気づいてくれないかなと思っていたけど、だめだった」

二〇〇五年九月四日(日曜日)

夢が溶けて流れていく。顔に射した日の光と、携帯電話の呼び出し音で、オリヴァーは目を覚ました。はっとして体を起こし、携帯電話を手探りした。いったい何時だろう。

「ボーデンシュタインです」オリヴァーはささやいた。

「ハルデンバッハです」おずおずとした女性の声だった。「朝早くからすみません」

オリヴァーはさっと起き上がったが、急に動いたことをすぐに後悔した。鈍痛が鉄輪のように頭をしめつける。昨夜、赤ワインを二本空けたことを思いだした。いや二日酔いよりも、罪の意識の方がつらかった。インカの夢を見ていた。恥ずかしいくらいリアルな夢だった。昨日の午後の記憶が徐々に蘇った。深い傷が口を開け、心がずたずたになったが、頭はそのことを認めようとしなかった。にっちもさっちもいかなくなる前に、インカは馬の持ち主から急患の電話を受け、すぐ往診に向かった。それなのに、もうろうとした頭の中では、ほとんど浮気をしたような気がしてならなかった。

「ハルデンバッハ夫人」そうささやいて、オリヴァーは頭をはっきりさせようとした。「一向にかまいません。なんのご用ですか?」

「このあいだうかがったお話、長いこと考えていました。あなたを家から追いだすような形になって、すみませんでした、でも……本当の夫が、長年思っていた人間と違うということが、どうしても受け入れられなかったんです。じつは……あなたが興味を持ちそうなものを見つけました。うちに寄っていただけませんか?」

「ええ、もちろん」

「お待ちしています。では」そういったかと思うと、夫人は電話を切った。オリヴァーはまぶしい日の光に目をしばたたいてから、ピア・キルヒホフの番号を打ち込んだ。

「悪いんだが、車を運転できる状態ではない」日曜日の朝に協力を求める事情を簡潔に話してからいった。「迎えにきてもらえないかな?」

「いいですよ。三十分で行きます」

オリヴァーはよろめきながらバスルームへ向かった。ベッドルームのドアの前にいた犬にあやうくつまずきそうになった。犬は昏睡状態から目覚めたご主人さまから餌を与えてもらい、庭にだしてもらえるのをおとなしく待っていたのだ。オリヴァーはしばらくのあいだ洗面台に両手をついて、鏡に映った無精髭だらけで徹夜明けのような自分の顔を見つめた。もうインカと会うのは控えようと思った。たっぷりシャワーを浴び、濃いコーヒーを二杯飲んで、地球の裏側にいるコージマと電話で長話をして、ようやく心の均衡を取りもどした。インカとの会話は早くも遠い彼方の夢のような気がしていた。そして過去に通じる扉を力まかせに閉じた。それでいい。

ハルデンバッハ上級検事が捜査を阻止するために隠匿したヤーゴ製薬関連の資料は引っ越し用段ボール箱ふたつ分にぎっしり詰まっていた。ていねいに綴じ込んで整理されているところが、上級検事の細かい性格をよくあらわしている。最初の段ボール箱の一番上に、オリヴァー宛の書簡が一通入っていた。捜査十一課の全員が署に招集され、期待に満ちた表情で会議室の大きなテーブルを囲んだ。ハルデンバッハ夫人は、夫が思いがけず主役となった映像を見たあと、浮気をした夫をかばういわれはないという結論に達したのだ。ただ子どもたちのことを思って、夫の名をできるだけニュースにならないように配慮してほしい、とピアとオリヴァーに頼んだ。オリヴァーは書簡をひらいて、手書きの手紙に目を通した。そのとき、墓穴から流れだした冷たい空気に触れたかのように鳥肌が立った。

拝啓　ボーデンシュタイン君

きみがこれを読むとき、わたしが自分の行動の責任を取らない卑怯者であることをすでに知っているだろう。きみは管轄の捜査十一課課長としてわたしの事件を捜査するはずなので、この手紙をきみに宛ててしたためる。もしかしたらわたしの家族に配慮して、わたしの名前が報道されないようにしてくれるだろうか。ヤーゴ製薬の件でわたしが隠匿した資料をきみに委ねる。わたしたちは数ヶ月前からヤゴーダを追っていた。しかしあの女に心を許したことがわたしの命取りとなった。あのときは、そうするほかなかった。今なら違う行動を取るべきだったとわかっている。わたしは毅然とするべきだった。人間は過ちを犯すものだ。わたしは職を解かれても、生を営みつづけることはできたはずだ。だがわたしは脅迫に屈し、自分の人生観と相反することをしてしまった。そういう自分が許せないし、やり直すことは絶対にできないのだ。

敬具

ヨアヒム・ハルデンバッハ

「これでヤゴーダの首根っこをつかんだな」そういって、オリヴァーは手紙を回覧した。「資料は明日、フランクフルトの経済犯罪／詐欺捜査課に引き渡す。だがその前に、中味を改めてみよう。もしかしたら、ふたりの命が失われた放火事件の手掛かりがあるかもしれない」

二〇〇五年九月五日（月曜日）

ハンス・ペーター・ヤゴーダはヴァイターシュタット拘置所に三泊し、少しやつれていた。オリヴァーの部屋で、彼を前にしてすわったとき、そわそわしていて、黙秘するといいながら、こらえ性がなく、いきなり爆発した。

「いったいなんなんだ！」ヤゴーダの甲高い声は裏返りそうだった。「くだらない嫌疑をかけてこれ以上わたしを勾留したら、どうなるかわかっているのか？　わたしの会社がだめになる！　わたしは何千人もの従業員に責任があるんだ。どういう意味かわかるか」

メガネを髪にさしたり、鼻先にのせたりを繰り返す癖のある、ぬめっとしたタイプの弁護士は、ヤゴーダの怒りを静めようとしたが、ヤゴーダは黙秘をするという作戦にもう我慢がならなかったのだ。

「だとしたら、どうしてあなたにかけられた嫌疑について言い分を述べないのですか。それがわからないですね」オリヴァーはゆったり答えた。

「なにが聞きたい」ヤゴーダは大きな圧力を受けている。見落としようがない。

「できるなら真実をいっていただきたい。イザベル・ケルストナーの住まいを家捜ししたのですか、していないのですか？」

「わたしの依頼人はその質問に答えません！」ペータース弁護士はすかさずいった。だがヤゴーダは意に介さなかった。

「していない」顧問弁護士が神経を高ぶらせているのにもかまわず、ヤゴーダはいった。

「ヤゴーダさん」ピアは咳払いした。「インサイダー取引と詐欺であなたを捜査していたハルデンバッハ上級検事をビデオ映像で脅迫しましたね」

ヤゴーダの顔から血の気が引いた。ちらっと顧問弁護士を見た。弁護士も懇願するように見返した。

「あなたを訴えたかっての株主も同じ手口で脅迫しましたね」ピアは話をつづけた。「さらにメインバンクの頭取や融資課長も。しかし、そのことに興味はありません。わたしたちはイザベル・ケルストナーを殺した犯人を捜しているんです」

「モーリス・ブロールトというのはだれですか？」オリヴァーが質問した。「八月二十三日、あなたはその人物とイザベルさんのふたりと会っていますね。イザベルさんの日記からわかっているのですよ。なんのための会合だったのですか？」

ヤゴーダの鼻翼が震えた。

「ヤーゴ製薬の実体はとっくにわかっているんです。会社は事実上倒産。経済犯罪／詐欺捜査課の捜査官が破産申請遅延の廉《かど》であなたを告発する準備を進めています。ケルクハイムの乗馬クラブがあなたの奥さんの名義で、あなたには着ている服と対して変わらない権利しかないことも知っています。ヤーゴ製薬が破綻することがわかっていて、そういう扱いにしましたね」

ヤゴーダは真っ青になり、まぶたが震えた。卒倒するのではないか、とオリヴァーは心配になった。

「わたしの依頼人にこれ以上、圧力をかけないでいただきたい」弁護士がそういいだすと、オリヴァーが発言をさえぎった。

「いいかげん口をひらくよう、あなたの依頼人に忠告したほうがいいですね。さもないと、あなたは依頼人からなにももらえなくなりますよ」

「どういう意味ですか?」ペーターース弁護士がいきり立ち、メガネが額《ひたい》から鼻梁にすべり落ちた。

「ヤゴーダは弁護料すら払えない状態だからですよ」オリヴァーはこともなげにいって微笑んだ。「あなたにとってはひどい損害じゃないですか?」

ペーターース弁護士はがたっと腰を落とし、口を開けてなにかいおうとした。だがヤゴーダに先を越された。

「ビデオでだれかを脅迫するつもりなんてなかったんだ」抑揚のない声でそういうと、ヤゴーダはうなだれた。「あれはイザベルのアイデアだ」

ペーターース弁護士はメガネを取って、歯痛でも起こしたかのように顔をしかめた。

「セックスの最中を映像に撮るというのが、ケルストナーさんの思いつきだった?」オリヴァーの声が鋭くなった。「わたしたちが、それを真に受けると思うのですか?」

「いいや、わたしは……その……」ヤゴーダは言葉を探した。「わたしは八方塞がりだったんだ。新興市場が崩壊してから何度も会社の危機を乗り越えてきた。それなのに、いきなりみんなでよってたかって責め立てた！　株主の訴え、検察局、融資停止の脅し……だけど、あとひと息で会社を軌道に乗せられるところまで来ていた。もう少し時間が欲しかったんだ」

「ヤゴーダさん！」ペータース弁護士は被害を最低限にとどめようとした。「ここでは、なにもいってはいけない！」

　ヤゴーダは聞く耳を持たなかった。

「ゴールまであと数ミリのところにいた。やれることはなんでもした。説得もしたし、土下座もした。しかしだれも耳を貸してくれなかった。だれも、信用してくれなかった。そんなときにイザベルがビデオを撮って脅そうといいだしたんだ」

「信じられないな」オリヴァーは首を横に振った。

「イザベルは金の亡者だった」ヤゴーダはかまわず話をつづけた。「だれにも束縛されない新しい人生のために金を貯めていたんだ。はじめはオーストラリアで潜水教室をひらく計画で、それから、トスカーナで乗馬クラブを持つとか、メキシコの海辺でペンションを経営するとかいっていた。とにかく四六時中、夢を描いていた。ある日、ポルノ映画に出演する誘いを受けたといった。イザベルは数日、本気で考えたが、結局ギャラで折り合いがつかなかったといっていた。だがそれがきっかけで、映像を隠し撮りするアイデアが生まれたんだ」

「あなたは、立入禁止になっていた住宅に押し入り、調度品を持ちだしましたね。どうしてあんなことをしたんですか？」ヤゴーダの弁護士が渋い顔をしたのにもかかわらず、ピアはたずねた。

「それはもちろん、まずいと思って……」そういいかけたところで、ヤゴーダは考え直して口をつぐんだ。

「あなたとケルストナーさんを写した映像が見つかったらまずいと思ったんですね。それが理由ですね？」

「そうだよ」ヤゴーダは悔しそうにうなずいた。「妻に……妻には知られたくなかったんだ。あれを見たら……妻は深く傷ついてしまう」

「あなたは法を破った。それも録音テープで〝脂肪太りのメンドリ〟と呼んでいた奥さんの感情を害さないためだったのですか？」オリヴァーは眉を吊り上げた。「わたしがどう見ているかお教えしましょうか？　間違っていたら、そういってけっこうです。感情なんてまったく関係ないでしょう。新薬が市場に出るまでの間つなぎに、奥さんの資金が必要だったからです。だから奥さんを怒らせるわけにいかなかった」

一瞬、部屋は静寂に包まれた。閉じたドアからよその部屋で鳴っている電話の呼び出し音がかすかに聞こえた。

「ヤゴーダさん」オリヴァーはさらに攻めた。「奥さんの資金が家捜しをした本当の理由ですね？」

ヤゴーダは両手で顔をおおって、かぶりを振った。

「そしてイザベルさんがあなたの仕事の邪魔になったから始末しようとしたわけですね？」

それまですすんで自供していたヤゴーダがかたくなな態度に変わった。一切質問に答えず、肩を落としてすわったまま、まったく反応しなくなった。表情はうつろだった。数分後、オリヴァーが取り調べの終了を宣言すると、ヤゴーダは黙って腰を上げた。拘置所からここへ移送してきた刑務官に手錠をかけられても、ヤゴーダにはっきりとした感情の動きは認められなかった。

ピアは自分のデスクに向かって、ヤゴーダの取調調書をコンピュータに打ち込んでいた。ヤゴーダには強い動機がある。イザベルはあの映像でヤゴーダから金をせしめようとしていた。それも、ヤゴーダには持ち合わせのない金を。ヤゴーダは、イザベルが映像を妻に見せることを恐れたはずだ。そうなれば、彼も、ヤーゴ製薬の計画もご破算になる。だがそれならなぜわざわざペントバルビタールを使い、自殺に見せかけたのだろう？　ピアはふと手を休めて、モニターを見つめた。まだなにかある。今まで言及されてこなかったなにかが。しかしそれがわからない。揃ったと思ったパズルのピースはまだ完全ではないのだ。全体像をつかむには、まだあまりに多くのピースが欠けている。

「キルヒホフ」突然、すぐ横でオリヴァーの声がしたので、ピアは身をすくめた。「寝ているのか？」

「ファレンティン・ヘルフリヒですよ」ピアはいった。

「あいつがどうした？」

「彼もペントバルビタールを入手できます。もう一度話してみないと」

「いいだろう」オリヴァーはうなずいた。「わたしはモーリス・ブロールトについて連邦刑事局に問い合わせてみる」

隣の部屋の電話が鳴ったので、オリヴァーはそっちへ行った。ピアは急いで調書をまとめた。薬剤師のファレンティン・ヘルフリヒが妹の殺人に関わりがあるのではないかという思いを、どうしても捨て去ることができなかった。


ピアは八月二十七日の速度違反写真を持って出た。高速道路六六号線のバート・ゾーデン方面出口で渋滞に引っかかり、一時十分に到着した。〈ライオン薬局〉は閉まっていた。

「しまった」ピアはささやいた。「一時から三時まで昼休みか」

待つべきか、出直すべきか薬局の前の歩道で考えていると、金色のメルセデス・カブリオレが薬局の裏の通用門から出てきた。ハンドルをにぎっているのは女性で、助手席にファレンティン・ヘルフリヒが乗っていた。ピアは手を振って、車の方へ駆けだした。運転席の女性は窓ガラスを下ろして、うさんくさそうにピアを見た。

「こんにちは、ヘルフリヒさん」ピアはいった。

「ああ、刑事さんでしたね」薬剤師は答えた。「わたしに用ですか？」

「ええ、もちろん」ピアはうなずいた。「ちょっとだけどこかで話ができませんか？　二、三質問があるんです」

女性は車を通用門に後退させた。ピアは車のあとから中庭に入った。そこに薬局の裏口と〈レオポルドアーケード〉の入口があった。

ヘルフリヒから連れの女性は妻のドロテーエだと紹介された。ふたりが車から降りると、ピアはいった。

「きれいな車ですね」

「どういうご用件ですか？」ヘルフリヒはピアの言葉を無視してたずねた。ピアはポケットから速度違反写真をだして見せた。

「これはあなた方ですか？」ピアはたずねた。

「ええ」そういって、ヘルフリヒは写真を妻に渡した。「運転しているのは妻です」

ドロテーエ・ヘルフリヒは大柄で、骨張った女性だ。魅力の欠片もない。年齢は四十代はじめ。しかし顔には気むずかしそうなしわが寄っていた。

「いつどこで撮られた写真かわかりますか？」

「写真にのっているんじゃありませんか？」ドロテーエがはじめて口をひらいた。

「ええ、そのとおりです」ピアは答えた。「八月二十七日午後十時過ぎ。ケーニヒシュタインをケルクハイム方面に出るところです。解剖所見によれば、その二時間ほど前にイザベルさんは死にました」

ピアはわざとその言葉の意味をヘルフリヒ夫妻に味わわせた。

「その車はおふたりのものではありませんよね？」

「父の車です」ファレンティンはいった。

「知っています。しかしお父さんは四年前に亡くなっていますね。どうして名義を変更しないのですか？」

「最近までギーセンにある両親の家のガレージに置きっぱなしにしていたんです」ヘルフリヒは肩をすくめた。「二、三週間前、家を売却したときに引き取りました」

「あなたは八月二十七日の午後、シュヴァルバッハのマクドナルドの駐車場にこの車を止めましたね」

「ええ、たしかに。そこで妹と待ち合わせました」

「なぜですか？」

「なぜって」ドロテーエが口をはさんだ。吐きすてるような口調だった。「彼女が金を要求したからです。当たり前でしょう」

「あなた方から？　どうしてあなた方の金を欲しがったのですか？」

ピアはぴったりくっついて立っているヘルフリヒ夫妻を見た。ふたりは目を合わせようともしない。挙動が不審だ。

「家の売買代金の半分を寄こせといってきたんです」ドロテーエは死んだ義理の妹が嫌いなのを隠そうともしなかった。「バート・ゾーデンの老人ホームに入っていた母親を一度も訪ねなかったというのに。それなのに、恥ずかしげもなく遺産相続分を要求したんです」

なぜかわからないが、ファレンティンと妹が落ち合った理由は金だけじゃない、とピアは直感した。

「ゲオルク・リッテンドルフさんの話では、妹さんは数年前、あなたの親友と交際していたそうですね。その方は妹さんに絶交されたあと、建築中の家で首を吊って自殺したとか。本当ですか？」

「ええ」ヘルフリヒは暗い面持ちで認めた。

「そのあとイザベルさんは、同じくあなたの親友であるドクター・ケルストナーと結婚したんですね」

「なにをいいたいのです？」

「先々週の土曜日の晩七時から十時のあいだ、どこにいましたか？」答える代わりに、ピアは質問した。

「リッテンドルフ夫妻とケーニヒシュタインの〈リモンチェロ〉で食事をしました」

「十時までですか？　土曜の夜にしては、ずいぶん早くありませんか？」

「リッテンドルフのベビーシッターが十時までしか時間がなかったんです」ドロテーエは答えた。「子どもがふたりいるので」

「あなた方は？　あなた方には子どもはいないのですか？」

ドロテーエは一瞬、身を硬くした。

「いません」彼女は気持ちを抑えながらいった。

「妹さんの知り合いにフィリップという人物はいませんか？」ピアは、いませんという言葉以上の情報は引きだせないと察して質問を変えた。「三十代半ばくらいで、南欧系の顔立ちです。妹さんの手帳と携帯電話には、該当する人物がのっていないのですが、妹さんといっしょにいるところが何度も目撃されているのです」

分厚いメガネの奥の目がかすかに揺れたが、ヘルフリヒの声はあいかわらず落ち着いていた。

「妹には男の知り合いが無数にいましたからね。一々覚えてはいません」

ピアはヘルフリヒ夫妻と別れた。ふたりはすくなくとも一度は嘘をついた。ピアは先々週の土曜日の晩のアリバイが確認されるまで、連絡がつくようにしてくれと頼んだ。署で急ぎの用事のなかったピアは、クローンベルクに寄り道することにした。マリアンネ・ヤゴーダを訪ねて、問題の土曜日の夜のアリバイをたずねても損はないと思ったのだ。

ヤゴーダ家の門は全開になっていた。だからピアは車に乗ったままアプローチを進み、ポーランドナンバーのシュコダの後ろに車を止めた。大きなガレージには、マセラティとトランクルームを開け放ったポルシェ・カイエンの二台が止めてあった。トランクルームには買い物袋がいくつも入ったままだ。奇妙だ。ピアは車を降りて、玄関へ向かった。驚いたことに、そこも開けっ放しだ。家の中から音楽と鈍い叫び声が聞こえた。ピアはなにかおかしいと気づいた。マリアンネ・ヤゴーダが襲われたのだろうか。血も涙もない強盗と争っているのかもしれない。ピアは心配になって上着の中から拳銃をだして、家に足を踏み入れた。

「ヤゴーダ夫人？」そう呼びかけて、ピアは音楽が聞こえる方へ進んだ。聞こえているのはスコーピオンズの〈ワールド・ワイド・ライヴ〉、二百デシベルはある大音響だ。心臓がバクバクいって、両手に汗がにじんだ。廊下を用心しながら進む。激しい争いが繰り広げられているようだ。

服が散乱している。床置きの大きな花瓶が倒れて、粉々に割れている。甲高い叫び声に、鈍く叩く音。ピアはぞっとした。ひとりで家に入ったのは軽率ではなかっただろうか。シュコダは何人乗りだっただろう。武器を持った強盗四、五人と対峙することになったらどうしたらいいだろう。しかしパトカーを呼ぶ暇はない。ヤゴーダ夫人は本当に危険な状態のようだ。ピアは深呼吸すると、拳銃の安全装置をはずして壁伝いに進み、意を決して広いリビングルームに入った。だがそこで目にしたものは、あまりに思いがけないことで、ピアは絶句した。マリアンネ・ヤゴーダはたしかに息もつけない状態だったが、ピアが恐れていたものとはまるで違っていた。

マリアンネと愛人は夢中で交わり、はからずも鑑賞するはめに陥《おちい》った者にまったく気づいていなかった。そのまま大声で笑いたい衝動と、このままこの家をあとにしたいという願望のあいだで揺れながら、ピアは気づかれることなく外に出た。情事にうつつを抜かしているのはハンス・ペーター・ヤゴーダだけではなかったのだ。ピアは玄関のそばの壁にもたれかかり、これからどうしたらいいか考えた。そして拳銃をホルスターにもどすと、百数えてベルを鳴らした。音楽が消え、玄関に近づく足音が聞こえるまで五分かかった。マリアンネがドアのところにあらわれた。気もそぞろで、体を火照らせ、息もあがっている。夫が殺人容疑で勾留中の妻とはとても見えない。

「なんでしょうか？」そうたずね、ピアに鋭い視線を投げてから、マリアンネは相手がだれか気づいた。「あら、警察の方」

「こんにちは、ヤゴーダ夫人。お邪魔でなければいいんですが。近くに寄ったので、あなたに二、三質問をしようと思いまして」

「お入りになって」マリアンネは一歩脇にどいた。五分前まで彼女を舞い上がらせていた男が床にしゃがんで、花瓶の破片を集めていた。〈グート・ヴァルトホーフ〉の厩舎スタッフだったので、ピアは驚いた。

「ケルクハイムの乗馬クラブで会いませんでしたか？」ピアは厩舎スタッフに声をかけた。厩舎スタッフはちらっと目を上げたが、なにもいわなかった。

「カロルはドイツ語を解しませんの」マリアンネはいった。「少し庭仕事を頼んであったんです。キッチンに行っていてください。すぐに行きます」

ピアはその嘘を聞き流して、キッチンに入り、ドアのすぐ後ろに立って聞き耳を立てた。

「……まだ行ってないわ」ヤゴーダ夫人のひそひそ声が聞こえた。「もうちょっと、ね」

「厩舎にもどらないと」ドイツ語ができないはずの男が答えた。「長く留守にすると、カンプマンがへそを曲げる」

「カンプマンがなんだというの。上で待っていて。すぐに行くから」

ピアは、ポーランド人がなんと答えたか聞きとれなかったが、うれしそうではなかった。

「言葉に気をつけなさい」マリアンネはさげすむように笑った。「あなたに大金を払っているのは、馬房の糞を片付けるのが上手だからだと思っているの?」

しばらくしてマリアンネはキッチンに入ってきて、冷蔵庫を開けた。

「なにか飲みます?」マリアンネはピアに声をかけた。

「いいえ、けっこうです」ピアは丁重に断った。マリアンネは肩をすくめ、冷蔵庫から水の瓶を取りだすと、食器棚からだしたグラスに注いで、ぐびぐび飲んだ。

「息子さんはどちらに?」ピアはたずねた。

「ボーデン湖にある寄宿学校です。家に帰ってくるのは週末だけなんです」マリアンネは長い黒髪を肩のほうに払って、食卓についた。「それで、質問てなんですか?」

「イザベル・ケルストナーさんが死んだ夜になにをしていたか、教えてもらえますか」

「ここにいましたけど。お客さんが大勢来ていたので。どうしてそんなことを訊くんですか?」

「型どおりの質問です」ピアは微笑んだ。「男性ばかりの集まりでは退屈でしょう。あなたがその場にいなかった可能性もあるかなと思いまして」

「たしかに殿方ばかりの集まりでした」マリアンネは答えた。「夫の取引先の人たち。でもホステスですから、席を外すわけにはいきませんでしょ」

「ご主人の話では、その夜来るはずだったイザベルさんに待ちぼうけをくわされたそうですね」

「ええ、そのとおり。彼女があらわれなかったので、主人はかなりお冠でした。イザベルは客の接待役で、そのために金を払っていました」

ピアは手帳をめくった。「イザベルさんがその金のためになにをしていたかご存じですか?」

マリアンネは疑り深い目つきになった。「どういうことかしら? 顧客の接待といえば、決まっているでしょう。コーヒーをだしたり、顧客を空港に迎えにいったり。なにをおっしゃりたいの?」マリアンネの声は鋭かった。

「じつは」ピアは相手の顔をじろじろ見た。「イザベルさんの住まいでたくさんの映像を発見したんです。イザベルさんがさまざまな男性と性的交渉をしている映像でして。ご主人が親切にも、ヤーゴ製薬を見限った取引先の人たちであることを教えてくれました」

「本当?」マリアンネの表情にあらわれていた警戒心が好奇心に変わった。その声にはどこかおもしろがっているような皮肉がこもっていた。「だからあの女は、あんなに報酬をもらっていたんですね。毎月一万ユーロ、どうしてそんな価値があるのかなあと思っていたんです」

「ご主人もイザベルさんと関係を持っていました」そういって、ピアはどんな反応が返ってくるか様子をうかがった。驚いたことに、マリアンネはゲラゲラ笑った。

「なにをおっしゃるの?」マリアンネは手で払う仕草をした。「主人はがりがりにやせた女は好みではないんですよ」

「あいにくですが」ピアはボイスレコーダーをテーブルの上に置いた。

「おかしなことをいうんですね」マリアンネは笑うのをやめた。黒い瞳に怒りの炎がともった。「主人はわたしを愛しています。絶対に……」

ピアはプレイボタンを押した。

『……うちの脂肪太りのメンドリばかり見ていると、吐き気がしてくる』」ヤゴーダの声がテープから聞こえた。『ひいひいうめくカバにはうんざりだ！　いいじゃないか。これから行ったら、なにをしてくれる？　ああ、もう我慢ができない……』」マリアンネは唇を引き結んでボイスレコーダーを見つめた。顔がこわばり、両の拳を固めていた。

「汚《けが》らわしい」と歯をくいしばりながら毒づいた。

「ご主人がイザベルさんと関係を持っていたことをご存じなかったんですか？」ピアはボイスレコーダーをしまった。マリアンネの視線がテーブルの天板からピアの目へ移った。

「知るわけないでしょう」マリアンネは声を押し殺していった。「勾留中でなかったら、ただじゃおかないわ」

マリアンネは容赦なく明かされた事実に心底ショックを受けたようだ。ピアは哀れみを覚えたほどだ。だが、マリアンネの両親が煙中毒で死んだ背景には、欲深な娘が関わった可能性があると自分に言い聞かせた。

「夫と知り合ったときは、まだこんなに太ってなかったんです」マリアンネが突然いった。「やせっぽちではなかったですけど。でも妊娠したあと太ってしまって。最初が十キロ、それから二十キロ。でも、主人は好みだといっていました。すくなくとも口ではね」

マリアンネはうつむいた。

「今のわたしが好きだと四六時中いっていたのに」

「でもあなたを抱こうとはしないのでしょう。厩舎スタッフが今日来ているのは、庭仕事のためだけではないですね？」

マリアンネは身を起こした。

「あのねえ」マリアンネは脅すような口調でいった。「太っていても、わたしは女よ。年齢も三十七歳になったばかり。悔しいけど、わたしのような太った女が性的欲求を持つのは異常だと思って、あなたのような人が陰で笑っていることくらい承知しているわよ」口の端が震え、今にも泣きだしそうだ。しかしすぐに気を取り直して、唐突に腰を上げた。「他に質問は？」

ピアはまだたっぷり訊きたいことがあったが、ひとまずここまでにすることにした。今知ったことをマリアンネにゆっくり消化させようと思った。


オリヴァーはイザベル・ケルストナーの手帳をペラペラめくるうち、これまで見落としていたことにいくつか気づいていた。

「どうも、ボス」ピアはオリヴァーの部屋に足を踏み入れた。「マリアンネ・ヤゴーダに会ってきたところです。じつは……」

「これを見てくれ」

オリヴァーが手帳を差しだすと、ピアはかがみ込んだ。

「なんですか？」ピアは面食らった。

「ここだ」オリヴァーは八月十二日の書き込みを指先で叩いた。「これを見落としていたとは」

「アナ。ハーディとデブの写真」そう読み上げて、ピアは信じられないというようにかぶりを振った。「アナ？　アナ・レーナ・デーリング？」

「そういうことだ」オリヴァーはうなずいた。「ハーディーはハルデンバッハ、デブはマリアンネ・ヤゴーダ。これは手帳からわかっている。イザベルが写真を手に入れたのは、ハルデンバッハからではなく、アナ・レーナ・デーリングからかもしれない。会ってみよう」

アナ・レーナ・デーリングはドクター・ケルストナーの家にいるものと思っていた。午後六時十五分、オリヴァーはBMWを家の斜め前に止めた。ところが家は暗く、人の気配がなかった。ピアは移動中に、ヘルフリヒ夫妻と話したこととヤゴーダの家で体験したことを報告した。

「夫とイザベルの関係を知らなかったというのは本当だと思うか？」オリヴァーはたずねた。

「相当傷ついているようでした。いずれにせよ夫の様子を訊きもしませんでした。でもわたしには、彼女がすでにそのことを知っていて、自分も浮気をしていたように思えます」

オリヴァーは動物病院に電話をかけた。インカが電話口に出ないかなと少し期待した。ところがだれも応答せず、留守番電話に切り替わった。留守番電話にメッセージを吹き込むと、当直の獣医のポケットベルが鳴る仕掛けになっていて、折り返し電話をする、とリッテンドルフが説明していたことを思いだした。オリヴァーは自分の携帯電話の番号を告げて、通話を終了した。

「そういえば、先々週の土曜日の夜のアリバイをリッテンドルフにはたずねていなかったですね」ピアが沈黙を破った。

「その必要がなかったからな」

「そうともいえませんよ。ヘルフリヒとリッテンドルフにはイザベルを殺す理由があったと思うんです。イザベルは友人のひとりを死に追いやったんですよ。建築中の家で首を吊ったんですからね。そしてミヒャエル・ケルストナーのことまで」

「友人に代わって復讐したというのか？」

「そんな感じです。学生組合の紋章を思いだしてください」

オリヴァーは眉間にしわを寄せて考えた。それほど荒唐無稽ではなさそうだ。

「しかし親友なら、ケルストナーが娘の居場所を突き止めたがっていることを知っていたはずだ」

「殺す気はなかったのかもしれません。娘の居場所を吐かせようとして、やりすぎて死なせてしまったとか」

「獣医と薬剤師だぞ。ペントバルビタールの量を間違えるはずがない」

「麻酔をかけるだけのつもりだったとしたら？」

「ふたりのアリバイを調べよう」オリヴァーは自分の時計を見た。午後七時、いや、七時半。少し考えてから、動物病院を訪ねることにした。ルッペルツハインは死んだようにひっそりしていた。ほとんど真っ暗だ。がらんとした駐車場に車を止めると、門扉が少し開いているのに、外灯が消えている、とピアが気づいた。建物の照明も消えている。事務棟を見たとき、懐中電灯の光がちらっとよぎったような気がした。ピアはボスの注意を喚起した。ふたりとも、様子がおかしいと思った。

「中に入ってみるぞ」小声でいうと、オリヴァーはホルスターから三八口径をだした。ピアもうなずいて拳銃を抜いた。今日はこれで二度目だ。オリヴァーは闇に向かって耳を澄ました。全神経を集中させたが、彼とピアの息遣いと馬の鼻息以外なにも聞こえない。村のどこかで犬が吠え、他の犬がそれに応えたが、そのあとその二匹も沈黙した。動物病院の先の通りを車が一台通り過ぎた。エンジン音がしだいに聞こえなくなった。ピアは門扉を開けた。きしむ音が機関銃の大きな掃射音のように感じられた。ふたりは壁伝いに事務棟に忍び寄った。中庭の真ん中にドクター・ケルストナーの四輪駆動車が止めてあった。前を歩いていたオリヴァーが身を硬くした。事務棟のドアには鍵がかかっていた。足早に歩く音が建物の角をまわって近づいてくる。オリヴァーとピアは緊張し、拳銃の安全装置をはずして、だれかあやしい者と対峙する覚悟をした。角を曲がってきた人物が拳銃を構えたふたりに気づいて、金切り声をあげ、驚いてあとずさった。

「こんな暗いところでなにをしているんですか？」オリヴァーは医療助手のジルヴィア・ヴァーグナーに気づくと、半ばほっとしながら、腹立たしげにたずねた。

「やだ」ジルヴィアは喉に手を当てて壁に寄りかかった。「びっくりするじゃないですか！」

「事務棟に強盗でも入ったのかと思ったんです」そういうと、オリヴァーは拳銃をホルスターにもどした。

「どうしてこそこそ歩きまわっているんですか？」ジルヴィアはふたりをなじった。ショックから早くも立ち直ったようだ。

「ドクター・ケルストナーに会いたいと思いまして」ピアは答えた。「お宅を訪ねたのですが、不在でした。それから留守番電話にメッセージを残しました。今のところ返事がないんです」

「返事のしようがないです」医療助手は答えた。「停電になっているので。今晩はわたしが夜勤で、馬に餌をやろうと思ったんです。ところがここに来てみると、停電していて、明かりもつかなければ、コンピュータも起動せず、留守番電話も使えない状態でした」

「六時十五分には留守番電話が機能しましたよ」ピアはいった。「ブレーカーがどこにあるか知っていますか？」

「ええ」医療助手はうなずいた。「手術室の隣です。強電流が必要なので、新しいメインブレーカーをあそこに設置したんです」ジルヴィアは中庭を横切ると、鍵束をだしてドアを開けようとした。そのとき、ドアが開いていることに気づいた。

「変ねえ」そうささやいて、医療助手は上着のポケットから懐中電灯をだした。

「こっちにください」オリヴァーは彼女の手から懐中電灯を取った。「わたしが先に入ります」

またいやな予感がした。オリヴァーは大きな部屋を懐中電灯で照らした。そして懐中電灯の光に浮かび上がったものにぎょっとした。

「なんですか？」医療助手がささやいた。

「救急車を呼べ」オリヴァーが叫んだ。「早く！」

オリヴァーは部屋を横切り、床に横たわっている人物のそばに膝をついた。ピアは懐中電灯をつかんで、男の首に手を当てて脈をみているボスを照らした。

壁際で不自然に身をよじらせて気絶している男がケルストナーであると気づいて、医療助手が叫んだ。

「なんてこと!」

「いったとおりにしろ!」オリヴァーは医療助手に向かって乱暴にいうと、後ろ手に縛られている獣医の縛めをほどきはじめた。そのとき、なにで縛ってあるかに気づいた。ケーブルだ。高電圧のソケットに直接つながっている。だれかがブレーカーのスイッチをオンにしたら、大量の電流がケルストナーの体に流れ、おそらく死の淵に追いやっただろう。ケーブルをほどき、ケルストナーが感電する恐れのないことを確かめてから、オリヴァーはメインブレーカーをオンにした。すぐに明るい蛍光灯が明滅した。ケルストナーはひどく殴られて、意識を失っていた。救急車が到着すると同時に、リッテンドルフ夫妻が駆けつけてきた。救急隊員が意識のないケルストナーを救急車に運ぶところを、ふたりは黙って見守っていた。

「搬送先は?」オリヴァーは救急医にたずねた。

「バート・ゾーデンです。今夜はあそこが急患を受け付けているので」

救急車がサイレンを鳴らし、青色警光灯をつけて走り去ると、リッテンドルフがようやく口をひらいた。

「アナ・レーナはどこだ?」

「われわれも捜しているところです」オリヴァーはそういったが、この三十分、そもそも動物病院を訪ねてきた理由をすっかり失念していた。

「六時少し前、ふたりはわたしたちのところにいました」リッテンドルフはメガネを取って目をこすった。「ミヒャエルは今夜、夜勤で、ポケットベルを受けとりに寄ったんです。ひとつが壊れていて、使えるのは今のところひとつだけなものですから。そのとき、アナ・レーナはミヒャエルといっしょでした」

オリヴァーは突然、木曜日の夜にアナ・レーナがいっていた言葉を思いだした。夫がわたしになにかしようとしたら、知っていることを洗いざらいしゃべります……妻がケルストナー獣医のところに逃げたことがフリートヘルム・デーリングの耳に入ったのだろうか？　ケルストナーをひどい目にあわせたのは奴だろうか？　だがそうだとしたら、アナ・レーナ・デーリングはどこにいるのだろう。

デーリング邸はケルストナーの家と同じで、人の気配がなかった。オリヴァーとピアは、ケルストナーから事情が聞けるかもしれないという期待を抱いて、搬送先の病院へ向かった。移動中にオリヴァーはフローリアン・クラージング弁護士と電話で話をした。弁護士も妹の居場所を知らなかった。妹と最後に話をしたのは先週の土曜日で、そのときはケルストナーのところに身を寄せていたという。

病院の玄関前には、バスローブを着た年輩の男たちがたむろして、タバコを吸いながらオリヴァーたちを興味津々に見ていた。救急治療室のドアはエレベーターの向こうの左側にあった。待合室に人影はなかった。

オリヴァーは曇りガラスのドアの横のベルを鳴らした。「ドアが開くまで少し時間がかかります」という札がかけられていた。実際、なかなかドアは開かなかった。五分近く経ってから、横柄な感じの女性看護師があらわれた。

「はい？」女性看護師は無愛想だった。

「ホーフハイム刑事警察署の者です」オリヴァーはいった。「こちらにミヒャエル・ケルストナーさんが搬送されてきたはずですが。担当医と話ができますか？」

「ちょっと待っていてください」横柄な女性看護師はそれだけいうと、曇りガラスのドアを閉めた。ふたたび数分の時が過ぎて、ふたたびドアが開くと、青い診察衣にドクター・アフメド・ジャファリという名札をつけた若い医師がオリヴァーたちの方へ歩いてきた。オリヴァーは身分と来訪の理由を告げた。

「ドクター・ケルストナーの容体は？」オリヴァーはたずねた。

「かなりの重傷です」医師は答えた。「しかし意識は回復しました」

「話せますか？　緊急なのです」

「普通は認められないのですが……」

ドクター・ジャファリは片方の眉を吊り上げた。

「殺人事件を捜査中なのです」オリヴァーはいつもと違って押しが強かった。「ドクター・ケルストナーの妻が先々週殺害されていて、今回も同じ犯人の仕業と思われるのです」

それは真実ではないが、効果は覿面《てきめん》だった。医師は目を丸くして、ケルストナーの様子をみてくると約束した。

「わたしは外でタバコを吸ってきます」ピアはいった。

「わたしもいっしょに行く」オリヴァーは答えた。エントランスホールでふたりは、すごい形相で救急治療室に向かおうとするクラージングと出会った。

「あの豚野郎が妹になにかしたら、ただじゃおかない」クラージングは両の拳を固めていた。

「あいつは精神異常者だ」

「妹さんのご主人が関係していると思うのですか?」

「もちろんですよ」クラージングは息巻いた。「暴力に訴えるのは奴の常套手段だ。あなたにも、もうわかっていることだと思うが」

「妹さんがいっていました。ケルストナーさんの子が国外に連れだされているかもしれない、と」オリヴァーはいった。「デーリング氏が関係していると確信していました」

「わたしもその可能性があると思いますね」クラージングは暗い面持ちでうなずいた。「妹にはもう何年も前から別れるようにいっているんです。奴は前の妻を素手で殴り殺していますからね」

「知っています」オリヴァーはうなずいた。「だからわたしも心配しています。妹さんは夫についてかなり多くのことを知っていて、犯罪行為に手を染めている証拠もにぎっているようなことをいっていました。それがどういう類のものか、あなたにいっていましたか？」

「あいにく聞いていません」クラージングは顔を引きつらせ、途方に暮れたように手で髪をかき上げた。「妹はあのろくでなしを男らしいと思っていたのです。殴られたあともね。暴力をふるわれても幸せだと言い張っていました。そして奴が妹をわたしたち家族から遠ざけたのです。妹の目が覚めたのは、そもそもミヒャエルのおかげです」

「もうすぐ話せるはずです」オリヴァーはいった。「なにがあったか聞けるかもしれません」

携帯電話が鳴った。オリヴァーはいらいらしながら電話に出た。

「トルディスよ……お邪魔かしら？」

「いや……そんなことはありませんよ。お元気ですか？」

「ええ、元気よ」トルディスは少し間を置いた。「長話はしないわ。今、乗馬クラブにいるの。三十分前、ヤゴーダ夫人がやってきて、カンプマンのところへずんずん歩いていったわ。なんだか今にも爆発しそうな様子で。ヤゴーダさんが逮捕されたという噂だけど」

「そうなんですか？」オリヴァーは空とぼけた。

「本当のことはいえないわよね。わかる。とにかくこっちで動きがあったの。興味を持つかと思って」

「それはありがたい」オリヴァーはそのとき、あることを思いついた。「そうだ、トルディスさん、今晩、デーリング夫妻を乗馬クラブで見かけましたか？」

「いいえ。アナにはずっと会っていないわ。先週の木曜日からフリートヘルムも来ていないみたい」トルディスは答えた。「なまけ者のカンプマンが今日、フリートヘルムの馬をこの数日乗りまわさなくちゃならなくて大変だ、とぼやいていたから」

彼女がニヤニヤしているのが見えるようだ。

「そうだ」トルディスがいった。「ちょっと思いついたことがあるの。例のフィリップのことで。フィリップというのは……」

そのときザザーと音がして、トルディスの言葉が切れ切れになり、通話が切れた。

「くそっ」オリヴァーは罵声を吐いた。

「病院から離れないとだめですよ」ピアはいった。「病院では携帯電話が通じないですから」

オリヴァーが数メートル離れると、携帯電話がまたつながった。

「接続が悪いのね」トルディスはいった。「どこかで会わない？　今晩にも？」

「今日はかなり遅くなりそうですが」オリヴァーは自分の時計を見た。

「かまわないわ」トルディスは答えた。「電話をちょうだい。いつでもいいから」

「仕事が一段落したら電話します」病院にもどりながら、オリヴァーは少し浮かれた気分で、トルディスは本当になにか知っているのだろうか、それとも、ただ会いたいだけだろうかと考えた。どちらにしても、ひとり家で過ごして、インカ・ハンゼンとの恋の機会を逃したことをうだうだ考えるよりもましだ。

ケルストナーは外科病棟の個室にいた。ドクター・ジャファリはオリヴァーにしぶしぶ五分間だけ面会を認めた。だがそれ以上は絶対にだめだという。ケルストナーは重い脳しんとうを起こし、頬骨と鼻骨が折れていた。本当にひどい状態だ。犯人がデーリングであることに疑いをさしはさむ余地はほとんどなかった。先週、刑事警察署にあらわれたアナ・レーナ・デーリングもまったく同じありさまだった。ケルストナーは顔に裂傷を負っていた。下唇と額の傷が縫われていた。左腕には点滴が打たれている。顔から血の気が引き、もうろうとしているが、なにがあったか思いだそうとした。

「わかっているのは」ケルストナーはうまく発話することができなかった。「いきなり頭を殴られたことだけです」

「そのときデーリング夫人はそばにいましたか？」

ケルストナーの腫れ上がった顔が愕然とした表情に変わった。当然、思いつくべきことに頭がまわらなかったのだ。

「アナ！」ケルストナーが上体を起こしたが、すぐにうめきながら沈み込んだ。「大変だ！　彼女はどこに？」

「あなたが知っていると期待していたのですが」オリヴァーはいった。

「アナは消えた」クラージングは暗い声でいった。「考えてみてくれ、ミヒャエル。駐車場に見かけない車がなかったか？　だれかを見ていないか？　奇妙な電話があったとか」

ケルストナーは絶望してかぶりを振った。

「この三日のうちに、デーリングが奥さんに電話をかけてきませんでしたか？」ピアがたずねた。

「わ……わからないです」ケルストナーは右手で頭をつかんでため息をついた。オリヴァーは、とことんついていないこの男が哀れに思えてならなかった。病室のドアのところにドクター・ジャファリがあらわれて、時計を指で叩いた。

「あまり考えすぎないように」オリヴァーは獣医の手に自分の手を置いた。「よく休んで、元気になってください。デーリング夫人は、わたしたちが捜します。あなたの娘さんも見つけだします。約束します」

ケルストナーはゆっくりうなずいたが、目は絶望の涙であふれていた。オリヴァーが手を引こうとすると、ケルストナーがその手をぎゅっとにぎりしめた。

「みなさん！」医師がドアのところから注意を促した。

「もう少し」そう頼んで、オリヴァーはピアとクラージングに外へ出るよう合図した。

「フローリアンのいるところではいえませんでした」ケルストナーは声を押し殺してささやいた。目は絶望にうちひしがれていた。「デーリングはアナがわたしのところに身を寄せていることを知っていました。昨日の晩、電話をかけてきて、もどってこなければ、ただじゃおかないと彼女を脅したんです。あいつはアナに罵声を浴びせました。アナは過ちを犯したのかもしれません」

「いいかげんにしてください」医師が割って入った。「病室から出てもらいます」

オリヴァーは反応しなかった。ケルストナーにかがみ込んで、アナ・レーナ・デーリングがなにをしたか聞き、鳥肌が立った。

「明日の早朝、わたしの両親のところへ彼女を連れていくつもりでした」ケルストナーの声はほとんど聞きとれないほどだった。話すのがつらいようだ。「でも、もう手遅れです」

ケルストナーはあえぎながら口をつぐんだ。それから咳き込んだ。彼が血を吐いたので、オリヴァーは仰天した。

「あなたがなにをしたかわかったでしょう！」ドクター・ジャファリはオリヴァーを脇に押しやって、患者にかがみ込むと、ナースコールのボタンを押した。しばらくして女性看護師がふたり病室に飛び込んできた。

「頼む！」そういうと、ケルストナーは必死で手を伸ばした。彼の口の端からひと筋血が流れた。「アナ・レーナを見つけだしてくれ！　お願いだ！」

オリヴァーは廊下に出た。

「どうでした？」クラージングが駆け寄ってきた。「なんといっていました？」

「あなたの妹さんは大変危険な状態にあるようです」オリヴァーはいった。「デーリングに向かって、牢屋行きにできる秘密を知っている、実行に移すと脅したようです」

クラージングは顔面蒼白になった。

「キルヒホフ」オリヴァーは歩きながらいった。「すぐにデーリング夫妻の捜索を要請してくれ。会社と自宅に捜査官を向かわせろ。それからすべてのパトカーに、夫妻それぞれの車を捜させるんだ」

ガラス扉を通って病院の駐車場に出ると、オリヴァーはピアにショートメッセージの送り方を知っているかとたずねた。

「ショートメッセージ？」ピアは立ち止まると、呆気にとられてボスを見つめた。「だれに送るんですか？」

「だれだっていいだろう」オリヴァーはにやりとした。「知っているのか、どうなんだ？」

「知っていますけど」

「それじゃ、教えてくれ」

ピアはボスの携帯電話を手に取って説明した。オリヴァーは携帯電話を返してもらうと、ピアの驚きあきれた好奇の目にさらされながら人生最初のショートメッセージを送った。夜の十一時十分過ぎに電話をするのはよくないと思ったのだ。まだ起きていれば、メールを見るだろう。そうでない場合、明日の朝、オリヴァーが約束を忘れていなかったとわかってくれるだろう。

「よし」オリヴァーは車に辿《たど》り着くといった。「これでいい……送信……おお、すごい！　簡単じゃないか！」

オリヴァーは顔を上げて、ニコニコしながらピアを見た。

「大丈夫ですか、ボス？」ピアはおそるおそるたずねた。

「この三日まともに寝ていない。犯人をただいたずらに追いかけているだけだ。そして妻は一万キロの彼方にいる。それ以外はいい調子さ」

ピアは欠伸《あくび》を堪えながら、疑わしそうにボスを見た。

「指をコンセントに差して電力供給でもしているように見えますね」ピアはいった。「わたしはくたくたです」

「数時間横になるといい。なにかあったら、わたしの電話に連絡するように司令センターにいっておく。今夜デーリングが姿をあらわせば、わたしに伝わるはずだ。あいつは奥さんをどこかに監禁したに違いない。あいつにガムのようにくっついて尾行する。うまくいけば、監禁場所に連れていってくれるだろう。デーリング夫人が危険にさらされないようにすることが先決だ。いざとなったらあのサイコパス男を緊急逮捕する」

そのとき携帯電話の着信音が鳴ったので、オリヴァーはぎくっとした。

「あら」ピアは元気なく微笑んだ。「もう返事ですか」

オリヴァーは好奇心をそそられながらショートメッセージをひらいた。〝ボッケンハイムの〈ライト・アンド・サウンド〉を知っている？　それとも、もう遅すぎ？〟という文面だった。〈ライト・アンド・サウンド〉はよく知っていた。息子のローレンツが一年半前から週末にそこでＤＪをしている。オリヴァーは集中して返信を打ち込んだ。いろいろあったから、どうせ眠れやしない。

〝三十分で行けます〟と書いた。

返信の作業をしていると、また携帯電話にショートメッセージが着信した。トルディスは明らかにオリヴァーよりもショートメッセージに通じているようだ。

〝フードコーナーの方にいる。楽しみ〟

「わたしも」そうささやいて、オリヴァーはアクセルを踏んだ。

〈ライト・アンド・サウンド〉はボッケンハイムのライプツィヒ通りから横道に入ったところにあり、フランクフルトでは今話題のクラブの一軒だ。月曜日の夜なのに、たくさんの若者が詰めかけていたので、オリヴァーはびっくりした。彼はその場にいる最年長者に違いない。ネクタイ姿なので、やたらと目立った。トルディスはフードコーナーの隅のテーブルに、数人の若者といっしょにいた。そこだと音楽が少しは小さく聞こえ、声を張り上げなくても話をすることができた。オリヴァーがそばに行くと、いっしょにいた若者たちが離れていった。

「追い払う気はなかったんですがね」オリヴァーは若者たちにいった。

「出るところだったのよ」若い女のひとりがいった。その女がトルディスに目配せしたのを、オリヴァーは見逃さなかった。トルディスは彼が来ることをいってあったらしい。

「なにか飲む？」トルディスはオリヴァーにたずねた。「ここのカクテルはすごいわよ」

「カイピリーニャくらいなら」そう答えて、オリヴァーは微笑んだ。トルディスはかなり胸のあいた、彼女の目と色を合わせた空色の服を着て、やせていなければ似合わないスリムな黒いパンツをはいていた。髪にジェルを塗りたくり、日焼けマシーンで肌を焼いた上腕に幻想的な刺青《いれずみ》をした若いウェイターを手招きすると、トルディスは飲み物を注文した。

「こんなに遅い時間にこういうところへ来るんですか？」オリヴァーはネクタイをゆるめた。

「いけない？」トルディスは微笑んだ。「家にいてもつまらないもの」

「何歳ですか？」オリヴァーはたずねた。

トルディスはにやっとして、頰杖をついた。

「十時以降、公の場でお酒を飲んでもかまわない年齢」トルディスは答えた。「二十一。あなたは？」

「年上です」オリヴァーはにやっとして、それからまた真顔にもどった。「フィリップという人物についてなにか聞かせてくれるということでしたが」

「ええ」トルディスはかわいらしい鼻にしわを寄せた。「そんなに重要なことじゃないと思っていたんだけど、今日になって、イザベルがその人のことを話題にしていたことを思いだしたの。成功している映画プロデューサーらしいわ。しかもイザベルに主役にならないかと誘ったそうよ」

「ほう」オリヴァーは興味を覚えた。

「もちろんオスカーをもらえるチャンスはないけど」トルディスが少し皮肉っぽく笑った。「ポルノ映画だから」

オリヴァーは、ヤゴーダがなにかそんなふうなことをいっていたのを思いだした。

「フィリップはデーリングが最初の妻とのあいだにもうけた息子」トルディスは話をつづけた。「アルゼンチンで暮らしているわ。でも彼の映画会社はフランクフルトのどこかに事務所を構えているはず。イザベルは、フィリップ・デーリングのパスポートの名前がフェリペ・ドゥランゴになっているっておもしろがっていたわ」

新しい情報にオリヴァーはびっくりした。デーリングの息子！　アルゼンチン！　ウェイターがやってきて、テーブルに飲み物とつまみを置いた。

トルディスはグラスをつかんで、オリヴァーと乾杯した。

「イザベルさんはその人物について他にもなにかいっていましたか？」オリヴァーはカイピリーニャに口をつけるのも忘れてたずねた。「なにか覚えていませんか？」

トルディスはほんの少しがっかりしたようだ。なにかもっと期待していたのだろうか。

「男なら選り取り見取りだってイザベルはいっていたわね。問題は気に入った男にかぎって金がないことだって。財産がなくては話にならないというの。でも例外はフィリップで、老けていないのに、金をざくざく持っているといっていたわ」

「他には？　その人物となにかまずいことになっていた可能性は？」

「さあ」トルディスはストローを吸った。

「デーリング夫妻の方はどうです？　よく知っているんですか？」

「そんなによくは知らない。フリートヘルムは酒を飲むと、ひどく怒りっぽくなるの。アナをひどく殴ったことが何度もあるわ。一度なんか、みんなの前で。カンプマンと何人かの男が止めに入ったほど。アナはあまりしゃべらないの。でも、見た感じ、幸せではなさそうだったわね」

「デーリングさんはイザベルさんと肉体関係がありました」

「でもイザベルの心を射止めた男はひとりもいないわ」トルディスは首を横に振った。「イザベルには、男を狂わすなにかがあったの。男を誘惑するのが好きで、男はみんな、自分のものだっていう感覚を必要としていた」

オリヴァーはリッテンドルフがイザベル・ケルストナーについていったことを考えた。〝自分になびかない男がいるというだけで、あの女は死んでも死にきれないくらい我慢ならなかったのです〟話が符合する。

「カンプマンさんは？」オリヴァーはたずねた。

トルディスは笑みもこぼさず、なにか考えながらオリヴァーを見つめた。「そうねえ」指でグラスをまわした。「イザベルはカンプマンが売却しようとしている馬に乗っていた。ふたりはよくいっしょに話し込んでいたわ。でも、人前ではなれなれしい口はきかなかった。ズザンネはめちゃくちゃイザベルに嫉妬していたけど」

「それであんな変身を……」

「あきれるわよね」トルディスはあざ笑った。「二十キロ減量して、髪をブロンドに染めるなんて！　あの人のどこが本物かわからないくらい。カンプマンの癇《かん》に障っていたから、逆効果」

「ではやはりカンプマンと肉体関係があったんですね。デーリングさんとその息子とも。ヤゴーダさんとまで」

「ハンス・ペーター・ヤゴーダ？」トルディスは驚いたようだ。

その瞬間、グラスの横に置いていたオリヴァーの携帯電話が振動した。

「失礼」そういって、オリヴァーは電話を取った。

司令センターからだった。水上警察が一時間前にドイッチュヘレン川岸のホテル・ゲルバーミューレ付近でマイン川から女性の遺体を引き上げたという。容姿がアナ・レーナ・デーリングに似ているらしい。

「十分で行く」オリヴァーはそれだけいった。

「なにかあったの？」トルディスは好奇心をそそられてたずねた。

「用事ができました」オリヴァーはうなずいて、通りかかったウェイターを手招きした。

「本当に？　それともあたしに用がなくなったから、言い訳をしているわけ？」

オリヴァーは一瞬、言葉を失った。

「マイン川で女性の遺体が上がったんです」オリヴァーはぼそっといった。「デーリング夫人の可能性があります」

「嘘っ、ほんとに」トルディスは叫んだ。

「本当に夫人かどうかはわかりませんが、行かなくては」

「ついていってもいい？」

「寝なくていいんですか？」

「三時間も寝れば充分」

「なら、かまいません」オリヴァーの気持ちはもうマイン川で見つかった遺体に飛んでいた。

「しかし車から出ないでください。いいですね？」

「わかったわ」トルディスは元気よくうなずいた。興奮して目がぎらぎらしていた。

二〇〇五年九月六日（火曜日）

パトカーの警光灯が墨を流したような川面に反射していた。オリヴァーは道路際に並ぶパトカーの後ろに車を止めた。移動中、トルディスとは話をしなかった。オリヴァーは緊張していた。遺体発見現場へ向かうときはいつもそうだ。ケルストナーに約束したことを思いだしていた。そしてケルストナーの絶望した表情や、彼がこれまで味わってきた苦悩が脳裏をよぎった。娘の行方がわからないうえに、愛する女性を失うことになったら、どんなに落ち込むことだろう。オリヴァーは、マイン川で見つかった遺体がアナ・レーナ・デーリングでないことを必死で祈った。

「ここで待っていてください」オリヴァーがいうと、トルディスは不安そうにうなずいた。オリヴァーは車を降りて、巡査たちに会釈し、立入禁止テープをくぐり、芝生を越えて川岸に下りた。そこは大変な騒ぎになっていた。まばゆいサーチライトが川岸のしげみの一点を照らし、わずか数メートル離れた水面では、水上警察の船が波にもまれていた。

「おはよう」オリヴァーはその場にいる人々に声をかけた。フランクフルト刑事警察署捜査十一課の面々、鑑識チーム、水上警察官、さらにはふたりのダイバーと消防隊員たちが会釈した。オリヴァーはほとんどの者と、同じようなうれしくない状況下で会ったことがある。遺体はすでに死体袋に収まっていた。オリヴァーは検死をしている医師がいることにも気づいた。今のところまだ同僚ピアの夫であるヘニング・キルヒホフだ。

「おはよう、オリヴァー」ヘニングは腰を上げた。「川で水死体が発見されたときはいつもわたしに連絡がある。司令センターは変な癖を持ったもんだ。まあ、近所のザクセンハウゼンに住んでいるのが悪いんだがな」

「遠くないからいいじゃないですか」オリヴァーはしゃがんで、死体袋の中を覗いた。顔が潰されていて、だれだかわからない。人生最後に恐ろしい思いをしたに違いない。そう思うと、ぞっとした。フリートヘルム・デーリングが秘密を知った妻を残虐なやり方で殺し、川に投げ捨てたということだろうか？

「何者かが重い道具でめった打ちしたな」ヘニングがいった。「鍛鉄用のハンマーかそういったものだろう。そのあと塩酸かなにかをかけたようだ。水に浸かってからせいぜい一、二時間だ。しかし死因は顔面の殴打ではないな。喉を切られて、体から血液がすっかり抜けている」

アナ・レーナが最後に目撃されたのは午後六時頃、そして七時頃、ケルストナーが動物病院で襲われた。今は午前一時だ。

「死亡時刻は？」オリヴァーは立ち上がって、無残なありさまの死体を見つめた。

「むずかしいな」ヘニングは答えた。「水死体の場合、直腸温は根拠にならない」

「年齢は？」オリヴァーは死体を見つめた。長い黒髪は巻きついた藻のように見え、人間の顔をしていない女の顔よりも、背筋を凍らせるものだった。アナ・レーナは長い黒髪だ。

「三十歳くらいだろう」ヘニングは考えながら口をへの字にまげた。

「服、装飾品、身元が特定できそうな特徴は？」

「なにもない。全裸だった」ヘニングは死体にかがみ込み、手袋をはめた右手で死体の両手を順に持ち上げ、仔細に観察した。「指輪をはめていた形跡もない」

ヘニングは立ち上がった。

「明日の昼、司法解剖が終わってからなら、もう少しはっきりしたことがいえる」

「わかった。携帯電話にかけてくれ。反証が見つかるか、捜索中の行方不明者が生きて発見されるまで、この遺体がアナ・レーナ・デーリングであるという前提に立つほかないだろう」

オリヴァーは体の向きを変えた。すっかり意気消沈していた。一瞬、自分の仕事にひどい嫌悪感を覚えた。

「では明日の朝、法医学研究所で」オリヴァーはヘニングにそういうと、歯をくいしばってさらにこういった。「デーリングには、この遺体と対面してもらう」

ヘニングはうなずいて、ラテックス手袋を脱いだ。

「人づてに聞いたが、数週間前からわたしの妻と組んでいるそうだな」ヘニングはさりげなくいった。

「ああ、そうだ。ちょうど一ヶ月になる」

ヘニングは背が高く、きれいに整えた、黒い髭を生やしている。弟と同じように額《ひたい》が広く、上品な唇をしている。魅力的な男だ。洗練され、高い知性があり、自分の能力に自信を持つ人間らしく泰然自若としたところがある。ヘニングは一瞬、まだなにかいいたそうだったが、目をそむけた。

「よろしくといっておいてくれ」ヘニングはいった。

「わかった」オリヴァーはうなずいた。「おやすみ」

オリヴァーは土手をよじのぼった。トルディスは車から降りて、フェンダーに寄りかかっていた。

「それで?」トルディスは心配そうにたずねた。「やっぱりアナなの?」

その目におもしろがっている様子が一切なかったので、オリヴァーは好感を持った。

「あいにく判断がつきませんでした。明日の司法解剖を待つほかありません。さあ、乗ってください。どこへ送っていけばいいですか?」

「けっこうよ。都市高速鉄道でフランクフルトに出てきたの。車はバート・ゾーデン駅に止めてあるわ」

「どういうことです?」オリヴァーはルーフ越しに彼女を見た。「そこまで送ってもらえると思っていたのですか?」

トルディスは信じられないというようにオリヴァーの目を見てから、ふうっと息を吐いた。

「あなたはそういう人じゃないと思っていたわ」トルディスの言い方にオリヴァーはびっくりした。「捜査に協力しているのに、あたしが言い寄ってると思ったわけ? おあいにくさま、あなたは二十歳、年を取りすぎてるわ」

オリヴァーは雷に打たれたように身をこわばらせた。顔がかっと赤くなるのを感じた。自分がとんだ間抜けに思えた。というより、腑抜けだ。言い返そうと思ったが、言い寄られていると一瞬思った自分がいたことは事実だ。

「なにを馬鹿な」オリヴァーはいった。「乗りなさい。車のところまで送ります」

「そんな手間をかけなくてもけっこうよ。電車にするわ」

「もう終電は出ましたよ」

「じゃあ、タクシーにするわ」

「あなたはそういう人じゃないと思っていました」オリヴァーは彼女の言葉を真似た。

「どういう意味？」

ふたりはルーフ越しににらみ合った。

「つっぱり屋の小娘」

「つっぱり屋ではないわ」トルディスは冷淡に応えた。「小娘だったのは十年前のことよ」

「乗るんですか、乗らないんですか？　わたしは疲れている。せめて数時間は眠りたい」オリヴァーは運転席に乗り込んだ。トルディスが助手席にすべり込むのを見て、にやりとしそうになるのを堪えた。

オリヴァーは車の向きを変え、博物館川岸に沿って進み、マイン橋を渡ると、中央駅の前を通り過ぎた。トルディスはまっすぐ前を見つめたまま、なにもいわなかった。

「認めますよ」フランクフルト見本市会場のそばを通ったとき、オリヴァーはいった。「ほんの一瞬ですが、あなたがカイピリーニャと水死体以上のものを期待しているんじゃないかと思いました」

トルディスはあいかわらずまっすぐフロントガラスの向こうを見ていた。へそを曲げているのが、その姿勢から読み取れる。オリヴァーは悪いことをしたと思った。トルディスはせっかく協力してくれたというのに。すると、突然、彼女がオリヴァーの方を向いた。

「わかったわ」トルディスは色っぽくも、はにかんでいるようにも見える笑みを浮かべた。前にもオリヴァーに見せたことのあるものだ。「あなたはあたしの気持ちを見抜いていた。今晩はもっと違う感じになるかなと期待していたのは本当」

いきなり告白されて、オリヴァーは妙に心が震えた。それと同時に、こんな小娘にいいようにあしらわれたかと思うと、腹が立った。

「そうですか」オリヴァーはそれだけいうと、フランクフルト市外に出たので、アクセルを踏んだ。

「あたしはイザベルと違うわ」トルディスはまた道路を見つめた。「でもあなたはいい感じだと思ったの。おやじだし、傲慢で、自信満々なところは玉に瑕《きず》だけど」

オリヴァーは眉を上げた。「いいますね」

「あたしはアメリカ育ちだから、ストレートなの」

「なるほど」オリヴァーはウィンカーをつけて、マイン＝タウヌス・センターの前で高速道路六六号線を降り、バート・ゾーデンへ向かった。ちらっとトルディスの顔を見た。どういうつもりだったんだろう。簡単にその気になって、家に連れて帰るか、車で挑みかかるとでも思ったのだろうか。しかしそう考えても不快でないことに、オリヴァーは自分でも驚いた。どうして急に、浮気心が首をもたげたのだろう。コージマがいないせいだろうか。それともインカ・ハンゼンに会ったせいだろうか。トルディスは降りようとしなかった。バート・ゾーデンの温泉保養施設の前で黄色いジープの後ろに車を止めた。

「情報を感謝します」オリヴァーはいった。「ありがたかったです」

トルディスは顔を上げた。誘惑するような目つきだ。オリヴァーの頭の中で警鐘が鳴り響いた。

「気をつけて帰ってください」オリヴァーは少し冷たすぎるくらいにいった。「おやすみなさい」

フリートヘルム・デーリングは六時十五分に帰宅し、家に入ろうとしたところを、パトカーで待機していた警官に呼び止められた。三十分後、オリヴァーが到着すると、デーリングはすごい剣幕で怒った。

「これはなんの真似だ！　いったいどうなっているんだ？」早朝にもかかわらず、隣人を起こすかもしれないと考えもせずに怒鳴り散らした。無精髭を生やし、寝不足気味で、気が高ぶっていた。

「どこからのお帰りですか？」オリヴァーはたずねた。

「あんたに関係ないだろう」デーリングはぴしゃりといった。「自宅の前で足止めするとは、どういう了見だ？」

「わけがありましてね」オリヴァーは動じなかった。「昨夜はどこにいましたか？　奥さんはどこです？」

「さあね」デーリングは肩をすくめた。「金曜日から顔も見ていない。ちなみに家を出ていって、あいつの友だち、ほら、あの阿呆な獣医ごときのところに走ったんだ！」

いうつもりのなかったことまで口走ったことに気づいて、デーリングははっとした。

「ほほう」オリヴァーはそのことをはじめて知ったとでもいうようなふりをして、眉を上げた。

「昨夜の六時から八時までどこにいました？」

「いうもんか！　家に入らせてくれ」

「昨日の夜、ケルストナーさんがクリニックで襲われたのです。そしてあなたの奥さんが行方不明になっています」

「それは残念だ」デーリングは皮肉たっぷりにいった。

「ケルストナーに暴力をふるって、奥さんを連れ去ったのではないですか？」

「あんた、むちゃくちゃな想像をするな。なんでそんなことをしなくちゃならない？」

「奥さんがあなたの安全を脅かすことを知ってしまったからとか」オリヴァーは鎌をかけた。

「あなたの友人ヤゴーダさんはこの数日、国の費用で宿泊をしていまして、いろいろ話してくれました」

オリヴァーは、デーリングが身をこわばらせたことに気づいた。

「……たとえば、あなた方の共通の友人モーリス・ブロールトのこともね。あるいは投資家などを脅迫するためにビデオ撮影したこととか。体当たりで株主の期待をつなごうとは見上げた根性です。ただヤゴーダさんにとって番狂わせだったのは、ハルデンバッハ上級検事が銃で自殺する前に詳細な告白を文書で残していたことです。ヤーゴ製薬が裏でなにをしていたかすべてわかっています。あなたについてもたくさんのことがわかっているんですよ、デーリングさん」

「俺はなにもしていない」デーリングはそう言い返したが、苛立っていたまなざしに不安の色が浮かんでいた。

ヤゴーダが逮捕されたことは知らなかったようだ。そして自分が崖っぷちにいることに気づいたのだ。

「フランクフルトまでおつきあいいただきます。遺体の身元確認をしてもらいたいんです」オリヴァーは自分の時計を見た。「昨夜、マイン川から女性の遺体が上がりました。あなたの奥さんと思われまして」

「強制はできないだろう!」デーリングは声を荒げた。

「いいえ、是が非でも来ていただきます」オリヴァーは車のドアを開けた。「どうぞ、デーリングさん」

三十分後、フリートヘルム・デーリングは解剖室の明るい蛍光灯に顔をしかめ、むごい姿をさらした、身元不明の女性遺体を見つめた。それからさっと目をそむけた。オリヴァーは彼をじっと見つめたが、頭の中では別のことを考えていた。自分は女に言い寄られるのを勲章にしているような男ではない。トルディスに期待されてもむりなことはわかっているが、それでもなんだか心が浮き立ったのは事実だ。キスをしたら、どうなっていただろう？　彼女はどうしていただろう、もしも……

「どうして見も知らぬ死体をわたしに見せるんだ？」デーリングの声がして、オリヴァーは我に返った。

「奥さんですか？」オリヴァーはたずねた。

「違うよ、くそったれ」デーリングは激しくかぶりを振った。「家内じゃない。俺は州内務大臣と知り合いなんだからな。あんたのやり方に苦情をいう。あんたのやってることは、いやがらせだ！」

「この遺体が奥さんではないと、どうしてはっきりいえるのですか？」

「家内は盲腸炎の手術を受けている」デーリングは鋭い口調で答えた。「家内の体なら知っている。この死体は太りすぎだ。帰っていいか？」

「もちろんです」オリヴァーは、ほっとしていることをデーリングに悟られないように注意した。「なんならお宅まで送らせましょうか……」

「うだうだ抜かすな」デーリングは最後までいわせなかった。「思い知らせてやるからな。覚悟しろ」

　オリヴァーは肩をすくめて、通路に通じるドアを開けた。

　エントランスホールで、同僚のピア・キルヒホフが、スーツの上に緑色の手術衣を羽織った、法律上はまだ夫の法医学者を相手に、なにやらしきりに話をしていた。オリヴァーは法医学研究所を出た。デーリングはあいさつもせず、彼と別れ、ズボンのポケットから携帯電話をだした。オリヴァーは、電話をしながら道路を横切り、タクシー乗り場へ向かうデーリングを見送った。ピアが横に立った。

「それで？」ピアはたずねた。

「夫人じゃなかった。よかったよ。だが今後、奴からは目を離さないようにしないとな」

「尾行はつけています」ピアは顎をしゃくって、シルバーのオペルを指した。私服の男女が乗っていた。ピアの携帯電話の呼び出し音が鳴った。

「ああ、もしもし、ドクター・リッテンドルフ」ピアはしばらく話を聞いてから、礼をいって通話を終了した。

「どうした？」オリヴァーはたずねたが、ピアはすぐに電話番号を入力した。

「ちょっと待ってください」とささやき、ピアは車のナンバーを相手に伝えてから、目を上げた。

「昨日の午後六時四十五分、犬と農地を散歩していたルッペルツハインの男性が、動物病院の裏の農道に止めてあった深緑色のジープ・チェロキーを目撃していたそうです。男性は足が悪く、その車が道をふさいでいたので、ドアガラスをノックしたのですが、運転手はドアガラスを少し開けただけで、うせろと怒鳴ったというのです。もうすっかり日が落ちていたのに、運転手はサングラスをかけていました」

「そうなのか」オリヴァーは信じられないという顔をした。

「男性はリッテンドルフに苦情をいったそうです。前から動物病院の来院者がそこに駐車すると文句をいっていた人物で、車のナンバーを覚えていたんです」

オリヴァーとピアがそれぞれの車に着く前に、深緑色のチェロキーの持ち主がだれかピアに連絡が入った。

「マンフレート・イェーガー」ピアは復唱した。「ゾッセンハイムのトーニゼンダー通り一二四番地b。わかったわ。ありがとう」

「よし」オリヴァーはいった。「訪ねてみるほかないな」

マンフレート・イェーガーは社会問題の焦点として知られているゾッセンハイムのスラム化した地区のみすぼらしいアパート街の一角に住んでいた。ここには狭苦しい低所得者用アパートが建ち並び、多くの住民が失業中で、外国人の割合はフランクフルト周辺でどこよりも高い。大至急ペンキを塗る必要のあるアパートには、いたるところグラフィティが描かれ、管理事務所が匙を投げ、ペインターはとうとうゴミのコンテナーや玄関のドアにまで手をだしていた。

太陽がさんさんと輝いていても、日が射さず、霧がたちこめている深い渓谷と変わりなさそうだ。仕事でこういう界隈に足を踏み入れるたび、オリヴァーは良心の痛みを覚える。人生になんの展望もひらけず、こういう界隈に住むほかないというのは、心底ぞっとすることだ。ピアはグラフィティで汚れたインターホンのボタンの中からマンフレート・イェーガーを見つけるのに数分かかってしまった。そっけない女の声が応答した。

「警察です」ピアはいった。「マンフレート・イェーガーさんに会いたいのですが」

二分かかって、ようやく表玄関を解錠するブザーが聞こえた。

アパートの中は、外観よりも気の滅入るものだった。かつては光っていたはずのタイル張りの床は輝きを失い、ありとあらゆる食事のにおいがして、さらには気の抜けたビールと尿の臭気まで漂っていた。壁には定義できない妙な色のペンキが塗られ、そこもグラフィティだらけだった。エレベーターには、〝修理作業はまだしばらくかかる〟という張り紙がしてあった。腹を立てた住民が怒りにまかせて金属ドアを蹴った跡が残っていた。オリヴァーとピアは、八階まで階段を上った。少し隙間のあいている玄関ドアの奥で、バスローブを着た女がぐずっている子どもを腕に抱いて待っていた。

イェーガーの妻はまだ二十五歳にもなっていなかったが、その倍は老けて見えた。安物のパーマで髪はぼろぼろだ。肩からずり落ちたバスローブは汗臭く、子どもはオムツしかつけていなかった。急いでフロにいれてやったほうがよさそうな状態だ。女の後ろからさらに子どもがふたり顔を覗かせた。

「入ってください」女はきびすを返し、はき古した室内履きで薄暗い廊下を歩いて、居間に入った。居間はがらくたでごちゃごちゃしていて、みすぼらしい家具が詰め込まれていた。オリヴァーとピアははじめ、テレビの前にすわっている男に気づかなかった。

「サツよ」イェーガーの妻が鋭い声でいった。「またなにかしたの?」

マンフレート・イェーガーは三十代半ばのやせぎすの男だった。フェレットのような顔つきで、脂ぎった髪が肩までかかっている。不安げな笑みを浮かべながら、吸い殻でいっぱいの灰皿にタバコを押しつけた。

「俺はなにもしちゃいないぜ」オリヴァーたちが口をひらく前に、男は防衛線を張った。「刑務所を出てから、なにも悪いことはしちゃいない。俺の保護司に訊いてくれ。本当だ」

この生活保護すれすれの生活をしている男が、どうして四万ユーロはするジープ・チェロキーに乗っているのか、オリヴァーにはそれが不思議でならなかった。

「ナンバーがF-X 122の四輪駆動車を所有していますね?」ピアはたずねた。

男は目をきょろきょろさせ、喉仏が筋と皮ばかりの喉を神経質に上下した。

「ええ、それはうちの車です」イェーガーの妻が答えた。「他に財産らしいものはないので、車くらい大きいのにしないとね」

妻が苦笑いすると、イェーガーも愛想笑いした。

「チェロキーですから、相当高かったでしょうね」ピアはたずねた。「あんな車をよく買えましたね」

「自分で稼いだのさ」イェーガーは前腕で鼻をふいた。「いい働き口があったんでね」

「どこで働いていたんですか？」オリヴァーは、不快に思っていることを気取られないように祈りながらたずねた。

「トラック運転手さ。四十トン車。ヨーロッパじゅうを股にかけた」イェーガーはタバコの箱をつかんで、またタバコに火をつけた。忙《せわ》しなく吸った。

「そうですか」ピアはうなずいた。「それで刑に処されたんですか」

「うかつなことをしちまったんだ。まったく馬鹿な話さ。だけどおつとめは済ました」

「車検証を見せてもらえますか？」オリヴァーがいうと、イェーガーに疑り深い目つきをされた。イェーガーはジーンズの尻ポケットからすり切れた財布をだし、さっと車検証を差しだした。

「へえ」ピアは歯のあいだから息を吐いた。「新車ですか！　新車登録は二〇〇五年七月！」

「ああ、いかしてんだろ」イェーガーはニコチンで染まった歯を見せてにやりと笑った。

「車の支払いはどうしたんですか？」ピアはたずねた。そのとたん笑みが消えた。イェーガーは二、三回、フィルターぎりぎりまでタバコを吸った。

「昨日の午後六時から八時までどこにいましたか？」オリヴァーはたずねた。

「うちにいたわよ」イェーガーの妻が脅すような声で口をはさんだ。「ずっとうちにいて、外出はしなかったわ。ほら、あんた、本当だっていったらどうなの！」

「ああ、ここにいたよ。本当だ」イェーガーは激しくうなずいた。「テレビを見てた」

「あなたの車が昨日の午後六時四十五分頃、ここから二十キロ離れたところで目撃されているのですが」ピアは腕組みした。「どうしたわけか、説明していただけますか？」

「友だちに貸した」イェーガーの目がおどおどした。「よく貸すんだ。満タンにして返してもらう」

「なるほど。ではその友だちの名前を教えてもらいましょうか」オリヴァーはいった。「それと、車は今どこにありますか？」

「下の駐車場だと思うけど」イェーガーは親指で下を指した。

「友だちの名は？」ピアは厳しい口調で念を押した。

「本名はよく知らない」イェーガーは口ごもった。「みんな、テディとしか呼ばない」

「あなたは、新車を本名も知らない人に貸すんですか？」ピアは目を丸くした。「ふざけたことをいわないでください」

「ふざけてはいない！　本当のことさ。なあ？」イェーガーは妻に救いを求めるようなまなざしを送った。

「テディは仕事仲間よ。刑務所に入る前からの」妻はいった。「あの人なら大丈夫。いつもあたしたちを助けてくれたもの」

「なるほど。それで、どこで働いていたんですか？　刑務所に入る前のことですけど」ピアはしだいに我慢の限界に達してきた。

「トラックを運転してた」

「それは聞きました。会社の名ですよ。いってください」

「エッシュボルンのデーリング運送会社さ」

ふたりでデーリング運送会社の人事課長を待つあいだ、オリヴァーはエスプレッソを飲むことにした。人事課長ヘルベルト・リュッケルトは五十代はじめの太った男で、頭が丸禿《まるは》げなうえ、高血圧なのか顔が赤かった。

「テディと呼ばれている従業員と話がしたいのです」オリヴァーは身分を名乗ってからいった。

「受付嬢は、だれのことかわからないといっていましたが、人事課長であるあなたなら、従業員のあだ名も知っていると思いまして」

でぶの人事課長はいやな顔をした。

「そういうあだ名の運転手が昔、たしかにいました」とためらいがちにいった。「しかし今はいません」

「なるほど」オリヴァーは動じなかった。「本名と最後に住んでいた住所を教えていただけますか」

「個人情報を開示する資格はありません」リュッケルトは冷ややかにいった。

「資格はありますよ」ピアはいらついた。「というより、その義務があります。わたしたちは殺人事件の捜査をしているのです」

オリヴァーも堪忍袋の緒が切れた。

「名前と住所」敬語を使わず、ぴしっといった。「さもないと、捜査妨害で訴える。急ぎたまえ！」

リュッケルト人事課長はおじけづいた。受付カウンターの中に入ると、受話器を取って、テオドール・ヴァン・オイペンという人物の最後の住所を調べるようにとだれかにいった。三分後、オリヴァーとピアはビルの外に出た。

「パスタを食べ、赤ワインを飲んで、アリバイがインチキであるのを確かめにいこう」オリヴァーは車の方へ歩きながらいった。ピアはびっくりしてボスに視線を向けた。オリヴァーはピアに車のキーを渡した。

「ケーニヒシュタインの〈リモンチェロ〉へ行ってくれ。どこにあるか知っているかい？」

「ええ」ピアはBMWの運転席にすわった。イタリアンレストランへ向かうあいだに、オリヴァーはあちこちに電話をかけた。フランクとカイに、警察のコンピュータでフェリペ・ドゥランゴことフィリップ・デーリング、マンフレート・イェーガー、テオドール・ヴァン・オイペンの三人について調べるようにいった。次の電話の相手はフリートヘルム・デーリングの尾行班で、タクシーで帰宅したあとは家から出てくる様子がないという報告を受けた。ケルストナーはあいかわらず事情聴取ができない状態だった。いまだに体調が思わしくないが、命には別状はないらしい。アナ・レーナ・デーリングの兄に電話をかけてみたところ、アナ・レーナは彼のところにも、両親のところにも姿を見せていないという。オリヴァーは本気で彼女の身を案じた。

「どうしてアリバイがインチキだというんですか？」ピアは〈リモンチェロ〉の外階段を上りながらボスにたずねた。

「昨日、きみが推理したことを考えてみた」

オリヴァーは立ち止まった。「ヘルフリヒとリッテンドルフは、イザベルが死んだ時刻に会食していた。ここからルッペルツハインまで、夜ならおよそ七分で移動できる。時間は充分にあるし、必要な凶器も入手できる立場にいる」

「動機は？」ピアはたずねた。

「本当に復讐だったのかもしれない。リッテンドルフはもとからイザベルを憎んでいた。イザベルの兄も、彼女に手を焼いていた。兄妹は午後に会って、口論している。イザベルは遺産の取り分を要求した。それに親友であるケルストナーに長年屈辱を与え、苦しめてきた」

「わかっています」ピアはにやりとすると、ボスのあとから外階段を上った。


三十分後、客がまばらな高級レストランで、ふたりはトルテリーニ・アラ・ノンナとキャンティワインに舌鼓を打ち、ヘルフリヒ夫妻とリッテンドルフ夫妻が七時から十時までトイレに立った数分を除いて席を立っていないことを確かめた。そのことは、イタリアンレストランのオーナーだけでなく、ウェイターのひとりも証言した。オリヴァーはピアに、トルディスと話したことを話題にし、デーリングについてなんといっていたか詳しく話した。

「ますますこんがらがってきたな」オリヴァーは考え込みながらパスタを口に運んだ。「みんな、アリバイがある。どれも脆弱《ぜいじゃく》だがな」

「例外はカンプマン夫妻だけですね」ピアは答えた。

「カンプマン」オリヴァーはうなずいた。「しかしあいつにはイザベルを殺す動機がない。イザベルのおかげでもうけていたんだからな」

ふたりは殺人犯捜しでたくさんの石をほじくり返し、たくさんのゴミを明るみにだしたが、肝心なことを見逃してしまったようだ。デーリングもヤゴーダも、この悲劇の主人公ではなかった。事件に関係しているが、イザベル・ケルストナーを殺害したのはふたりではなかった。手掛かりや疑わしい出来事だらけで、オリヴァーはイザベル殺害事件を解明することが役目であることをうっかり忘れそうなほどだ。突き止めたことのほぼすべてが、別の捜査課の案件だ。

「犯人はまったくの別人かもしれませんね」ピアはいった。「テディが見つかるまで様子をみましょう。イザベルが危険になりすぎたので、デーリングとヤゴーダは手先を使って始末したのかもしれませんし。イザベルが死んでから、問題の映像がどこにあるか知らないことに気づいたんじゃないでしょうか」

「正直いって」オリヴァーは食べ終わった皿を脇にどかし、手で顔をぬぐった。「わけがわからない。糸口を失った。そもそもあったのならばの話だが」

疲労が募って、思考が麻痺した。霧がかかったように頭がもうろうとして、昔、学校で筆記試験のために勉強しすぎて、本番で頭の中が真っ白になり、なにも書けなかったときと同じだ。

こういうときは、いったんすべてのスイッチを切ったほうがいいと経験から学んでいた。運がよければ、霧が晴れ、また明晰に考えられるようになるだろう。

「昨日は一睡もできなかった」そういって、オリヴァーは欠伸《あくび》をした。「何時間か眠ったほうがよさそうだ」

オリヴァーはウェイターを手招きした。

「ああ、そうだ」と思いだしたようにいった。「ご主人からよろしく伝えてくれといわれていた」

「ありがとうございます」ピアは答えた。「もうその件は済んでいます。今朝、会いましたので」

「彼は今でもきみが好きなようだが」オリヴァーはさりげなくいった。くたびれていたが、よく働く新しい同僚の私生活に興味があった。

「それは勘違いです。週末に会う約束をしました。夫はわたしの新しい家を鑑定したいというんです」

フリートヘルム・デーリングは法医学研究所からもどったあと、シャワーを浴びる時間もなかった。デスクに向かって、いくつか電話をかけた。状況は想像以上に深刻だ。自分の妻とイザベル・ケルストナーのせいだ！　腹立たしさに息まきながら、本棚の裏に隠してある金庫を開けた。これまで二回、税務署の脱税調査を免れている。だが間抜けなことに、妻がどこまで裏の仕事について知っているかわからない。だから、すべて始末する必要がある。アナ・レーナは頑として口を割らないが、いつまでも耐えられるはずがない。デーリングは、腸《はらわた》が煮えくりかえっていた。ヤゴーダは、イザベルが隠し撮りしたセックス映像の背後に自分がいることをあっさり警察に白状してしまった！　なんてバカなんだ。うまい具合に、あのいけすかない小悪魔の口がふさがれたというのに、そこで音を上げるか。デーリングは弱腰なのが嫌いで、プロ意識がない奴を憎んでいた。ヤゴーダがまさにその両方であることが白日の下にさらされた。この何年か、一切躊躇《ちゅうちょ》することがなかったあいつが。書類の山をシュレッダーにかけ、長年集めてきた素晴らしい恐喝の材料が紙くずになるのを見ながら、自分の手でだれかを殺したい衝動に駆られた。午後五時半、デーリングはデスクの下にもぐり、ドライバーでコンピュータのカバーをはずして、ハードディスクを取りだした。ゴミ袋にたまった紙くずを暖炉で燃やすうち、激しい怒りは冷たい復讐心に変わっていた。

オリヴァーは、首まで氷漬けになっているおぞましい悪夢にうなされ、目が覚めても心臓がドキドキしていた。目を開けたが、バスタブに浸かっていることをなかなか自覚できなかった。バスタブに張った湯は冷たくなり、窓の外は真っ暗だった。

「なんてことだ」オリヴァーは罵声を吐き、筋肉のこわばった体をなんとかバスタブの外にだした。体がゾクゾクして、歯がガチガチ鳴った。水から出て、かじかんだ指で照明のスイッチを入れたとき、膝からくずおれそうになった。体全体がふやけ、バスタブの中でむりな姿勢を取っていたため体の節々が痛い。オリヴァーはよろけながらバスルームを出て、疲労と凍てつく寒さでもうろうとした。なんと午後九時四十五分。ほぼ七時間、バスタブに浸かり、死んだように眠っていたことになる。ぶるぶる震えながら携帯電話を探した。上着のポケットの中にあるのを見つけたが、うんともすんともいわない。電池が切れている。

「くそっ、くそっ、くそっ」とぼやきながら下着をはき、充電用ケーブルを最後に見たのはどこか思いだそうとした。ケーブルはキッチンで見つかった。両手が震えて携帯電話がなかなかケーブルにつながらなかった。ようやく携帯電話の電源が入る。

着信記録は九件。午後五時少し過ぎ、ピアが合計三回、メッセージを残していた。マンフレート・イェーガーのチェロキーを調べたところ血痕が見つかり、血液型がアナ・レーナ・デーリングのものと一致したという。車は念入りに清掃されていたが、服の繊維や数本の毛髪が見つかっていた。指紋は検出できなかったが、代わりに吸い殻でいっぱいの灰皿に、イェーガーが吸っていたマールボロとは銘柄が違うタバコの吸い殻が四本まじっていた。科学捜査研究所ではタイヤの溝や車内の床などから採取された土も検査された。イェーガーは二〇〇三年二月、税関でトラックの中から麻薬が見つかったため、一年半の禁錮刑が言い渡された。イェーガーは自分で勝手に密輸しようとしたと自白し、前科がなく、すすんで自白したので、刑務所暮らしは九ヶ月に軽減され、残りの刑期は保護観察となった。テオドール・ヴァン・オイペンの記録は警察コンピュータになく、リュッケルト人事課長から入手した住所にも不在だった。まだそこに住んでいることだけは確かなようだった。ふたりの捜査官が家の前で本人の帰りを待っことになった。フェリペ・ドゥランゴは新しい名も、古い名も警察コンピュータのデータになかった。グーグルで検索すると二十五万八千件がヒットし、スペイン語ではよくある名前であることがわかったので、カイ・オスターマンは三十二歳のアルゼンチン国籍で検索結果の絞り込みをした。ドゥランゴの会社〈新天地〉は本社がブエノスアイレスにあり、フランクフルトに支社を構え、ルーマニアやチェコで安手のポルノ映画を大量生産していた。デーリングについては家から一向に出てこないが、監視はつづけていた。そのあと五回は知らない電話番号からで、メッセージは残されていなかった。

オリヴァーは携帯電話を置いて、リビングルームのソファに横たわった。ローレンツは犬を連れて出かけていた。オリヴァーは目を閉じて、ふたたびイザベルの事件のことを考えた。バスタブで氷のように冷たい水に浸かっていたせいで、風邪をひいたり、体調を崩したりしないといいのだが。少しずつ体温がもどり、血が流れだしたのか、手足がじんじんしてきた。

ふたたびうつらうつらしだしたとき、ふたつのことが同時に起こった。玄関のベルが鳴ったかと思うと、リビングルームの大きなガラス窓がガシャンと割れて、なにかが頭にあたった。オリヴァーはびっくりしてソファの横にすっと立ち、頭を手探りした。心臓がはじけ飛びそうなほどドキドキした。今回は寒さではなく、ショックで体が震えた。玄関へ行ってドアを開けた。そこでもっとびっくりすることが待っていた。インカ・ハンゼンが目の前に立っていたのだ。彼女はオリヴァーの体を上から下へなめるように見てから、また彼の顔に視線をもどした。

「インカ！」オリヴァーはびっくりして叫んだ。夢でも見ているのかと思った。「どうしてここに？」

「あなたはいつもそうやってお客を出迎えるの？」インカはたずねた。オリヴァーはなんのことかわからず、体を見て、下着以外なにも身につけていないことに気づいた。

「幽霊にでも遭遇したみたいな顔つきね」家の中に通されたインカがいった。

「風呂で居眠りしてしまったんだ」オリヴァーは認めた。「そしてきみがベルを鳴らしたとき、リビングルームの窓が割れて、なにかが頭にあたって」

オリヴァーはたんこぶに触れ、指についた血を見た。そのときはじめて、だれがいるのか確かめもせず、やみくもに玄関を開けたのは軽率だったと気づいた。インカは照明をつけて、リビングルームにずかずか入った。窓ガラスの破片が床に飛び散っていた。インカはかがんで石を拾いあげた。

「中に入らないほうがいいわ」インカは振り返った。「ガラスの破片だらけよ」

オリヴァーは彼女が手にしている石を見つめた。自分を狙ったものだろうか。刑事になって二十年になるが、襲われたことなど一度もなかった。何者かがわざわざ住所を調べ、庭に忍び込んできたのだ。ぞっとする。おじけづかせようという魂胆だろうが、やったのはだれだ？

インカはガラス片を踏みしだきながら進み、壊れた窓の鎧戸《よろいど》を下ろすと、オリヴァーをじっと見た。

「出血しているじゃない。ちょっと見せて」

ふたりはキッチンに移った。オリヴァーは椅子にすわった。

インカはオリヴァーの髪を左右に分けて、怪我の状態を診た。

「かすり傷ね」インカはいった。「氷で冷やしたほうがいいわよ。さもないと、明日、ひどく腫れると思う」

「わかった」オリヴァーはインカを見た。「それより、どうしてここへ来たんだ？」

「何度もあなたに電話をかけたのよ」

「電池切れしててね。つまり……携帯電話のバッテリーのことだけど……」

「あなた自身も電池切れしているみたいね」インカは微笑んだ。「昨夜は女連れだったでしょう」

オリヴァーはびっくりしてインカを見つめた。「えっ……なんで……それを……どうして知っているんだ？」オリヴァーは口ごもった。

「わたしの娘から聞いたの。あなたに感心していたわよ」オリヴァーもようやく合点した。わたしの娘。トルディス。あたしはアメリカ人。インカに似ているわけだ。キスをしなくて本当によかった！

「トルディスがきみの娘だなんて、ちっとも知らなかった」力のない声でいった。

「本当はミヒャエルの容体が気になって来たの」インカはオリヴァーの言葉には応じなかった。

「病院では教えてくれないの。ゲオルクもよく知らないし。なにか知ってる？」

「ああ。あまりよくない。手術が必要だろう。今、集中治療室にいる」オリヴァーは一生懸命思いだそうとした。彼は日中に寝るのが嫌いだ。バイオリズムが狂ってしまうからだ。いまだに湯の中にいるような変な気分で、現実感がなかった。

「なんてこと」インカはいった。頬が赤く、少しひらいた唇。彼女はとても美しかった。彼女を見ているうちに、オリヴァーは突然、激しい欲求に襲われ、胸に鋭い痛みを覚えた。二十五年の歳月が忽然と宙に消えた。十八歳の自分。ハンブルクへ移る直前、あのときがインカに告白する最後の機会だった。愛している、きみが必要だ、と。

「インカ、じ……じつは日曜日にきみがいったことをずっと考えていた。その……」声を押し殺していった。勘違いばかりして、機会を逃した、といいたかった。

「やめて」インカはすぐに言葉をはさんだ。「お願い、オリヴァー。なにもいわないで」

「わたしもきみを愛していた」オリヴァーはささやいた。「しかしてっきり、きみとイングヴァールは……」

「やめて！」インカが叫んだ。オリヴァーは腰を上げて、彼女を腕に抱いた。インカは両手でオリヴァーの胸を衝いたが、結局抗《あらが》うのをやめ、オリヴァーに体を預けた。

「手遅れなのよ、オリヴァー」インカはささやいた。「お願い。このままで」

たしかにインカのいうとおりだ。頭ではわかる。だがオリヴァーはもう冷静でいたくなかった。これまでの人生、ずっとそうしてきたのだから。

二〇〇五年九月七日（水曜日）

フリートヘルム・デーリングは泥酔して眠っていた。大きなベッドで大いびきをかいていた。酔っぱらうと、いつもいびきをかく。やけ酒の最後にウォッカを一本飲み干し、そのあとふらふらになりながら階段を伝って、二階のベッドルームに上がった。だれかにいきなり肩を揺すられたとき、夢でも見ているのかと思った。しぶしぶ薄目を開けた。寝ぼけ眼にぎらぎらした光がまぶしかった。頭にストッキングをかぶった三人組がベッドの前に立っている。デーリングはぎょっとした。アドレナリンが噴出して、一気に目が覚め、酔いが吹き飛んだ。

「おい！」デーリングは体を起こした。「なんの真似だ？　ここでなにをしてる？」

返事は得られなかった。あっと思ったときには、この覆面をした三人に押さえ込まれ、口と鼻にエーテルのにおいのする布きれを押しつけられた。デーリングは抵抗したが、すぐに力が萎えていくのを感じ、深い無意識の底へと落ちていった。

メールルレ巡査は欠伸《あくび》をして、指をもんだ。前夜午後十時からデーリングの邸の前に止めた車の中にいる。夜の十二時半頃、邸の照明が消えたこと以外、さしたる変化はなかった。それから一時間半が経った。監視の対象はベッドの中でぬくぬくしているのに、メールルレ巡査とナージャ・エンゲル婦警はこの秋一番の冷え込みに尻が冷えてかなわなかった。監視は警察の仕事の中でももっとも退屈な部類に属する。たまには監視の対象のあとを追って、ハンドルさばきにものをいわせることもある。そういうときはおもしろいが、夜中に家の前で張り込み、犬の散歩で通りかかる近所の人間にうさんくさい目でにらまれるのは愉快でもなんでもない。メールレ巡査はもう一度欠伸をした。

「何時？」エンゲル婦警が眠たそうな声でたずねた。ふたりは交替で眠ることにしていた。そして今は、婦警の方が寝ている番だった。

「二時十分過ぎ」メールレ巡査は答えた。「奴はぐっすりおねんねだ」

「あと三時間で交替ね」エンゲル婦警は体をまわして、こういうときに使用される覆面パトカーの後部座席から魔法瓶を取って、自分と同僚にコーヒーを注いだ。

「ひと眠りしていいわよ」エンゲル婦警はいった。「眠気が吹っ飛んだから」

メールレ巡査もエンゲル婦警も、監視している家の中で懐中電灯の淡い光が見えたことに気づかなかった。地下室の扉が開閉したときのかすかなきしみ音も聞き逃した。そして三つの黒い人影が大きくかさばる荷物を抱えて芝生を横切り、プールのそばを通って庭の裏手へまわり、庭の生け垣を越えて黒いステーションワゴンにその荷物を積み込んで、ヘッドライトをつけずにバックで細い袋小路を走っていったことなど、思いもよらないことだった。

我に返ったとき、フリートヘルム・デーリングは頭がズキズキした。口の中が麻痺したような不快な感覚があった。目を開けようとして、目隠しをされていることに気づいた。麻酔薬のせいで霧がかかったような脳内に、恐ろしい記憶が蘇った。ベッドの前に立つ覆面の人影。体をなめるように流れる冷気。素っ裸で、身動きが取れないことに気づいて、パニックに陥《おちい》った。手足は伸ばした状態で手首と足首を縛られていた。麻酔で眠らされ、誘拐されたことへの怒りは、すぐにいい知れぬ不安感に取って代わられた。

本気で不安を感じたということが、彼の心を凍りつかせた。これは警察ではない。わめきちらそうが、うまく立ち回ろうが、鋭く勘を働かせようが、この窮地から抜けだすことはできそうにない。黒いストッキングを頭にかぶっていたあの三人は本気だ。絶対安全だと思っていた自宅から連れだすとは。

「俺をどうする気だ?」デーリングは大きな声でたずねた。居丈高に聞こえるようにしたつもりだが、喉から出たのは滑稽なほど弱々しいかすれ声だった。だれかいる気配はするが、なにも聞こえなかった。

「くそっ、どこのどいつだ? なにかいえ!」

デーリングはなにか冷たいものが太腿に触れるのを感じた。それと同時にいきなり強烈な電気ショックを受けた。体が海老ぞりになり、苦痛に耐えかねて悲鳴をあげた。

「これで少しは暖かくなっただろう?」

デーリングは答えることができなかった。心臓がバクバクして、歯がガチガチ鳴り、手足が痙攣《けいれん》する。だが自分ではどうすることもできなかった。

「二百三十ボルト。ちょうどコンセントに指を入れたときの感覚（ドイツの電圧は二百三十ボルト）だ」かすかな笑い声。「おもしろいだろう？」

ふたたび電気ショック。デーリングの体がまたしても痙攣した。脂汗がたらたら流れ、目隠しが涙で濡れた。口の端からよだれが垂れ、失禁した。不安を通り越して、デーリングはむきだしのパニックに陥っていた。

「な……な……なにを……す……する……気だ？」デーリングはまともに口がきけなかった。自分の耳に届いたのは理解不能な音だった。

「いくつか質問に答えてもらう。嘘をついたら、きさまの体を切り刻む。まずは睾丸だ。わかったか？」

デーリングは狂ったようにうなずいた。「俺をどうするつもりだ？」そしてささやいた。「金か？」

「いいや。おまえの妻がどこにいるのかいえ」

デーリングの体は安堵感に包まれた。アナ・レーナが目当てか。もう助からないと思っていた！　不安が和らいだ。相手はプロじゃない。

「知らない」デーリングはいった。「本当に……」

最後までいう前に、彼は後悔した。だが手遅れだった。

朝四時半、アナ・レーナ・デーリングはケーニヒシュタインのロータリーにあるガソリンスタンドで降ろされた。五十数えたら目隠しを取っていいといわれた。それから数メートル先の警察署へ駆け込み、そこから兄に電話をかけた。一時間後、兄のクラージング弁護士からオリヴァーに、妹が見つかったという知らせが届いた。オリヴァーはピア・キルヒホフに電話をかけた。ピアはとっくに目を覚ましていて、すでに署に出勤していた。午前六時。あきれるほどの早起きだ。

「クラージング弁護士から電話があった」オリヴァーはいった。「妹さんが見つかったそうだ」

「ケーニヒシュタインの警察署から連絡がありました」ピアは答えた。「寝ているところを起こしたくなかったものですから」

「配慮してくれてありがとう」オリヴァーは、一向に疲れが取れないのは年を取ったせいかなと思った。「十時に刑事警察署へ足を運んでくれるようクラージング弁護士にいった。テディとデーリングの方は？」

「テディは今朝五時に帰宅して、今、署の牢屋に入っています。デーリングはいまだに自宅から出ていません」

「よくやった。すぐに署へ行く。テディとデーリング夫人のふたりと話をする」

オリヴァーは携帯電話を置いた。昨日の晩の記憶が蘇った。インカ。家の中で腕に抱いた。彼女には冷たくはねつけられた。欲求不満と安堵感がないまぜになっている。腹を割って話すのが二十五年遅すぎた。苦い真実だ。

ローベルト・カンプマンは廊下の鏡の前に立っていた。この数週間、そして今朝も、鏡に映った自分が気に入らなかった。イザベルが死んでから、なにもかもが変わってしまった。気力も生き甲斐もすっかり消え失せたような気がする。もはやただの抜け殻だ。人生が薔薇色になるという期待は萎んでしまった。すべてが明るみに出れば、人生は終わりだ。

「ローベルト？」彼の妻が突然、背後にあらわれた。

「なんだ？」カンプマンはかがんで、はき古した厩舎用の靴をはいた。

「子どもたちを車で学校に連れていってくれない？」

「だめだ」ゆっくり体を起こすと、カンプマンは苦しそうに顔をしかめた。椎間板ヘルニアが悪くなっていて、耐えられない痛みが走る。

「そういうつっけんどんな言い方はやめてくれない？　それともどうしても変えられないの？」ズザンネの声はとげとげしかった。カンプマンは妻に目を向ける気がしなかった。妻の勝ち誇った冷たいまなざしを見るのはごめんだ。

「あの女は死んだのよ」ズザンネは敵意をあらわにしていった。「そろそろ理解するべきじゃないかしら」

「理解しているさ。なにより、おまえが喜んでいるということをな」

「大当たり。うれしくてしかたないわ」ズザンネは腕組みした。「これであの小悪魔がわたしをあざ笑うこともなくなった。馬房であなたがあの女といちゃいちゃしているところに出くわす心配もないってこと」

彼女のひと言ひと言がナイフのようにカンプマンにぐさぐさ突き刺さった。しかし彼は歯をくいしばって、動じないふりをした。

イザベルがいなくてさみしい気持ちを、だれにも気取られてはならない。上着を着て、なにもいわず家を出た。犬小屋から三頭の飼い犬を外にだした。三頭は吠えながらカンプマンのまわりを飛び跳ね、自由になれたことを喜んだ。カンプマンは重い足取りで広場を横切り、空気を吸って、少しずつ明るくなっていく空を見上げ、今日もよく晴れそうだと思った。それは、ほとんどの馬を広い牧草地にだせるということだ。いまいましいクラブ会員たちのだめ馬を乗りまわさずに済む。仕事のことが脳裏をかすめ、ますます不機嫌になった。口うるさい会員やノイローゼの女主人のご機嫌取りをすることに、ほとほとうんざりしていた。一日十頭の馬を乗りまわすことにも飽き飽きしていた。人に親切にし、ていねいな口をきき、おっとり構えているなんて冗談じゃない。

だがもっと吐き気がするのは、妻に取り憑かれているという惨《みじ》めな感覚だ。なにをしようがつねに妻に見張られている。自由になりたいという渇望が化膿した傷のように彼の内面を蝕《むしば》んだ。もう少しですべてから解放されるはずだったのに！　アイルランド南西部の海に面した小さなホテル付き馬場を買うだけの金は貯まっていた。あとはヤゴーダ夫人に辞表をだすだけだった。ところがそんな矢先、イザベルがいっしょに紡《つむ》いだ夢の計画をやめるといいだしたのだ。青天の霹靂《へきれき》だった。

厩舎へ通じる石畳の道を歩きながら鍵束をだし、厩舎の扉を開けた。ツンとしたアンモニア臭が鼻を打ち、馬がいななきだした。五十六頭の馬が乾し草とえん麦をもらえるのを待っていた。五十六の馬房から馬糞をかきださなければならない。カロルが今日もまたあらわれなければ、自分でやるほかない。数日前から奴は目に見えて傍若無人に振る舞っている。悪魔が哀れな魂に狙いを定めたように、ズザンネの尻を追いかけている。だが、気にもならなかった。ズザンネはわざとカロルに思わせぶりなことをしている。そうすれば自分が怒ると思っているのなら、とんだお門違いだ。

東の空に一線、明るい光の帯があらわれた。三十分で日が昇るだろう。馬鹿な会員が厩舎を覗きに来る前に、早く馬に餌をやって、牧草地にださなければならない。最後の馬房の扉を閉じたとき、犬が厩舎にいないことに気づいた。カンプマンは厩舎の門扉のところに立って口笛を吹いた。普通ならすぐ飛んでくるはずなのに、今日は三頭とも姿を見せない。遠くで吠え声がする。カンプマンはぶつぶついいながら探すことにした。犬が馬糞の山を掘り返したりしたら、ズザンネにまた大声で文句をいわれてしまう。犬が閉まっている門の前にいるのが見えた。興奮して尻尾を振りながら走りまわっている。

「こっちへ来い！」カンプマンは声を殺して呼んだ。「早くしろ」

ところが反応がない。三頭は狂ったように門に飛びつき、吠え声をあげ、奇妙な音をたてていた。いやな予感がして、カンプマンは腹立たしい気持ちを脇におき、がらがらの駐車場を横切った。早朝の淡い光の中、門に人間の輪郭のようなものが見える。腕を広げている。最近、視力が衰えたが、メガネをかけるのは恰好が悪いと思っていた彼には、遠くてはっきり見分けることができなかった。三頭の犬が舌を垂らしながら興奮して駆けてきた。カンプマンは門に近づいてぎょっとした。たしかに人間だ。男。しかも全裸。門のところに立っているのではなく、腕を広げた状態で、縛りつけられている。ぐったりうなだれて、十字架にかけられているかのように見える。カンプマンはおずおずと近づいた。

三頭の犬がその人影に向かって駆けていった。犬たちが男の足のにおいをかぎ、ペロペロなめるのを見て、カンプマンは吐き気がした。そのとき、それがフリートヘルム・デーリングだと気づいた。ボール紙が首にかけてある。むきだしの両足が黒々と濡れている。なんてことだ！　血を流している。カンプマンは大文字でボール紙に書かれた言葉を読んで総毛立った。〝レビ記二十四章十九節及び二十節〟と書かれている。足下には広口瓶が置いてあり、その中には……

デーリングが動いて、かすかに息をした。カンプマンは仰天してあとずさった。激しい吐き気に襲われ、よろめきながら花壇まで行って嘔吐した。

「レビ記二十四章十九節及び二十節か」オリヴァーは考えながらいった。「勘違いでなければ、目には目を、歯には歯を、というあの一節だな」

オリヴァーとピアが一時間前に現場に到着したときには、すでに救急医と救急隊員が意識のないフリートヘルム・デーリングを門からはずそうとしていた。だがちょうどいい工具がなかったため、手をこまねいている状態だった。オリヴァーは隣接する自動車修理工場へ行って、工員に切断トーチを持ってきてもらえといった。そのあいだに野次馬が集まってきた。朝一番に乗馬クラブへやってきた会員たち、近くのビジネスパークで働く工員やビジネスマン。救急隊員はデーリングの血行動態を安定させるために点滴を打ち、男性器が切断されていることを確認した。しかもプロの仕業だという。切り取られた睾丸は蓋をした広口瓶にホルマリン漬けされていた。

「こんなひどいことをした奴はどこのどいつだ？」乗馬講師のカンプマンは神経が切れそうだった。青い顔で、体を震わせながら、石をくりぬいた植木鉢にすわり込んでいた。デーリングが発見された門のまわりでは、鑑識チームが作業していた。靴跡やタイヤ跡を採取しようとしているが、うまくいく見込みはなかった。地面は乾いているし、異なる靴跡や蹄《ひづめ》の跡、タイヤ跡が無数に残っていたからだ。一方、デーリングが乗馬クラブの門に鎖でくくりつけられた理由がわからず、オリヴァーとピアは首を傾げた。この場所が選ばれたのは、惨めな姿を充分に人目にさらすことができるからだろうか。聖書の引用があるということは、犯人が単独犯かどうかはともかく、ある程度教養のある人間だと察しがつく。何者かがフリートヘルム・デーリングに復讐した。そして彼が〈グート・ヴァルトホーフ〉の顔馴染みだということを知っている。ベッドルームが家の裏側だったので、カンプマンはなにも聞かなかったし、見なかったという。

オリヴァーは、カンプマンがこのあいだ会ったときよりも顔色が悪く、やせていることに気づいた。

「カンプマンさん」オリヴァーはカンプマンに声をかけた。「イザベルさんが、あなたとの電話の会話を録音していたことはご存じでしたか？」

「電話の会話？」カンプマンは面食らってオリヴァーを見た。

「しかし内容が理解できなかったのです」オリヴァーはじっと相手を見つめた。「あなたなら説明できるかと思うのですが」

「なんの話かさっぱりわからない」カンプマンの視線が妻の方へ泳いだ。ズザンネは数メートル離れたところで乗馬ズボンにブーツという出で立ちの女性ふたりと立ち話していたが、視線はカンプマンから離さなかった。

「あなたは馬の販売をしていますね。ケルストナーさんはその手伝いをしていたのでしょう」オリヴァーが単刀直入に訊いた。

「馬の販売は俺の仕事の一部だからね」カンプマンはそういったが、急に身構えた。

「それはわかります」オリヴァーはうなずいた。「ただ間違いでなければ、あなたは価値の低い馬を高値で売っていますね」

カンプマンの顔からますます血の気が引いたが、無表情なままだった。

「会員に信頼されているのをいいことに、騙していたのではないですか？」

「だれも騙しちゃいない」カンプマンはきっぱりいった。「俺の客は満足している。さもなければ、何年もうちの厩舎に馬を預けたりしないだろう」

「そうかもしれませんね。しかしイザベル・ケルストナーさんは満足できなくなったのではないですか。イザベルさんはふたつの顔を持っていたとにらんでいます。一方であなたから分け前をもらい、その一方で、詐欺をばらす、とあなたを脅していたのではないかと」

ぎょっとしたのか、カンプマンの目がかすかに泳いだ。口元も震えている。パニックに陥っている証拠だ。オリヴァーの推理は図星だったようだ。ピアが合図を寄こしたので、オリヴァーはカンプマンをそこに残した。もちろん、あとでまた話をすると念を押して。

「どうした？」オリヴァーはたずねた。

「オスターマンから電話です」ピアはいった。「ヤゴーダが自白するといっています。それからモーリス・ブロールトがアーヘン近くの国境検問所で逮捕されました」

「よくやった」オリヴァーはうなずいて、顎をなでながら考えた。「ヤゴーダは待たせていいだろう。わたしはもう一度リッテンドルフを訪ねてみる。目には目を、歯には歯を。勘違いでなければ、ケルストナーとデーリング夫人のことを指しているように思えるんだ」

オリヴァーが動物病院の中庭に足を踏み入れると、リッテンドルフとインカ・ハンゼンはちょうどいっしょに馬の治療をしているところだった。インカを見るなり、アドレナリン濃度が一気に上昇したが、それでもなにくわぬ顔をした。そばへ寄ったとき、オリヴァーは、ふたりが目配せしたことに気づいた。ふたりは彼のことを話題にしていたのだ。

「やあ、こんにちは」リッテンドルフはとくにうれしそうにするでもなく、にやっとした。「また来たんですか。うちの実習生にでもなりたいんですか？」

「おはようございます」オリヴァーは相好を崩さなかった。「それもいいですね。いい気分転換になりそうです」

リッテンドルフはふたたび馬の足の方を向いて、手際よく肢巻《しまき》を巻いた。

「どうしてここへ?」インカがたずねた。オリヴァーは、時間を巻きもどしたいというナンセンスな願望が萎んでいくのを感じた。

「ドクター・リッテンドルフと少し話がある」オリヴァーはいった。リッテンドルフは馬の持ち主にいくつか扱い方を説明してから、オリヴァーとインカの方を向いた。

「それで」リッテンドルフはタバコに火をつけた。「なにがあったんです?」

「昨夜、どこにいましたか?」オリヴァーはたずねた。

「昨夜?」リッテンドルフは驚いた顔をした。「もう少し時間を絞れないですか?」

「いいでしょう。午前一時から五時のあいだ」

「それなら自宅です」

「証人は?」

獣医はせせら笑うような表情をした。

「家内がいました」

「奥さんでは証人になれません。ご存じでしょう」

「となると、証人はだれもいませんね」リッテンドルフはジーンズの尻ポケットに両手を突っ込み、つま先で床を叩いた。

「ずいぶん自信があるようですね？」オリヴァーは腹立たしくなってきた。

「自信？　自信があるとか、ないとかそういうことではないでしょう」

「フリートヘルム・デーリングが今朝〈グート・ヴァルトホーフ〉の門の前で発見されました。専門家の手で去勢されていたのです」

「おお」リッテンドルフは口でいうほど驚いていなかった。「それは悲劇だ」

インカはなにもいわなかった。

「〝悲劇〟というのが、ふさわしい言葉かどうかはわかりません」オリヴァーは声に鋭い調子をひそませた。「拷問されて、全裸にされ、門扉に鎖でつながれていたのです。それより、あまり驚いているように見えませんが、どうしたわけでしょう？」

皮肉たっぷりの笑みを、獣医は口元に浮かべた。メガネの奥の目が意味ありげに光った。勝ち誇っているのか、それとも満足感、達成感？

「人間は人間にとって狼だ」リッテンドルフはいった。

「それも旧約聖書の言葉ですか？　レビ記二十四章十九節及び二十節と同じように」オリヴァーがそういうと、獣医にじっと見つめられた。

「いいえ、プラウトゥスです」リッテンドルフは動じなかった。「ホモ・ホミニ・ルプス」

「お芝居はやめましょう」オリヴァーはいらついていった。「鑑識チームをここに呼びます。それまでだれも手術室に入れないように。傷害は微罪ではないのですよ」

手術室という言葉が合図になったかのように、〝手術室〟と書かれたドアが開いて、ジルヴィア・ヴァーグナーが出てきた。ジルヴィアはインカ、リッテンドルフ、オリヴァーの三人がそこにいることに驚いてきょろきょろした。

「手術がはじめられます。消毒は終わりました。馬を手術できます」

リッテンドルフはオリヴァーに視線を向けた。

「証拠保全は手遅れですね」リッテンドルフはあいにくだという顔をしたが、あざけっているのは明らかだった。


オリヴァーは午前十一時少し過ぎに刑事警察署に着いた。フランク・ベーンケとカイ・オスターマンはテディことテオドール・ヴァン・オイペンを責め立て、落ちるのは目前だった。アナ・レーナ・デーリングは面通しで、月曜日の夜に自分を誘拐し、監禁していたのがテディだと証言した。テディは何年も前からデーリングのために働いていた。表向きはトラック運転手だが、実際には汚れ仕事を請け負っていた。デーリングはテディといっしょにいるところを人に見せたことがなかった。真面目な経営者というイメージを大事にしていたからだ。テディのような荒くれ者とつきあっていると思われては、イメージに傷がつく。カイとフランクは取調室から出た。オリヴァーはピアとふたりで取り調べをつづけたかったのだ。テディがピアに信頼を寄せるのではないか、と期待したのだ。テディはがっしりした体格の黒髪の男だった。顔面挫創がひどく、日焼けサロンに通いすぎて皮膚がなめし皮のようになっていた。テディは赤いジョギングスーツを着ていて、筋肉がもりもりで、動きづらそうだ。太腿の太さくらいある首には成金趣味まるだしの金のチェーンネックレスをかけている。フリートヘルム・デーリングの忠犬のような奴だが、さすがにのっぴきならない状況だとわかって、すすんで自供した。まずはデーリングの依頼でケルストナーとアナ・レーナを待ち伏せし、獣医を殴り倒して、ケーブルで縛り、アナ・レーナを連れ去った。マンフレート・イェーガーの車を借りて使ったのもボスの指示だった。アナ・レーナを縛って、ヴェスターヴァルト郡のレンネロートのそばにあるデーリングの狩猟小屋に監禁すると、借りた車をきれいにして返し、自分の車でレンネロートに戻った。その途中でボスから別の指示を受けた。オリヴァーの家のリビングルームの窓から石を投げ込めというものだった。それを聞いて、ピアは不審な顔でオリヴァーを見たが、オリヴァーの方はなんの反応もしなかった。

「つづけて」オリヴァーはテディにいった。「それからその狩猟小屋にもどったんだね」

誘拐の理由について、テディはなにも知らなかったが、アナ・レーナ・デーリングを解放するという計画はなかったと認めた。

「ボスが奥さんと話をするまで見張っていて」テディはいった。「そのあと奥さんを消すようにいわれていた」

殺人を計画していたということだ。ピアは平然といわれて鳥肌が立った。だが夜中にデーリングから電話がかかってきて、アナ・レーナをすぐケーニヒシュタインの警察署に連れていけといわれ、テディは迷わず指示されたとおりにした。

「デーリングが昨夜、あんたに電話をかけてきたのか?」オリヴァーが聞き返した。「何時だった?」

テディは醜《みにく》い顔をしかめて、頭をかいてからいった。

「夜中の三時半」

「そのあと電話連絡はあったか?」

「いいや」

「モーリス・ブロールトという名に覚えはないか?」

テディは数分のあいだ考え込んだ。オリヴァーはそのあいだ、じれったそうに指でテーブルを叩いた。

「はい」

「はい、ではわからない。どうして知っているんだ?」

「デーリングさんの世話になる前はあの人の下で働いていたので」

「ほほう。ブロールトに最後に会ったのはいつだ?」

「二週間前」

「どこで会った? 理由は?」

こいつには一々質問して訊きださなければならないようだ。

「電話があったんだ。特別任務を頼まれた」

「つづけて!」

「金をたんまりはずんでもらえるということさ。ボルドーまでひとっ走りしろといわれた」

「ボルドー？」ピアはたずねた。「なぜだ？　なんのためだ？」

テディは懸命に考えた。

「子どもをボルドーに運んだ」

オリヴァーとピアは顔を見合わせた。

「子どもを？」

「ああ。女の子だった。エッシュボルンで受けとった」

「モーリス・ブロールトとどういう関係がある？」

「あの人はそういう斡旋をしているんだよ」テディは肩をすくめた。

「なるほど」オリヴァーは状況を整理した。「つまりモーリス・ブロールトの指示を受けてエッシュボルンのデーリング運送会社本社ビルで子どもを受けとった。そうなんだな？」

「ああ。ぐっすり眠っていた。出発したのは朝三時。先々週の金曜日だよ。午後四時、ボルドーの港に着いた」

「それから？」ピアがせっついた。

「子どもを引き渡した。ボスの息子さんの船の船長に」

「ボスの息子の名は？」

テディはその質問にびっくりしたようだ。

「もちろんデーリングさ。フィリップ・デーリング」

「その場にいたの？」ピアはたずねた。

「いいや。あの人がいるのはアルゼンチンさ。船長に子どもを渡して、それからもどった」

「その日のうちに？」

「ああ。途中で数時間、仮眠したけど、日曜日の朝にはもどった」

これでテディはイザベル殺しの犯人ではないことになる。

「フィリップ・デーリングが所有している船のタイプは？」ピアはたずねた。

「ヨットだよ。すごく恰好いい。船内は板張りでさ」

「エンジン付きのクルーザー？　それとも帆走ヨット？　大きさは？」ピアは我慢強かった。

テディは脂ぎった頭をたっぷりかいて、それからうつろな顔を輝かせた。

「船名は覚えている。ふざけた名前だったんで」

「そうなの？　どんな名前？」

「〈ゴールドフィンガー〉だよ……」


カイ・オスターマン警部は、〈ゴールドフィンガーII〉がフィードシップ社製F45ヴァンテージであることをなんなく突き止めた。アルゼンチンの旗の下、十四・五ノットで世界の海を股にかけられる外洋航海用豪華クルーザーだ。

〈ゴールドフィンガーII〉の姉妹船である〈ゴールドフィンガーI〉は、ハンス・ペーター・ヤゴーダが大金持ちを自称し、経済雑誌で時の人ともてはやされた羽振りのよかった時期に得意先やジャーナリストや友人を招いて事業の成功を祝うパーティ会場に使っていた。同じくフエリペ・ドゥランゴことフィリップ・デーリングの所有である〈ゴールドフィンガーII〉は、アンティーブ、ニース、モンテカルロ、パルマ・デ・マリョルカの港ではめをはずしたパーティが開かれることで知られていた。フィリップ・デーリングはよほどの金持ちに違いない。

会議室はしばらく静寂に包まれた。オリヴァーは部下の顔を見まわした。

「山のような犯罪の数々をもう少しで解明できそうな気がする。国際犯罪組織と遭遇したのは間違いないだろう。ヤゴーダ、デーリング、デーリングの息子、モーリス、全部つながっている」

「麻薬取引、人身売買」カイはうなずいた。「デーリングのような運送業のプロがそういうことをするかな」

「それでもイザベルを殺した犯人には充分迫れていない」フランク・ベーンケがいった。「俺が目星をつけたケルストナーとテディははずれのようだし」

「まあ待て」オリヴァーは腰を上げた。「まずアナ・レーナ・デーリングと話してみるつもりだ。わたしたちの知らないことがまだ聞けそうな気がする」

オリヴァーのいうとおりだった。アナ・レーナ・デーリングは、顔色は悪かったが、決然とした様子で、夫の裏稼業を記録した資料のコピーを束にしてオリヴァーとピアに差しだした。不法労働の賃金支払い帳簿から秘密の電話番号、ほぼすべてのタックス・ヘイヴンに開かれた銀行口座まで。オリヴァーはコピーをペラペラめくった。

「ご主人がブロールトから受けとったこのEメールが、どうしてマリー・ケルストナーに関係しているといえるのですか？」オリヴァーはたずねた。

「似たようなEメールを読んだことがあるからです。いつも人間の密輸が話題になっていました」アナ・レーナはオリヴァーたちが驚いているのを目で確かめると、深呼吸して話しはじめた。オリヴァーとピアは口をはさまないように気をつけた。

「主人の会社のトラックは積み荷なしに走ることがめったにありませんでした。近東、東欧、あるいはモロッコからもどるときは、とくにそうです。たまに運転手が捕まることはありました。でもたっぷり金がもらえるので、みんな、知らなかったふりをするか、黙秘をします。密輸の九十八パーセントはうまくいきましたし。

ベルギーにカーゴトランスという会社があります。公式の所有者はマガリー・デスロリエという人物ですが、実際にはわたしの夫が黒幕です。カーゴトランス社には社屋もないし、トラック一台保有していません。ヘンクという町に郵便受け取り用の住所があるだけです。架空の発注がカーゴトランス社経由で行われ、請求書がその会社からデーリング運送会社に送られます。デーリング運送会社は金を送金します。その逆の場合もありますが。実際のところ、主人は毎回、自分の金を自分に送っているんです。そうやって汚れた金をきれいにします。人身売買で稼いだ金が簡単に合法的な金になるんです。そういうわけで、主人はオランダ、ベルギー、ルクセンブルク、ジブラルタル、さらには海外にもそういう会社をいくつも持っています。

アメリカ合衆国やカナダでの取引は、フリートヘルムの息子フィリップがブエノスアイレスからすべて手配しています。パキスタンやルーマニアからアメリカへ人間を運んだ場合、五万ユーロ。そのうち、手配師の取り分はごくわずかで、残りは全部主人のものになります。フィリップの映画会社は非合法なルートで数百人の若い娘を東欧やアジアからドイツへ運んできました。娘たちは映画女優になって、自由が得られると夢見てやってきますが、結局どこかの売春宿に売り飛ばされて娼婦になるんです」

「ハンス・ペーター・ヤゴーダの役割は?」ピアはたずねた。

「ヤーゴ製薬は」クラージング弁護士がそこで口をはさんだ。「徹頭徹尾インチキな泡沫会社さ。一度として本当に業績をあげたことなんてなかった。資金洗浄用の会社だ。まさかあそこがあんな大きな泡になるとはだれも予想していなかった。投資会社やアナリストが意外なほど長くあそこの業績予想や成長戦略に及第点をつけたものだから、大もうけすることになった。そして事実を直視したときには下り坂だ。ヤゴーダとフリートヘルムは株式公開で投資した金を百倍にしたところで、事業から手を引き、資金を国外に移した」

「へえ」オリヴァーとピアは異口同音にいった。

「フリートヘルムはヤーゴ製薬を捨てようとした」クラージングは話をつづけた。「なぜならヤゴーダは、新興市場で本当のスターになる夢に取り憑かれてしまったんだ。脚光を浴びるのがよほどうれしかったんだろう。名声、ちやほやするメディア、まわりで浮かれ騒ぐ人々。そういうものがあいつには必要だったんだ。だから突然、地に足をつけて仕事をする気になった。だけどフリートヘルムはそれを許さなかった。夫妻はすねに傷を持つ身だ。フリートヘルムはそれをネタにして、ヤゴーダに圧力をかけたのさ」

「どうしてそんなに詳しいんですか？」ピアはたずねた。

「この数年、義理の弟の行動を注視していた」クラージングは肩をすくめた。「証券会社に友人がいるし、いろいろ資料を漁って推理した。ただフリートヘルムが押さえているヤゴーダの弱みがなにか、いまだにわからない」

「それはわかっていますよ」そう答えると、クラージングとその妹が啞然とするのを見て、オリヴァーは相好を崩した。「デーリング夫人、あなたも知っていますね」

「なんだって？」クラージングはたずねた。

「なぜマリアンネ・ヤゴーダとハルデンバッハ上級検事の写っている写真をイザベル・ケルストナーに渡したんですか？」ピアはたずねた。

「写真？」クラージングが落ち着きを失った。

「以前からハルデンバッハがヤゴーダ夫妻から賄賂を受けとっていたことを証明する写真です」オリヴァーはファイルをひらいて、モノクロ写真を抜き取り、クラージングに渡して、アナ・レーナを見た。

「ご主人は、マリアンネ・ヤゴーダが両親の死に関わっていることを知っていたのでしょう？」

「それは違います」アナ・レーナが小声でいうと、彼女の兄が振り向いた。「マリアンネは、ハンス・ペーターと主人がなにか計画していることには気づいていましたが、手を貸してはいません。わたしがその事実をつかんだことも知りません。ハンス・ペーターは当時、株式公開をするために三百万マルクが必要でした。でも、それだけ持っていなかったんです。主人にも、それほど持ち合わせはありませんでした。主人が本当に金持ちになったのはヤーゴ製薬を通してです。ハンス・ペーターはマリアンネの父親に借りようとしてせびったんですが、あっさり断られてしまいました。そこで、主人がマリアンネの両親を殺すことを思いついたんです。あのふたりがなにを企んでいるか、当時はわかりませんでした。火事のことを耳にし、ハンス・ペーターが少しも悲しい顔をしないでうちのパーティにあらわれたのを見て、合点したんです。わたしは、警察が真相を突き止めると思っていました。でも、なにも起きませんでした。主人はマリアンネを見張らせました。彼女を信用していなかったんです。それに彼女は頭が切れますから。

わたしは数週間前、イザベルがいろいろな男と性交をしているビデオ映像を、ハンス・ペーターと主人が持っていることを知ったんです。男たちというのは、不満を抱いた株主、銀行の人間、検察官、それに税務署の係官で、ハンス・ペーターたちはその映像でこの人たちを脅迫したんです。

ある晩、ハンス・ペーターがうちに来ました。あわてふためいていました。ふたりは書斎に入りましたが、ドアを閉め忘れたんです。それで話を盗み聞きすることができました。ハンス・ペーターは、イザベルとベッドに入るというばかなことをしでかし、彼を主人公にした映像をイザベルににぎられてしまったというんです。主人は彼をこきおろしました。すべて片がつくまで、映像でなんとか引き延ばせるはずだったのに、と。わたしにはちんぷんかんぷんでした。主人はハンス・ペーターに、イザベルは知りすぎた上に、厚かましくなったから始末すると約束しました。ハンス・ペーターは、できるだけ早いほうがいいといっていました。彼女の住まいをひっくり返して、問題の映像を見つけたかったんでしょう。主人は金の心配をしていましたが、ハンス・ペーターは自分の夢を実現して、ヤーゴ製薬を大きくしたかったんです。そのとき、三人をいっぺんに片付ける妙案を思いついたんです」

「どういう妙案ですか？」ピアは気になってたずねた。

「写真が主人の金庫にあることを知っていました。その数枚を封筒に入れて、差出人の名は書かずにイザベルのところへ送りつけたんです。この写真があれば、マリアンネの両親の死にヤーゴダ夫妻がからんでいることが証明できて、ふたりを思いのままにできると一筆書き添えたんです。イザベルがハルデンバッハのことまで知っているとは思えなくて」

「どうしてそんなことをしたんだ？」クラージングはあきれていった。「おまえ自身が罪を問われることになるぞ」

「どうでもよかったんです」アナ・レーナは悲しそうに微笑んだ。「イザベルは金に目が眩んで、ハンス・ペーターを脅迫するとわかっていました。ミヒャエルをそっとしておいてほしかっただけなんです。そしてついでにわたしは主人を陥れたかった。ハンス・ペーターは、イザベルが主人から写真を手に入れたと思うでしょうから。実際、彼は主人をだんだん疑うようになりました」

「イザベル・ケルストナーはその写真のせいで死ぬことになったのかもしれない」オリヴァー

はいった。

「そうなるだろうと思っていました」アナ・レーナは本音を吐いた。だがそのことで一分でも眠れない時間を過ごしたという印象はなかった。

「おまえには弁護士が必要だな」クラージングはすっかりうちひしがれていた。

「ご主人がひどい目にあいましたけど、まだ聞いていませんよね？」ピアはたずねた。

「ええ。なにも聞いていませんが、死んでいたってかまいません」

「死んではいません」そう答えて、ピアはアナ・レーナの表情をうかがった。「でも電気ショックで拷問され、そのうえ……去勢されました」

「なんですって？　去勢？」アナ・レーナはピアから兄へ視線を移した。一瞬、信じられないという顔をしたが、すぐ口に手を当てて笑いだした。長いあいだ抱えてきた不安と抑圧から一気に解放されたのか、ヒステリックなほど笑いつづけた。

「アナ・レーナ」露骨に喜んでいる妹を見かねて、クラージングがいった。「やめろ！」

「むりよ」アナ・レーナは笑いすぎて苦しそうにしながら、頬の涙をぬぐった。「いかしてるわ。最高！　いい気味」

オリヴァーはバート・ゾーデン墓地の木陰に立っていた。ファレンティン・ヘルフリヒと妻のドロテーエ、そして年輩の女性だけのささやかな参列者が墓穴に納められる棺《ひつぎ》を黙って見ていた。棺を担った人たちが脇にどき、主任司祭がなにか弔《とむら》いの言葉を述べたが、オリヴァーには聞こえなかった。涙どころか、すすり泣く声さえない。みんな、こわばった表情をしている。イザベル・ケルストナーは生前、遺族をあまりにもないがしろにしてきた。彼女の早い死、しかもそれが謀殺であっても、哀れに思ってもらうことはできないようだ。自分の子を葬るというのはどんな気持ちだろう。

　オリヴァーは、人殺しや強姦魔になった人間の両親や兄弟姉妹を幾組も見てきた。みんな、茫然自失し、中にはなにも手につかなくなる者もいる。みんな、子どもの行為に対する罪の意識に苛まれ、非難の言葉や不信のまなざしに苦しみ悩むものだ。自分の息子や娘がいつか途方もないことをしでかしたらどんな思いをするだろうと考えて、オリヴァーはいやな気分になった。どこか肝心なところで父親の役目が果たせなかったと非難されることはわかっていた。

　棺を担った人たちは厳《おごそ》かにこうべを垂れて、後ろにさがった。それから主任司祭といっしょに立ち去り、家族だけをそこに残した。棺を担った人たちの仕事はこれで終わりだ。ファレンティン・ヘルフリヒが墓穴の前に立って、母の肩に腕をまわした。彼は棺の上に土もかけなければ、花も添えなかった。ずっと面倒ばかり起こしてきた美人の妹に、涙すら流さず別れを告げた。墓地の出口で、オリヴァーは死んだイザベル・ケルストナーの遺族に声をかけた。

「お哀しみのところ、邪魔をして申し訳ありません」ファレンティンたちに弔意をあらわしてから、オリヴァーはいった。ヘルフリヒの母がアルツハイマー病であることを思いだした。もしかしたら、なにが起きているのか理解していないかもしれない。

「かまいませんよ」ヘルフリヒは少しためらってから答えた。オリヴァーは、ヘルフリヒが寝不足で、病気のように見えることに気づいた。しばらく眠れない夜を過ごしているかのようだ。目は赤く充血していて、頰がこけている。

「わたしがお母さんを連れてかえるわ」ドロテーエ・ヘルフリヒはいった。「じゃあ、あとで」

ヘルフリヒは、妻が母親を車に乗せる手伝いをし、ふたりが走り去るのを待って、オリヴァーの方を向いた。この数時間、オリヴァーは、ヘルフリヒが妹の死に関係している気がしてならなかった。動物病院にかけてある写真に写っているにこやかに笑う若者のひとりだ。ケルストナーとリッテンドルフの親友で、そして妹に侮蔑されてきた。

「ヘルフリヒさん」オリヴァーは少しためらってからいった。「八月二十七日の午後、あなたはなぜマクドナルドの駐車場で妹さんと待ち合わせたんですか？」

「妹が会いたいといってきたんです」ヘルフリヒは両手を背中にまわした。「わたしが妹の死と関係があると思っているのでしょう？」

「あなたは友だちが受けた仕打ちのことで妹さんを憎んでいたように思えるものですから」オリヴァーは答えた。

「憎むというのはいささか大げさですね」ヘルフリヒの声には抑揚がなかった。「妹をさげすんでいました。あいつはとんでもないことをしたのです。許しがたい。親友のひとりを死に追いやり、もうひとりの人生を地獄に変えた。しかも両親をないがしろにした。しかし憎んではいませんでした」

「友だちのゲオルク・リッテンドルフは憎んでいましたね」オリヴァーは答えた。

「たしかに」ヘルフリヒは元気なくうなずいた。

「イザベルはあなたになんの用だったのですか？」

ヘルフリヒはすぐには答えなかった。

「家内とわたしは長年、子どもが欲しいと思いながら、もうけることができなかったんです」と唐突に話しだした。「養子縁組も申請しましたが、ドイツで養子をもらうにはもう年を取りすぎていました。他に選択肢はなかったんです。イザベルが遺産の前渡しを求めてきたのは五月でした。わたしは断りました。母が生きているかぎり、父の金は母のものであり、わたしはそれを管理する立場だったんです。イザベルにもそう伝えました。すると、金を貸してくれといってきました。最近よくあったことです。でも返してもらったためしがないので、金はないといってやりました。それでもしつこく食い下がってきたんです」

「いくら欲しいといってきたんですか？」

「五万ユーロ」

「それは多いですね」オリヴァーは考えた。五月のことなら、ヤゴーダやカンプマンとうまくいっていたはずだ。「金はなにに使うといっていましたか？」

「はっきりとはいいませんでした。将来に向けて投資するんだといっていました。そしてミヒャエルには内緒だといったんです」

「それで？　内緒にしたのですか？」

「ええ。ふたりの結婚はすでに形ばかりのものでしたから。ミヒャエルとアナ・レーナが仲良くなっていた時期だったんです。ミヒャエルはアナ・レーナとの方が幸せになれると思いました」

「イザベルに金を渡したんですか？」

「ええ。しかしこのときは交換条件をだしました」

「ほう、どんな交換条件ですか？」

「子どもです」

「なんですって？」オリヴァーは自分の耳を疑った。

「イザベルはあのとき妊娠していたんです。その子どもをくれといったんです。五万ユーロで」

オリヴァーは一瞬、言葉を失った。

「その子どもの父親は？」

「訊きませんでした。どうでもいいことでしたので」ヘルフリヒは肩をすくめた。「イザベルは金を受けとり、子どもを生んだあと、二度とわたしの前に姿を見せないと約束しました。その金で、ちょうど安値で売りに出ているオーストラリアの潜水教室をまるごと買いとるつもりだといっていました」

「信じたのですか？」

「ええ。そういう潜水教室が実在しましたので。しかしあいつが風のようにむら気なことを忘れていました。数週間後、潜水教室の話は立ち消えになり、あいつはポルシェを乗りまわすようになったのです」

ヘルフリヒはメガネを取って目をこすった。

「土曜日の朝、あいつはわたしに電話をかけてきて、話があるといったんです。ふたりだけで。時間と場所を指定されて、わたしはそこに時間どおりに行きました。イザベルは、なにか打ち込むことができて、近いうちにドイツを去るので、人工中絶したといったんです。怒り心頭に発しました。まだ生まれていない命になんという軽はずみなことを、と心底腹が立ちました。わたしが非難しても、あいつはただ笑って、ポルシェを渡すから、これで貸し借り無しだとうそぶいたんです」

しばらくのあいだヘルフリヒもオリヴァーも言葉が出なかった。とても静かだった。梢《こずえ》にそよぐ風の音だけが聞こえた。

「今あなたが話したことは、わたしから見たら犯行の動機になることはわかっていますよね」

オリヴァーは小声でいった。

「ええ」ヘルフリヒはふたたびメガネをかけて肩をすくめた。「はっきりわかっています。でも、犯人はわたしではない」

オリヴァーは腕組みした。

「あなたとリッテンドルフで、あなたの妹を襲って殺し、車のトランクルームに押し込んでからケーニヒシュタインで食事をしてアリバイを作り、それから死体を展望タワーに運び上げて、投げ落とし、自殺に見せかけようとした。そうじゃないんですか？」

ヘルフリヒはしばらく考えた。

「そういうふうに見えるかも知れませんが、あいにく違います。食事のあと、ゲオルクと奥さんは、ベビーシッターが三時間しか時間を取れなかったので帰宅しました。ドロテーエとわたしも車で家に帰りました。ただ途中、ケルクハイムで少し酒を飲みました。フランクフルト通りの〈XXS〉というカクテルバーです。午前一時頃までいました。現金の持ち合わせがなかったので、クレジットカードで支払いました。調べればわかることです」

「調べます」オリヴァーはさらなるアリバイが出てきてがっかりしていることに気づかれないようにしながらいった。「ところで昨夜はどこにいましたか？」

「昨夜？」ヘルフリヒはびっくりして彼を見つめた。「何時頃のことですか？」

「午前一時から五時のあいだ」

「どこにいたというんですか？」口の端に笑みが浮かんだ。

「拷問室」オリヴァーは答えた。「学生組合の学友といっしょに」

ヘルフリヒの満足そうなまなざしを見て、オリヴァーは充分返事になっていると思った。知りたかったことは確認できた。

オリヴァーとピアが午後遅く、アナ・レーナ・デーリングの証言を武器に取り調べをはじめると、ハンス・ペーター・ヤゴーダは空気を抜かれた風船のようにくしゃんとなった。ハルデンバッハ上級検事が自殺の前に文書で告白を遺していたので、重い罪を背負うことは覚悟していた。セックス映像で脅迫されていた債権者たちも一致団結し、詐欺と脅迫の罪で訴えた。ヤーゴ製薬の破産はもはや避けようがなかった。最後の希望の星だったヤーゴフェロニルなる新薬も、破産管財人に金をもたらすだけの存在となった。ヤゴーダは黙秘しようが、否定しようが後の祭りだと観念し、洗いざらいぶちまける腹を決めたのだ。ヤーゴ製薬がもともと金を巻き上げるために上場されたことや、彼とデーリングの仲が険悪なものになっていたことを認めた。細かい手口について、オリヴァーは知りたいとは思わなかった。それはこれから数週間か数ヶ月かけて検察局と経済犯罪／詐欺捜査課が解明すべき案件だ。知りたかったのは、イザベルが問題のモノクロ写真でヤゴーダを脅迫したかどうかだった。

「いいや」ヤゴーダは写真をちらっと見ていった。「この写真は見たことがない。なんでこの写真で脅迫されなくちゃならないんだ？」

「確かか？」オリヴァーは念を押した。

「もちろんだ」ヤゴーダは両手で顔をぬぐった。「今さら嘘をついてもしょうがないだろう。すべて終わったんだから」

二〇〇五年九月八日（木曜日）

オリヴァーは歴史的建造物であるボーデンシュタイン城の駐車場に車を止めると、外に出て、飼い犬を降ろした。天気に恵まれた週末だと、その駐車場は車でいっぱいになる。ルッペルツハインまでつづく谷の南のはずれに建つボーデンシュタイン城はフランクフルト周辺から憩いを求めてやってくる行楽客にとって恰好の場所だ。この数年、仕事熱心な妻を迎えた弟は父といっしょに、ボーデンシュタイン城の魅力を高め、実入りもあるように工夫を凝らしていた。伝統的な馬場運営の他に、領地の山手にあった山小屋風食堂を復活させて貸しだし、城の中庭では定期的にイベントをひらくようになった。オリヴァーが育った城自体には高級レストランが入っていて、料理長が去年、ゴー・ミヨとミシュランでランクインした。オリヴァーは弟に会う気はなかった。ひとりで考えごとをしたかったのだ。だから領地の門を通り過ぎ、フィッシュバッハとルッペルツハインをつなぐ砂利が敷かれた農道へ通じる分かれ道へとつづく舗装道路を歩いた。犬は喜んで収穫を終えた農地を駆けまわり、久しぶりの散歩に有頂天だ。

オリヴァーはルッペルツハインへ通じる道に曲がった。事件が袋小路にはまるといつもこうやって遠出をする。頭が少しはすっきりすると期待してのことだ。昨日の晩は、デーリングと話せるかと思い、ヘーヒスト病院まで車を走らせた。しかし彼はショック状態の上、強い鎮静剤を投与されていた。ベルギー警察は児童誘拐の疑いでモーリス・ブロールトを拘束し、検察局はすでに引き渡し要請をだしていた。フランク・ベーンケ、アンドレアス・ハッセ、カイ・オスターマンの三人は、八月二十七日の夜、ヤゴーダ邸でのパーティに出席した客を全員洗った。ひとり残らず、ヤゴーダに脅迫されていたことを認め、ホストであるヤゴーダがひと晩じゅう家から離れなかったと証言した。マリアンネ・ヤゴーダも午前一時まではパーティに出ていたという。

オリヴァーは農地を駆けまわる犬を見た。水曜日の未明、フリートヘルム・デーリングは自宅から誘拐された。鑑識チームは徹底的な現場検証で庭に足跡が残されているのを発見した。他にも金網フェンスが押し下げられた個所があり、タイヤ跡をデーリングの敷地の裏の森の道で採取し、麻酔をかけられた番犬のロットワイラー二頭を見つけた。オリヴァーは、リッテンドルフが関わっていると確信していた。ひとりでできる犯行ではないので、クラージングとヘルフリヒが共犯ではないかとにらんでいた。三人はひどい目にあったアナ・レーナのためにデーリングに復讐したのだ。しかしいくら犯罪行為とはいえ、そうやって、アナ・レーナを解放させなかったら、彼女は今頃死んでいただろう。ヴァン・オイペンの自供からそれは明白だ。だからといって、ヘルフリヒやリッテンドルフのイザベル・ケルストナー殺人容疑が濃厚になるというものでもない。ふたりにはイザベルが死んだ時刻にアリバイがある。フローリアン・クラージング弁護士はどうだろう？　まさか、いくらなんでもあの有名な弁護士がそのような企みに加担するわけがない。

オリヴァーは、殺人犯発見という目標に近づくことのできるインスピレーション、閃《ひらめ》き、洞察を期待したが、無駄だった。しかたなく、これまでわかったことをひとつとおりゆっくり反芻《はんすう》することにした。わかった事実や人物たちを目の前に思い浮かべ、イザベルが死ぬことで一番得をするのはだれか考えた。

放っておけばなにかしら失うものがあったデーリングとヤゴーダ、何年も屈辱を受けたミヒャエル・ケルストナー、それなりの理由から妹を心の底から憎んでいたファレンティン・ヘルフリヒ。この四人は、イザベルが死ねば一番喜ぶ者たちだ。だがイザベルの恥知らずな言動で傷ついたり、苦しんだ他の者たちはどうだろう。なにがきっかけで殺意を覚えるかなんてわかるものではない。傍目《はため》には些細なことでも、失望し、憤慨し、頼るものもなく人殺しになった人間にとっては絶望と同じということはありうる。そのとき、ローベルト・カンプマンのことが脳裏に浮かんだ。イザベルが馬の売買の裏側を暴露したら一巻の終わりだと恐れていたはずだ。あいつにはアリバイがない。そういえば、嫉妬深いカンプマン夫人はどうだろう？　まだ面と向かって話をしていない。あの夫婦が険悪な仲なのは見逃しようがないのに。そしてマリアンネ・ヤゴーダの役割はなんだろう？　両親の死の真相を本当に知らないのだろうか？

携帯電話の呼び出し音でふっと我に返り、オリヴァーはジーンズのポケットから携帯電話を取りだした。ピアからだ。三十分前、フィリップ・デーリングをフランクフルトの空港で緊急逮捕したという。

「でも、長くは引き留めておけません」残念そうな声だ。「外交官旅券を持っています」

「そうじゃないかと思っていた」オリヴァーはいった。「すぐに行く。女の子のことでなにかいったか？」

「今のところ吐いていません。でも、イザベルのポルシェで採取した指紋と毛髪がカンプマンのものであることを、科学捜査研究所が特定しました」

「三十分で行く」オリヴァーは携帯電話をしまい、口笛で犬を呼びもどし、来た道をもどった。

フェリペ・ドゥランゴことフィリップ・デーリングは見栄えのする男だった。男らしい目立つ顔に、人当たりのいい微笑み。表情は父親似だが、あれほど露骨な自意識は持ち合わせていなかった。痩身で、日焼けしており、高級デザイナースーツに身を包み、パテックフィリップの腕時計をつけていた。

「逮捕するなんてあんまりじゃないですか」デーリング・ジュニアはいの一番にいった。「外交特権があるんですよ」

ピアは殴り飛ばしたいというような形相を見せたが、オリヴァーは微笑んだだけだった。

「逮捕したつもりはありません」と穏やかに答えた。「どうぞすわってください。コーヒーかなにか飲みますか?」

「水をいただきましょう」親切な対応に驚き、少し不審に感じながら、デーリング・ジュニアは指差された椅子にすわった。ピアはグラスに水を注いで、彼の前のテーブルの上に置いた。

「ブエノスアイレスから直接来られたのですね」オリヴァーは、会話を録音する許可を取ってから話しはじめた。「どうしてですか?」

「父が事故にあったと聞きまして。父が元気になるまで、仕事の采配を振る必要がありますからね」

「本当にむごいことをされました」オリヴァーはうなずいた。「電気ショックで拷問され、プロのやり方で去勢されたのですからね」

デーリング・ジュニアは手にしたグラスをすぐに置き、口をあんぐり開けた。

「ご存じなかったのですか?」オリヴァーは椅子の背に寄りかかった。「そうなんですよ。あなたのお父さんに遺恨のある者の仕業ですね。どうやらたくさん敵がいるようですから」

腕組みをして壁にもたれていたピアがニヤニヤした。ボスの戦術がわかったのだ。

「敵?」デーリング・ジュニアは聞き返した。顔が壁のように白くなった。

「夜中、番犬を麻酔で眠らせて、自宅から誘拐したのです。よほどの決意と大胆さがなければできないことです。しかもはっきり意識のある人間に……」

「やめてください!」デーリング・ジュニアは立ち上がった。両手がぶるぶる震えていた。

「反吐が出る!」

「お父さんの仕事を軽率に引き継いでいいものかどうか。わたしなら、その前にどうしてこんな事件が起きたのか、お父さんにたずねてみますけどね」オリヴァーは同情しているそぶりをした。「あなたが次の犠牲者になって、素っ裸で、去勢され、門に鎖でつながれ、溶接されてしまわないことを願うのみです。想像してみてください。犯人はお父さんの切り取った睾丸をホルマリン漬けにして、その瓶を足下に置いていったのです」

デーリング・ジュニアがおたおたしているのを見つめながら、オリヴァーは悠然とかまえた。彼の人間を見る目は嘘をつかなかった。デーリング・ジュニアは根性のすわった人間ではなかった。クールに振る舞っていても、目がおどおどしている。

「わたしをおどかそうっていうんですね」デーリング・ジュニアはささやいた。

「とんでもない」ピアは勢いをつけて壁から離れると、ファイルをつかんで、磔《はりつけ》にされたフリートヘルム・デーリングの写真を平然と見せた。デーリング・ジュニアは写真をちらっと見ただけで、顔をしかめ、椅子にすわり込んだ。復讐であることは疑いようがない。デーリング・ジュニアは自分の身の安全しか考えなかった。

「イザベル・ケルストナーの娘はどこだね？」オリヴァーはたずねた。

「うちの農園です」デーリング・ジュニアは迷わずささやいた。「すぐドイツへ連れ帰るように手配します」

ジュニアの頭越しに、オリヴァーとピアは視線を交わし、してやったりという顔をした。デーリング・ジュニアは腰抜けだった。

オリヴァーは取調室から出て、自分の部屋にもどった。土曜日の午後早い時間に、イザベルと話をした女がいたことを思いだし、トルディス・ハンゼンの携帯電話にかけた。トルディスはすぐに出た。

「やあ、秘密主義のお嬢さん」オリヴァーはいきなりいった。

「どういうこと？」トルディスは愉快そうにいった。「あなたは刑事なんだから、あたしがだれかすぐに突き止めると思ったわ」

オリヴァーは、この件に関しては詰めが甘かったと認めざるをえなかった。

「あなたは姓を名乗るのを忘れていた」オリヴァーはいった。

「そうね」トルディスは率直に認めた。「それで、どうして電話をかけてきたの？」

「あなたに会いたい」オリヴァーはわざと声をひそめていった。トルディスがしばらく言葉を返せずにいたので、一本取ったと痛快な気持ちがした。

一時間後、オリヴァーはトルディスが指定したケルクハイム＝ミュンスターのピザ屋に入った。乗馬ズボンとブーツという出で立ちのバルバラ・コンラーディがトルディスといっしょに隅の席でミネラルウォーターを飲んでいた。ほとんど客の入りはなく、手前のカウンターでは、ピザ配達員が退屈そうに、音量を最大にしたテレビを見ていた。オリヴァーはバルバラ・コンラーディにあいさつした。そばかす顔に笑窪《えくぼ》のある、元気いっぱいの女性だった。

「二週間前の土曜日のことです」オリヴァーはいった。「午後の早い時間にイザベル・ケルストナーさんを訪ねましたね。なんの用だったのかうかがいたいのですが」

「いいですよ」コンラーディ夫人はいった。「四月にカンプマンから馬術競技会用の馬を買ったんです。二、三ヶ月くらい厩舎で飼われていて、イザベルが乗っていました。わたしはその馬が気に入ったんですが、カンプマンが大金をふっかけてきたんです」

「いくらでしたか？」

「八万ユーロ」

「たしかに大金ですね」

「健康な十歳馬で、セントジョージ賞典で成果をあげていました」コンラーディ夫人はつづけた。「値段だけのことはありました。何度か乗ってみて、手打ちをしました。でも買った直後に、その馬は怪我をして、わたしは馬術競技に出場できなかったんです。まあ、そういうこともあります。六月はじめに怪我が治って、わたしはあらためて馬術競技に出場申請をしました。競技会前日の夜、馬は馬房でロープにからまったとかで、またしても足が動かなくなってしまったんです」

コンラーディ夫人は間を置いて、水をひと口飲んだ。

「そのあと、わたしはバカンスに行きました。そのあいだ、カンプマンに乗ってもらっていたんですが、帰ってから馬に乗ってみると、まともに走れなかったんです。わたしはカンプマンと喧嘩しました。約束どおり馬を乗りまわさず、馬房につないでいただろうって。証人はいくらでもいたんですけど、みんな、カンプマンとことをかまえたくなくて、名前を知られるのをいやがりましてね。わたしは腹が立って、前の持ち主に電話をかけたんです。その人といろいろ話した結果、その馬を手放したのは、馬術競技で使い物にならないからだったとわかったんです。馬運搬用トレーラーに乗せるだけでもひと苦労で、競技会場では後ろ脚立ちばかりするという話でした」バルバラは顔をしかめた。「そして前の持ち主は、その馬を教習用の馬として三万ユーロでカンプマンに譲ったんです！」

「ぼってますね」オリヴァーはいった。「あなたはどうしたんですか？」

「カンプマンは、そんなことは知らぬ存ぜぬの一点張りでした。その馬には大金を注ぎ込んだというんです。ズザンネにも相談しましたけど、よくわからないといわれました。それで、イザベルと話してみることにしたんです。彼女とカンプマンは仲がよかったですから。でもイザベルはいつもわたしを避けたんです。ですから土曜日、住んでいるところまで押しかけて、あの馬で馬術競技に出なかった理由を問いただしたんです」

「ちょっとあれ！」トルディスはいきなり興奮してそう叫ぶと、テレビを指差した。「ハンス・ペーターよ！」

三人は体をまわして、ニュース専門チャンネルn-tvのニュースを見た。フランクフルト警察本部の前に立っているリポーターが、ヤーゴ製薬の破産とハルデンバッハ上級検事の自殺の関連を伝え、ハンス・ペーター・ヤゴーダが脅迫罪で逮捕されたといった。

「嘘でしょ！」コンラーディ夫人はびっくりして、カールした髪が揺れるほどかぶりを振った。オリヴァーはまた向き直った。

「あまり驚いていないみたいね」そういって、トルディスはオリヴァーをじっと見た。オリヴァーは肩をすくめてにやりとした。

「信じられない」コンラーディ夫人はまたかぶりを振った。「あんな真面目そうな人が」

「新興市場にまともな会社がひとつでもあったかしら」トルディスはにやりとした。「とにかく当分のあいだハンス・ペーターには会えないわね」

「十年は会えないでしょうね」オリヴァーはそういってから、ここへ来た目的を思いだした。

「イザベルさんはなんといっていましたか？」

「馬の状態は必ずしもよくはなかったと認めました」コンラーディ夫人は答えた。「もっとちゃんと教えてくれといったら、もう二、三日待ってくれといわれました。それでおしまいです」

「カンプマンはそのことについてなにかいいましたか？」

「なんにも」コンラーディ夫人は苦笑いした。「買ってしまったわたしが悪いんです。せめてイザベルに協力してもらって、支払った金の一部でも取りもどせるかなと思っていたんですが、それももう望み薄です」


バート・ゾーデン病院に入院中のケルストナーは一般の病室に移されていた。オリヴァーは二十三病棟に入り、十四号室のドアをノックした。ケルストナーは頭に包帯を巻かれ、まだ顔色がすぐれなかった。それでもオリヴァーに気づくと、弱々しく微笑んだ。目のまわりにはどす黒い血腫ができていた。テディがしっかり指示に従った証だ。

「こんにちは」オリヴァーは椅子を引き寄せた。「具合は？」

「よくなりました」ケルストナーは顔をしかめた。「一日二日で退院できる、と医長にいわれたばかりです」

「それはよかった」オリヴァーは微笑んだ。「あなたのお嬢さんも喜ぶでしょう」

ケルストナーの顔から微笑みが消えた。苦労しながら上体を起こした。

「わたしの娘？」ケルストナーはささやいた。

「見つけだすと約束しませんでした？」

「う、う……嘘だ……」

「嘘ではないです。今はアルゼンチンにいます。明日にもドイツ大使館職員につきそわれてフランクフルトにもどってきます。遅くとも明後日には再会できるでしょう」

ケルストナーは深く息を吸うと、目を閉じてふたたび息を吐いた。涙が一滴頬を伝い、すぐにもう一滴流れ落ちた。ケルストナーは目を開けた。オリヴァーもびっくりするほどうれしそうに目を輝かせた。

「どういって感謝したらいいか。苦労かけました。申し訳ない。しかし……」

「いいってことです」オリヴァーはいった。この間ずっと同情していたこの男の喜ぶ顔に心を揺さぶられた。

「イザベルを殺した犯人はまだわかっていないんでしょう？」ケルストナーは気を取り直してたずねた。

「あいにく」オリヴァーは肩をすくめた。「どこを突っついても袋小路にはまってしまって。わたしは……」

ドアをノックする音がした、オリヴァーは黙った。無愛想な医療助手ジルヴィア・ヴァーグナーが花束を手にしてあらわれた。オリヴァーは腰を上げた。

「お客さんだ」オリヴァーはケルストナーに手を差しだした。ケルストナーが心を込めてにぎりかえした。「お大事に。これからは幸せになれるよう祈っています」

「ありがとう」ケルストナーは答えた。「わたしもあなたの幸せを祈ります。いろいろありましたが、また会いましょう」

「それは楽しみです」

ふたりは微笑み合った。それからオリヴァーはきびすを返して、ドアに向かった。と、そのとき、青天の霹靂《へきれき》のように、あることがひらめいたのだ。目立たない医療助手ジルヴィア、彼女は、〝ミヒャエルのような人を夫にする資格なんてなかった〟といっていたじゃないか！　オリヴァーはもう一度振り返って、ジルヴィアがはにかみながらケルストナーに花束を渡すところを見た。ケルストナーに恋をし、夢中になっているまなざし。そのまなざしは雄弁だった。だがケルストナーはそれに気づいていないようだった。

「見舞いに来てくれてありがとう」ケルストナーはいった。「すわって。病院はわたしがいなくてもなんとかなっているかい」

オリヴァーは病室から出たが、廊下に沿って歩き、病棟の曇りガラスドアを抜けると、各病棟をつなぐホールの椅子にすわった。

ジルヴィアは体つきが正反対のイザベルに嫉妬していた。好きになった男を夫にしながら、ないがしろにしている美しく若いイザベルを憎んでいた。ジルヴィアが殺しの計画を立てたのはいつだろう。そのとき二十三病棟のドアが開いて、若い女がうつむき加減に歩いて出てきたので、オリヴァーははっとした。ジルヴィアだ。両手をベストのポケットに突っ込んでいる。オリヴァーに気づいていない。オリヴァーは腰を上げて、あとについていき、病院の玄関ロビーで声をかけた。目に驚きの色が見えた。オリヴァーは心にやましいところがある証拠だと解釈した。

「な……なんの用ですか？」ジルヴィアは口ごもった。

「訊きたいことがあります」オリヴァーは答えた。

「急いでいるんです」ジルヴィアは不快に思っているようだ。少しあとずさった。

「ドクター・ケルストナーが好きなんでしょう。とても好きなんですね」

ジルヴィアはゆっくりうなずいた。

「彼の妻の仕打ちに納得できなかった。そうですね？」オリヴァーはその瞬間、自分に課していた鉄則を破ったことに気づいた。取り調べでは誘導尋問はしないという鉄則だ。今しているのは、まさにそういう質問だ。だがどうでもいい。目の前にいるのがイザベル・ケルストナーを殺した犯人だと確信していた。説得力がある、明確だと思えた。オリヴァーは疲れているうえに、じれていて、そのせいで早とちりしていた。ジルヴィアの顔は困惑と不安の色に染まった。目が泳いだ。

「イザベルが気に入らなかったのでしょう」

「ええ」ジルヴィアは消え入るような声でささやいた。上唇に汗が光っている。息遣いが早い。

オリヴァーは内心、歓呼の声をあげた。あと少しだ！

「イザベルさんを殺すと決めたのはいつですか？」

「なんですって？」オリヴァーの考えでは、ケルストナーに恋をし、地獄のような結婚生活から解放したいと考えたはずのジルヴィアが、あきれたという顔をした。

「白状しなさい。イザベルさんが動物病院を立ち去ったあと、チャンスをうかがったんでしょう。あとをつけて、ペントバルビタールを注射した。あなたには簡単なことだった。薬剤調合室に出入りできるのだから」

「あなた、どうかしているんじゃない」ジルヴィアは額《ひたい》を指先でつついた。「あきれてものがいえないわ」

「同行していただきましょう」

「ふざけないで！」不安な表情は怒りに変わった。ジルヴィアはさげすむまなざしを向けると、オリヴァーをそこに残して、出口へ歩いていった。

「待った！」オリヴァーはジルヴィアの肩をつかんだ。だが腰のすわったジルヴィアが敏捷《びんしょう》に体をまわし、オリヴァーの腕をつかんだかと思うと、彼はもう宙に投げだされていた。病院の黒く輝くタイルの床に背中からどさっと落ち、激しい痛みに襲われた。目の前に真っ赤な星がいくつも舞い、息が詰まった。背骨が折れたに違いない。たぶんあばら骨も尾骨も。冷や汗が噴きだした。心配そうな顔がいくつもかがみ込んできたが、オリヴァーはなにもいえなかった。

「急げ！」だれかが叫んだ。「救急治療室へ連れていけ！」

「病院の中でよかったぞ」

「医者を呼べ！」

「大丈夫だ、大丈夫」オリヴァーは苦痛でめまいを起こしながらささやいた。「もう平気だ。なんでもない」

　ふたりの救急隊員と医者がひとり駆けてきた。取り囲む野次馬の数が増えた。猛烈な痛みは少しずつ消え、赤恥をかいたという気持ちだけが残った。藪《やぶ》から棒にあんな責め立て方をするなんて、頭がおかしかったとしかいいようがない。オリヴァーは息みながら立ち上がって、足を引きずりつつ自分の車の方へ歩いた。日が経てば、自分のぶざまな姿を思いだして笑いそうだ。しかし今はそんな気分になれない。車にすべり込むと、目を閉じた。医療助手がイザベルのあとをつけて、襲いかかり、注射で殺し、そのあと闇夜に展望タワーに上って、イザベルを突き落とす。オリヴァーの推理はそういうものだったが、やはりこじつけもいいところだ。部下にこの惨《みじ》めな顚末《てんまつ》を勘づかれなければいいが、とオリヴァーはそれだけを願った。そのとき車の窓ガラスを叩く音がした。オリヴァーはジルヴィア・ヴァーグナーに気づいてびくっとした。それから差し込み口にキーを挿して一回まわし、パワーウィンドウを下げた。

「謝ろうと思いまして」ジルヴィアは後悔しているようだった。「あの……わたし……本当にすみませんでした……」

「いや」オリヴァーはかぶりを振った。「わたしこそ、謝らなければ。どうしてあんなことをいったのか」

ジルヴィアは唇をかみしめたが、いきなり噴きだし、けらけら笑った。オリヴァーはむっとした表情で彼女をにらみつけたが、あまりの滑稽さにいっしょになって笑った。

「ごめんなさい」ジルヴィアは目に涙を浮かべていった。「あんまりおかしかったものですから！」

「もういいです。自業自得です」

「本当に疑ったわけではないんでしょう？」ジルヴィアは半ば気を取り直してたずねた。

「いや、あいにく本気でした。そんな気がしまして」

「たしかにミヒャエルに好意を寄せてはいますが、愛しているわけではありません。わたしには夫とふたりの小さな子どもがいます。ミヒャエルは素晴らしい獣医ですてきな人というだけです」

「本当に申し訳ない。どうでしょうか……えーと……さっきの騒ぎはお互い忘れるということでは」

「もう忘れました」ジルヴィアはそういって、目配せをした。

「ありがとう」オリヴァーはほっと安堵してにやりとした。それから背中の痛みに顔をしかめた。「しかし身のこなしが見事でしたね」

「空手をしているので」ジルヴィアは控え目に微笑んだ。「一九九九年のドイツジュニア選手権チャンピオンで、黒帯なんです」

「先にそれをいってほしかったですね」オリヴァーはにやりとした。「特別出動コマンド《SEK》の出動要請をすればよかった」


〈グート・ヴァルトホーフ〉は暑い午後なのにがらんとしていた。駐車場には車が二台しか止まっていない。一台はトルディスの黄色いジープだ。オリヴァーはジープの横に車を止めて、むりな動きはしまいと心に言い聞かせながらゆっくり厩舎に向かって歩いた。今晩は傷めた筋肉が痛くなって、地獄の苦しみを味わうだろう。背中は痣だらけのはずだ。厩舎の中央通路に人影はなかった。敷地を半ば見てまわったところで、オリヴァーは、障害馬術用の馬場にいるトルディスを見つけた。鼻筋に白斑のある鹿毛に乗っている。

「こんにちは」トルディスは驚いたように笑みを浮かべて馬をオリヴァーのそばへ走らせ、火照った顔にかかった髪に息を吹きかけた。「ここでなにをしているの？」

「馬に乗っているあなたを鑑賞したかったんです」オリヴァーも微笑んだ。「乗馬がうまいですね」

「ありがとう」トルディスはにやりとした。「努力しているわ」

「それはそうと」オリヴァーは柵に寄りかかった。「この乗馬クラブの所有者はヤゴーダ氏ではなく、奥さんだというのは本当ですか？」

「そうかもしれないわね」トルディスは考えながらうなずいた。「ご主人はめったに見かけないけど、奥さんは以前、毎日ここに来ていたから。この夏から関心が薄れたみたい。最近はめったに見かけないわ。ヤゴーダ夫妻はもともとカンプマンが乗馬講師として働いていた別の馬場に馬を預けていたらしいの。でもいざこざがあって、二十人の仲間とカンプマンを連れてここに移ってきたという話よ。そして三ヶ月後、ヤゴーダ夫妻がこの馬場を買ったというわけ」

トルディスはあたりを見まわして声をひそめた。

「ヤゴーダ夫人がカンプマンにご執心でこの馬場を買ったともっぱらの噂よ。でもだめだったみたいね。カンプマンはどっちかというと服のサイズ三十六のスリムな女が好みなのよ」トルディスはクスクス笑った。それから身を乗りだして、オリヴァーをしげしげと見つめた。「ねえ、それどうしたの？」

「どうしたのって？」オリヴァーはなにくわぬ顔で聞き返した。

「額に大きなたんこぶができているわよ！」

オリヴァーは思わず額に手を当てて、いらぬ動きをしたことを後悔した。

「どうしたの？」トルディスは心配そうにたずねた。

「黒帯の女性空手家と手合わせしましてね」

「あら」トルディスはクスクス笑った。「それって、まさかジルヴィア・ヴァーグナー？」

「まあ、そんなところです」オリヴァーはしかめっつらをした。「さて、カンプマン夫妻のところへ行かなくては」


ズザンネ・カンプマンは、オリヴァーが突然あらわれたことをどう思っているか、一切そぶりに見せなかった。

「主人はあいにく不在です」そういって、にこやかな顔をした。

「かまいません。奥さんに話があるんです」

「わたしに？」夫人は目を丸くしたが、ドアを開けてオリヴァーを中に通した。夫人はきれいに片付いたダイニングルームを抜けて、驚いたことにキッチンへ案内し、後ろ手でドアを閉めた。

「なにか飲みますか？　コーヒーはいかが？」夫人は親切ごかしていったが、オリヴァーは丁重に断った。

「イザベルさんが死んだ土曜日のことをうかがいたいんです。いまだにその日の全体像が見えないものですから。あなたに協力していただけるかなと思いまして」

「いいですよ」夫人はオリヴァーを注意深く見つめた。

「ご主人の話だと、イザベルさんは午後七時頃、馬場にやってきたそうですね」オリヴァーはそう切りだした。「ご存じでしたか？」

「いいえ」夫人は首を横に振った。「わたしは午後遅く、両親を訪ねましたので」

「ご主人からそのことは聞いていないですか？」

「ええ。いう必要のあることですか？　たいしたことではないでしょう」

「ご主人はこのクラブの会員に馬をよく売っていますね。イザベルさんはそれを手伝っていました。その代わりに、ご主人から金をもらっていましたね。ご存じでしたか？」

「イザベルは〈グート・ヴァルトホーフ〉で売りにだしている馬に乗っていました」夫人は包丁をつかんで、しきりに振りまわした。「とてもいい騎手でした。もちろん少しは礼金をもらっていたはずです」

「八万ユーロの十パーセントは少しといえませんがね」

「そんなにもらっているなんて、だれがいったんですか？」にこやかな仮面が一気にはがれた。

「そう聞いています」オリヴァーは夫人の表情を興味津々に見つめた。「ご主人は自分の裁量で売り買いをしていましたね。ヤゴーダ夫妻に差しだす金はごくわずかで、もうけの大部分は自分の懐に入れていた。そうですね？」

「わたしは知りません」

「ヤゴーダ夫人がそのことを知っていると思いますか？」

「知らないでしょう。ローベルトの契約では、自分の裁量で売り買いをしてはいけないことになっています。すべての利益はヤゴーダ夫妻のものになります。主人がそんな勝手なことをするとは思えません。それに、もしそんな高額のお金をもうけていたら、わたしが気づくはずです」

「確かですか？　金はあなたの目の届かないところに隠しているかもしれませんよ」

腹を立て、傷ついたような目つきになったが、表情全体は茫洋として底が見えなかった。

「イザベルさんが、そのことでご主人を脅迫したら、ご主人はどういう反応をすると思われますか？　ご主人はなにを失う危険があるでしょうね」

「それは、たくさんのものを失います」夫人はそうささやいてから押し黙った。そばで見ると、絶食ダイエットと日焼けサロンを利用しすぎなのが、顔にあらわれていた。

「主人には経営のセンスがないんです」夫人が口をひらいた。「何年も前のことですが、主人は馬場を失いました。両親の遺産です。馬場は強制競売に付され、わたしたちには負債だけが残りました。主人は雇われ仕事をするほかなくなりましたが、納得はしていませんでした。そんなときたまたま、働いていた馬場でヤゴーダ夫妻と知り合ったんです。意気投合しましてね、ヤゴーダさんが夫に名前を貸してほしいっていったんです。なんかいかがわしい仕事に使っている会社で必要だといわれましてね。主人は現金で十万マルクもらって、いわれたとおりにしました。危険はほとんどなかったんです。その会社は実在してませんから。わたしが一度、なにをやっているのかって訊いたら、資金洗浄だってヤゴーダさんは教えてくれました」

カンプマン夫人は笑った。少し甲高すぎた。

「資金洗浄。わたしたちには関係ないことです。そのあとヤゴーダ夫妻がこの馬場を買って、主人は管理人、わたしは事務担当になったんです。給料は大盤振る舞いでしたし、この家にただで住めて、車やらなにやらいろいろあてがってもらいました。ヤゴーダさんは、うちの借金の返済までしてくれたんです。そのうち、ローベルトは別の会社の社長に据えてもらいました。そちらも順調でした。そのうちにヤゴーダさんは自分の会社を株式上場したんです。

でも、ほら、会社のオーナーは自社株を売れないでしょう。だから主人に百万ユーロを渡して、ヤーゴ製薬株に投資させたんです。株が高騰したところで、ローベルトは株を売り、代わりにヤゴーダさんから十五万ユーロもらいました。この数年で、ふたりはさらに三つか四つ、会社を設立して、その都度、ローベルトは金をもらいました。ヤゴーダは自分の会社を使って、不当なやり方で途方もない金を稼いでいたのだ。

オリヴァーの思っていたとおりだった。ヤゴーダは自分の会社を使って、不当なやり方で途方もない金を稼いでいたのだ。

「その金は今どこに?」そうたずねながら、どうしてそういうとんでもない裏取引のことをすんで警官に打ち明けるのだろう、とオリヴァーは疑問に思った。

「あぶく銭はやっぱりあぶくになって消えるんです」夫人は答えた。声に苦々しい気持ちがこもっていた。「主人はその金を他の株に投資したんです。なんの知識もないまま。自分にもできると思ったんですね。あの頃は猫も杓子も株をやっていましたから。うまくいけばよかったんですけど」

「では文無し」

「ヤーゴ製薬と同じです」夫人は小声で笑った。明るい笑い声ではない。あきらめきった感じだった。「このうえ、主人が隠れて馬の売買をしていたなんて、ヤゴーダ夫人にばれたら、夫はここの仕事まで失うでしょうね」

「それほど簡単なことではないでしょう。あなたとご主人はヤゴーダ夫妻の裏の仕事を知りすぎています」

「ヤゴーダさんの、といったほうがいいでしょう」カンプマン夫人は顔をしかめた。「奥さんはそういうことから距離を置いていますから。奥さんには興味のないことです。当然でしょう。大金持ちですからね。奥さんにとって大事なのはこの乗馬クラブだけなんです」

オリヴァーは窓の外を見た。門扉が開いて、少しすると、カンプマンの四輪駆動車が広場に入ってきた。

「ご主人がイザベルさんと肉体関係があったことはご存じだったのですか？」

カンプマン夫人は振り向いた……目が揺れていた。そしていきなり背を向けると、包丁をふたたびにぎって、野菜を切り刻みはじめた。オリヴァーは突然、夫人を別の目で見るようになった。夫人は自己否定が得意ではなかった。いざとなれば自分の所有物を爪と牙で守りもする雌ライオンなのだ。そしてその所有物には夫も入っていた。不誠実な夫であっても。

「ところで」オリヴァーはいった。「土曜日の夜、あなたが両親のところへ行ったあと、ご主人がなにをしたかご存じですか？」

「知りません」夫人は窓の外を眺め、夫が車から降りて、玄関の方へやってくるのを見ていた。「たぶん酒を飲んで、テレビでも見ていたんでしょう。わたしが帰宅したとき、主人はソファで寝ていました」

「本当ですか？」オリヴァーは眉を上げた。「ご主人はその夜あなたが帰ってこなかったといっていました」

「嘘です。わたしは外泊を絶対にしません」

ドアが開いた……ローベルト・カンプマンがキッチンにあらわれた。顔が青く、緊張しているようだった。

「こんにちは」カンプマンはオリヴァーにそういってから、窓の外をしきりに気にしていた。家の中の刑事よりも大きな厄がやってくるといわんばかりに。

「こんにちは、カンプマンさん」オリヴァーは答えた。「おふたりの邪魔はいたしません。ごきげんよう」

オリヴァーはカンプマン夫人に礼をいって、家から出た。

トルディスは鞍をはずし、馬の世話を終えた。その瞬間、タイヤをきしませながら、車が一台、外から厩舎の前を走ってきて、また一台、同じ速度でつづいてきた。オリヴァーとトルディスは身を乗りだして、馬房のひらいた窓から外をうかがった。

「だれですか？」男がひとり恐ろしい形相でまっすぐカンプマンの家に向かっていくのを見て、オリヴァーはたずねた。すぐにもうひとりがあとを追っていく。そういえば、カンプマンがそわそわしていた。気にしていたのはこれか？

「あれはヘルムート・マルクヴァート」トルディスはいった。「もうひとりはヨーン・パイデン。どうしたのかしら？」

オリヴァーはふたりの名前をどこかで聞いたような気がした。

「マルクヴァート夫妻は」トルディスは少し皮肉を込めていった。「偉大なるグル、カンプマンのお客の中でも一番のカモなんだけど。この四年でバカ高い馬術用馬を三頭もカンプマンから買っている。でも、粗大ゴミも同じだった」

「バルバラ・コンラーディさんの場合と似ていますね」

「そんなものじゃないわ。乗りまわし、娘の乗馬レッスン、競技会同行とかなんやかんや、この数年でカンプマンは十万ユーロは搾り取ったんじゃないかしら。そのうえ、バカ高いだけの馬。全部合わせたらとんでもない額になるわ」

「しかし、どうしてあの人たちは気づかないのでしょうね？」

「だれも、カンプマンに疑問を抱かなかったのよ」トルディスはにやりとしたが、すぐに真面目な顔をした。「文句をいえば、クレーマーのレッテルが貼られて、村八分だもの。カンプマン夫妻は効果覿面《てきめん》の罰則を編みだしたの。口をきかないっていうね」

「口をきかない？」オリヴァーは驚いて聞き返した。「客と口をきかないのですか？」

「もう新興宗教と同じ」トルディスは声をひそめた。「みんな、カンプマンに好かれたくて必死。無視という罰則は、破門と同じ意味を持つわけ」

トルディスはクスクス笑った。

「しかし、高い金で買った馬が成果をあげなければ疑問に思わないですかね」オリヴァーはいった。

「全能の唯一神ローベルト・カンプマンを信じます……」トルディスは吐きすてるようにいった。「なにもわからず、カンプマンを盲信しているのよ。カンプマンがあの人たちの馬になにをしているか、というか、なにもしていないことを面と向かっていっても、あの人たちは信じないでしょうね。事実を直視する気がないのよ」

トルディスはかぶりを振った。そのとき馬運搬用トレーラーをつないだ車が二台、広場に乗り入れ、さらに大きな馬運車もやってきた。人々が厩舎に足を踏み入れた。

「わたしたち、クラブを移るの」女の子がトルディスのそばを通ったとき泣きべそをかきながらいった。「パパがかんかんになって怒っちゃったのよ！」

「どうやらようやく気づいたようですね」オリヴァーはそっけなくいった。

「いい気味と思っちゃいけないけど」トルディスは答えた。「でも、やっぱりいい気味だわ。食い物にされているとも気づかず、みんなしてカンプマンに群がっていたんだから」

「彼は窮地に追い込まれますね」

「それでいいのよ」トルディスはさげすむような声でいった。「遅すぎたくらいだもの」

「カンプマンのことを見誤っていたようです」オリヴァーはそういって、厩舎の窓からじっと家の方を見た。「知性はそんなにないと思っていたんですけどね」

「それは確かよ」トルディスは馬房に馬を引き入れた。「自分よりも金を持っている人間に嫉妬しているだけだもの。あいつが崇拝しているのは金。そのためならなんでもする」

また一台、車がまっすぐ家の前まで走ってきて止まった。マリアンネ・ヤゴーダだ。ポルシェ・カイエンから大儀そうに降りると、マルクヴァート、ノイマイヤー、パイデンの三人がカンプマンを相手に激しい口論をしている家の玄関へずんずん歩いていった。

「残念ですが」オリヴァーはそういって、自分の時計を見た。「署にもどらないと。このあとどうなったか見たくはあるんですが」

「あたしがここに残って、あとで報告するわ」トルディスが約束した。

二〇〇五年九月九日（金曜日）

「フィリップ・デーリングの供述調書です」ピアはオリヴァーの部屋に入ってきて、数枚の紙をデスクに置いた。

「ありがとう」オリヴァーはピアに視線を向けた。「デーリング・ジュニアの話の心証は?」

「百パーセント真実ですね」ピアは来客用の椅子にすわった。「嘘がつけるような状態じゃないです。それにその理由もないですし」

オリヴァーは供述調書をペラペラめくり、気になっている部分を探して、もう一度目を通した。

「イザベルとは父親を介して知り合った」オリヴァーはささやいた。「奴が女に興味を持たないことに気づいたときには、彼女は恋に落ちていたということだな。それでも奴と暮らす夢を見て、結婚をする気になっていた。どういうことだろう?」

「意気投合したんでしょうね」ピアが想像をたくましくした。「彼は、はいて捨てるほど金を持っている。夢に描いた生活ができる。それもたいした代償を払わずに」

「ああ、それはわかる」オリヴァーは目をこすった。「だがデーリング・ジュニアにはどんな利点があったというんだ。それがわからない」

「たしかに変ではありますね」ピアは声にだして考えた。「イザベルが赤の他人である男たちと寝て、それを映像に記録していたことは知っていたわけで、それでも結婚しようとするなんて」

オリヴァーのデスクの電話が鳴った。

「ヴァイターシュタット拘置所へ行くぞ。もう一度ヤゴーダの取り調べをする」オリヴァーは受話器を取る前にピアにいった。

ピアはうなずいて、部屋から出ていった。電話をかけてきたのはコージマだった。いい知らせと悪い知らせだった。

「今、病院」コージマはいった。「昨日、ちょっと骨を折っちゃって」

「なんだって！　なにがあったんだ？」オリヴァーはいやな予感がした。コージマには些細なことから話をはじめる癖がある。

「かなりの悪路を移動中だったの」コージマは話した。「ドライバーに、近道があるといわれたんだけど、あいにく豪雨で土砂崩れに巻き込まれちゃったのよ。幸い、機材は全部別のジープに積んでいたわ。でも、わたしが乗っていたほうは、二、三百メートル下の峡谷まで落ちちゃって」

オリヴァーは目を閉じた。コージマが死にかけたと想像しただけで、心臓がつぶれそうだった。探検なんてやめさせるべきだ！

「たいした被害はなかったのよ。わたし以外は」コージマは笑った。「ただ他の人たちのようにすぐジープからはいだせなくて。聞いているの、オリヴァー？」

「絶句していた。いつ帰ってくるんだ？　いいか、もうどこにも行かせないぞ。たとえ……」

「よく聞こえないんだけど」コージマがいった。オリヴァーは意に反して苦笑した。

「いつ帰ってくるんだ？　きみがいなくてさみしい！」

オリヴァーは一瞬ためらってから声をひそめた。

「それに貞操が守れるかわからないぞ。若い頃に片想いしていたすてきな女性と再会した。もっとすてきな二十一歳の娘を連れている」

オリヴァーはコージマに隠しごとをしたことがなかった。こういっておけば、インカとのことで深刻な状況に陥《おちい》らずに済む。

「それじゃ、急いで帰らなくちゃ」コージマは地球の裏側からいった。「以前なら四週間いなくても、あなたは浮気心なんて起こさなかったのに」

「だからこれからもっとそばにいるようにしたほうがいい」

「考えてみるわ」コージマは笑ったが、すぐに真面目な声になった。「わたしも、あなたに会いたい。でもギプスが乾くまで動けないのよ。動けるようになったら、ブエノスアイレスに出て、家に帰るわ。乗り換えがうまくいけば、土曜日の夜にはあなたのところよ。なんでもあなたのいうとおりにする」

「ブエノスアイレスっていったか?」オリヴァーはたずねた。突然いいことを思いついた。コージマにアルゼンチンでフィリップ・デーリングのことをいろいろ調べてもらえるかもしれない……

拘置所の面会室でオリヴァーとピアを前にしたとき、ヤゴーダはすっかり落ち着いていた。少し明るい表情までしている。

「すべて終わってほっとしている」ヤゴーダは本心を明かした。

「かなり長い期間、刑務所暮らしがつづくでしょう」ピアはいった。

「まあ、自分の蒔いた種だ」ヤゴーダは肩をすくめた。「だいぶ横紙破りをしたからな。それでも今は、いつうかつなことをいってしまうかと戦々恐々とする必要もなくなったから、すっきりしているよ。四六時中嘘をつかなくちゃならなくて、身も心もぼろぼろだった」

「なるほど」オリヴァーは咳払いした。「では刑務所暮らしが少し延びようがどうしようが関係ないね」

「どういう意味だ？」ヤゴーダは微笑むのをやめた。

「イザベル・ケルストナーが死ぬことになったのは、あなたが脅迫されると恐れたからだとわかってきたからだ」

「なんだって？」ヤゴーダは体を起こした。「そんなの嘘だ！」

「しかし信憑性が高いと思っている」オリヴァーは椅子の背にゆったりもたれかかった。「あなたは多くの人を脅迫した。イザベルはそのことを知っていた。あなたはデーリングと組んで、奥さんの両親が火事で死ぬように仕組んだでしょう。イザベルはそのことも知っていた。そのうえ、あなたとの映像も手に入れた。イザベルはカンプマンやデーリングとも性的関係があったんだ。あなたが、放っておけないと思っても不思議ではない」

ヤゴーダの顔から血の気が引いた。

「違う、違う、まったく違う！」

「ではどういうことだったの？」そうたずねて、ピアは作動中のボイスレコーダーを指した。「八月二十七日になにがあったか、あなたの話が聞きたいのよ。できることなら、今度こそ本当のことをいって。作り話は聞き飽きたから」

ヤゴーダは腰を上げて、自分の椅子の後ろに立った。

「わかった」ヤゴーダはしばらくして観念した。「どうせすべておしまいなんだ。どこから話そうか？」

「かなりのことはわかっている」オリヴァーはいった。「たとえばカンプマンが、あなたが郵便受け代わりにした幽霊会社の社長であることとか、彼の働きに、あなたが報酬を与えていたとか」

「カンプマン夫婦は借金漬けだった」ヤゴーダはため息をついた。「それでいて、のし上がる気が満々だった。だからあいつの借金を帳消しにしてやって、少し稼がせてもやったんだ。その代わり、ときどき役に立ってもらった。もちろんリスクを負わせることはしなかった」

「自社株を買うために、彼の名義を借りた」オリヴァーは言葉をさしはさんだ。「歴とした犯罪だ」

「まあな。その裁きは受けるさ。しかし殺人はしていない！」ヤゴーダは強い口調で答えた。

「あなたが奥さんの両親の死に関わっていたという噂を、イザベルはどこから仕入れたのかしら？」ピアはたずねた。

「たぶんデーリングからだ」

「どういうわけで、デーリングはイザベルのことをそんなに信用したのかしら。自分の首をしめるような秘密を明かすなんて」

「フリートヘルムはおしゃべりなんだ。とくに酔っぱらうと。どうして本人に訊かないんだ？」

「今のところできない事情がある」オリヴァーはいった。「怪我をして、まだ取り調べできない状態にある。しかしそのことは今はどうでもいい。奥さんの両親を殺す計画があったことを、イザベルがどうやって聞きつけたのか知りたい。ハルデンバッハとあなたの奥さんが写っている写真であなたを脅迫しようとしたのか？」

ヤゴーダはまた椅子にすわってため息をついた。

「それはなかった」

「確か？」ピアが突っ込んだ。

「ああ、確かだ。あの写真は見たことがない。たしかにあいつは俺を脅迫したが、金をむしり取ることはできない、とはっきりいってやった」

「なぜ？」

「破産していたからさ」ヤゴーダは両手を上げて途方に暮れた仕草をすると、ふっと微笑んだ。

「俺は文無しだ」

「あらそう？　ヤーゴ製薬株の違法取引で稼いだ金はどうしたの？　何百万ユーロにもなるはずだけど」

「大部分は使ってしまった。残りも会社に注ぎ込んだ。うまくいくと思ったんだ」

「イザベルの反応は？」

「腹を立てていたよ。まったく恩知らずな女だった。俺からずっと金をもらっていたというのに」

「彼女がそれだけの働きをしたということでしょう」ピアは食ってかかった。

「無理強いはしなかった。自由の身になって計画を実現するために金が欲しいとはっきりいっていた」

「どういう計画だったの?」ピアがたずねた。オリヴァーはそのあいだ、机に置いた供述調書をめくった。

「ころころ変わった。そのことは話したはずだ。だけど、急になにもかも変わったんだ。フィリップ・デーリングがあいつに結婚を申し込んだことでね」

「しかし彼は同性愛者だろう?」

「ああ。はじめは変だなと思った。だがイザベルにはそんなこと関係ないとわかった。金さえたっぷりあればいいんだ。ドゥランゴはアルゼンチンに大農園を持っていた。豪華ヨットでのバカンスもできる。金ははいて捨てるほど持っている」

「フィリップ・デーリングのほうには、イザベルと結婚して、なんの得があったわけ?」

「さあね」ヤゴーダは肩をすくめた。「冗談かと思ったが、なにかわけがあったんだろう」

「フリートヘルム・デーリングは息子の計画を知っていたの?」

「ああ」

「本当か?」オリヴァーはアナ・レーナ・デーリングの証言記録から探していた個所を見つけた。「デーリングが一連の状況をおもしろくないと思っていたことはわかっているんだ。あなたとイザベルが映像に映っている件については相当怒っていたようだが。証言を引用しよう。〝……フリートヘルムは彼をこきおろしました。すべて片がつくまで、映像でなんとか引き延ばせるはずだったのに、と。わたしにはちんぷんかんぷんでした。主人はハンス・ペーターに、イザベルは知りすぎた上に、厚かましくなったから始末すると約束しました。ハンス・ペーターは、できるだけ早いほうがいいといっていました。彼女の住まいをひっくり返して、問題の映像を見つけたかったんでしょう……〟」

オリヴァーはヤゴーダを見た。

「これをどう理解したらいいかな？　〝すべて片がつくまで〟というのはどういうことだね？」

「パラグアイのことさ。わたしはパラグアイの国籍取得を申請して、返事を待っていたんだ。ヤーゴ製薬がにっちもさっちもいかなくなったら、南アメリカに逃げる手はずだったんだ。パラグアイはドイツと犯罪者の引き渡し協定を結んでいない数少ない国のひとつだからな」

「デーリングはイザベルをどういうふうに始末するつもりだったんだ？」

ヤゴーダはたっぷり一分黙っていた。オリヴァーとピアはじっと彼を見つめた。

「イザベルは生きてアルゼンチンの土を踏むことはなかっただろう。フリートヘルムは手下に細かく指示していた。三百ヘクタールの大農園だ。死体のひとつくらいどこにでも隠せる」

筋の通る話だった。これで、ヤゴーダとデーリングは今回の容疑者からはずれる。ふたりは数日のうちにイザベルを殺すつもりだったが、だれかに先を越されたのだ。そのだれかが先に殺人を決行し、同時に石を踏んで転がしてしまった。その石が彼らの全人生を巻き込む雪崩を引き起こしたのだ。

「もうひとつ訊く」オリヴァーはいった。「奥さんはパーティのあった土曜日の夜ずっと家にいたのかね？」

「ああ。仕事の話には興味がないといって席をはずしはしたが、それ以外は……」ヤゴーダははっとして顔を上げた。

「どうした？」オリヴァーとピアがいっしょにたずねた。

「遅れてきた」ヤゴーダはゆっくりいった。「イザベルが来ないことが気になっていて、今まで忘れていたが、思いだした。マリアンネは、俺たちが下のバーにいたときに帰ってきた」

オリヴァーはローベルト・カンプマンとマリアンネ・ヤゴーダの逮捕状を取ることに成功した。ところがヤゴーダ夫人は自宅にいなかった。夫人の四輪駆動車もガレージになかった。家政婦の話では、前の日に話をしたのが最後で、それっきり携帯電話も切ってあるという。

「〈グート・ヴァルトホーフ〉へ行って、カンプマンを逮捕する」オリヴァーは決断した。「たぶんヤゴーダ夫人についてなにか知っているはずだ。昨日の午後、ヤゴーダ夫人がカンプマンの家へ歩いていくところを目撃した」

「逃げたんじゃないんですか」ピアは恐れていたことを口にした。

「いや、そういうタイプじゃない」オリヴァーは首を横に振った。「それに息子が寄宿舎にいる」

カンプマンの家の前に馬運搬用トレーラーをつないだシルバーの高級四輪駆動車が止まっていた。オリヴァーとピアはそこを通り過ぎるときにトレーラーの内部を覗いた。馬ではなく、あわてて積み上げた引っ越し荷物が見えた。その瞬間、カンプマンがもうひとつ箱を担いで開けっ放しの玄関から出てきた。カンプマンは顔面蒼白になり、怯えて取り乱しながらふたりの刑事を見つめた。

「こんにちは、カンプマンさん」オリヴァーはいった。「どうしたんですか？　引っ越しですか？」

「いや……その……」目が泳いでいる。「……事務所の片付けさ」

「奥さんと子どもたちはどこですか？」ピアはたずねた。

「家内の両親のところだ。俺たち……あいつらは……」

「カンプマンさん」オリヴァーが言葉をさえぎった。「イザベルさんから、フィリップ・デーリングと結婚し、アルゼンチンへ行くという話を聞きましたね。そのとき、あなたはどう思いましたか？」

重い箱がどさっと地面に落ちた。カンプマンは顔をこわばらせてオリヴァーを見つめた。

「本当はイザベルさんと駆け落ちするつもりだったのではないですか？　それなのに、別の男があらわれて、計画はご破算になった。腹にすえかねたでしょうね」

「八月二十七日の夜、あなた、本当はなにをしていたんですか？」ピアはたずねた。一瞬、カンプマンが気絶するのではないかと思った。目が泳ぎ、喉仏が忙《せわ》しなく上下した。

そのとき、中年の女が馬に乗って、広場にやってきた。女が親しげに手を振っても、カンプマンは応えなかった。女が馬から降りて、ホースから出る水で蹄《ひづめ》を洗うために馬を水場へ連れていった。

カンプマンはいきなりピアを突き飛ばした。ピアはそのままボスにぶつかり、ふたりは揃って尻餅をついた。オリヴァーはまたしても、硬い地面の現実を背中で痛いほど思い知ることになった。カンプマンが素早く駆けて、広場を横切り、小太りの女から手綱を奪って、軽々と鞍にまたがるのを目の端で捉えた。女は絶句し、口をあんぐり開けたままホースを手にして、カンプマンとともに駆け去る自分の馬を見つめていた。ピアは罵声を吐きながら駆けだした。オリヴァーはうめきながらなんとか四つん這いになったが、体を起こして走りだすまで一分近くかかってしまった。カンプマンが馬を全速力で走らせ、隣接する草地の向こうに姿を消すのが見えた。ピアはすでにオリヴァーのBMWに辿《たど》り着いて、エンジンをかけていた。オリヴァーが助手席に乗るなり、ピアはアクセルを踏んだ。タイヤをきしませながら広場をあとにし、門を出たところでコンクリートの農道にハンドルを切った。ピアはトラクターのタイヤが道に残した土塊《つちくれ》に罵声を浴びせた。一方、オリヴァーは無線で司令センターに応援を要請した。

「逃亡者一名。馬に乗ってホーフハイム方面へ逃走中。ケルクハイムの境界から南西へ向かっている」

数百メートル走ったところで、ピアはその先が行き止まりであることに気づいた。カンプマンは畑を横切り、今にも遠くに消えてしまいそうだった。

「右に行け」オリヴァーはいった。「あいつはホーフ・ハウゼン・ゴルフ場をまわり込むほかない。きっと森に逃げ込んで、わたしたちをまくつもりだ」

ピアはギヤをバックに入れて後退し、右折した。アクセルを踏んで、時速八十キロで農道を疾走した。数百メートル先で道が急カーブしていた。BMWはスリップして、あやうく畑に突っ込むところだった。迂回することになったものの、平坦な畑を走る逃亡者を視認することができた。カンプマンは自殺行為と思えるようなやり方で、車が来るかどうかも確認しないで国道五一九号線を横断し、そのままの速度で馬を駆った。

「逃亡者はいまだにホーフハイム方面へ逃走中」オリヴァーは司令センターに連絡した。「旧国道五一九号線、ホーフ・ハウゼン・フォア・デア・ゾンネ・ゴルフ場へ向きを変えた」

「詳しいですね」ピアはいった。

「そりゃそうさ」オリヴァーはそういって、カンプマンが動物保護施設へ通じる舗装道路を離れ、リンゴ園を抜けていくのを見た。「ケルクハイム周辺はうちの庭も同じさ。カンプマンにはあいにくだが」

「これはだめですよ、ボス。車で追うのはむりです」

「ホーフハイムへ向かえ。カンプマンがどういうルートをとるか想像がつく」

ふたりはホーフハイムへ向かった。市内に入る直前、右にハンドルを切り、旧国道を逆方向に走った。車の数メートル先でカンプマンの馬が道路に飛びだしたので、ピアは急ブレーキをかけた。バックミラーにパトカーの青色警光灯が見えた。

「頭がおかしいんじゃないの！」ピアは顔面蒼白になった。

「ここを左だ！」オリヴァーが叫ぶと、ピアはすぐ従った。車は横滑り防止機構のおかげでスリップしなかった。森のレストラン〈フィーヴァイデ〉へ通じる直線道路で、ピアはオリヴァーの7シリーズの三百馬力を全開にした。カンプマンはまた馬を全力で走らせたが、馬はすでに口から泡を吹いていた。もう長くは走れないだろう。そうすればこっちのものだ。カンプマンが馬を止めて、あたりを見まわした。オリヴァーは、カンプマンがためらった理由がわかった。森に入る道が人の背丈くらいある金網で封鎖されていたのだ。オリヴァーはドアを開け、車を降りた。パトカーがすぐ後ろに停車した。

「カンプマン！」オリヴァーは叫んだ。「観念しろ！　馬から降りたまえ！　罪が重くなるだけだぞ！」

カンプマンは荒々しい目つきでオリヴァーをにらむと、馬の向きを変えて、巡査たちに向かっていった。オリヴァーは、カンプマンの魂胆がわかった。森までちょうど三百メートル。カンプマンは道を少しもどって、邪魔な金網をまわり込もうとしているのだ。

「馬を撃ちます！」巡査のひとりが興奮して拳銃を抜いた。

「やめろ！」オリヴァーが怒鳴った。カンプマンはすぐに近づいてきた。表情から決死の覚悟をしているのがわかる。馬は疲労困憊していて、今にも倒れそうだ。おそらく生まれてこの方、こんなに長い距離を全力疾走させられたことなどないに違いない。カンプマンは馬を叱咤した。オリヴァーは手綱をつかもうとして、六百キロの体が自分に突進してくるのを見ていたが、ぎりぎりのところで側溝に身を投げた。蹄鉄が火花を散らして舗装道路を走り抜けた。

「追え！」そう叫んで、オリヴァーはまた車に飛び乗った。午後ということもあって、森のレストランは賑わっていた。駐車場は満車だ。カンプマンは速度を落とすことなく、道のはずれにある赤白の遮断棒に向かっていった。人々が驚いて道を開けた。だが馬は遮断棒の直前で突然足を止めた。カンプマンはもんどりうって鞍から投げだされ、砂利の地面にどさっと落ちた。ピアが遮断棒の前でブレーキペダルを踏んだとき、カンプマンは立ち上がったところだった。オリヴァーはBMWがまだ止まりきらないうちに外に飛びだした。カンプマンは森の中に駆け込んだ。疲れ切った馬は脇腹を上下させ、目をむいて道の真ん中に立っていた。レストランからは、騒ぎを聞きつけて野次馬がぞろぞろあふれでてきた。

「獣医を呼べ！」オリヴァーは制服警官のひとりにそういうと、ピアといっしょに追跡をはじめた。カンプマンはすでに最初の分かれ道をあとにしていた。背中が痛むのもかまわず、オリヴァーは駆けだした。カンプマンを逃がしてなるものか。しばらく道に沿って走ってから、カンプマンは藪《やぶ》に分け入ったに違いない、とピアがいいだした。オリヴァーは悪態をつきながらきびすを返した。あいにく逃亡者の行方を訊こうにも、散策する者も、自転車をこぐ者も、ジョギングをしている者もいない。そのとき歩道の下で人の気配を感じた。カンプマンだった！

「あそこだ」オリヴァーはピアにいって、叫んだ。「止まれ、カンプマン！　逃げても無駄だ！」

カンプマンはかまわず走りつづけた。

「先回りします」そういって、ピアは歩道を走っていった。オリヴァーはうなずいて、藪をかきわけた。滝のような汗が顔を流れ、シャツが濡れて背中に張りついた。こんな暑い日に、こんなことをさせやがって！　枝が腕や足にあたり、腐った切り株につまずいて倒れそうになった。だがそれが幸いした。一歩先は急な崖で、カンプマンが下で横たわっていた。オリヴァーはしゃがんで、去年の乾いた落ち葉の中を、植物が繁茂している石切場へと滑り降りた。心臓が早鐘のように打ち、下に着いたときには息が詰まった。だがカンプマンの方が、はるかに具合が悪かった。顔を血だらけにしてしゃがみ込み、左腕を抱えている。〈フィーヴァイデ〉のそばに置いてきた馬と状況はそれほど変わらない。

「イザベル・ケルストナー殺害容疑で逮捕する」オリヴァーはあえぎながらいった。

〈フィーヴァイデ〉に集まった人だかりは四十五分後には引いていった。カンプマンは救急車でホーフハイムの病院へ搬送された。ふたたび逃げないように巡査をふたりいっしょにつけた。オリヴァーは荒っぽい扱いを受けた馬がどうなったか気になって、様子を見にいった。驚いたことにドクター・リッテンドルフが車のトランクルームを開けて立っていた。

「これはどうも、刑事さん」獣医は茶化した。「殺人犯を逮捕しましたか？」

「それはこれからだ」オリヴァーは控え気味に答えた。「馬の具合は？」

リッテンドルフは、疑心暗鬼と好奇心がないまぜになったいわくいいがたいまなざしをオリヴァーに向けた。

「この馬は動物病院に連れて帰ります」リッテンドルフは人差し指でメガネを鼻の付け根にもどし、聴診器を上着のポケットにしまった。「また元気に走れるようになるでしょう」

「よかった」オリヴァーはいった。

「捜査をしているうち、馬に情が移りましたか？」リッテンドルフはたずねた。けっして皮肉でもなんでもなかった。

「いいや、昔から馬を愛していた。わたしは馬といっしょに育ったんだ」

「ああ、そうだ」リッテンドルフはオリヴァーをじろじろ見た。「インカから聞きましたよ。クヴェンティンのお兄さんなんですってね」

オリヴァーはうなずいた。インカたちは、彼の噂話をしたのだ。当然のことだが。

「あなたは悪い人ではなさそうですね」リッテンドルフはいった。

「どうしてわかるんです？」今度はオリヴァーが皮肉を返す番だ。「わたしがクヴェンティンの兄だから、それとも馬が好きだから？」

「どっちでもないです」リッテンドルフは首を横に振った。「ミヒャエルの娘を捜すためにがんばってくれたからですよ」

「仕事です」

「いいや、マリーはあなたの捜査に関係がありませんでした」

「そんなことはどうでもいい。それより、最近起きたリンチ事件を捜査するのもわたしの仕事ですが」

リッテンドルフはトランクルームを閉めて、そこに寄りかかった。

「あなたには証明できません」リッテンドルフは腕組みして、否定しようともしなかった。

「監禁とひどい傷害は微罪では済まされないですよ」

ふたりは顔を見つめ合った。

「あなたとは気持ちが通じると思いましたが」リッテンドルフは勢いをつけて車から離れ、ふっと微笑んだ。「勘違いだったようだ。性分は変えられないということですね」

「だれもが尊重しなければならない法というものがあるんです。みんながあなたのように行動したら、無政府状態になってしまうでしょう」

リッテンドルフは眉を吊り上げた。

「わたしが犯人だと証明されたら、責任を取りましょう」


オリヴァーはもう一度〈グート・ヴァルトホーフ〉にもどり、ピアはホーフハイム病院で、カンプマンが逃げださないように監視することになった。〈グート・ヴァルトホーフ〉の駐車場はほとんど空っぽで、カンプマン夫妻の家も玄関が大きく開いていた。馬運搬用トレーラーをつないだ四輪駆動車の横に銀色のゴルフが止まっている。ベルを鳴らさず、声をかけることもなく、オリヴァーは家に入り、事務所にいるズザンネ・カンプマンを驚かした。すっぴんで、髪をただのポニーテールに結び、グレーのセーターを着ているズザンネはカンプマンの妻に見えなかった。オリヴァーが咳払いしたとき、ズザンネはコンピュータに向かっていた。タランチュラに刺されでもしたかのようにびくっとして振り返り、目を丸くしてオリヴァーを見つめた。

「びっくりするじゃないですか！」そういって、作業していたプログラムを急いで終了させた。それでも、オンラインバンキングだったのは見えていた。

「あなたがいると思いませんでした」オリヴァーは答えた。

ズザンネは立ち上がって、デスクに寄りかかり、腕組みをした。彼女の視線がオリヴァーの薄汚れ、血で染まった服をなめるように見た。

「ご主人が今どこにいるか気になりますか？」オリヴァーはたずねた。

「逮捕したんですか？」それほど心配していないようだ。ズザンネは夫の運命に大きな関心を寄せなかった。その代わりに、そわそわしているように見える。いつもの大げさな朗《ほが》らかさは影をひそめ、オリヴァーにははじめて彼女が本当の自分を見せているように思えた。

「ええ」オリヴァーは答えた。「逮捕しました。怪我をして、今はホーフハイム病院にいます」

ズザンネがその知らせに驚いたかどうかも判然としなかった。まったくの無表情で、大理石像のように身じろぎひとつしない。ただ目だけがしきりに動いていた。オリヴァーは、彼女の手に包帯が巻いてあることに気づいた。

「怪我をしたんですか？」オリヴァーはたずねた。

「ちょっと切ってしまって」ズザンネはセーターの袖で包帯を隠した。

「ご主人の容体はとくに気にならないのですね。大事な仕事の邪魔をしてしまいましたか？」

「昨日、クラブをやめた方たちの清算をしていたんです」ズザンネは澄ました顔で嘘をついた。

「ご主人が殺人の容疑で警察に追われているというのに、あなたは事務所でのんびり清算をしていたんですか？」オリヴァーは信じられなかった。救いようのないほど散らかっているデスクに視線を向けると、紙の山の下に札束が覗いていた。突然、ズザンネがなにをしているかピンときた。こんなに早く警察があらわれるとは思っていなかったのだろう。

「そんなこと、ちっとも知らなかったわ」ズザンネは無愛想に答えた。「帰宅したら、ドアが開け放ってあって、広場に引っ越し用の箱がいくつも転がっていたのよ。夫は影も形もなかった」

ズザンネはさげすむように顔をしかめた。彼女のまなざしに宿る侮蔑は底なしだった。

「ご主人にはあなたの助けが必要でしょう」オリヴァーはいった。

「もう充分助けてきたわ」ズザンネは答えた。「これからは自分の尻ぬぐいは自分でやればいいのよ。もううんざり」

ズザンネにとって仲むつまじい家族を完璧に演じることは、命の次に大事なものだった。それなのに、夫はイザベルといちゃついて、それを台無しにしてしまった。ズザンネは夫を憎んでいる、とオリヴァーははじめて気づいた。

「二週間前の土曜日に本当はなにがあったか、今度こそ話してくれませんか」

すると驚いたことに、ズザンネはすらすらしゃべりだした。

「うちのろくでなしがイザベルを殺したのよ。あの女にそっぽを向かれたから」

「どうして知っているんですか？　ご主人が話したのですか？」

「どうでもいいでしょ。事件が解決したんだから万々歳じゃない」ズザンネはほつれた髪を耳にかけた。金髪の生え際が本来の髪の色になっていた。化粧をしていないと、ぱっとしない普通の顔だ。

「どうでもいいとは思いませんが」

「うちのろくでなしはわたしをコケにしたのよ」声がさらに激しくなった。「あの金髪の小悪魔にのぼせ上がっているって、わたしには気づかれないと思ってた。わたしには、株の売買で文無しになったといっておきながら、アイルランドに家を買おうとしていた。あの女とそこへ駆け落ちする気だったのよ」

ズザンネは悪意のこもった笑い声をあげた。

「ところがあの女はうちのろくでなしを袖にしたわけ。冷淡にね。うちのろくでなしみたいな退屈な男と、雨ばかり降っているアイルランドで暮らすのはごめんだってわけ」ズザンネは肩をすくめた。「ローベルトの面子は丸つぶれ。あの女に遊ばれたってわかったんでしょう。そのうえあの女に、ここでやっていたインチキ商売をばらすって脅されたのよ。そしてあの女が意のままにならないとわかって、憎悪をたぎらせたの」

「殺してしまうほどに？」オリヴァーはカンプマンを逮捕しはしたが、ズザンネの話をにわかには信じられなかった。

「面子ばかりが大事な救いようのない男」ズザンネはさげすむように言い放った。「救いようのないのは、マリアンネ・ヤゴーダも同じ。あの人もイザベルを嫌ってた。イザベルがあの人の旦那まで誘惑して寝たって、わたしが話したら、尋常じゃない怒り方だった」

「マリアンネさんは気づいてなかったんですか？」オリヴァーがそういうと、ズザンネはここぞとばかりにゲラゲラ笑った。

「もちろん気づいていたわよ。だからうちのろくでなしと殺しの計画を立てて、イザベルを待ち伏せした」

「ご主人がマリアンネ・ヤゴーダといっしょになってイザベルを殺したというのですか？」オリヴァーは体を起こした。

「そうよ。ふたりであの女をタワーの上から突き落としたのよ」

オリヴァーはじっとズザンネを見つめた。ズザンネはイザベル・ケルストナーの本当の死因を知らない。

「帰宅したとき、ご主人はソファで寝ていたといいましたね。それは何時でしたか？」

「午前一時半くらい」ズザンネは眉ひとつ動かさず、オリヴァーの目を見据えた。

「ご主人とヤゴーダ夫人がイザベルさんを殺したと知ったのはいつですか？」

「ちゃんと覚えていないけど、先週よ」

「だれから聞いたのですか？」オリヴァーはそっと体の重心をずらした。体じゅうの筋肉と骨が悲鳴をあげていた。

「そういうふうに聞いたの。以上。おしまい」

「あなたのアリバイを確認したいのですが、ご両親の電話番号と住所を教えていただけますか?」

「ええ、いいわ」ズザンネは冷たく微笑んだ。きびすを返し、ボールペンをつかんでメモ帳に書きつけた。オリヴァーの携帯電話が鳴った。広場で犬が吠えたが、すぐに人なつこい声に変わった。ズザンネは窓の外を見た。オリヴァーは電話に出た。ピアだった。オリヴァーはズザンネに背を向けた。

「今は忙しい」オリヴァーは小声でいった。「すぐにかけ直す」

そのとき目の端で人の気配を感じた。いつのまにか、厩舎スタッフのカロルが無表情な顔で立っていた。バットを手にしている。オリヴァーはあとずさった。心臓が口から飛びだしそうだった。

「携帯電話をよこせ!」カロルは手を伸ばした。オリヴァーは、逃げる手立てはないと観念した。カロルは大柄な上、指先まで鍛え抜いている。体じゅうが地獄のような痛みにあえいでいる今の自分に勝ち目はない。

「無駄なあがきはやめなさい」オリヴァーはズザンネにいったが、彼女は冷ややかに微笑んだだけだった。カロルはオリヴァーの上着に手を入れ、ホルスターから拳銃をだし、ズザンネに渡した。それからオリヴァーを事務机の上に投げ飛ばし、両腕を背中にまわして、両手首と両足をガムテープでぐるぐる巻きにした。

「これは大変な過ちだ、カンプマン夫人」オリヴァーはズザンネが自分を撃たないことを祈るのみだった。こんな状況に陥《おちい》るとは、なんてうかつだったんだ。

「うるせえ！」そううなると、カロルはすぐさまオリヴァーの口にもガムテープを貼った。顔を壁に向けて椅子にすわらされたため、背後でなにが起きているのか、オリヴァーは耳で聞くことしかできなかった。

「急いで」カンプマン夫人の声がした。「他の奴が来る前に、早くここから逃げないと！」

「全部済んだのか？」カロルは答えた。

「ええ、ええ……」

これがオリヴァーの聞いた最後の言葉だった。いきなり後頭部をバットで激しく殴られ、目に火花が散って気絶した。

霧の奥から聞こえるような声に、オリヴァーは意識を取りもどした。目を開けると、年輩の女の心配そうな顔が視界に飛び込んできた。すべてが二重に見える。自分がどこにいるのか思いだすのに数秒かかった。

「聞こえますか？」女は気が動転していた。「大変。わたし、どうしたらいいの？」

オリヴァーは目を大きく見開いて、その女が縛めを解くべきだと気づいてくれることを願った。女はそのあともヒステリックにわめきながら、オリヴァーの口に貼ったガムテープをはがした。痛みはすさまじかった。それから女はハサミで手首と足首のガムテープを切ってくれた。

「ありがとうございます」オリヴァーは深く息を吸うと、手首をもんだ。気絶してからどのくらい時間が経っただろう。窓の外は真っ暗になろうとしていた。

「なにがあったんですか？」女は金切り声になっていた。「わたしの馬はどうなったんですか？」

オリヴァーは、さっき見かけた小太りの女だと気づいた。カンプマンが奪って逃げた馬の持ち主だ。

「あなたの馬はルッペルツハインの動物病院にいます」そういって、オリヴァーは腰を上げた。

「今、何時かわかりますか？」

「もうすぐ八時半です」女はぶすっとして答えた。「馬場には、わたししかいません。昨日、厩舎にいた馬の半分が出ていったんです。なにがどうなっているのか」

「カンプマン夫人を見ましたか？」

「いいえ」女はかぶりを振った。「でも、車はありません。買い物にでも行っているんじゃないですか？」

心許ない足取りで、オリヴァーはデスクにすがりついた。頭が割れそうだ。目がまわる。携帯電話を手探りしたが、なくなっていた。ひと声、悪態をついて、椅子に沈み込んだ。デスクに置いてあった現金がなくなっている。棚のあいだの壁に埋め込まれた金庫の扉は大きく開け放たれていて、中味が空っぽだ。カンプマン夫人とカロルは金を全部かき集めて、逃走したのだ。

「携帯電話はお持ちですか？」

オリヴァーは顔を上げた。

「これが広場に落ちていましたけど」女はオリヴァーの携帯電話を差しだした。

オリヴァーは礼をいった。液晶画面にひびが入っていたが、なんとか機能した。ピアに電話をかけたが、音声メッセージしか応答しなかった。病院に詰めているのだからむりもない。

「わたしはどうしたらいいでしょう？」女はたずねた。

「ご自分の馬のところへ行ってください」そういうと、オリヴァーは立ち上がった。本当ならこのまま熱い風呂に入り、ベッドに倒れ込みたかった。しかしその前に、カンプマンと話をしなければ。家を出て、自分のＢＭＷまで歩いていくと、無線でカンプマン夫人と厩舎スタッフのカロルの手配を指示した。もちろん危険人物、武器を携行していることも付け加えた。

ローベルト・カンプマンは蒼い顔で、もうろうとしながら個室のベッドに横たわっていた。片方の腕にはギプスがはめられ、頭の裂傷は縫合されていた。警官が病室の前の廊下で椅子にすわっていた。

「奥さんからいろいろ興味深い話を聞いた」オリヴァーはいった。体調の悪さは、目の前の男と大差なかった。「そろそろ本当のことをいったほうがいい」

カンプマンは充血した目でオリヴァーを見つめた。

「しゃべっちゃいなさいよ」ピアは形だけの言葉は使わなかった。「八月二十七日の夜、家にいなかったことはわかっているのよ。あなたがマリアンネ・ヤゴーダといっしょにイザベルを殺した、と奥さんは証言しているわ」

カンプマンは深く息を吸った。腫れ上がった唇が震えた。傷だらけの顔、ギプスをはめた腕、目の下の隈。ぶざまだ。しかしオリヴァーは同情する気持ちになれなかった。

「まあ、いいだろう」オリヴァーはしばらくしていった。「自分に不利益になることはしゃべらないということだね。明日、あなたは拘置所に移送される。検察局はイザベル・ケルストナー殺害の罪であなたを告発するだろう。覚悟しておくことだ」

カンプマンは唇を引き結んだ。顔をそむけ、怪我をしていないほうの手で悩むそぶりをした。出口のない状況がどれほど深刻か、ようやく気づいたようだ。

「俺は殺していない」泣きそうな声だった。「だけど俺のいうことなんて、どうせ真実のはずがないって思ってるんだろう」

「一度でも本当のことをいった？　口をひらけば、嘘ばっかりだったじゃない」ピアは身を乗りだした。「今度は本当だとどうして信じられる？」

カンプマンは黙って壁を見つめた。

「どうせわかりっこない」声には抑揚がなかったが、苦渋の思いがにじみでていた。「文無しというのがどんなものか知らないだろう。ポルシェを乗りまわし、週末にはニューヨークへ遊びにいき、五十万ユーロで眉ひとつ動かさず馬を競り落とす連中に囲まれて貧乏暮らしすることがどんなに惨《みじ》めなことか。奴らはろくすっぽ馬に乗れない子どものために三千ユーロもする鞍を買い与えるんだ！」

カンプマンは力なく目に手を当てた。

「うちの奴は要求が高い」カンプマンは話をつづけた。「俺は人生の負け犬さ。親から受け継いだ馬場を強制競売にかけられた上に借金まみれ。そんな人生が思わず好転したんだ。ヤゴーダ夫妻と知り合い、金儲けの機会を与えられた。その仕事がまともなものかどうかなんて悩んでいる場合じゃなかった。とにかく借金を帳消しにしたかった。あのふたりは馬場を買って、俺を管理人に雇ってくれた。何年ぶりかで心配事を抱えずに暮らすことができるようになった。すてきな家があり、車も二台、金もたっぷり稼げた。うちの奴はブティックで買い物ができるようになったし、俺もあいつに、装飾品をプレゼントできた。あいつはついに文句をいわなくなった。金の心配が一切なくなったんだ」

カンプマンはしょんぼりため息をついた。

「突然」カンプマンはささやいた。「俺は一廉《ひとかど》の人間になった。みんながもてはやしてくれた。俺のあとをついてまわり、アドバイスを欲しがり、無条件で俺を賛美したんだ！　実際よりも高い値段で馬を買おうが、あいつらには痛くもかゆくもない。気づきもしないで、満足していた」

「奥さんの話では、イザベルはあなたを脅迫し、顧客に馬の売買の真相を打ち明けるといったそうね」ピアはいった。「ヤゴーダ夫人にそのことを知られたら、あなたはクビになる恐れがあったんじゃない？」

「ああ、たぶんな」カンプマンはため息をついた。

「そんな脅迫をされながら、あなたは家族を捨てて、イザベルとアイルランドへ駆け落ちするつもりだったの?」

「それはうちの奴が勝手に思い込んだことさ」カンプマンは首を横に振った。「俺はヤゴーダからの頼まれ仕事で稼いだ金を株ですってしまった、とあいつにいった。あいつに無駄遣いされたくなかったんだ。そしたら、あいつは、俺がアイルランドで家を買おうとしていることを嗅ぎつけた。それはイザベルとなんの関係もなかった。だけどうちの奴は、イザベルを乗馬クラブから追いだして絶交しないなら、俺が裏でなにをやっているかマリアンネにしゃべるっていったんだ」

「それでなにをしたの?」ピアはたずねた。

カンプマンは怪我をしていないほうの肩をすくめた。

「なにも。イザベルがアルゼンチンに行けば、ズザンネも落ち着くと思った」

「そのことを知っていたの?」

「ああ。デーリングの息子と再婚して、人生をやり直すとイザベルはいっていた。あの男は大金持ちで、欲しいものはなんでも買ってくれるともいっていた。イザベルは、俺にもアルゼンチンに来ないかって誘った。大きな農園があるから、仕事はあるっていってな」

「イザベルが他の男と再婚しても、あなたは平気だったのか?」オリヴァーはたずねた。「彼女はあなたにとってとても大事な存在だと思っていたが」

カンプマンは目を上げて、オリヴァーを見つめた。その眼は真っ赤に充血し、ぎらぎらしていた。

「あいつが好きだった。俺にいろいろ手を貸してくれたが、他の連中に対するのと違って、俺に圧力をかけることはなかった。俺はあいつといっしょにいたかった。それで充分だった。女としては疲れる奴だったが」

「先々週の土曜日にイザベルを訪ねたね。どうしてだ？」オリヴァーはたずねた。

「約束の金を渡しにいったんだ」カンプマンはささやいた。「アルゼンチン行きを思いとどまらせようとしたんだ。生きて向こうに着くとは思えなかったんでね」

「どうして？」

「あいつはなにか写真を持っていて、それでマリアンネを脅迫していた。俺はやめるようにいった。だけどあいつは、その写真でマリアンネから二十五万ユーロはせしめられると高をくくっていたんだ」

「イザベルはマリアンネ・ヤゴーダを脅迫したのか？」オリヴァーはたずねた。

「ああ。マリアンネの両親が死んだのは事故ではなく、放火だったという話をどこかで聞きつけてきたんだ。そしてその証拠写真を手に入れて、マリアンネのところに行った。マリアンネは金を払うといったらしい。だけどイザベルに金を渡すはずがないって、俺は確信していた」

オリヴァーとピアは顔を見合わせた。これが本当なら、マリアンネ・ヤゴーダは嘘をついていたことになる。

「八月二十七日に本当はなにがあったんだ？」オリヴァーはたずねた。カンプマンは一瞬、目を閉じた。それからまた目を開けて、小さな声で話しはじめた。

「昼に帰宅したとき、うちの奴が烈火のごとく怒って、俺を怒鳴りつけた。イザベルを訪ねていたことを知っていたんだ。俺に罵声を浴びせて、かっかしながら車で出ていった。夕方、イザベルが馬場にやってきた。旦那に用があったんだ。だけど、旦那の方は相手にしなかった。それから、あいつはデーリングに連絡を取ろうとした。俺は、いやな予感がするから、マリアンネとは絶対に会うなともいった。だけどあいつは翌朝、ブエノスアイレスへ飛ぶから約束の金をくれといった。俺はあとからあいつを追いかけることにした。本当に心配だったんだ。マリアンネは脅迫されて引っ込んでいる女じゃないからね」

カンプマンはそこで口をつぐみ、しばらく間を置いてから、またしゃべりだした。

「俺はルッペルツハインまで車を走らせて、イザベルのアパートに上がった。あいつは俺に向かって怒鳴った。金がいるんだ、俺のせいですべて台無しになるってな」カンプマンはふたたびため息をついた。「見ると、カロルとマリアンネが来ていた。恐れていたとおりになるって直感した」

カンプマンの声が途切れた。涙を堪えている。落ちくぼんだ顔がこわばっていた。オリヴァーははじめて、カンプマンが本当のことをいっていると確信した。

「俺は足がすくんだ」カンプマンはささやいた。「カロルがイザベルに飛びかかった。俺に助けを求めた。だ……だけどなにもできなかった。ただそこに突っ立って、カロルがあいつを殺すところを見ていたんだ。マリアンネは、俺とイザベルがなにをしていたかすべて知っていると俺にいった。も……もしシェパードのように仕えるなら、見逃してやるって」

「シェパードのように？」ピアは驚いてたずねた。

「口をつぐんで、いうことを聞けということさ」

カンプマンは深いため息をついた。

「カロルがイザベルに注射したんだ。マリアンネはただ見ていた。それから、先に帰るから、カロルが住まいを家捜しして、きれいに掃除するのを手伝えと俺にいった。そして見たことをひと言でもだれかにいったら、イザベルと同じ目にあわせるとも。その言葉を、俺は一瞬たりとも疑わなかった。どうすればよかったんだ？　イザベルはもう死んでいた」

一瞬、病室は静寂に包まれた。カンプマンは荒い息遣いをした。先々週の土曜日の夜のことを思いだして、相当こたえているようだった。

「それから？」オリヴァーは容赦なくたずねた。

「俺たちで住まいの掃除をした。そんなに大変じゃなかった。イザベルは翌日旅に出るために荷物を全部、トランクにしまっていたんだ。カロルはイザベルの死体をゴミ袋でくるんで、地下駐車場に運んだ」カンプマンの声は震えていた。「奴はイザベルを車のトランクルームに入れた。俺は見張りをさせられた。そのあと奴にいわれて、近くの駐車場までポルシェを運転した。そこで奴はイザベルをゴミ袋からだして、車のキーを彼女のズボンのポケットに入れ、肩に担いでタワーに上り、上から投げ落とした」

「そのとき、あなたはなにをしていたの？」ピアはたずねた。「逃げることだってできたでしょう」

「そうしようとしたさ」カンプマンは笑った。苦々しい笑いだった。「カロルに追いつかれて、バットで殴られた。だから目に痣ができてたんだ。生きた心地がしなかった。俺たちは徒歩で魔の山《ツァウバーベルク》にもどって自分の車で家に帰った。俺は神経の高ぶりを静めるために、赤ワインを二本あけた。と、そういうわけさ」

「信じますか？」ピアはボスにたずねた。ふたりは病院の出口へ向かって長い廊下を歩いていた。

「ああ、あれが真相だろう」オリヴァーはうなずいた。「マリアンネ・ヤゴーダはイザベルを憎んでいた。それに、両親を殺した件については、おそらく自分も承知していて、それが明るみに出るのを恐れていたはずだ。マリアンネは金を払ってカロルにイザベルを殺させたんだ」

「でも、ペントバルビタールをどうやって手に入れたんでしょう？　簡単に薬局で買えるものではありませんよ」

「いずれわかるさ」オリヴァーは肩をすくめた。その動きだけで、体に痛みが走って、うめき声を漏らした。

「いったいどうしたんですか？」ピアは心配してたずねた。

「体じゅう打撲傷だ」オリヴァーはエレベーターのボタンを押して、この間の失態をピアに打ち明けるべきか考えた。エレベーターのドアがひらいた。オリヴァーはピアを先に入らせてから顔を見た。

「だれにもいわないと誓うなら、人生最大の恥をきみに話すよ」

ピアはびっくりしてボスを見つめ、手を上げて誓った。

「誓います」

エレベーターは一階で止まった。病院のエントランスホールはひっそりしていて、受付に退屈そうな若い夜勤がひとりいるだけだ。

「どこかで軽く食事でもしていこう」オリヴァーはいった。「そうしたらちゃんと話すよ。ただし誓いを忘れたら恐いぞ！」

二〇〇五年九月十日（土曜日）

真っ暗闇だった。オリヴァーははっとして跳ね起きた。心臓が激しく鼓動している。ベッドルームの天窓を雨が叩いて、鈍い音をたてていた。昨夜は真夜中を少し過ぎた頃に帰宅し、それからトルディス・ハンゼンと電話で話をした。〈グート・ヴァルトホーフ〉の会員が大挙して退会したと、彼女は愉快そうに話した。そのすぐあと、ブエノスアイレス空港からコージマが電話してきて、フェリペ・ドゥランゴことフィリップ・デーリングについてわかったことを教えてくれた。フィリップ・デーリングは新しい祖国で政界に打ってでる野望を抱いているという。自分の農園がある管区の区長候補になっているのだ。それで若く美しい女と結婚しているほうが、なにかと恰好がつくと考えたようだ。通話を終え、深い眠りについたのに、なぜか目が覚めてしまった。デジタル式目覚まし時計を見ると、朝の四時少し過ぎだ。どうして目が覚めたのか思いだそうと頭をひねるうち、ふいに脳裏に蘇った。体を起こし、携帯電話を手探りしてから、リダイアルボタンを押した。トルディスの声が聞こえるまで数秒かかった。

「起こしてしまって申し訳ない」オリヴァーは小声でいった。「ちょっと思いついたことがあって」

「何時?」トルディスは眠そうな声でいった。

「四時十分」オリヴァーは答えた。「でもたしか三時間眠れば充分といっていましたよね」

「ええ、まあ」トルディスはあいまいにささやいた。「どうしたの?」

「木曜日の午後、ヤゴーダ夫人がカンプマンの家に入るのを見たでしょう?」

「えっ? いつの話?」

「だから木曜日、わたしが〈グート・ヴァルトホーフ〉を訪ねたときのことです。会員の人たちがカンプマンに騙されていたと知って、馬を引き上げていったじゃないですか。そのあとヤゴーダ夫人があらわれたでしょう。あのあと帰ったかどうか覚えていますか?」

熟睡しているところを無理矢理起こされたトルディスは、なかなか頭が働かないようだった。

「よく覚えていないわ」トルディスは欠伸《あくび》をした。「あの人の四輪駆動車はそのまま広場に止めてあったわよ」

オリヴァーは筋肉に負荷をかけないようにそっと起き上がり、バスルームへ行った。

「もしもし?」トルディスはたずねた。

「聞いています」

トルディスの声がずっとはっきりしてきた。

「そうねえ。思いだしたわ。午後から夕方にかけて車はずっと止まっていた。なんかすごい騒ぎになっちゃって。八時くらいまでだったかな、あたしは、みんなが馬を連れて去っていくまでいたわ」

「しかしヤゴーダ夫人はそれっきり見ていないんですね?」

「ええ、そうよ」トルディスはためらいがちに答えた。「ちょっと待って! あたしが自分の車へもどったとき、ポルシェ・カイエンがそばを走りすぎたわ。カロルが運転していた。でもとくになんとも思わなかったのよね。カロルは夫人の代わりによく車を運転して整備工場やガソリンスタンドに行くから」

「どこへ行ったんです?」オリヴァーはびくっとした。

「馬用ウォーキングマシンがある新しい屋内馬場よ。でもあたしはそのあと帰宅したから、そのあとどうなったかは知らないわ。いったいなんだって真夜中にそんなことを知りたがるの?」

「ヤゴーダ夫人が木曜日から行方不明なんです」オリヴァーはバスタブの縁にすわった。「家に帰っていないし、どこにもいないんですよ。携帯電話は切ってあるし。ヤゴーダ夫人とカンプマン夫人とカロルを捜索中ですが、成果がないんです。おそらく……」

オリヴァーははっとした。キッチンで話しているあいだ、カンプマン夫人がずっと包丁をいじっていたことを思いだしたのだ。カロルはバットを持っていた。今はオリヴァーの拳銃まで携行している。あのふたりが金を持って高飛びするため、秘密を知っているヤゴーダ夫人を殺したということはありうるだろうか？

「おそらくってなに？」トルディスはたずねた。

「〈グート・ヴァルトホーフ〉へ行かなくては」

「今？　こんな時間に？」

「ええ」オリヴァーはベッドルームにもどって、服を探した。

「あたしも行きます」トルディスは思わずそういっていた。「二十分で乗馬クラブに着きます」

まだ夜が白む前の真っ暗な時間帯だった。雨は上がっていた。じめじめした地面と濡れたアスファルトのにおいがする。数日前にフリートヘルム・デーリングが鎖につながれていた大きな門は全開になっていた。カンプマンが不在で、他に閉めようとする者がいないせいだろう。パトカーが一台すでに待機していた。トルディスはオリヴァーのＢＭＷに気づいて車を降りた。ふたりの巡査が広場を横切り、オリヴァーにあいさつしてから、トルディスに好奇の目を向けた。

「なにも触っていません」巡査のひとりがいった。

「カロルは車をどこへ運転していった？」オリヴァーはトルディスにたずねた。

「あっちよ」トルディスは屋内馬場の手前の扉を指した。四人そろって芝生を渡り、屋内馬場へ向かった。人感センサーが作動し、まばゆい光が闇を追い払った。屋内馬場の大きな引き戸は鍵がかかっていなかった。

「照明のスイッチはすぐ右」トルディスはいった。しばらくして屋内馬場の前室の天井の蛍光灯が明滅した。そこには一時使用の馬房がふたつと、乾し草とわら束の他、馬用ウォーキングマシンや農機具がいくつか置かれていた。ウォーキングマシンの横に、前日広場で見かけたゴルフ・カブリオレが止まっていた。

「カンプマン夫人の車よ」トルディスはいった。オリヴァーはひとつひとつ推理して、なにがどうなっているのか理解した。カロルとカンプマン夫人はゴルフではなく、前日にここに止めておいたヤゴーダ夫人のポルシェ・カイエンで逃走したのだ。つまりマリアンネはこの乗馬クラブのどこかにいる。おそらく死んでいるだろう。

「ヤゴーダ夫人の車の捜索指示をだしてくれ」オリヴァーは巡査のひとりにいった。「ナンバーはHGではじまる」

「それは違うわ」トルディスが口をはさんだ。「車は〈グート・ヴァルトホーフ〉で登録されているの。MTK－GW 17よ」

オリヴァーは彼女を見てにやりとした。

「頭の切れるお嬢さんだ。どうして刑事にならないんです？　観察眼が鋭い人はいつでも歓迎です」

「お嬢さんというところは聞かなかったことにしてあげる」トルディスはつんと澄ましていったが、誉められてうれしそうだった。オリヴァーは時間が早いのにもかかわずピア・キルヒホフに電話連絡し、〈グート・ヴァルトホーフ〉へ来るように伝えた。そのあいだにオリヴァーたちは屋内馬場を出て、駐車場を横切り、カンプマンの家に着いた。

「ヤゴーダ夫人は乗馬クラブから外に出ていない」オリヴァーはささやいた。「そう思ったんだ」

「死んでいると思います？」トルディスは重苦しい気持ちでたずねた。

「その可能性は排除できない」オリヴァーはうなずいた。「家の中を調べる。ヤゴーダ夫人は中にいる気がする」

オリヴァーが玄関に上がってみると、鍵がかかっていた。

「ドアを開けられるか？」ふたりの巡査にたずねた。

「できないわけではないですが」若い方の巡査がいった。その口調から、なんなくできることがわかった。

「よし、やれ」オリヴァーはうなずいて、巡査を励ました。「わたしの命令だ。それからわたしの相棒を待つ」

十分後、ピアが到着し、全員で家に入った。巡査たちは家じゅうの明かりをつけ、すべての部屋を見てまわった。一見したところ、どの部屋も片付いていて、ただ一個所、ベッドルームのワードローブの服がなくなっていて、あわてて逃げたことをうかがわせた。

「ヤゴーダ夫人？」オリヴァーは何度も大きな声で呼びかけて耳を澄ましたが、返事はなかった。

「なにも触らないように」

オリヴァーにそういわれて、トルディスはうなずいた。目を丸くし、緊張しながらオリヴァーたちのあとに従った。キッチンはすさまじいありさまだった。踏みつぶされた果物にまじって割れた磁器が床に落ちていた。二台目のパトカーが家の前庭に止まって、青色警光灯を消した。しばらくして巡査がふたり捜索に加わった。オリヴァーは調理台、テーブル、床となめるように視線を走らせた。靴跡が半分欠けているところに目がとまった。ピアもその奇妙な靴跡を見つけた。靴跡が半分、食器戸棚の下に消えていることなどあるだろうか。

「この食器戸棚をどかせ」オリヴァーは巡査たちにいった。「この裏に捜しているものがある」

事実、裏にもうひとつドアがあった。

オリヴァーはドアの取っ手を押し下げ、地下室に通じる急な階段を見つけた。

「あなたは上にいなさい」オリヴァーはトルディスにいった。彼女は気丈にうなずいた。オリヴァーとピアはふたりの巡査といっしょに階段を下り、意外に広い地下室に辿《たど》り着いた。左側のドアは乗馬クラブの社交場や待合室に通じていた。右側には棚を張り巡らした大きな部屋があった。

暖房器室も覗いたが、なにもなかった。

「どうします？」ピアはボスを見た。「だれもいませんね」

オリヴァーは顔をしかめ、「ヤゴーダ夫人はここにいるはずだ」と小声でいった。

「あのふたりには、ヤゴーダ夫人をどこかに隠す時間がまる一日あったんでしょう」ピアはオリヴァーにそのことを思いださせた。「撃ち殺して馬糞の山に埋めたかもしれませんよ。とにかく連中は拳銃を持っているわけですから」

「そのことを思いださせてくれてありがとう」オリヴァーは渋い顔をしていった。ふたりの巡査は大きな部屋の壁を探ったが、なにも見つからなかった。オリヴァーは小声で罵声を吐いた。

四人は一階にもどることにした。と、そのとき、暖房器室の前のコンクリート床に埋め込まれたマンホールの蓋にピアの視線がとまった。

「ここ」ピアがそういって指差すと、巡査が懐中電灯でそこを照らした。ピアはかがんだ。

「蓋には最近動かした跡があります。ほら、縁に、できたばかりのひっかき傷が」

蓋を上げるのにちょうどいい工具を探すのにしばらく手間取った。

オリヴァーは梯子がかけてある暗い穴蔵を照らした。じめじめしたこもった空気に、オリヴァーは鼻にしわを寄せた。糞尿の異臭で鼻が曲がりそうだ。

「貯水槽ですね」ピアはいった。「でも水はないようです。ボスが下ります？ それともわたし？」

「レディファーストが礼儀だが」オリヴァーは答えた。「今回はわたしが先に下りる」

オリヴァーはぬるぬるしている梯子を下りた。ピアと巡査のひとりがあとにつづき、顔をしかめた。懐中電灯の光の中に逃げ去るネズミの姿が浮かび、オリヴァーは吐き気がした。

「ざっとまわりに光を当ててくれ」オリヴァーは死体を発見する覚悟をしながら巡査にいったとき、はっと息をのんだ。ドロドロの床に、髪をぼさぼさにし、かなりやつれたマリアンネ・ヤゴーダとズザンネ・カンプマンが壁にもたれかかるようにしてしゃがみ、懐中電灯の明るい光に目をしばたたいていた。ひどく惨《みじ》めな姿のズザンネに対して、マリアンネはお世辞にもいい恰好とはいえない状況にもかかわらず、立腹していた。助け起こしてもらおうともせず、自分で立ち上がり、服のしわを伸ばした。

「遅いじゃないの」と吐きすてるようにいった。「なんてぐずなのよ。まったくどこに目をつけているのかしらね」

「じつにうまく隠れていましたからね」オリヴァーが皮肉を込めて答えると、ズザンネににらっとにらまれた。


一時間後、マリアンネ・ヤゴーダはホーフハイム刑事警察署の取調室で眉ひとつ動かさず、自分の乗馬クラブの管理人をこきおろした。

「あなたを地下室に閉じ込めたのはだれですか？」オリヴァーはたずねた。「木曜日の午後、なにがあったのですか？」

「木曜日、クラブ会員から電話をもらったんです」そう答えると、マリアンネは水をひと口、気取って飲んだ。「わたしのことをののしって、訴えるといったんです。カンプマンが詐欺を働いたというのです。そこで、なんとかことを収めるために〈グート・ヴァルトホーフ〉へ向かったんです。でも、もうかなりの人が広場に集まっていて、わたしに詰め寄ったんですよ」

「だれでしたか？」

「会員のほぼ全員」マリアンネは腹立たしそうにいった。「カンプマンが馬の売買でインチキをしたと知って、わたしに弁償しろといってきたんです」

「みんな、どうして急に知ったんでしょうね？」ピアはたずねた。「詐欺はもう何年もつづけていたんでしょう？」

「ズザンネが旦那を痛い目にあわせようとしたんですよ。それで旦那がなにをしたか、会員たちに話してしまったんです。わたしがなんとか家に入ってみると、ズザンネはかんかんに怒っていて、旦那に罵声を浴びせていました」

「それで、カンプマンさんはどうしたんですか？」ピアはたずねた。

「なにも」マリアンネは軽蔑するように肩をすくめた。「ずぶ濡れのプードルみたいに小さくなっていて、それから出ていったんです。あの人らしいですよ。いつも逃げてばっかり」

「それから？」

「わたしは、ズザンネをなだめました」マリアンネはしだいに怒りをあらわにした。「だけど、すっかり頭がおかしくなって、いきなりわたしに襲いかかってきたんです。それも厩舎スタッフといっしょになって！　わたしは庭に逃げましたが、そこで組み敷かれてしまい、気づくと、あの穴蔵に横たえられていたんです」

「あなたを組み敷いたのはだれですか？　カンプマンさん？」

「あの恩知らずのジプシーよ」

「だれのことですか？」

「厩舎スタッフよ！」マリアンネは腐った魚でもあるかのようにその言葉を吐きすてた。

「もしかしたらふたりは、一度うまくいったことは、もう一度うまくいくとでも思ったんじゃありませんかね」ピアはいった。

マリアンネはわけがわからないという目でピアを見た。

「なんの話？」マリアンネはたずねた。

「イザベル・ケルストナーのこと。あなたがカロルに手伝わせて殺した人」

マリアンネは、頭は大丈夫かという顔で一瞬ピアを見つめ、それからあざ笑った。

「あんなはすっぱな小娘を、わたしが殺してどうするのよ」マリアンネはさげすむようにいった。

「あなたが自分の手を汚していないことは知っています」オリヴァーが口をはさんだ。「しかし、殺せとだれかを唆《そそのか》しましたね。ちなみに、あなたの愛人であるカロルを」

マリアンネの眉に深いしわが寄った。

「どうしてわたしがそんなことをする必要があるんです？」

「カンプマンがすべて自白しているんです」オリヴァーはいった。「イザベル・ケルストナーは、あなたの両親が事故死ではなかったという証拠になる、あなたとハルデンバッハ上級検事が写っている写真を使ってあなたを脅迫しましたね。あなたは脅迫に屈したふりをしましたが、イザベルに金を渡す気などまったくなかったのでしょう」

マリアンネはまったく動じていないようだ。

「そんな写真、ぜんぜん知りませんよ」そういうと、マリアンネは胸元で腕組みした。

「では二週間前の土曜日の夜七時、あなたはなぜイザベルの住まいで会う約束をしたのですか？」

「あの住宅が見たかったのよ」マリアンネは迷わず答えた。「フリートヘルムにあの住宅を買わないかと声をかけられたから」

いけしゃあしゃあと嘘をつくマリアンネに、オリヴァーとピアは啞然とした。

「カンプマンがそこにいて、カロルといっしょにイザベルに襲いかかったんです。びっくりぎょうてんしました。ふたりがなにをしようとしているか気づいて、わたしはその場から逃げました。もしあなたがわたしを非難するとしたら、イザベルを助けようとしなかったことでしょうかね。でも、あなたには責められないでしょう。カロルとカンプマンは本気でしたから、命あっての物種でした。どんな検察官だって、わたしが逃げたことを責められないと思います」

マリアンネはピアからオリヴァーへ視線を移した。ふてぶてしい顔だ。

「帰ってもいいかしら？」マリアンネはたずねた。「お風呂に入って、きれいな服に着替えたいのよ」

オリヴァーはピアを見つめた。マリアンネを勾留するために頭を絞ってみたが、なにもいい手は思いつかなかった。

ヤゴーダ夫人が取調室から出ていくと、ピアはいった。

「むちゃくちゃ」

「あきれたな」オリヴァーも同調した。「あいにくあの女のいうとおり、イザベルによる脅迫も、殺人教唆も証明できない。問題のカロルがあらわれないかぎり、証言同士で反証し合ってしまう。イザベルの車で指紋が採取されているカンプマンが一番貧乏くじを引くことになるな」

「マリアンネはお咎《とが》めなしになるというんですか？」ピアは目を吊り上げた。

「今のところ、そうなりそうだ」オリヴァーはがっくりしてうなずいた。「あれだけの財産家なら、最高の刑事弁護人が雇える。有罪判決はむずかしいだろう」

ズザンネ・カンプマンは背筋をぴんと伸ばして椅子にすわり、うつろな目で前方を見ていた。むりして演じていたあの陽気さは影をひそめ、目の下に隈ができ、表情は病的だった。

「木曜日、お宅にヤゴーダ夫人が来たあと、なにがあったんだ？」そうたずねると、オリヴァーはじっとズザンネを見つめた。相手がだれか知らなかったら、本人だとはとても思えないだろう。夫人は顔を上げた。目には生気がなく、硬直していた。自分の人生や未来に描いていた幻想が木っ端微塵に崩れ落ちたのだ。

「あの人が家に入ってきて、うちの人を、いうことをきかない学校の生徒みたいに容赦なくしかり飛ばしたのよ。わたしが飛びかかったら、あの女はテラスから逃げだした。ところがカロルが待ち受けていて、海岸に打ち上げられた鯨みたいに伸びちゃったわ」

つけたまま、あの女を殴り倒したってわけ。あの女、首にじゃらじゃらネックレスを

ズザンネはその光景を思いだして、悪意のこもった笑い声をあげた。

「うちの人は逃げだしてた。まったく腰抜けなんだから。カロルはあの女を始末するつもりだったの。それで、わたしたち、あの白鯨を貯水槽まで引きずっていったのよ」

「それから？」

「金曜日、子どもたちを放課後、両親のところに連れていった。もどると、玄関が開いていて、引っ越し荷物が馬運搬用トレーラーに積んであるじゃない。うちの人が高飛びする気だってわかった。そのあとカロルから、うちの人が馬に乗って警官から逃げたって聞いた。わたしたちは、その隙に口座の金を移して、現金を持っていくことにしたのよ。そしたら、あなたがあらわれて」

「本当にカロルといっしょに金を持ち逃げするつもりだったんだな？」オリヴァーはたずねた。

「子どもと夫をどうするつもりだった？」

ズザンネは陰鬱なまなざしでオリヴァーを見た。

「子どもたちはわたしの両親のところ。うちの人にはとことん怒りを覚えるわ。うちの人のためにすべてを投げ打って、味方をしてきたのよ。十五年間。その恩返しがあの小悪魔といっし

ょになってわたしを騙すことだったなんて」

ズザンネは両の拳を固めた。

「カロルは、ほとぼりが冷めるまで身を隠そうっていった」ズザンネは苦々しげにいった。「もうなにもかもうんざり。みんな、わたしを利用するだけ。カロルはヤゴーダの車を屋内馬場からだして、わたしの車をそこに隠した。わたしはカロルに金を渡して、荷物を取ってこようとした。そして気づいたら、あの穴蔵でマリアンネの横にすわらされていたのよ」

ズザンネは苛立たしそうに片手で涙をぬぐった。

「あいつにまで嘘をつかれた」身も世もない彼女の声に、オリヴァーは同情を覚えそうになった。「カロルは、わたしが好きなふりをした。あいつは乗馬クラブでの仕事に飽き飽きして、マリアンネの種馬でいるのに嫌気がさしていた。カロルは……気が利いていて、やさしかった」

しばらく沈黙がつづいた。

「イザベル・ケルストナーが死んだ土曜日、なにがあったんです？」ピアはたずねた。「ご主人が殺人の現場に居合わせたことはわかっているんです。あなたも知っていましたね」

ズザンネはうつむいた。

「ヤゴーダ夫人は、ご主人とカロルがいっしょになってイザベルを殺したといっていて、ご主人はぜんぜん違う主張をしている。カロルの証言が得られなければ、真実は明かされないでしょう。ヤゴーダ夫人は腕のいい弁護士が雇えるから、このままではご主人に分がないわよ」

「カロルは見つからない可能性が大だ」オリヴァーが付け加えた。「彼の労働許可証を調べたところ偽物で、申請している名前も嘘だった」

「ということは」ピアがつづけた。「ご主人、そしてあなたとあなたの子どもたちも、ババを引いたということよ。すべての後始末をさせられることになる。ご主人は殺人の罪で終身刑になるわね。ヤゴーダ夫人があなたと子どもたちをこのまま〈グート・ヴァルトホーフ〉に住まわせるとは思えないし」

ズザンネの目に怒りの炎が宿ったが、彼女はなにもいわなかった。

「マリアンネはイザベル・ケルストナー殺しとどういう関係があるの？　住宅を見にいって、偶然、ご主人とカロルによる殺人事件を目撃したといっているけど」

「そういったんですか？」ズザンネは信じられないという顔をした。

「ええ」

ズザンネは一瞬、沈黙してから、一気にしゃべりだした。

「嘘よ」顔が激しい憤《いきどお》りでゆがんでいた。「わたしはカロルから聞いてる。イザベルはなにかの写真でマリアンネを脅迫したのよ。マリアンネは脅迫に負けたふりをした。でも、とっくの昔にイザベルを殺す決心をしていた。あれだけの財産があれば、あの人はなんでも買える。殺し屋だって」

ズザンネは間を置いた。口の端が震え、目に涙をためていた。

「マリアンネはだれのことでも、チェスのコマのように動かすことができたのよ」またしても苦々しげな声になった。「あの女が〈グート・ヴァルトホーフ〉を買ったのは、うちの人を手に入れるためだった。ベッドに連れ込むのはむりでも、せめて自分のいいなりにしたかったのよ。あの女はローベルトの妻であるわたしに嫉妬した。それからイザベルを憎み、最後にはうちの人のことも。そして今度は、うちの人にイザベル殺しの濡れ衣を着せようとしている」

「どうしてそこまでするのかしら？」ピアがすかさずたずねた。

「復讐よ」ズザンネは肩をすくめた。「金をちらつかせても、うちの人がなびかなかったから。金の使い道を誤ったのよ」

「でも、ご主人は事情を知っているからヤゴーダ夫人にとって危険な存在になる。どうして命を狙わなかったのかしら？」

「苦しむところを見たかったからでしょう。マリアンネは頭がおかしいのよ。二本足のぶくぶくの劣等感の塊《かたまり》」

「イザベルがどうやって殺されたか知っているのか？」

オリヴァーがたずねると、ズザンネはうなずいた。

「マリアンネは漏れがないように用意周到に計画したのよ。イザベルの夫に嫌疑がかかるように、カロルはケルストナーの車から安楽死用のアンプルを二本かすめとった。むずかしいことじゃなかった。獣医たちは馬の治療をしているとき、車をロックすることが絶対になかったから。だれでも知ってることよ。マリアンネは、どうするか、カロルに正確に指示した。カロルはアンプルを二本、ケルストナーの車のグローブボックスから盗んだ。イザベルを殺す一週間くらい前のことよ。在庫の確認で数が足りないことがばれないように、生理食塩水の入ったアンプル二本と交換したという話よ。本物のアンプルのラベルに張り替えてね。あれなら、注射器やカニューレを片手いっぱい盗んでも気づかれないわね」

オリヴァーは動物病院で馬の安楽死を見守ったときのことを思いだした。最初の注射が効かなかった。ズザンネのいうとおり、あのアンプルには生理食塩水しか入っていなかった可能性が高い。

「全部、カロルが話したことなのね？」今度はピアがたずねた。「そんなにあなたを信用していたの？」

「ええ、そうよ。でもカロルはマリアンネにかなり腹を立てていたわ。二十万ユーロを約束したのに、くれなかったから。カロルはイザベルを殺して、例の展望タワーから投げ落としたし、どうしても問題の写真がいるといわれたし、あの女の住まいを二度も清掃して、最後のときは内装まではがし、イザベルが詰めたスーツケースを全部で三回も引っかきまわしたのよ。それなのにマリアンネは笑って、〝カンプマンになにもかも目撃された、あんたもついてなかったね〟といって、金が欲しいなら、あの男も殺せといったんですって」

「なぜそうしなかったんだ？」オリヴァーはたずねた。「ひとりも、ふたりも変わらないだろうに」

「うちの人はカロルのことをいつも公平に扱っていたからよ。たぶん、別の方法で金をせしめることにしたんでしょ。実際そうなったし。わたしが〈グート・ヴァルトホーフ〉の口座からリトアニアの口座に百五十万ユーロ送金したから」

「どうして乗馬クラブの口座にそんな大金が？」ピアは驚いてたずねた。

「あら、聞いていなかったの？」ズザンネは苦笑した。「マリアンネはあの乗馬クラブに興味をなくしたのよ。思ったようにならなかったから。〈グート・ヴァルトホーフ〉を売り払ったわ」

オリヴァーとピアは顔を見合わせた。寝耳に水だった。

「わたしは金が入金されるのを待ったの。そして実行に移したわけ。マリアンネがいつまでも金を口座に入れたままにしないのはわかっていたから。でもその日に、あんな大騒ぎになったのにはまいったわ」

「〈グート・ヴァルトホーフ〉を買ったのがだれか、知っているかね？」オリヴァーはたずねた。

「ええ、もちろん知ってるわよ。フリートヘルム・デーリング。前から欲しがっていたわ」

マリアンネ・ヤゴーダは安心しきっているようだった。三十分後、オリヴァーとピアが玄関のベルを鳴らすと、玄関ドアを開けたマリアンネはバスローブ姿で、髪も濡れていた。

「また来たの」そういって、マリアンネはドアを開けたまま、ふたりをそこに残して奥に入った。オリヴァーはピアとちらっと顔を見合わせてから、夫人についてキッチンに入った。

「〈グート・ヴァルトホーフ〉を売却したのですね」オリヴァーはいった。「なぜです？」

「興味がなくなったのよ」マリアンネは肩をすくめて食卓について、メーヴェンピックの一リットルパックのアイスクリームをスプーンですくった。「デーリングがどうしても欲しいというから」

「百五十万ユーロとは、あのレベルの乗馬クラブには破格の値段ですね」オリヴァーはいった。

ヤゴーダ夫人がスプーンを下ろした。

「どうして知ってるの？」マリアンネはうさんくさそうにたずねた。

「カンプマン夫人が乗馬クラブの口座からリトアニアの口座に送金した額です」そういって、ピアはヤゴーダ夫人の愕然とした顔を見て、溜飲を下げた。

「あら、ご存じなかったんですか？」ピアは白々しくいった。「そうでしたね。カロルとカンプマン夫人が口座を空にして、金庫の金を総ざらいしているあいだ、貯水槽に監禁されていたんですものね。カロルはあなたの車と金をもって高飛びしてしまいました」

マリアンネはスプーンを食卓に叩きつけた。「あのろくでなしの穀潰し。どういう了見なの？」

「カンプマン夫人の証言では、あなたにはカロルに払うべき金があったそうですね」オリヴァーはいった。

「わたしに？」マリアンネは跳ね上がった。「冗談じゃない。あいつに借りなんてあるもんですか！　どうしてズザンネはそんなことをいったわけ？」

「そういわれましても」オリヴァーは肩をすくめた。「金とあなたの車が消えたことは事実でして。カロルの労働許可証は偽物でした。国際手配しようにも手立てがありません。ついてなかったですね、ヤゴーダ夫人」

マリアンネはオリヴァーを見つめた。顔が赤黒くなって、目が怒りに燃えていた。

「ついてないのは、あいつのほうよ」マリアンネはいった。「わたしは、あいつの本名も出身地も知っているんだから。デーリングがあいつに新しいパスポートを工面したとき、わたしは本物を保管しておいたのよ」

「あの男はどうしてそんなことをしたんですか？」

「知らないわ。わたしにはどうでもいいことよ。金と車を取り返したいの」騙されたことへの怒りと屈辱で我を忘れたマリアンネは、オリヴァーが巧妙に仕掛けた罠にまんまとかかった。怒り狂った象のように足音を響かせて、まっすぐリビングルームへ歩いていくと、壁にかけた絵を床に投げ捨てた。カロルへの怒りで頭がいっぱいだったマリアンネはうかつにも、家宅捜索のときにも見つからなかった隠し金庫のありかを刑事の目にさらしてしまったのだ。塗り壁とほとんど区別のつかないカバーに爪を立てて開けると、その奥に金庫が隠してあった。中の書類をしばらくかきまわしてから一通の封筒をだし、ちらっと中を覗いてからオリヴァーの手に叩きつけるように渡した。

「ほら」マリアンネは鼻息荒くいった。「あの泥棒を捕まえて」

「そうします」オリヴァーはうなずいた。「ついでに、あなたも逮捕する」

「わたしを？」マリアンネは甲高い声で笑った。「さっき逮捕して釈放したばかりじゃない。家から出ていきなさい。さもないと訴えるわよ」

オリヴァーは上着の内ポケットに手を入れた。「これはあなたに対する逮捕状だ。イザベル・ケルストナー殺害を唆した容疑であなたを逮捕する。不利になることはいわなくてもいい。あなたには弁護士の同席を求める権利がある」

「証拠がないでしょう」マリアンネは鼻で笑った。「なんにもないわ」

「そのとおり」オリヴァーは微笑んだ。「われわれには証拠がない。しかしカロルなら証言できる。あなたのおかげで、彼の身元が判明した。見つけて、連れもどすことができる。彼ならきっとあなたに都合の悪い証言をするでしょう。違いますか？」

そのときはじめて、マリアンネはとんでもない失態をやらかしたことに気づいた。目を細くしてオリヴァーを見つめてから、ひとまず観念した。

「あなたを見くびっていたわ、首席警部」マリアンネは認めた。「でもあの男を見つけないことにははじまらないわね。それまでは保釈金を積んで牢屋からだしてもらう。あとは様子見ね」

二〇〇五年九月十一日（日曜日）

ピアは事務所でコンピュータに向かい、最終報告書を打ち込んでいた。マリアンネ・ヤゴーダは拘置所でのはじめての夜を過ごした。ズザンネ・カンプマンは不実だったことを後悔した夫を迎えに車で病院を訪ねた。ドクター・ミヒャエル・ケルストナーとアナ・レーナ・デーリングはフランクフルトのアルゼンチン領事館へ小さなマリーを迎えにいった。フリートヘルム・デーリングは、ハンス・ペーター・ヤゴーダのいるヴァイターシュタット拘置所内の医療ステーションに移された。せっかく馬場を購入しても楽しめはしないだろう。カロルことケストゥティス・ダウタルタスはポーランド人ではなく、リトアニア人で、リトアニア警察によって生まれ故郷のクライペダで身柄を拘束された。マリアンネ・ヤゴーダのポルシェ・カイエンはフランクフルト警察が中央駅の近くで見つけ、グローブボックスからオリヴァーの盗まれた拳銃も見つかり、事なきを得た。〈グート・ヴァルトホーフ〉にあてがわれたカロルの部屋には、イザベル・ケルストナーが二週間前アルゼンチンでの新生活のためにまとめた荷物の一部が残されていた。その中のスーツケースに、自殺であることを最初に疑うきっかけになった靴の片割れが入っていた。

ボスが家や庭の手入れを息子に細かく指示しているのを聞いて、ピアはニヤニヤした。コージマが今日の午後遅く、南アメリカからもどってくるらしい。しばらくしてオリヴァーは電話を終え、ピアの部屋に入ってきた。デスクの前の来客用の椅子にすわると、頭の後ろに両手をやって、ピアにニヤニヤ笑いかけた。

「どうしました?」ピアはたずねた。「ずいぶんうれしそうですね」

「まあな」オリヴァーは認めた。「ほっとしている。われわれで事件を解決した」

「そのようです」ピアはうなずいて、印刷ボタンをクリックした。凝り固まった背中を伸ばし、口に手を当てて欠伸《あくび》をした。今夜は死んだように眠る。明日は八時出勤で充分だ。

「今日の午後はなにか予定があるかい?」

「一時に別居中の夫と会います。どうしてですか?」

「バーベキューパーティに招待された。だれからだと思う?」

「さあ。ニーアホフ署長ですか?」

「まさか」オリヴァーは微笑んだ。「リッテンドルフだよ。ケルストナーの子が帰ってきたお祝いをするそうだ。動物病院でやる」

「そこにわたしたちを招くっていうんですか?」ピアはプリンターから紙の束を取った。「信じられない」

「わたしひとりを行かせはしないだろう?」

「それは業務命令ですか、それともモラルに訴えているんでしょうか?」ピアは微笑みながらたずね、最終報告書をファイルに綴じた。

「どちらでもないさ」オリヴァーは真面目な顔つきになった。「きみの旦那の方が大事だ。しかし、ひとついっておきたい」

「といいますと?」

「今回のは、わたしたちがいっしょに解決した最初の事件だ。うまく協力してくれて感謝する。わたしたちはいいコンビになれそうだ」

ピアは誉められてうれしかったが、そんなそぶりは見せなかった。

「なんだか、功労十字章をもらった気分ですね」

ふたりは気持ちが通じて、微笑み合った。

「さて、それじゃ今日はここまでにして、旦那に会ってくれ」オリヴァーは腰を上げた。「わたしはバーベキューパーティに顔をだす」

「最終報告書にサインしてもらわないと」ピアはデスク越しに書類を差しだした。「そうしたら出かけてけっこうです」

エピローグ

　動物病院の中庭に吊り下げ式の大型バーベキューグリルが組み立てられていた。テーブルとベンチは大きく枝を広げたマロニエの下にあって、焼けた肉のにおいがあたりに漂っていた。オリヴァーは微笑んだ。昔、インカの父ドクター・ハンゼンが健在で、インカと彼が若く、なんのわだかまりもない友人だった頃も、ここでよくバーベキューをしたものだ。

「いらっしゃい、オリヴァー」他のふたりの女といっしょにいたインカがベンチから腰を上げ、近づいてきた。「来てくれてうれしいわ」

「招待ありがとう」オリヴァーは答えた。「ホストはだれかな?」

「わたしたちみんなよ」インカは微笑んだ。屈託ない、晴れやかな微笑みだった。

「では、これはみんなにだ」オリヴァーはおみやげにするため急いで自宅の地下室からだしてきたシャンパンをインカの手に預けた。

「そんな必要なかったのに。来て。お祝いして、昔話に花を咲かせましょう」

　インカは彼の空いているほうの手をつかんで引っぱった。ミヒャエル・ケルストナーは見違えるようだった。目のまわりの痣は消え、晴れやかな笑顔は十歳若く感じる。ケルストナーはオリヴァーと心のこもった握手をし、もう一度、感謝の言葉を口にした。小さなマリーは誘拐されたなど夢にも思っていないようだ。数人の子どもと中庭で遊んでいる。本当の父ではない父親と同じように幸せそうだ。アナ・レーナ・デーリングも髪を垂らし、ジーンズとチェック柄のシャツという出で立ちで別人のようだった。すっかり緊張が解け、オリヴァーと微笑みながら握手した。

アナ・レーナは苦渋に満ちた人生からついに解放された。去勢された夫は、当分のあいだ人工呼吸に頼らざるをえない境遇となった。動物病院の関係者以外にも、そこにはケルストナーの両親と兄弟が子どもを連れてきていた。それからアナ・レーナの家族とファレンティン・ヘルフリヒ夫妻もいた。ジルヴィア・ヴァーグナーはオリヴァーに手を差しだし、目配せした。

「あのことはだれにもいっていません」と彼女はささやいた。

「口が堅いのはありがたい」オリヴァーは軽く苦笑いして答えた。グリルの向こうにトルディスが立って、微笑みながら手を振っていた。オリヴァーがテーブルに向かってすわっていると、しばらくしてトルディスがステーキとビールジョッキを運んできた。もりもり食べ、ぐびぐび飲みながら、オリヴァーは解決した事件のことを考えた。捜査中、何度も袋小路にはまった。これまでにない経験だ。イザベル・ケルストナー殺害の背後にはなんとまあいろいろなものが隠れていたことか。動機と陰謀の数々。それでいて真相は、大金や人身売買など波乱に富んだものかと思いきや、嫉妬と復讐と犯行の隠蔽《いんぺい》という、じつに平凡なものだった。オリヴァーとその部下はついでに、かたっぱしから下水道の蓋を開け、ドレッシャー夫妻殺害事件まで解明した。さらに組織的な人身売買ルートや麻薬密輸ネットワークの存在を暴いた。オリヴァーは自分の捜査チームを誇りに思った。これから検察はひとつひとつ罪を明らかにするため大忙しになるだろう。経済犯罪／詐欺捜査課にも動員がかかった。ヤーゴ製薬倒産とデーリング夫人がオリヴァーに差しだした資料で捜査の輪ははるかに大きくなるだろう。オリヴァーの視線が大きなバーベキューグリルのそばに立っている三人の男たちに向けられた。ゲオルク・リッテンドルフ、フローリアン・クラージング、ファレンティン・ヘルフリヒ。友人三人組、学生組合の盟友。仲間のためならなんでもするだろう。法を破ること、つまり犯罪までも。オリヴァーは、この三人がフリートヘルム・デーリングを誘拐して拷問したと確信していた。だがそれがなかったら、アナ・レーナの命は助からなかったし、友であるケルストナーの屈辱を晴らすこともできなかっただろう。目には目を、歯には歯を。そのとき、リッテンドルフが振り返って、オリヴァーと目が合った。リッテンドルフはふたりの友に耳打ちして、オリヴァーのところへやってくると、向かい合わせにすわった。

「注ぎたてのビールを持ってきましたよ」そういって、リッテンドルフは微笑んだ。

「どうも」オリヴァーはそう答えて、手にしていたジョッキを飲み干した。「気が利くね」

「なにか考え込んでいるようですね」リッテンドルフはいった。「事件を解決し、他にもいろいろなことを暴いたというのに」

「ああ、事件は解決した」オリヴァーはうなずいた。「ちょっと考えごとをしていただけだ」

「なんか恐いな。なにを考えていたんですか？」リッテンドルフは鋭い視線を向けた。

「友情についてだよ……一般的な場合と特殊な場合、両方についてさ」

謝辞

これは小説です。登場人物もエピソードもすべてわたしが考えたことです。貴重なアドバイスを寄せて、この物語を本の形にするために支援を惜しまなかった姉のクラウディア・コーエンと妹のカミラ・アルトファーター、そしてマルレーン・リーデルに感謝します。またペントバルビタールナトリウムが獣医学でどのように使われているか情報をくれたエッケハルト・シュミット博士にも礼をいいたいと思います。

この本を今ある形にするというむずかしい課題に取り組んでくれたロラール・シュトリューにも謝意を表したいと思います。とてもいい共同作業になりました。

二〇〇九年二月ケルクハイムにて

ネレ・ノイハウス

解説

千街晶之

ドイツ語圏で発表されたミステリが邦訳された例は戦前にも存在したし（《新青年》に掲載され、後に東京創元社の「世界推理小説全集」から改訳版が刊行されたワルター・ハーリヒの『妖女ドレッテ』など）、戦後も断続的に紹介は続けられてきたけれども、特に注目が集まるようになったのは、セバスチャン・フィツェックやフランク・シェッツィングらの作品が立て続けに邦訳された二〇〇〇年代後半からということになるだろう。中でも、二〇一一年に邦訳された『犯罪』をはじめとするフェルディナント・フォン・シーラッハの作品群が、日本の読書界で反響を呼んだことの影響は大きかった。先立ってブームとなった北欧ミステリとともに、ドイツ語圏のミステリ作家たちが続々と紹介されている状況は、英米中心の傾向が長らく続いたミステリ翻訳史において、ひとつの画期的な現象と言い得る。

シーラッハ以降に邦訳されたドイツ語圏作家たちの中でも実力派として認められているひとりが、ドイツ・ミステリの女王とも呼ばれるネレ・ノイハウスである。日本には『深い疵《きず》』（二〇〇九年）、『白雪姫には死んでもらう』（二〇一〇年）の二長篇が紹介されており、いずれもミステリ・ファンから高い評価を受けた。

この二作に登場する探偵役は、マイン＝タウヌス郡ホーフハイム刑事警察署のオリヴァー・フォン・ボーデンシュタイン首席警部と、部下のピア・キルヒホフ警部のコンビである。オリヴァーは姓に貴族出身を示す「フォン」がついていることから窺《うかが》えるように、実家が城を所有しているような名家の出身。映画制作会社を営む妻コージマとのあいだに三人の子供がいる。一方、ピアは夫だった法医学者のヘニング・キルヒホフと離婚し（夫の姓は引き続き名乗っている）、クリストフ・ザンダーという恋人と交際している。

この二人がコンビを結成した最初の事件を描いたのが、このたび邦訳された本書『悪女は自殺しない』（原題 *EINE UNBELIEBTE FRAU*）である。ここで著者の経歴と、本書が世に出るまでの経緯を、『深い疵』の訳者あとがきなどをもとに紹介したい。

ネレ・ノイハウス（旧姓レーヴェンベルク）は、一九六七年、ドイツ西部ノルトライン＝ヴェストファーレン州の都市ミュンスター（世界史に興味のある方なら、三十年戦争の閉幕を告げたウェストファリア条約締結の地として記憶しているだろう）で生まれ、父親の仕事の関係で十一歳の時に家族とともにタウヌス地方へと居を移した。二十一歳の時に結婚し、夫が経営するソーセージ工場で働いていたが、二〇〇五年、初の長篇ミステリ *UNTER HAIEN* を執筆する。著者はこの作品を多くの出版社に持ち込んだものの、どこからも出版を断られたため、自費出版のかたちで刊行した。

その翌年、著者が同じように自費出版で世に送り出したのが本書『悪女は自殺しない』である。タウヌス地方を舞台に選び、地元警察署の警察官を主人公として活躍させたこの作品で人気に火がつき、続篇を望む声が書店に殺到した。因《ちな》みに、作品の舞台となるマイン＝タウヌス郡は、ドイツの中央西部に位置するヘッセン州にある二十一の郡のひとつであり、州南部のダルムシュタット行政管区に属している。ドイツに存在する郡のうち最も面積が小さい。

著者はそれまでは自分のソーセージ店で作品を販売していたのだが、『悪女は自殺しない』を刊行した時は、地域の肉屋に製品を配送する運転手に頼んで、近隣の書店に作品を置いてくれるよう交渉してもらうという販売戦略を立てた。これが功を奏し、二〇〇七年のクリスマスには、地元の書店での売り上げが「ハリー・ポッター」シリーズを凌《しの》ぐまでになった。そして、その情報を耳にした老舗出版社ウルシュタイン社から二〇〇九年に出版された――というのが著者の正式デビューまでの流れである。

日本ではオリヴァーとピアのシリーズのうち、まず第三作『深い疵』、続いて第四作『白雪姫には死んでもらう』という順で邦訳された。その理由については酒寄進一氏が『深い疵』の訳者あとがきで、ノイハウスの真価がわかる作品を先に紹介することにしたと述べている。『深い疵』は、アメリカ大統領顧問を務めていた高齢のユダヤ人が殺害され、司法解剖の結果、被害者が実はナチスの武装親衛隊員だったことが判明したという驚愕の事件が、同様に後ろ暗い過去を秘めた老人を対象とした連続殺人へと発展し、ドイツの歴史の暗部が関わる秘密が暴かれてゆく壮大な構想のミステリである。一方、『白雪姫には死んでもらう』は、十一年前に起きた連続少女殺害事件の被害者の白骨遺体が発見された折も折、犯人として逮捕されていた青年が刑期を終えて故郷に帰ってきたため、閉鎖的な村を舞台に魔女狩り的な犯罪が相次ぐという、日本人読者なら横溝正史の『八つ墓村』を連想しそうな設定の作品だった。では、シリーズ第一作である本書はどのような作品なのだろうか。

物語は、二〇〇五年八月、ピアが七年間の休職から現場に復帰し、オリヴァーがフランクフルトからホーフハイム刑事警察署に捜査十一課課長として異動してきたところからスタートする(本書の時点では、オリヴァーの子供はまだ二人であり、ピアも夫のヘニングと別居状態ではあるものの正式に離婚はしていない)。二人が初めて一緒に担当することになった事件は、ヨアヒム・ハルデンバッハ上級検事の変死だった。彼はフランクフルト検察局でも鬼検事として知られており、政界進出を狙っていた。オリヴァーとは二十年以上のつきあいがある。そのハルデンバッハが、散弾銃を自らの口にくわえて撃つという凄惨な最期を遂げたのだ。

一方、時を同じくして、展望タワーの下で若い女性の遺体が発見された。彼女の名はイザベル・ケルストナー。地元の獣医で馬専門動物病院を経営するミヒャエル・ケルストナーの妻だ。タワーからの転落死に偽装されていたものの、司法解剖によって、本当の死因は動物の安楽死に用いられる薬物による毒殺だったと判明する。オリヴァーとピアは、夫ミヒャエル、彼の共同経営者たちや病院の職員、イザベルの兄、乗馬クラブの関係者たち、運送会社の社長夫婦などの関係者に聞き取りを行うが、イザベルの評判はさんざんなものだった。「イザベルは傲慢で頭が空っぽの女でした。(中略)この病院のためには指一本貸しませんでした」「あの女は友人の人生を地獄に変えた」「イザベル・ケルストナーは尻軽女だった」「あいつは人間を損得でしか判断しなかったんです。人を傷つけても平気でした」……等々、彼女の人柄を褒め称える証言は全くと言っていいほど出てこないどころか、彼女を憎んでいたと堂々と主張する人物まで現れるありさまだ。これほどまでに嫌われ、憎まれていたイザベルは、どんな動機で、誰によって命を奪われたのか？

ミステリに登場する殺人の被害者は、何の罪もないか、多くの人間の憎悪を集めているかのどちらかのパターンが多い。前者の場合、被害者に同情を集めることで犯人捜しのモチベーションを高める狙いがある。後者の場合、怪しげな容疑者を大勢登場させることで嫌疑を分散させる狙いがあると言えるだろう。本書は明らかに後者のパターンで、あまりにも動機を持つ者が多すぎるため、そちらの方向からは犯人を絞り込むのが難しいように設計されている。まさに被害者は原題の直訳「いけすかない女」という形容通りの存在だったというわけだが、実は本書で「いけすかない」のは被害者に限った話ではない。オリヴァーとピアが捜査を進めてゆくうちに、関係者たちのあいだで渦巻く色と欲の醜悪極まりない構図が徐々に浮かび上がってくるのだ。そして、ハルデンバッハ上級検事の自殺との関連は……。

読み進めるほどに新たな事実が発覚し、今まで検討されてこなかった意外な犯行動機がそれに伴って浮上してくるので、謎は読んでも読んでも深まる一方である。ラストまで数十ページを残す段階に至っても、まだ事件が収束する気配がないので不安になってくるほどだが、複雑に絡《から》まった人間模様を辛抱強く解きほぐしてゆく過程が、本書の最大の読みどころと言えるだろう。取り繕《つくろ》ったうわべの下に数多くの秘密を隠し持つ重層的なキャラクター描写は、その後の作品とも共通する著者の作風の美点である。

主人公たちの描き方という点に注目してみると、ピアは既にこのシリーズ第一作でオリヴァーと気の合った活躍ぶりを見せているし、イザベルの死を自殺と決めてかかる警官たちに異を唱《とな》えるなど、印象的な見せ場もあるとはいえ、本書ではオリヴァーの存在感がより前面に出ている。事件の当事者の中にオリヴァーの旧知の人物がいる点も、物語の中での重要度が彼に傾いているという印象を強めているのではないか。オリヴァーとピアの双方をいきいきと動かしつつ、他の登場人物も生彩豊かに描いている『深い疵』や『白雪姫には死んでもらう』と比較して読むと、著者の持ち味がまだ完成されたかたちでは示されていないという印象をどうしても受けてしまうけれども、単独の作品としては本書も充分に一読に値しており、自費出版から老舗出版社による刊行という流れでのデビューも納得の出来映えであることはお断りしておきたい。

最後にちょっとした余談だが、著者は大の馬好きであり、夫と知り合ったのも馬術競技の場だったという。その点を考えると、本書において馬専門動物病院や乗馬クラブの扱いが大きい理由が腑に落ちるものがある。

訳者紹介　ドイツ文学翻訳家。主な訳書にシーラッハ「犯罪」、コルドン〈ベルリン三部作〉、ノイハウス〈刑事オリヴァー＆ピア〉シリーズ、カシュニッツ「その昔、N市では」、ラーベ「17の鍵」などがある。

悪女は自殺しない

2015年6月12日　初版
2025年11月7日　3版

著　者　ネレ・ノイハウス

訳　者　酒《さか》寄《より》進《しん》一《いち》

発行所　(株)　東京創元社
代表者　渋谷健太郎

162-0814 東京都新宿区新小川町1-5
電　話　03・3268・8231-営業部
03・3268・8201-代　表
URL　https://www.tsogen.co.jp
組　版　旭印刷・暁印刷
印刷・製本　大日本印刷

乱丁・落丁本は、ご面倒ですが小社までご送付ください。送料小社負担にてお取替えいたします。

ISBN978-4-488-27607-2　C0197

英国推理作家協会賞最終候補作

THE KIND WORTH KILLING◆Peter Swanson

そして ミランダを 殺す

ピーター・スワンソン

務台夏子 訳 **創元推理文庫**

◆

ある日、ヒースロー空港のバーで、
離陸までの時間をつぶしていたテッドは、
見知らぬ美女リリーに声をかけられる。
彼は酔った勢いで、１週間前に妻のミランダの
浮気を知ったことを話し、
冗談半分で「妻を殺したい」と漏らす。
話を聞いたリリーは、ミランダは殺されて当然と断じ、
殺人を正当化する独自の理論を展開して
テッドの妻殺害への協力を申し出る。
だがふたりの殺人計画が具体化され、
決行の日が近づいたとき、予想外の事件が……。
男女４人のモノローグで、殺す者と殺される者、
追う者と追われる者の攻防が語られる衝撃作！